to 2019

published in 2019 by KADOKAWA HARUKI

dition is published by arrangement with KADOKAWA
, Tokyo in care of Tuttle-Mori Agency, Inc., Tokyo
ATIONAL, Seoul.

Tuttle-Mori Agency, Inc와 토니 인터내셔널을 통해 저작권자와
에 있습니다.

년 3월 5일
옮긴이 김난주 펴낸이 박설림 펴낸곳 도서출판 재인 디자인 오필민디자인
0-2003-119 주소 서울시 강남구 언주로 30길 13 대림아크로텔 1812호
팩스 02-571-6857
3-21-4 03830   Copyright ⓒ 재인, 2023 Printed in Korea.

일몰

초판 1쇄 펴낸날 2024

지은이 미나토 가나에

등록 2003. 7. 2. 제3

전화 02-571-6858

ISBN 979-11-9248

책값은 뒤표지에 표시

일

몰

미
나
토
가
나
에

김
난
주
옮
김

재인

차례

에피소드

1

〇

　떠오르는 것은 그 아이의 하얀 손. 잊히지 않는 것은 그 손
끝의 온도, 감촉, 나눴던 마음.

　지금도 그게 학대였다고 생각하지는 않는다.
　그건 훈육이었다. 그 무렵의 나는 그렇게 생각했고, 엄마도
그렇게 말했다. 순서는 반대였을지 모르지만.
　부모가 내게 손찌검했던 기억은 한 번도 없다. 다만 엄마에
게 자주 혼났다. 컵의 물을 쏟거나, 그림을 그리고 난 다음 크
레파스를 제자리에 정리하지 않으면 엄마는 "조심해야지!"
하거나 "몇 번을 말해야 알아듣니!" 하고 언성을 높였다.
　그러나 베란다로 쫓겨나는 것은 그런 일 때문이 아니었다.
　유치원에 들어가던 해부터 매일, 저녁을 먹은 다음 '공부
시간'이 있었다. 국어와 수학과 영어, 세 과목. 처음에는 놀면
서 공부하는 유치원생용 학습지를 풀었다. 하지만 그건 하급

반 여름 방학이 시작되기 전까지고, 상급반으로 올라갈 무렵에는 이미 초등학교 2학년용 학습지를 마친 상태였다.

명문 초등학교 입학을 목표로 하는 사립 유치원에 다녔던 것도 아니다. 그 무렵 우리가 살던 동네는 명문은커녕 사립 초등학교도 없었을 것이다. 외운 한자나 영어 단어, 구구단을 뽐낼 기회조차 없었다.

그래서 '좀 이상하네.' 하고 생각하기는 했다.

"공부 같은 거 한 적 없는데. 구구단은 초등학교에서 배우는 거 아니야?"

나의 소박한 의문에 주변 아이들이 모두 그렇게 대답했다면 나도 '우리 집이 유별난 거 아닐까.' 하고 의문을 품었을지도 모른다. 그러나 어느 집단에나, 이를테면 공립 유치원 같은 곳에도 특별한 아이가 한두 명은 있게 마련이다. 유치원에 들어가기도 전에 구구단을 달달 외우고 100년 치 달력이 머릿속에 들어 있다는 마사다카나, 한 번 본 악보를 고스란히 외워 피아노로 연주하는 치호 같은 아이.

내가 특별한 게 아니구나. 그런 아이들에 비하면 내가 하는 건 그저 당연한 공부일 뿐, 특별할 것도 없는걸.

엄마가 원하는 건 특별한 아이⋯⋯.

그러니 베란다로 쫓겨나도 어쩔 수 없지.

제대로 외우지 못하는 내 잘못이야. 멍청한 내가 나쁜 거야. 전부 동그라미면 엄마는 웃는 얼굴로 칭찬해 준다. 거봐, 100점 받으니까 얼마나 좋아! 그렇게 말하면서 다정하게 머리를 쓰다듬어 준다.

그러나 내 머리는 공부하는 족족 흡수할 만큼 유연하지 못했다. 열 번을 반복해 쓴다고 무엇이든 기억할 수 있는 것도 아니고, 눈 똑바로 뜨고 바라본다고 머리에 새겨지는 것도 아니었다.

열 문제 중에서 처음으로 세 문제 이상 틀렸던 날, 엄마는 빨간 볼펜을 내동댕이치듯 테이블에 내려놓은 다음 하, 한숨을 내쉬고 일어섰다. 그리고 얼굴을 찡그린 채 한심하다는 듯이 툭 내뱉었다.

"나가."

나가, 라니. 이 방에서 나가라는 뜻일까. 방 두 개짜리 아파트의 거실에서 다른 방으로? 물론 내 방은 따로 없었다. 한 방은 가족이 자는 방, 다른 방은 서랍장 등이 놓인 창고로 사용하고 있었다.

즉시 행동에 옮기지는 않았지만, 엄마에게 거부당했다는 사실만은 알 수 있었다. 엄마에게 혼나서 슬프고, 엄마를 실망시켜 미안한 마음에 눈을 부릅뜬 채 눈물을 흘렸다. 그러자 엄마는 조금 전보다 더 크게 한숨을 푹 내쉬고 나서 그 한숨에 마침표를 찍듯 혀를 찼다.

"엄마는 우는 아이가 제일 싫어. 머리가 나쁜 아이일수록 더 우는 법이거든. 말로 설명할 수 없으니까."

그런 말을 들었다고 해서 이내 눈물을 멈출 수 있는 것은 아니다. 하지만 어떻게든 해야 할 것 같아 두 손으로 열심히 눈물을 닦는데 엄마가 한쪽 팔뚝을 확 잡아챘다. 그 힘에 이끌려 일어서자 이번에는 등을 떠밀려 주르륵 앞으로 나아갔다. 눈앞에 있는 유리문이 열리고 또다시 등에 강한 힘이 느껴지나 싶더니 마침내 유리문이 탁 닫히고 혼자 베란다에 남겨졌다.

끼익, 하고 뻑뻑한 잠금쇠를 거는 소리가 났다. 스르륵, 커튼마저 닫혔다.

그때 처음 베란다로 쫓겨났다.

덥지도 춥지도 않았다. 가령 애초부터 별을 보려고 나간 거라면 밤새도록 거기 있어도 될 만한 날씨였다. 그러나 내 의지와 상관없이 떠밀려 나간 장소는 그 이유 하나만으로도 무섭고 불안한 곳으로 느껴졌다.

유치원 교실 뒤의 책꽂이 맨 끝에 꽂힌 별로 인기 없는 그림책 어느 페이지에 그려진 숲속 으스스한 늪, 그곳에 흔들리며 떠 있는 작은 배에 홀로 남겨진 듯한 기분이 든 것은 그 페이지에 쓰인 '별도 달도 없는 캄캄한 밤이었어요.'라는 문장과 베란다 난간 너머로 올려다본 밤하늘이 똑같았기 때문일까.

첫날, 첫 번째가 그 후의 흐름을 결정한다는 말이 이때의 일에도 해당할 듯하다. 만약 베란다로 쫓겨난 내가 무서움에 질린 나머지 엉엉 울었다면 그날이 처음이자 마지막이 아니었을까. 지금으로부터 약 30년 전의 그 촌 동네에는 남의 일에 이러쿵저러쿵하는 풍습이 여전히 남아 있었을 테니까.

하지만 나는 엄마의 미움을 사고 싶지 않았다. 우는 아이가 제일 싫다는 말을 들은 마당에 또 엄마의 화를 돋우는 짓을 할 수는 없었다.

사람은…… 적어도 나는 왜 불안하면 몸을 웅크리게 되는 것일까.

제법 표현할 줄 아는 축에 속하게 된 지금은 사라져 버리고 싶다는 소망이 투영되었던 게 아닐까 하고 추측한다. 하지만 어쩌면 볼품없는 자신의 모습을 보이고 싶지 않아서였을지도 모르고, 어쩌면 더위나 추위를 포함해 외부의 적으로부터 다소나마 자신을 보호하기 위해 표면적을 줄이거나 흔적을 지우려는 잠재적인 방어 본능이 작동했을지도 모른다.

첫날 저항하지 않은 탓에 그 후에도 정답률이 70퍼센트 이

하로 내려가면 어김없이 베란다로 쫓겨났다. 일주일에 한 번, 많으면 두 번. 내가 베란다로 쫓겨나는 시간이 대개 밤 8시에서 9시 사이였기에, 언제나 10시 넘어서 집에 들어오는 아빠는 한동안 그 사실을 알아채지 못했다. 그래도 엄마가 내게 과도하게 공부를 시키는 점에 대해 아빠 나름으로 생각하는 바가 없지는 않았던 것 같다.

어느 날 밤, 이부자리에 들었는데 장지문 너머로 오가는 말소리가 들렸다.

"벌써부터 그렇게 공부시킬 필요는 없잖아. 좀 더 느긋하게 키우는 게 좋지 않겠어?"

"이런 촌 동네에서 느긋하게 키웠다가 뒤처져서 경쟁에서 낙오하면 어떻게 책임질 건데? 당신이 아니라 내가 바보 취급 당하겠지. 불만이 있으면 이런 궁상맞은 생활에서 해방시켜 준 다음에 말해."

그리고 더는 아빠 목소리가 들리지 않았다.

베란다로 쫓겨나는 게 괴로워도 아빠에게 도움을 청하지 않은 이유는 설령 그 대화를 듣지 않았어도 기대할 게 없다고 생각했기 때문이다.

아빠에게는 혼난 적이 없었다. 그런 말을 유치원 친구에게 하자 "너희 아빠, 착하네." 하는 반응이 돌아왔다. 그래서 한 동안 누가 아빠는 어떤 사람이냐고 물으면 착한 사람이라고 대답했는데, 그렇지 않았는지도 모른다.

그저 무관심했다. 그렇다고 나빴다는 것은 아니다.

그렇게 생각할 수 있는 것은 지금 내가 살아 있기 때문일까. 또는 나보다 훨씬 더 끔찍한 일을 당한 아이를 알고 있기 때문일까.

계절이 바뀌어도 70퍼센트 이상 동그라미를 받지 못한 날이면 나는 베란다로 쫓겨났다. 무더운 날이든 비 내리는 날이든 추운 날이든. 그래도 점차 처음만큼 괴롭지는 않게 되었다. 딱 한 시간만 지나면 안으로 들어갈 수 있다는 것을 아니까. 그런 다음 엄마가 다정하게 대해 주는 건 아니었지만, 화를 내지도 않았다. 대개는 목욕하라고 말할 뿐이었다. 그리고 마치 아무 일도 없었던 것처럼 하루가 끝난다.

요컨대 익숙해진 것이다. 그뿐 아니라 평소에는 듣지 못했던 다른 집의 소리를 베란다에서는 들을 수 있다는 사실을 알고는 이 아파트에는 어떤 사람들이 살고 있을까 하고 상상의 나래를 펴는 일이 즐거워지기까지 했다.

각 층에 여섯 세대가 사는 3층짜리 아파트.

엄마는 걸핏하면 "이런 거지 같은 아파트!" 하고 불만을 터뜨렸지만, 옆집 소리가 낱낱이 들리는 것은 아니었다. 진동은 다소 전해졌지만, 의미를 알 수 있는 말소리나 텔레비전 소리가 들린 적은 없다.

두 달 전에 오른쪽 집 사람이 이사를 가고 한 달 전에 다른 가족이 이사 온 것도 새로 이사 온 그 집 사람과 현관 앞에서 마주치기 전까지 엄마는 몰랐을 정도로.

그러나 나는 알고 있었다. 베란다에 나가면 언제나 들리던 서양 음악 소리가 어느 때부터 예능 프로그램 특유의 웃음소리로 바뀌었기 때문이다.

그리고, 그날이 찾아왔다.

곱하기에서 자릿수의 개념을 이해하지 못한 나는 또 베란다로 쫓겨나고 말았다. 그날따라 내게 나가라고 말하는 엄마를 의심스럽게 쳐다본 것은 유치원에서 돌아오는 길에 눈발이 흩날렸기 때문이다.

유리문을 열자 여전히 눈발이 흩날리는 밤하늘이 보였다. 그런데도 엄마는 오늘은 됐다고 말해 주지 않았다. 눈이 쌓이지 않았기 때문일까. 스웨터를 입고 있으니 얼어 죽지는 않을 거라고 믿었기 때문일까.

베란다로 쫓겨날 때면 늘 앉는 장소, 베란다의 한가운데쯤에서 유리문에 기대어 무릎을 껴안은 채 시간이 지나기를 기다렸다. 그날은 너무 추웠다. 등이 유리문에 닿는 순간, 얼음

벽에 기댄 것처럼 뒷덜미가 써늘해졌다. 문틈으로 바람까지 몰아쳤다.

이런 데서, 이런 데서……. 설움이 북받쳐 그대로 울부짖으면서 문을 두드렸다면 좋았을지도 모른다. 가령 얼마 전에 드라마에서 봤듯이, 별것 아닌 일로 말다툼을 벌이고는 방에서 뛰쳐나가려는 애인을 붙잡는 여자처럼.

가지 마, 나를 혼자 두지 마, 나를 미워하지 마. 그렇게 직설적인 말로 감정을 터뜨렸다면 드라마 속 애인처럼 엄마도 내게 와 주었을까. 꼭 안아 주었을까.

그런 몇십 년 전 일의 가정 따위, 아무런 의미도 없다.

나는 아무 말도 하지 않았다. 그리고 바람을 피할 만한 장소를 찾았다. 옆집 베란다와 우리 집 베란다를 가르는 칸막이와 냉난방기 실외기 사이에 1미터가 좀 안 되는 틈이 있었다. 게다가 가동 중인 실외기에서 따스한 바람이 흘러나왔다.

콘크리트 벽에 기대어 앉아 무릎을 껴안았다. 유리문보다는 차갑지 않았지만, 그래도 추웠다. 목을 움츠리면 하늘을 올려다볼 수 없다. 눈동자를 옆으로 움직이자, 칸막이 가운데쯤에 조그맣게 쓰인 글자가 보였다.

'긴급 상황에는 이 판자 칸막이를 부수고 피난하십시오.'

물론 한자 공부를 하고 있었지만, 그 당시의 내가 과연 '긴급'이나 '피난' 같은 한자를 읽을 수 있었는지 지금은 잘 기억나지 않는다. 다만 '부수고'라는 말을 실마리로 그 문장의 뜻은 이해했을 것이다.

이 탄탄해 보이는 크림색 판자를 어떻게 하면 부술 수 있을까. 손으로 치나? 발로 걷어차나? 뭔가를, 가령 의자 같은 것을 던지나? 그런 짓을 했다가는 옆집 사람이 무척 놀랄 텐데. 칸막이를 부쉈다느니 무단으로 침입했다느니 하면서 화를 낼지도 모르잖아. 그러니 부득이한 상황이 아닌 한 부숴서는 안 된다.

그렇다면 어떤 상황? 우리 집에 칼을 든 강도가 들어서 쫓기는 경우일까. 아니지, 그런 일은 텔레비전 속에서나 생긴다.

아, 그래, 불이다. 거실에 있을 때 부엌에서 불이 나면 현관으로 피난할 수 없다. 그러니까 베란다로 나와서 이 판자를 부수고 옆집으로 넘어가 도움을 청한다……, 그런 걸까. 유리문을 두드리면서 "죄송한데요……." 하고 문을 열어 달라고 한다. 그런데 만약 옆집에 아무도 없다면? 옆집과 그 옆집 사이의 칸막이를 부수나? 그런데 옆집의 옆집에도 아무도 없다면? 같은 층에 아무도 없다면? 베란다 맨 끝은 어떻게 되어있을까…….

그렇게 칸막이 너머에 생각이 미쳐 있어서 눈치채지 못했을까. 보일 리도 없는 칸막이 저 너머가 어떻게 생겼는지 너무 궁금한 나머지 바로 눈앞에 있는 칸막이 저편의 기척을 알아채지 못한 것일까.

아무리 칸막이를 뚫어져라 노려본다고 한들 투시할 수 있는 것도 아니다. 그렇다면 밑으로는 뭔가 보이지 않을까. 그런 생각을 하면서 시선을 아래로 옮기다가……, 숨을 삼켰다. 베란다 바닥과 칸막이 사이의 틈은 10센티미터 정도. 그 사이로 손이 보였기 때문이다.

움찔 놀랐는데, 목소리는 나오지 않았다. 나는 소리 내어 울지 않을뿐더러, 놀랐을 때도 목소리가 금방은 나오지 않는다. 웃는 일은 있어도 웃음을 터뜨린 적은 없다. 공포에 질려 소리친 적도.

다만, 무섭지는 않았다. 유령의 손이 아니다. 칸막이 너머에 누군가 있다. 나와 비슷한 크기의 손. 아니, 손가락은 좀 더 가늘지도 모르겠다. 하얀 손. 하지만 손톱은 더럽고 어정쩡하게 길다. 그리고, 떨고 있나?

이 아이도 나처럼 쫓겨난 것이리라. 부모를 화나게 하거나 실망시키는 일을 해서. 어쩌면 오늘 처음 쫓겨났을지도 모른다. 그래서, 무섭고 슬퍼서 떠는지도 모른다.

여기 친구가 있어. 그렇게 전하고 싶었던 것일까. 아니, 나는 그냥 반가웠다. 든든한 친구가 생겨서. 나도 여기 있다고 알리고 싶었다. 손을 내밀면 그 손에 닿을 수 있었다. 그러지 못한 것이 그 손을 더럽다고 느꼈기 때문은 절대 아니다.

누군가의 손이 내 손에 닿는 것을 싫어했기 때문이다. 예를 들어 선생님이 "옆 친구와 손을 잡아요." 하면 손을 내밀 수는 있다. 싫다고 생각지 않는다. 그런데 옆 친구가 갑자기 손을 잡으면 그 손을 뿌리치고 내 손을 피난시키듯 주머니에 쑤셔 넣고 만다.

그래서 따돌림을 받았다. 자기가 무슨 공주인 줄 아나. 꼴값하네. 그리고 선생님에게 주의도 들었다. 마음의 준비가 조금 필요한 것이라고, 그 행동에 대한 자신의 심리를 해석하고 언어화할 수 있을 때까지 그로부터 몇 년의 세월이 필요했던가. 지금도 완전히는 극복하지 못했다.

근거는 없지만, 그 손의 주인도 나와 비슷하지 않을까 하고 생각했다. 이쪽에서 기운 내라는 뜻으로 손을 잡으면 상대는 피하지 않을까.

이유야 어떻든, 행위 자체는 잘못이 아닐 것이다. 가령 상대가 사교적인 아이라도, 어둠 속에서 누가 불쑥 손을 잡으면 놀라서 피하는 게 당연하다.

그렇다면 어떻게 어필해야 하나.

나는 앉은 채 손을 내밀고, 내 어깨보다 조금 높아 귀가 닿을 듯 말 듯 한 위치의 판자를 손가락으로 톡, 톡, 톡, 세 번 두드렸다. 시선은 판자 밑으로 향한 채. 그러자 상대의 손이 움찔 움직였다. 어쩐지 기척이 전해진 듯했다.

그다음, 무릎을 껴안은 채 몸의 방향을 틀어 판자 밑으로 보이는 손 바로 옆을 한 손으로 짚었다. 그리고 다른 한 손으로는 바닥을 짚은 손 바로 위 판자를 또 톡, 톡, 톡, 세 번 두드렸다. 판자 너머에 있는 아이가 내 손을 알아차릴 수 있도록. 누군가 있다는 걸 알고 긴장해서 몸을 움츠렸다가 자기와 비슷한 나이의 아이라는 걸 알고는 안심할 수 있도록.

그러자 판자 밑으로 보이던 손이 바닥에서 살짝 떨어지더니 가운뎃손가락이 콘크리트 바닥을 톡, 톡, 톡, 세 번 두드렸다. 피아노를 치듯이.

알, 았, 어.

그런 신호로 여겨져서 나도 손가락으로 같은 동작을 반복했다. 그러자 상대도 또 톡, 톡, 톡, 두드렸고, 나도 또 두드리고…… 몇 번이나 그런 다음이었을까, 서로의 손끝이 닿은 것은. 차갑지도 따뜻하지도 않게 느낀 것은 서로의 손의 온도가 비슷했기 때문이 아닐까. 손가락 끝이 간지러웠다. 간지럽다고 느끼면서 서로의 손가락 끝이 닿아 있는 동안 나는 우리가 웃고 있는 것처럼 느껴졌다.

어떤 아이일까. 얘기해 보고 싶네. 하지만 말을 거는 것은 주저되었다. 엄마가 들으면……, 그 집 사람이 들으면…….

나는 살랑살랑 움직이던 손을 집게손가락만 남기고 오므렸다. 그리고 판자 바로 밑 콘크리트 위를 더듬듯 움직여 글자를 썼다.

'가오리'

나를 소개하려는 뜻이었다. 상대의 손은 잠시 움직임이 없다가 마침내 소리 없이 움직이기 시작했다. 삐죽삐죽이 다섯 개. 글자가 아니라 별 그림이었다. 내 뜻이 전달되지 않았다는 것을 알고 잠시 고개를 갸웃거리다가 이내 답을 찾았다.

판자 너머에 있는 아이는 아직 글자를 못 쓰는 것이다. 실망하지는 않았고, 우습게 여길 마음도 없었다. 유치원에도 아직 글자를 못 쓰는 아이가 많다. 읽기는 해도 쓰지 못하는 아이, 읽지도 쓰지도 못하는 아이 등이 있다. 그런 아이를 바보로 여기는 친구도 있었지만 선생님에게 들켜 혼이 났다.

나는 손가락을 움직였다. 삐죽삐죽 세 개 밑에 반원, 그리고 막대기 하나. 막대기 양옆에 타원 둘. 튤립 그림이다. 그러자 이번에는 상대의 손가락이 금방 움직였다. 동그라미, 세모, 세모. 고양이 얼굴이다. 좌우에 세 개씩 수염, 그리고 눈, 코, 입.

입은 위가 뚫린 반원. 스마일 마크와 똑같은 얼굴이다. 어쩌면 판자 너머에서 상대도 비슷한 얼굴로 웃고 있지 않을까.

그런 상상을 하면서 나도 스마일 마크를 그리려고 동그라미를 그렸을 때였다. 유리문이 열리는 소리가 났다. 나는 손을 쓱 잡아당기고, 아무것도 하지 않았다는 듯이 팔짱 낀 두 팔을 무릎에 올려놓았다.

"그렇게 구석에 있었어?"

엄마는 평소와 다른 곳에 앉아 있는 나를 겨우 알아본 듯했다.

"이제 들어와."

그 말을 내 앞까지 와서 했다면 칸막이 너머의 기척을 느꼈을지도 모른다. 그러나 엄마는 베란다로 나오지 않았다. 따뜻한 실내로 냉기가 흘러들자 눈살을 찌푸리면서 빨리, 하고 말했을 뿐이다.

칸막이 너머의 아이에게 안녕이라고 말하는 대신 다시 한번 손가락 끝을 맞대고 싶었지만, 꿈지럭거렸다가는 엄마가 유리문을 닫고 잠금쇠까지 걸어 버릴지도 몰랐다. 나는 일어나 하얀 손을 한 번 보고는 돌아서서 집 안으로 들어갔다.

그 아이는 언제까지 거기 있었을까. 신경이 쓰였지만, 옆 베란다에 아이가 있었다고 엄마에게 얘기할 마음은 없었다. 조만간 또 베란다에 나가게 될 테고, 그때도 그 아이가 있었으면 좋겠다고 생각했기 때문일까.

과거의 기억은 머릿속 스크린에 선명하게 영상으로 재현할 수 있는데, 스크린에 비친 자신이 무슨 생각을 했는지는 50퍼센트 정도밖에 떠오르지 않는다. 그러니 칸막이 판자 너머에 있던 아이에 대해서도 어쩌면 훗날 나의 상상이 덧입혀졌는지도 모른다. 그래도 손가락 끝에 되살아나는 감각은 그때 느꼈던 그대로라고 믿고 있다.

그 아이를 또 만나고 싶어. 다음에는 무슨 그림을 그리지. 공룡이나 악어처럼 어려운 걸 그리면 놀랄지도 모르겠네.

그 후로는 유치원에서 쉬는 시간이면 그림을 자주 그렸다.

"공룡은 보통 옆모습을 그리는데, 가오리는 정면 모습을 그리네. 멋지다."

그런 말은 누가 해 주었을까. 베란다에서 그 일이 있고부터 나는 주변 아이들이 눈에 들어오지 않을 만큼 칸막이 너머의 아이만 생각했다. 공룡 그림도 콘크리트 바닥에 손가락으로 그린 것이 아니라 종이에 그린 것을 보여 주고 싶었다. 좁지만 그 틈새로 그림이나 편지를 건네는 것은 전혀 어려운 일이 아니다.

그러나 어린 마음에 거기서는 그러면 안 된다고 느꼈다. 둘이 교류하는 증거품을 남겨서는 안 된다고.

베란다로 쫓겨나고 싶지 않다고 바랐을 때는 이틀을 계속해서 동그라미가 절반이 안 되는 일도 있었는데, 베란다로 나가도 괜찮다고 생각하게 되고부터는 오히려 동그라미만 받았다. 그 무렵부터 내가 압박에 약해졌다는 뜻이다.

상을 전혀 의식하지 않을 때는 거의 홀린 것처럼 상을 받고 싶은 욕구가 넘쳤는데, 정작 큰 상을 받고 '다음에는 더 큰 상을.'이라는 말이 들린 순간, 머릿속이 아득해지고 말았다.

그런 머릿속에 베란다 영상이 스쳤다.

베란다에서는 만나지 못해도 다른 곳, 이를테면 현관 앞이나 근처 공원에서 만날 수 있었다면 나는 절대 일부러 틀리는 짓은 하지 않았을 것이다. 곱셈을 하면서 더해야 하는 숫자를 더하지 않거나, 한자의 획을 하나 빠뜨리는 등의 짓 말이다. 잔재주를 못 부리는 내가 일부러 틀린 답을 쓰는 모습은 커닝하는 아이의 모습과 비슷한 면이 있지 않았을까.

그러나 엄마는 눈치를 채지 못했고, 나는 열흘 만에 다시 베란다로 쫓겨났다. 그날은 눈이 오지 않았지만 추웠고, 내쉬는 숨이 하얬다. 엄마가 커튼을 닫는 걸 확인하고서 실외기 옆으로 가자 칸막이 판자 밑으로 하얀 손이 보였다.

쪼그려 앉으면서 집게손가락 끝으로 판자를 톡, 톡, 톡, 두드렸다. 하얀 손이 움찔했다. 이번에는 그 손등으로 손을 뻗어 손가락으로 톡톡 건드려 보았다. 손톱이 예전보다 짧았다. 그러나 손톱깎이로 깎은 게 아니라 이로 물어뜯었는지 끝이 가슬가슬했다.

유치원에 늘 자기 엄지손톱을 물어뜯는 아이가 있어서 이 아이도 그런 버릇이 있나 보다 했을 뿐, 깊이 생각하지 않았다. 손톱이 가슬가슬한 하얀 손도 나처럼 집게손가락을 들었다. 그리고 콘크리트 바닥을 톡, 톡, 톡, 세 번 두드렸다. 나는 잘 지내? 하고 넌지시 묻는 기분으로 판자를 세 번 두드렸는데, 상대도 같은 기분이었을까.

어떻게 대답할까 생각하고 있는데 하얀 손가락이 콘크리트에 동그라미를 그렸다. 그리고 톡, 톡, 두 번 두드렸다. 이어서 하트를 그리고 톡, 톡, 톡, 세 번. ……이렇게 하라는 건가? 나는 별을 그리고 두 번 두드리고, 목이 긴 기린을 그리고 세 번 두드렸다. 그러자 하얀 손은 엄지손가락과 집게손가락으로 동그라미를 만들어 오케이 사인을 보냈다.

우리 나름의 모스 부호 같은 것이었다. 형태가 있는 것은 그림으로 그릴 수 있다. 그러나 마음을 그림으로 표현하기는 어렵다. 그래서 두드리는 횟수로 그에 해당하는 단어를 떠올린다. 세 번은 역시 잘 지내? 다섯 번은 정말 고마워. 네 번은…….

나는 '우리는 친구'라고 전하고 싶어서, 다섯 번을 두드린 다음 인형 두 개를 옆으로 나란히 그렸다.

그런 식으로 우리가 손가락 대화를 나눈 것은 전부 여섯 번이었다.

마지막인 여섯 번째에 내민 하얀 손등에는 지름 1센티미터가 좀 안 되는 빨간 물집이 잡혀 있었다. 왜 이래? 하는 말이 바로 튀어나왔지만, 칸막이 너머에서는 아무 말도 들리지 않았다. 그렇게 묻고 만 탓에 오히려 칸막이 너머 아이는 앉은 방향을 바꿨는지, 다치지 않은 손을 이쪽으로 내밀었다.

같은 사람의 손인데 왜인지 처음 대면하는 사람의 손처럼 느껴졌다. 손으로만 만나는 우리에게 양쪽의 손은 각자의 인격이며, 나와 친하게 지내는 손은 엄지손가락을 안으로 구부린 왼손이지, 오른손은 처음이다. 그래도 왼손처럼 색은 하얀데, 손톱은 더러웠다.

나도 몸을 틀어 베란다 난간에 등을 기대고 앉아, 지금까지 내밀던 오른손이 아닌 왼손을 내밀었다. 처음 만나는 두 손은 평소대로 서로에게 조금씩 다가가 처음에는 조심스럽게, 그러다가 꼭 마주 잡았다. 손가락 끝까지 온기가 퍼지는 것을 느낄 수 있을 만큼 꼭.

만나고 싶어, 모습을 보고 싶어.

그림을 그려서 가져가야지. 집 앞으로 가서 현관 벨을 누르는 거야.

그렇게 결심한 다음 날 나는 그녀를 만났다. 정말 우연히. 마치 별이 소원을 들어준 것처럼.

저녁때 엄마와 함께 동네 슈퍼마켓인 '하루미 스토어'에 장을 보러 갔을 때였다. 육류 코너 앞에서 엄마가 우유를 깜박했다며 가서 가져오라고 말했다. 나는 유제품 코너로 돌아가서, 엄마가 늘 사는 상표의 1리터들이 우유를 집어 육류 코너로 향했다. 그런데 엄마가 바로 앞에 있는 두 사람에게 고개를 살짝 숙이고 있었다.

엄마와 비슷한 나이로 보이는 좀 화려한 여자와, 머리에 커다란 리본을 단 내 또래 여자아이. 동네에 있는 어린이집의 파란 활동복을 입고 있었다.

엄마 뒤로 몸을 숨기듯 다가가 카트에 살며시 우유를 집어넣자 엄마가 뒤돌아 웃는 얼굴로, 그러나 눈은 웃지 않은 채 말했다.

"가오리, 옆집에 사는 다테이시 씨야. 똑바로 인사해야지. 사라는 가오리랑 같은 나이인데 자기소개까지 했어."

옆집에 사는……. 나는 들이쉰 숨을 내뱉지 못한 채 사라라고 불린 여자아이 쪽을 바라보았다. 하얗고 눈이 또랑또랑한,

텔레비전에 나와도 이상하지 않을 만큼 귀여운 여자아이였다.

사라가 내게 방긋 웃어 보였다. 마치 오래전부터 친구였던 것처럼. 우리, 서로를 벌써 알고 있는걸, 이라는 말이라도 하는 것처럼. 눈에는 장난기를 가득 담고서.

나도 사라처럼 웃어 보이고 싶었지만, 입꼬리만 치켜올린 부자연스러운 표정이었을 것이다. 나중에 엄마가 퉁명스럽다고 화를 낼 듯한 표정. 그러나 그게 나의 웃는 얼굴이니 어쩔 수 없다.

하지만 엄마도 자신과 스타일이 다른 옆집 사람과 친해질 마음은 없는지, 내가 안녕하세요, 하고 인사하자 그럼 또 뵈어요, 하고는 카트를 밀었다.

사라가 안녕, 하고 손을 흔들었다. 나도 똑같이 손을 흔들었다. 손등의 물집이 떠올랐지만, 스쳐 지나간 다음이었다. 돌아보니 사라와 그 엄마의 모습은 아직 시야 안에 있었다. 하지만 손등은 보이지 않았다. 사라가 엄마와 손을 잡고 있었기 때문이다. 그 엄마는 한 손으로 카트를 밀고 있었다. 장을 보는 중이라서, 짐이 있어서, 바빠서. 우리 엄마가 내 손을 잡지 않는 이유가 그런 게 아니라는 걸 깨달았다. 그렇다고 두 손으로 카트를 미는 엄마 손에 내 손을 올려놓고 싶은 생각은 없었다.

내 손에 사라 손의 감촉이 남아 있는 것은 물론 괴로울 때 힘이 되었기 때문이다. 하지만 그 외에, 그 후로는 비슷한 정도로 소중하게 손을 마주 잡은 상대가 없었기 때문에 다른 감촉이 덧칠되지 않았다는 이유도 있다.

때로 손을 잡아 주었던 아빠가 자살한 것은 사라를 만났던 주의 토요일이었다.

베란다에 나가지 않아도 사라를 만날 수 있다는 것은 알았지만 나는 3시에 끝나는 유치원에 다녔고, 사라는 더 늦게 끝나는 어린이집에 다녔다. 그러니 용기를 내어 현관 벨을 눌러 봐야 평일에는 만나기 어려웠다. 주말을 기다렸다.

토요일 오후, 아빠는 영화를 보고 오겠다면서 외출했다. 흔히 있는 주말 풍경이었다. 내가 토요일 오후에 공부를 하는 것도 늘 똑같은 풍경인데, 그날은 엄마가 기분이 좋지 않아서 평소의 두 배 이상 과제를 내주었다.

오늘은 사라와 놀 수 없다. 내일은……. 하지만 밤이 깊어서는 그런 기대나 할 상황이 아니었다. 아빠의 시신이 바다에서 발견되었기 때문이다.

엄마와 나는 외할머니 집으로 이사하게 되었다.

사라에게는 작별 인사도 하지 못했다. 아파트에서 지내는 마지막 날 밤, 엄마가 목욕하는 틈을 타 베란다에 나갔지만 칸막이 판자 밑에 하얀 손은 보이지 않았다.

가능하면 칸막이 판자나 콘크리트가 아니라 하얀 손등을 다섯 번 두드리고 싶었다.

안, 녕, 잘, 있, 어.

그랬다면 사라는 조금은 아쉬운 듯, 하지만 다정하게 안녕, 하면서 손을 흔들어 주었으리라. 나도 살랑살랑 손을 흔든다. 그리고 두 손이 서로의 손을 간질이듯 얽히고, 서로의 손을 꼭 쥐며 악수를 나눈다. 그런 다음 아쉬워하면서 그 손을 놓고, 나는 마지막으로 다시 한 번 사라의 손등을 여섯 번 두드린다. 사라라면 이해할 거라고 믿으면서.

잊, 지, 않, 을, 거, 야.

그럴 수 없어서 대신 다음 날 아침 집을 떠나기 전에 사라네 집 우편함에 짧은 편지를 남겼다. 이사 가는 곳은 적지 않았다. 그래도 소원을 담아 썼다.

'또 만나면 좋겠네.'

그 후로 매일 사라를 생각했던 것은 아니다. 오히려 거의 잊어 가고 있었다. 그런데…….

죽고 싶다, 몸이 산산이 부서지는 식으로. 그렇게 생각했을 때였다.

다가오는 전철을 향해 뛰어드는 상상도 했다. 터져 나온 내

장이 치덕치덕 사방으로 튄다. 하지만 지금 생각하면 그런 상상의 그로테스크함은 견딜 수 있는 정도다. 피의 양도, 짓뭉개진 팔다리도. 그래서 전철이 지나간 선로에 손목에서 뚝 잘린 오른손이 덩그러니 남아 있는, 그런 그림이 마지막에 남았다.

마치 그곳만이 깨끗한 나 그대로라는 듯이.

하지만 내게 전철에 뛰어들 용기 따위는 없었다. 그렇게 죽으면 뒤에 남은 가족은 나의 죽음을 슬퍼하기보다 여러 사람에게 폐를 끼친 데 대한 뒷수습을 하느라고 마음이 분주하게 될 것이라는 생각도 들었다.

그렇다면 면도날로 손목을 긋는 방법도 있었다. 조금만 힘을 주면 된다. 그런 생각을 하면서 눈을 꼭 감자 어떻게 된 일인지 손가락 끝이 간질간질해졌다.

하지 마, 하지 마, 사라.

손가락 끝이 그리웠던 적은 있어도 이름까지 떠올린 것은 그 동네를 떠난 뒤 처음이었다. 열다섯 살 때였으니 10년 만이었다.

그 3년 후인 열여덟 살. 내가 여전히 자살 충동에 시달릴 무렵 사라는 살해당했다.

그리고 또 15년이 흘렀다.

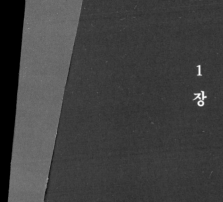

1
장

사무실에서 컴퓨터를 켜려는데 발치에 놓인 핸드백에서 좀처럼 듣기 힘든 스마트폰 알림음이 울렸다. 아버지의 문자 메시지다.

'가미이케 할아버지 17주기에 내려와라.'

그 정도 일로 하네다에서 하루에 두 편밖에 없는 비행기를 타고, 내려서 또 전철과 버스를 갈아타고 고향으로 돌아오라니. 명령조지만, 아버지도 설마 내가 정말 내려오리라고는 생각하지 않을 것이다.

외가 가미이케 집안의 제사는 이모부가 주관할 텐데, 그런 자리에 도쿄에서 사 들고 온 선물을 보란 듯이 내밀며 나타나 봐야 친척들은 모두 내가 볼일이 있어서 온 김에 얼굴을 내밀었다고만 여길 것이다.

아버지에게는 회답하지 않고, 언니 앞으로 문자를 보냈다.

'외할아버지 제사가 있다며? 아버지는 엄마 3주기에 관해 의논하고 싶은 거겠지. 예행연습을 하고 싶은지도 모르고. 할 수 없지, 뭐. 내려갈게. 언니는 무리하지 마. 다음 공연은 파리 단독 콘서트잖아. 힘내.'

내려가면 또 그 얘기가 나올까.

엄마의 언니인 요시에 이모는 자기 동생의 장례가 막 끝나고 식사를 하는 자리에서도 웃는 얼굴로 모두와 쾌활하게 얘기했고, 내게도 그런 투로 말을 건넸다.

"마히로, 나, 봤어, '장밋빛 로맨스'. 안자이 안나, 연기 잘하더라. 마지막에 죽는 게 아닌가 싶어서 조마조마했는데, 수술도 성공적으로 끝나고 어린 시절 친구와 사랑의 결실을 보아 저녁 햇살 속에서 프러포즈도 받고. 인기가 엄청났잖아. 게다가 우리 동네 뒷산에서 현지 촬영까지 하고 말이지. 정말 최고였어."

나는 뒷덜미를 갑작갑작 긁으면서, 마지못해 웃는 얼굴로 이모의 말을 정정했다.

"고마워요, 이모, '장밋빛 멜로디'를 봐 줘서. 고자이 안나 씨, 연기 좋았죠. 내년에 방영될 아침 드라마의 주인공으로 낙점되었대요. 아 참, 아직 발표가 안 났지."

나는 목소리를 죽이는데 요시에 이모는 박수를 짝짝 쳤다.

"어머, 그러니? 가나코도 그렇게 말하더니."

"엄마가요?"

"그래. 드라마를 보면서, 저 배우, 앞으로 잘나갈 거라고, 아마 아침 드라마 주인공으로 발탁될 거라고 했거든. 봐, 거기서 웃고 있잖아, 내 말대로 됐지, 하면서."

요시에 이모가 내 옆 자리로 눈길을 주었다. 하지만 그녀에게 영적 능력이 있는 것은 아니다. 오히려 다섯 명 중 네 명에게 보이는 강력한 영혼조차 전혀 못 보는 마지막 한 사람 같은 스타일이다. 꼭 나처럼.

"아무튼 그런 비밀 정보를 알고 있다니, 가이 치히로 선생도 대단해졌네. 이참에 안나 씨 사인 좀 부탁해도 될까? 드라마가 끝난 지 아직 반년밖에 안 됐으니까 괜찮겠지?"

"그런 거, 못해요."

"작가 선생님이 그런 것도 못해? 안나 씨도 네 차기작에 출연하기 위해서라면 사인 정도는 기꺼이 해 줄 텐데 뭘 그러니."

그때 아버지가 요시에 이모를 부르러 오지 않았다면 어떤 얘기가 계속되었을까. 어중간하게 끝나기보다는 끝까지 애기할 수 있는 상황이 더 좋았을까.

이모, 내가 무슨 대단한 작가라고 그래요. 우리 선생님 오하타 린코 씨가 대단한 거죠. 보통은 내가 초벌 작성한 대본을 오하타 선생님이 손질하고 완성해서 선생님 이름으로 드라마화하는데, '장밋빛 멜로디' 때는 오하타 선생님이 어쩌다 독감에 걸려서 내가 최종본까지 마무리하게 되었을 뿐이에요. 마지막 회의 비하인드까지 기대하는 연속 드라마가 아니라 두 시간짜리 미니 드라마였던 데다, 선생님도 신인이 데뷔하기에 압박감이 크지 않겠다고 판단해 내 이름을 쓰게 해준 것뿐이라고요.

그러면 이모는 "어머, 그래?" 하면서 실망할까, 아니면 그런 기적의 드라마가 동생이 죽기 전에 방송을 타서 다행이라고 또 한 번 기뻐할까.

엄마는 대학을 중퇴하고 드라마 작가가 되겠다는 나의 뜻에 찬성해 준 유일한 사람이었다.

"법률 공부를 하고 싶어."

부모님에게 그렇게 말하고 도쿄에 있는 사립대학으로 진학했었다. 학교 내에 같은 고향 출신으로는 아는 사람이 하나도 없었다. 새로운 친구가 필요했다. 그래서 신입생 설명회 때 옆에 앉게 되어 친해진 아이가 이끄는 대로 영화 제작 동호회에 들어갔다. 어딘가 모르게 언니를 연상시키는 미모의 그 아이는 배우를 지망했지만 나는 제작 쪽에 손을 들었다.

고등학교 시절 축제 때 나는 우리 반 연극 공연의 스태프였다. 무대 세트를 제작하고 의상을 고르는 일을 재미있게 했던 터라 또 그런 일을 하고 싶다고 생각했던 것이다.

그런데 1학년 여름에 제작팀이 강제로 참가하게 된 드라마 창작 1일 세미나에서 그만 하고 싶은 일이 바뀌고 말았다.

200자 원고지 두 장이면 약 1분짜리 장면이 나온다. 거기에 등장인물의 인생이 담긴다. 가능하지 않았던 세계, 가능할 수도 있었던 세계를 그릴 수 있다. 멀어져 가는 소중한 사람과의 추억을 재현할 수 있다.

가족이 모두 함께 지내는 행복한 시간을.

나는 언니가 해외 연주를 마치고 돌아오는 장면을 원고지 여섯 장에 3분짜리 원 시추에이션 드라마로 썼다.

한여름인데 언니가 좋아하는 어묵국을 끓인 엄마. 에어컨 바람이 시원한 거실에서 먹으려고 했는데, 어찌 된 영문인지 온풍밖에 나오지 않는다. 그렇다면 차라리 한겨울에 난방을 세게 틀어 놓은 셈 치자면서 고타쓰를 꺼내 오는 아빠. 덩달아 선반에 장식해 놓은 유리 열대어 인형을 눈사람처럼 꾸미는 여동생. 엄마까지 겨울용 태피스트리를 꺼내 오고…… 때

마침 언니가 들어온다. 설을 같이 보내지 못해서 서운했는데 이렇게 반갑게 맞아 주다니, 하고 언니는 눈물을 흘리며 기뻐한다.

이 작품으로 수강생 중에서 혼자 A를 받았고, 강사였던 오하타 린코 선생에게 사무실에 와서 아르바이트를 해 달라는 요청까지 받아 기분이 하늘을 찌를 듯했다.

나도 이 배를 타면 언니가 있는 넓은 세계를 향해 노를 저어 갈 수 있지 않을까. 태어나서 처음 몸속에서 뜨거운 무언가가 끓어오르는 것을 느꼈다.

그런 것이 바로 자신감이라고 가르쳐 준 사람은 언니였다.

그로부터 10년. 내 배는 항구에서 출항도 하지 못한 채 해안에서 훤히 보이는 곳에 처량하게 좌초해 있다.

아무리 생각해 봐도 이번에는 요시에 이모 입에서 대본 얘기가 안 나올 것 같다. '장밋빛 멜로디' 이래 텔레비전에 드라마 작가로서 이름이 올라간 적이 한 번도 없으니까.

드디어 포기하고 돌아왔다고 여길까, 아니면 내가 드라마 대본을 쓴다는 사실조차 잊어버렸을까. 어쩌면 '도쿄에서 아르바이트나 하면서 사나 보더라고, 나이가 서른이 다 되어 가는데 말이야.' 하고 데릴사위인 이모부와 걱정스러운 얼굴로 속닥거릴지도.

그런 분위기를 느끼면서 몸을 움츠리고 있는 내게 아버지는 말할지도 모른다. 돌아와.

이미 내가 할 일을 마련했는지도 모른다. 아니다. 내세울 거라고는 그런대로 유명한 대학의 법학부를 2년 만에 중퇴했다는 것뿐인 나를 반겨 줄 만한 직장이 그 마을에 있기나 할까. 인텔리입네 해서 다루기만 까다로운 여자로 비치는 것 아닐까.

국도 변에 있는 대형 슈퍼마켓에서 계산원으로라도 고용해 준다면 감지덕지다.

어쩌면 요시에 이모 입에서 선을 보라는 얘기가 나올지도 모른다. 있을 법한 얘기다. 애당초 아버지가 문자를 보낸 것도 내가 지난달에 2년 동안 사귀던 남자에게 차였다는 사실을 언니가 귀띔했기 때문인지도 모른다.

아무리 그래도 요즘 같은 세상에, 지자체에서 주관하는 짝짓기 이벤트라면 또 몰라도, 친척 아주머니가 주선한 맞선을 보고 결혼하는 사람이 있을까. 설사 좋은 사람을 만난다 해도, 그런 자리가 없었으면 결혼도 못했을 사람으로 낙인찍히면 그 동네에서 살아가기가 과연 어떨지.

괜한 자존심은 내세우지 말자. 오하타 선생에게도 누가 된다.

천직을 찾았다며 앞뒤 가리지 않고 중퇴를 결정한 나를 직원으로 채용한 데다 도쿄에서 여자 혼자 살 수 있을 정도의 월급까지 주고 있는데 나는 이렇다 할 결과를 보이지 못하고 있으니, 좌초가 아니라 침몰하고 있는 것일까.

그러나 나 혼자만 그 배에 타고 있는 것은 아니다. 나는 아직 내 배가 없어서 타인의 큰 배에 편승한 입장이다. 그 큰 배가, 위태롭다.

"오하타 선생님에게 플롯을 제출해야 해서 책 읽기 바빠."

동호회 친구들이 나의 이런 말을 부러워했던 게 언제까지였을까. 그들은 모두 어엿한 직장에 취직했다. 혼자 찾은 복합 상영관 로비에서 오하타 린코라는 이름이 인쇄된 특대 사이즈 포스터를 마지막으로 본 게 언제였더라. 벌써 2년 전쯤이지 않을까.

나는 텔레비전 쪽 사람이니까, 하고, 누가 묻지도 않았는데 선생이 굳이 그렇게 주장하게 된 것도 그 시기부터다. 그러나 그 텔레비전에서마저 지난 1년 동안 단 한 번도 선생의 이름은 자막에 비치지 않았다. 추진 중인 연속 드라마 기획도 없다.

물때인가. 물이 빠지는 시기. 아니다, 이 말은 원래 그런 뜻이 아니라고 오하타 선생이 가르쳐 주었다. '물러날 때라는 뜻이 아니야.' 앞으로도 계속 그런 식으로 시골구석에서 텔레비전이나 영화를 보면서 마치 교정 전문가처럼 잘못 사용된 어법이나 저 혼자 지적하는 인생을 보내게 되는 것일까.

그것이 한때 꿈 같은 세계에 한 발을 담그고 있었다는 증거라도 되는 양.

그러나 아버지는 고향에 내려와서 살라고 연락한 것이 아니다.

제사다. 참석하는 건 괜찮다. 다만, 득달같이 회답을 보냈다가 한가한 사람으로 취급받기는 싫다. 나도 할 일은 있다. 오하타 선생에게 제출할 플롯이나 마무리하자. 어차피 휙 내던져질 게 뻔하지만, 이게 마지막이라 생각하고 해 보자. 휴대 전화를 가방에 집어넣었다.

"프로그램 개편 시즌의 특별 대형 프로그램이라면 몰라도, 기껏해야 두 시간짜리 드라마를 쓰고 싶은 마음은 없어."

그렇게 큰소리치던 오하타 선생도 요즘 들어서는 은근슬쩍 이런 말을 내비치곤 한다.

"추리물 중에서 뭔가 좀 흥미로운 원작이 없으려나."

대놓고 말하지는 않지만, 연애 드라마의 여왕이라는 간판에만 매달리고 있다가는 그야말로 과거의 사람이 되고 만다는 사실을 선생 본인이 가장 잘 알고 있는 것이다.

각본에 관해서는 하나에서 열까지 오하타 선생에게 배웠다. 선생은 나를 채용하면서 사무적인 일은 물론 자료 수집과 플롯 짜는 일까지 맡기고 싶다고 했다. 그래서 줄곧 러브 스토리만 읽고 써 왔는데, 나도 이제 추리물을 읽는 편이 좋을까.

추리물을 좋아하지 않는다. 가뜩이나 슬픈 이별과 불합리한 일이 많은 세상에 왜 굳이 이야기 속에서까지 사람이 죽어야 하나. 범인이 체포되었다고 해서 문제가 해결되는 것은 아니다.

그보다는 진심으로 행복하게 느껴지는 이야기를 쓰고 싶다. 비록 내게 극적인 연애 경험이 없다 해도. 그런 내가 연애 드라마의 여왕에게 영입되었으니 이 세계도 참 모를 곳이다.

오하타 선생은 대화의 속도감이 좋다고 칭찬해 주었다. 나 스스로도 수긍하는 부분이었다. 내 머릿속에는 언제나 언니가 연주하는 음악이 흐르고 있으니까.

그래서 애달픈 장면에서는 베토벤의 '월광', 설레는 기분일 때는 쇼팽의 '강아지 왈츠' 하는 식으로 떠올리는 곡을 바꾸었다.

그러면서 나는 러브 스토리를 꽤 잘 쓴다는 생각을 하게 되었다. 하지만 과연 그럴까. 이렇다 할 연애 경험이 없으니 처음에는 오히려 동경심을 기초로 사랑 이야기를 쓸 수 있었다. 결혼은 하지 않았지만 연인이라고 부를 수 있는 남자가 늘 복수로 있는 오하타 선생은 이해하기 힘든, 연애에 소극적인 여자의 심리를 묘사할 수 있다는 점이 무수한 여성들의 공감을 얻고 있지 않을까 하는 자부심도 있었다.

그러나 이제는 연애를 동경하는 마음조차 없다. 일주일에
한 번꼴로 내 좁은 원룸에 찾아오는 사사키 신고가 "벌써 몇
달째 웃는 얼굴을 못 봤는데, 내 탓이야?" 하고 서운한 표정
으로 물었을 때는 "그렇지 않아."라며 내 나름으로 웃어 보이
려 했지만.

오하타 선생이 아직 여름이 다 가지도 않았는데 송이 도빙
무시를 먹고 싶다고 하는 바람에 함께 가게 된 음식점에서 카
운터 자리에 앉아 있는 신고와 우연히 맞닥뜨리고 말았다. 그
옆 자리에 있던 여자가 "이렇게 맛있는 건 처음 먹어 봐." 하
며 조그만 도자기 스푼으로 도빙무시 국물을 호로록 떠먹더
니 녹아내릴 듯한 미소를 머금었다. 바람피우는 현장을 목격
했으니 얼어붙어도 모자랄 판에, 여자의 웃는 얼굴에 따끈따
끈해져 내 체온마저 1도 정도는 오를 것만 같았다.

"미안해요. 역시 오늘은 고기가 당기네."

오하타 선생이 그렇게 말하고 음식점 주인에게 사과한 뒤
고층 빌딩 맨 위층에 있는 회원제 레스토랑으로 가서 두툼한
스테이크를 사 주었다.

"가슴속에는 행복을 담는 컵이 있어. 그 크기는 사람마다
달라서, 컵이 작은 사람은 금방 웃음이 흘러넘치지. 컵이 큰

사람은 행복을 축적하는 타입이야. 남들보다 조금 큰 마히로 씨 컵이 언젠가 가득 차서 넘쳐흐르면, 그때의 웃는 얼굴은 절대 싸구려가 아닐 거야. 나는 그 순간을 기다리고 있어."

그런 말을 해 준 오하타 선생을 두고, 침몰하는 배라느니 하며 잠시나마 무례한 생각을 했던 나 자신이 한심하다. 플롯을 쓸 자격조차 없다는 생각이 들어서 일단 아버지에게 보내는 회답을 먼저 쓰기로 한다.

스마트폰을 꺼내 보니 메일이 한 통 와 있었다. 기억에 없는 주소였다.

가이 치히로 씨

안녕하세요. 저는 하세베 가오리라는 사람입니다. 이렇게 불쑥 메일을 드려 죄송합니다. 메일 주소는 제작 회사 드라마러스의 사사키 신고 씨에게 받았습니다.

저는 영화감독이며, 신작의 각본에 관해 의논하고 싶어서 연락을 드렸습니다.

바쁘셔서 어려울 것은 알지만, 한 번 뵈었으면 합니다.

메일이나 전화, 어느 쪽이든 괜찮습니다. 회신을 주시면 감사하겠습니다.

하세베 가오리 드림

일단 눈을 감고 심호흡을 한 번 한 후 화면을 다시 봤다. 오하타 선생에게 전해 주십시오, 따위의 말은 어디에도 없다. 내게 온 메일이 분명하다.

오하타 선생은 회식이 있어서 외출하고 지금 사무실에는 나 혼자뿐이다. 그걸 알면서도 주위를 두리번거린 다음 다시 스마트폰 화면을 내려다보았다.

하세베 가오리. 새삼스레 인터넷에서 인물 검색을 하지 않아도 그녀가 영화감독이라는 사실 정도는 알고 있다. 조감독 시절부터 업계에서 평가가 높았고, 감독 데뷔작인 '한 시간 전'이 세계 4대 영화제에 버금가는 것으로 일컬어지는 뮌헨 국제 영화제 시네마스터즈 경쟁 부문에서 2위에 상당하는 특별상을 수상했다는 소식을 몇 주 전 뉴스에서 듣기도 했다.

동일 인물일까. '한 시간 전'은 아직 보지 못했지만, 그 각본가의 이름은 확인한 적이 있다. 거기에도 하세베 감독의 이름이 있었다. 자신이 각본을 쓴 영화가 높은 평가를 받았는데도 차기작의 각본을 다른 사람에게 맡기겠다는 말인가. 그것도 무명의 각본가에게.

아무런 접점도 없는데…….

손에 든 스마트폰으로 하세베 가오리를 검색한다. 요코하마 출신. 대학도 요코하마에서 부잣집 딸들이 다니기로 유명한 곳을 나왔다. 짧은 대학 시절에 어느 워크숍에선가 얼굴이 마주쳤을지도 모르겠네, 하고 생각했지만 나보다 네 살 많은 감독은 내가 대학에 입학하던 해에 취직한 걸로 되어 있었다. 무역 관련 회사다. 거기서 2년을 근무한 후 회사를 그만두고 전문학교에서 공부했고, 다큐멘터리를 주로 제작하는 텐마 일이라는 프로덕션에 들어갔다가 작년에 프리로 전향한 듯하다.

역시 나와는 접점이 보이지 않는다.

누군가가 하세베 가오리라는 이름을 도용해서 나를 만나려고 한다?

무슨 미스터리 소설도 아니고, 가장 있을 수 없는 일이다. 내가 각본을 쓴 드라마 '장밋빛 멜로디'가 마음에 들었다? 아니, 그것도 아닐 것이다.

감독이 그렇게 쓰기는 했어도 어쩌면 사사키 신고가 제가 버린 여자에게 베푸는 마지막 온정으로, 일거리 없는 각본가에게 뭐라도 좋으니 기회를 좀 주세요, 하고 고개 숙여 부탁했는지도 모른다. 이게 가장 있을 법한 일이다.

하지만 속으로 이러니저러니 해 봐야 소용없다. 본인을 만나서 물어보면 될 일이다. 미팅 장소에 하세베 가오리 감독이

아니라 신고가 나타날지도 모른다. 내가 만나고 싶다고 해 봤자 안 통할 것 같아서, 하고 실실대며 관계를 되돌리자느니 어쩌느니 하는 함정이 기다리고 있을 듯한 생각도 든다.

그래도 상관없다. 말없이 돌아오면 그만이다.

'언니, 굉장한 사람한테서 연락이 왔어. 해외 영화제에서 각본상 받으면 어쩌지? 푸하하!'

영화관에서 나와 그길로 제일 가까운 카페에 들어갔다. 커피를 마시면 토할 것 같아서 오렌지 주스를 주문했다. 방금 보고 나온 영화의 팸플릿을 펼쳤다.

하세베 가오리 감독과 주연 여배우의 대담 페이지에 두 사람의 전신사진이 실려 있다. 영화가 상을 받기 전까지는 텔레비전에서 본 적이 없는 배우인데, 그 당당한 표정에는 왜 이 사람이 여태 무명이었는지 의아할 만큼 관록이 풍긴다. 그러나 시선은 이내 그 옆으로 옮겨 갔다.

다리 길이가 한눈에 가늠되는 검은 바지 정장 차림. 화장을 옅게 했는데도 반듯한 콧대와 커다란 눈이 오하타 선생을 따라서 몇 번 갔던 다카라즈카 가극단 공연의 톱스타를 연상케 한다. 감독을 할 게 아니라 배우를 하면 좋을 텐데, 하면서 넋

을 잃을 정도로 아름다운 사람이다.

꼭 만나고 싶다고 답장을 보내자 금방 고맙다는 회답이 왔다. 정말로 만나게 되었구나. 가슴이 두근거렸다. 학창 시절에 처음 생긴 남자 친구와 단둘이 만나기로 약속했을 때보다 심박수가 높아졌을 것이다.

그런데 뭘까, 이 찜찜한 기분은.

만나기로 했으니 작품을 봐 둬야겠다 싶어서 '한 시간 전'을 아직도 상영하는 영화관을 검색했다. 큰 상을 받은 덕에 재상영하는 곳이 많아서 약속한 날이 오기 전에 볼 수는 있었는데, 감독이 연락한 이유를 더욱더 모르게 되었다.

만난다 한들 이 작품에 대한 감상을 감독에게 전하기는 어렵다. 훌륭한 작품인지도 모른다. 120분짜리인 작품은 3부로 구성되어 있고, 주인공들은 모두 앞으로 자살을 앞둔 사람들이다. 자살하고 인생이 마감되기까지의 마지막 한 시간을 다큐멘터리 형식으로 그렸다.

팸플릿에서 감독과 대담한 여배우는 병든 어머니를 간병하느라 지친 독신 여성 역으로, 콧노래를 흥얼거리면서 핫케이크를 굽는다. 두 번째 이야기의 주인공은 초등학교 교사였던 젊은 남자로, 녹음이 무성한 산속의 빨려 들어갈 듯이 맑고 파란 호숫가에서 기타를 치며 동요를 부른다.

둘 다 죽음을 앞뒀다는 사실이 믿기지 않을 만큼 평온한 표정이다. 자살을 선택하는 사람은 더 절박하고 슬픔에 찬 얼굴로 최후를 맞지 않을까 하고 단순히 상상해 왔지만, 결심을 굳힌 후에는 저렇게 해방된 기분일지도 모르겠다는 생각이 들었다.

혈육이나 친구를 자살로 잃은 사람은 자신들이 뭐라도 할 수 있었을지 모른다는 후회에 시달리기도 한다. 그런 사람들이 이 영화를 보면 위로를 얻을 수 있을까.

그런데 그런 생각을 세 번째 이야기가 산산이 날려 버렸다. 괴롭힘을 당하던 끝에 자살하기로 마음먹은 소년은 반에서 유일하게 그에게 말을 걸어 준 여학생을 강간하려다 미수에 그친 채 도망친다. 그리고 노트 한 권에 그녀에게 사과하는 말을 휘갈겨 쓰고 목을 매려 했다. 그러다 소년은 다시 노트를 펼치고 엄마에게 남기는 메시지를 보태 쓴다. 눈물을 뚝뚝 흘리면서.

관객 대다수는 그 장면에서 감동을 느꼈을지 모르지만 내 마음에는 뭔지 모를 답답함이 남았다.

그런 기분으로 엔딩 크레디트를 바라보고 있는데 마지막에 예상치 못한 일이 일어났다. 누군가가 노트의 한 페이지를 북 찢어 버린 것이다. 그 행위가 뭘 의미하는지 해답은 제시

되지 않는다. 구원이라고 여겨지지는 않았다.

어쩌면 미처 못 보고 자리를 뜨는 사람이 있을지도 모르는 마지막 장면에 하세베 감독이 담은 메시지는 무엇일까. 이 사람이 보고 싶어 하는 세계가 어떤 것인지 잘 모르겠다.

그런 사람과 내가 함께할 수 있는 일은 어떤 일일까.

상을 받기 전에 약속했던 연애 소설 원작의 영화가 있었는데, 어느 자리에선가 신고를 만났고, '그런 영화라면 안성맞춤인 각본가가 있다'라는 방향으로 얘기가 흘러갔다, 그렇게 생각하지 않고서는 납득하기 힘들다.

'언니는 어떻게 생각해?'

오하타 선생은 호텔 회의실에서 회합을 갖는 일이 많다. 커피 한 잔에 보통 천 엔이 넘는다. 하세베 감독도 그런 곳을 지정하겠지 싶었는데 웬걸, 세계적으로 유명해진 영화감독이 메일로 알려 준 곳은 치즈 케이크가 맛있기로 유명한 캐주얼한 카페였다.

약속 시간인 오후 2시보다 5분 일찍 카페로 들어서자 맨 안쪽 2인용 테이블에 하세베 감독의 모습이 보였다. 색감이 미묘하게 다른 데님 셔츠와 팬츠 차림이다. 멀리서 보기에는 촌스러운 남자 고등학생 같았는데, 그 위에 감독의 얼굴이 있으니 뉴욕의 최신 패션이라고 해도 믿을 듯했다.

감독은 나를 알아보지 못했다. 조금 떨어진 곳에서 눈길이 마주쳤는데, 아무 반응도 보이지 않은 채 시선을 돌렸다. 조금 더 다가가서 "안녕하세요." 하고 인사하자 화들짝 놀란 표정으로 이쪽을 돌아보았다.

"가이 치히로 씨?"

내가 그렇다며 고개를 끄덕이자 허둥지둥 일어나 "하세베 가오리입니다." 하고 고개를 숙였다. 이미지와는 딴판인 대응에 당황스러워하며 명함을 교환했다. 세계적인 명성을 얻은 네 살 위 신인 영화감독으로는 도무지 보이지 않는다.

하지만 한편으로 그런 점이 천재답다는 생각도 들었다. 언니도 피아노를 치지 않을 때는 상당히 느슨한 면이 있었다. 굳이 가슴을 쫙 펴지 않아도 등을 꼿꼿하게 세우고 이 세상과 대치할 수 있는 사람이겠다 싶었다.

마주 앉자 감독이 메뉴판을 펼쳐 건넸다.

"사사키 씨가 치히로 씨가 좋아할 만한 가게라며 추천해 주었는데, 이렇게 세련된 가게는 익숙하지 않네요. 난 이 추천 세트를 주문할 테니까 가이 씨는 드시고 싶은 걸 주문해요."

감독은 언뜻 보기에도 안절부절못하는 기색이다. 나 역시 주위에 여고생과 여대생이 우글거리는 이런 카페는 오랜만이었다. 신고가 떠올리는 나의 이미지는 이미 실제 나와는 거리가 멀 것이다. 어느 모로 보나 전에 음식점에서 본 그 여자에게나 어울릴 만한 카페였다.

나는 감독에게 다른 곳으로 가자고 제안했다. '장밋빛 멜로디'와 관련한 미팅을 할 때 몇 번 갔던 카페 '카논'이 걸을 만한 거리에 있다. 옛날 찻집 같은 분위기에, 오하타 선생과 함께할 때와는 전혀 격이 다른 장소라서 당시에는 비참한 기분이 들었다. 그러나 지금은 자리가 늘 30퍼센트밖에 차 있지 않고 재즈 음악이 나지막이 흐르는, 그야말로 미팅을 하기에 더없는 장소라고 생각한다.

주문을 하지 않은 채 나가는 걸 감독이 난처해 하기에 치즈케이크를 두 개 테이크 아웃으로 사 들고 '카논'으로 갔다.

'카논'에 들어서는 순간 감독의 표정이 다소 누그러지는 걸 보고 안도했다. 하지만 오늘의 추천 커피가 나올 때까지는 피차 본론으로 들어가지 않았다.

'뮌헨 국제 영화제, 축하드려요.'

그렇게 운을 떼면 곧장 각본 얘기로 넘어갈지도 모른다. 그러나 영화 내용에 관해 언급하고 싶지 않아, 재즈 따위에는 아무 관심도 없으면서 마치 곡목이 머리에서 맴돌기만 하고 기억나지 않는다는 표정으로 물었다.

"이 곡이 뭐였죠?"

글쎄요, 하며 감독이 고개를 갸우뚱했다.

"클래식이라면 조금 알지만……."

괜한 것을 물었나 싶어 나는 입을 다물었다. 감독은 "좋네요." 하며 웃었을 뿐이다. 그때 마침 커피가 나와서 그냥저냥 넘어갔지만 만나고 처음 대하는 감독의 웃는 얼굴이었다. 어떤 음악을 좋아하느냐고 물으려는 찰나에 저쪽이 먼저 입을 열었다.

"얼마 전에 '장밋빛 멜로디'를 봤어요. 사사키 씨에게 빌려서요."

"그 드라마는 왜……?"

고마운 일인데 왜 그런 말이 나왔나 모르겠다. 역시 사사키 신고의 온정이었나.

"잡담 중에 그곳에서 촬영한 작품이 있다고 해서요. 마지막에 산 중턱에 있는 철탑에서 바다로 지는 해를 바라보는 장면, 거기, 그러니까 사사즈카초의 가미이케산 아닌가요?"

현의 이름이나 시의 이름은 건너뛰고 불쑥 귀에 익은 지명이 나와서 이번에는 입을 쩍 벌린 채 고개를 끄덕거렸다.

'아야하와 쇼이치가 손을 잡고, 바다로 기우는 해를 내려다본다.'

각본에는 그렇게 쓰면 그만이다. 그러나 프로듀서와 감독을 중심으로 한 제작진은 그런 상황이 성립하는 장소를 찾아야 한다. 머리를 감싸 쥐고 고민하던 신고에게, 친척 집 뒷산에서 조금 오르면 그런 곳이 있다고 알려 주었다. 가미이케 산은 외가 쪽의 사유지는 아니다. 그 일대 지명이 가미이케일 뿐. 가미이케라는 성도 그 주변에 널려 있다.

"그런 시골까지 아시네요. 제 데뷔 기념으로 고향에서 현지 촬영을 했을 뿐이지 별 볼일 없는 곳인데요."

나의 자조적인 대답 따위에는 아랑곳없이 감독은 눈을 반짝였다.

"역시! 치히로 씨, 그곳 출신이었네요."

나는 잠자코 고개를 끄덕였다.

"혹시 가이 치히로라는 이름, 본명을 약간 바꾼 필명인가요?"

어찌나 놀랐는지 목소리가 나오지 않아 또 묵묵히 고개를 끄덕였다.

"원래는 가이 치호 씨?"

"아니에요."

이번에는 곧바로 목소리가 나왔다. 불쾌함은 없었다. 이런 오해가 있었네, 하고 오히려 재미있어졌다.

"치호는 우리 언니예요. 저의 본명은 가이 마히로고요. 언니의 재능을 본받자는 뜻에서 한 글자를 따와 치히로라고 했어요."

내 목소리는 들뜨는 반면 감독은 아쉬운 표정을 지었다. 아마도 내가 아니라 언니를 만날 수 있지 않을까 하고 기대했던 것 같다.

"감독님은 우리 언니를 어떻게 아세요?"

"저, 3년쯤 사사즈카초에 산 적이 있어요. 치호와는 유치원을 같이 다녔고요."

감독의 이력에 그 동네 이름은 없었다. 올릴 필요도 없을 만큼 잠시 스쳐 지나간 곳이라는 뜻일까. 애당초 검색 사이트의 프로필은 본인이 올리는 게 아니다. 그렇다면 감독으로서는 공표할 필요가 없는 정보라는 얘기다.

"언니가 아니어서 죄송합니다. 그런데 유치원 동급생까지 용케 기억하고 계시네요. 저는 고등학교를 졸업할 때까지 그 동네에 살았지만 유치원을 누구와 같이 다녔는지 전혀 기억하지 못하는데요."

"치호가 피아노를 굉장히 잘 쳤어요. 게다가 기억력도 좋왔죠. 악보를 한 번 보면 그대로 외울 정도로요. 그래서 각본 가가 되지 않았나 했어요."

둘 사이에 네모지고 널따란 테이블이 아니라 아까 그 카페의 조그맣고 동그란 테이블이 놓여 있었다면 나는 몸을 내밀어 감독의 손을 꼭 잡았을지도 모른다. 피아노를 잘 쳤다는 건 아는 사람이 많다. 하지만 언니의 또 다른 특기, 처음 보는 악보도 단번에 고스란히 외우는 능력을 아는 사람이 있다니. 더구나 유치원 시절을 함께했을 뿐인데 말이다.

이런 사람이니까 영화감독으로 성공했을 것이다. 이를테면 등장인물이 몇백, 몇천이든 누구 하나 똑같지 않게, 각각의 개성을 그릴 수 있는 사람.

"촬영 장소였던 그 철탑, 언니가 좋아하는 곳이었어요."

"그렇군요. 치호는 지금 어디에 있죠?"

"피아니스트로 전 세계를 돌고 있어요."

감독은 또 실망한 표정을 지었다. 각본가가 아니라 언니 개인을 만나고 싶었던 것일까. 재능이 많은 어린 시절 친구에게 뭔가 부탁할 일이라도 있는 것일까.

"저, 저는 힘이 되지 못할까요?"

감독이 화들짝 놀란 것처럼 이쪽을 보았다.

"아, 미안해요. 내가 착각한 건데, 불쾌하게 했다면 미안합니다. 이제부터 각본가인 가이 치히로 씨와 의논을 해도 될까요?"

감독이 자세를 고쳐 앉기에 나도 등을 펴고 고개를 끄덕였다. 감독이 옆에 놓인 가방에서 투명한 클리어 파일을 꺼내 내 쪽을 향하도록 놓았다. 표지에 제목이 쓰여 있다.

'사사즈카초 일가족 살해 사건'

몇 초 생각하다가 '그 사건이네!' 하고 기억났다.

"다음 작품에서 이 사건을 다루려고 해요."

"아, 네……."

미안할 정도로 의욕 없는 목소리가 새어 나왔다. 감독이 왜 각본가 가이 치히로를 만나고 싶어 했는지 마침내 알 것 같았다. 언니든 나든 그 누구든 상관없다. 사사즈카초를 아는 사람을 만나고 싶었던 것이다. 그래서 영화 관계자에게 사사즈카초 얘기를 했더니 마침 그곳에서 촬영한 작품 얘기가 나왔다. 그런데 그 작품의 각본을 쓴 사람이 옛 친구와 이름이 비슷했다.

그건 그렇다 치고, 15년이나 지난 사건을 이제 와서 왜 다루려는 것일까. 미제 사건이라면 몰라도, 사건 직후 범인이 체포되었고, 이미 판결도 났을 텐데.

사형은 집행되었나? 모르겠다.

매스컴이 달려들 만한 화젯거리가 없었던 것은 아니다. 그러나 그 직후에 발생한 대형 사건에 묻혀 더는 누구도 화제 삼지 않게 되었다.

정말 내가 짐작하는 그 일을 다루려는 것인가. 사사즈카초 는 산과 바다 사이에 끼여 길쭉한 콩깍지처럼 생긴 지형에 인 구 1만 5천 정도의 작은 지역이지만, 사건이라고 부를 만한 일이 그것뿐이었다고 단정할 수는 없다.

파일을 열어 확인해 보려고 손을 내밀었을 때였다.

"잠깐만요!"

날카로운 목소리에 찰싹 얻어맞기라도 한 것처럼 손길을 멈췄다.

"미안해요. 자료를 건네 놓고서 이렇게 말하는 건 이상하 지만, 파일에는 당시의 신문과 주간지 기사가 정리되어 있어 요. 당연히 마히로 씨도 그런 것들을 본 적이 있을 거라고 생 각하지만, 우선 사사즈카초 사람으로서 그 사건을 어떻게 파 악하고 있는지 알고 싶어요."

감독이 무슨 말을 하고 싶은지는 안다. 그러나 그 눈빛이나 말투가 진지한 만큼 나로서는 미안한 마음이 컸다.

"이거, 다테이시 씨, 아니, 다테미치 씨였나, 하여튼 여동생 과 부모가 오빠에게 살해당한 사건 아닌가요?"

"네, 맞아요. 다테이시 씨죠."

'다테이시'라는 말을 천천히 발음함으로써 어딘가 모르게 나를 힐난하는 듯한 기분이 들게 했다. 역시 내가 짐작했던 사건이 맞긴 했지만, 이미 내 머릿속에는 실망하는 감독의 얼굴이 떠오르고 있었다.

"저는 당시에 중학교 2학년이었고 그 지역에 살았지만, 솔직히, 잘은 몰라요. 크리스마스이브 날 밤에 히키코모리인 오빠가 고3 여동생을 찔러 죽인 후 집에 불을 질러서 그 부모마저 사망하고 말았다, 텔레비전 뉴스를 보고 그렇게만 알았어요."

"텔레비전 뉴스를 보고요? 하지만 그보다 먼저 동네가 시끄럽지 않았나요?"

그것 봐, 예상했던 반응이잖아, 하고 슬슬 짜증이 나려고 했다.

"매스컴이나 시끄럽게 떠들었지, 동네 사람들은 전혀 그렇지 않았어요. 그래도 학교에서 화제가 되긴 했던 것 같네요. 사라 씨 때문에요."

"맞아요, 사라. 나는 그녀에 관해서 알고 싶어요. 마히로 씨는 사라를 알아요?"

감독은 몸을 앞으로 기울인 채, 거의 손도 대지 않은 커피는 거들떠보지도 않고, 얼음이 동동 떠 있는 물을 단숨에 들이켰다.

"아니요. 만난 적은 없어요. 형제가 사라 씨와 같은 고등학교에 다니는 아이에게 들었어요. 대단한 에피소드는 아니지만, 사라 씨가 에인절 걸스라는 아이돌 그룹 오디션에 합격해서 고등학교 졸업과 동시에 도쿄로 가게 되어 있었는데 아쉽다고요."

"아쉽다니, 그게 전부예요? 잘 아는 사람이 죽었는데?"

감독은 짐승이라도 보는 듯한 시선으로 나를 바라보았다. 뭐지, 이 온도 차는? 나야말로 사건을 실시간으로 보고 들었는데.

실시간, 바로 그거다.

"감독님, 질문에 질문으로 답해서 죄송하지만, 만약 사라 씨가 사고로 죽었더라도 그런 식으로 반문하셨을까요?"

"사고………가 아니었잖아요?"

"그렇군요. 사사즈카초, 아니, 적어도 사사즈카 고등학교 학생들에게는 소문이 달리 전해져서요."

머릿속 녹슨 문을 억지로 비틀어 열어 당시의 일을 떠올린 나는 감독에게 설명했다.

중학생 정도 되면 죽음이 절대 별세계의 일이 아니다. 조부모와 같이 사는 아이도 있으니까 어쩌면 도시 아이들보다 죽음을 더 가까이 느끼고 있었을지도 모른다. 그렇다고는 해도 죽음을 어쩔 수 없는 일이라고 결론지을 수 있는 경우는 자신보다 훨씬 나이가 많은 사람이 죽었을 때뿐이다.

그 집과 친하게 지내던 사람들이 어땠는지는 잘 모른다. 그 근처에 살던 사람들이 어땠는지도 잘 모른다. 신문을 읽는 습관이 없던 나는 아빠에게 크리스마스이브에 마을에서 불이 났다는 소리를 들었다. 그리 큰 마을은 아니었지만, 불이 난 집과 우리 집은 사이렌 소리가 들리지 않을 만큼의 거리가 있었다.

그날 기사에는 화재가 발생했다는 내용밖에 쓰여 있지 않았다. 크리스마스 케이크에 꽂은 초에서 불똥이 튀었나 보다고 멋대로 해석했다. 겨울 방학 첫날인데 평소와 다름없이 일찍 일어난 것을 후회하며 한숨 더 자려고 돌아서는데, 이 시기에는 불이 참 많이 나, 하는 엄마의 동정 섞인, 그러나 남의 일이라는 듯한 목소리가 등 뒤에서 들려왔다. 내가 맞장구칠 일은 아니라고 생각하며 걸음을 멈추지 않고 내 방으로 향했다.

이후로 그 일에는 신경을 쓰지 않았다. 매일 아침 신문을 읽는 아빠도 새로운 정보를 들려주지 않았고, 여기저기서 소문을 주워듣는 엄마도 화재에 관해서는 언급하지 않았다. 그 무렵 엄마는 요시에 이모의 아들 마사다카 오빠가 국립대학

의학부에 응시한다는 얘기만 줄곧 했다.

마사다카 오빠는 사사즈카 고등학교 3학년이었다.

그 오빠가 전국 모의고사에서 3등을 했다느니, 전 과목이 1등급이라느니. 안 그래도 언니는 맨날 피아노만 치는데 사사즈카 고등학교에 들어갔다며 아직 입시가 1년이나 남은 나와 비교하는 데 질린 터에 사촌 오빠 얘기까지 보태는 건 참아 달라며 그때의 나는 겨울 방학 내내 방에 틀어박혀 농성하다시피 하는 참이었다.

친구와 놀러 나가지도 않았다. 교실에서 얘기를 나누거나 도시락을 같이 먹거나 하는 친구는 있어도 방학 중에까지 만날 만한 친구가 내게는 없었다.

'이 마을에서 친구는 필요 없다.' 고등학교도 학군 밖에 있는 사립을 생각하고 있었다. 언젠가는 떠날 이곳에 친구가 있은들 무슨 소용이랴. 언니를 모르는 사람들 속에서 지내고 싶었다.

그래서였을까. 다테이시 사라가 부러웠다. 오디션에 합격했다는 건 거짓말이라고 쑥덕거리는 아이들도 있었지만, 나는 그 아이들이 질투심 때문에 그러는 거라고 생각했다.

물론 학교에서 누군가 보여 준 사진 속 사라의 모습은 예쁘기는 해도 텔레비전을 켰다 하면 나오는 인기 아이돌 그룹에

인절 걸스에 발탁될 만큼의 미모는 아니라고 나도 생각했다. 그러나 아이돌이 되는 사람의 본바탕은 원래 그 정도고, 도쿄에 가서 텔레비전에 얼굴을 내밀게 되면 마치 다른 사람마냥 예뻐지는 게 아니겠느냐는 누군가의 말에 일단 수긍하고 나니 더는 그런 말에 신경을 쓰지 않게 되었다.

중학생 눈에 보이는 고등학생이란 그런 정도다.

사라가 죽었다는 것은 3학기 개학식 다음 날 알았다.

사사즈카 고등학교에 다니는 형제가 있는 아이가 빅뉴스라면서 알려 주었다.

개학식 날 전교생 앞에서 교장이 크리스마스이브에 사라 양 집에서 불이 나 사라 양과 부모님이 사망했다고 착잡한 표정으로 말한 뒤 다 함께 묵념을 했다는 것이었다. 그 일로 학교가 떠들썩했지만 우는 사람은 없었다고 한다. 사사즈카 고등학교는 대학 진학을 목표로 하는 학교이니 입학시험을 눈앞에 두고 슬퍼할 겨를이 없다고 생각하는 학생이 많아서 그런가 하고 나는 생각했다.

"아아, 아는 아이가 에인절 걸스에 들어간다고 자랑하고 싶었는데."

내게 그 일을 알려 준 아이도 실망한 목소리로 그렇게 말했을 뿐이다.

그런데 3월에 갓 들어선 어느 날, 자전거를 타고 역 앞에 있는 서점에 갔는데 입구에서 낯선 여자가 불러 세웠다.

"다테이시 사라 양에 대해서 잠깐 묻고 싶은데요."

네? 하고 고개를 갸웃하는 순간 "안 돼요!" 하는 큰 소리가 들렸다. 돌아보니 어른 대여섯 명이 이쪽으로 뛰어오고 있었다. 그러고 보니 걸음을 멈추고 있는 사람이 나뿐이 아니었다. 내 근처에 있던 사사즈카 고등학교 교복 차림의 여학생은 아예 대형 카메라를 향해 서 있었다.

"아이들을 취재하지 마세요."

안 된다며 달려온 어른들은 아무래도 사사즈카 고등학교 선생님인 듯했다. 그들은 나와 여자 사이로 밀치고 들어와 내 앞을 막아서며 어서 서점으로 들어가라고 말했다. 그러는데 여자가 내 손에 뭔가를 쥐여 주었다.

조그맣게 접힌 종이에는 이런 글이 쓰여 있었다.

'다테이시 사라 양 일가족 사건에 관해 얘기를 듣고 싶습니다. 도자이 호텔 303호실에서 기다리겠습니다. 여러 명이 함께 참여하는 것도 환영합니다. 얼굴은 모자이크 처리를 하고 목소리도 변조하겠습니다. 사례금 3만 엔.'

이 수상한 글귀 밑에는 내가 좋아하는 드라마를 방영하는 텔레비전 방송국 이름과, 몇 번인가 본 적이 있는 저녁 시간대 정보 프로그램의 제목이 적혀 있었다.

사건이라니, 뭐지?

서점 안은 마치 사사즈카 고등학교 학생들의 피난처 같았다. 방송국 사람이 이 속에 슬쩍 섞여 들면 좋지 않을까 싶을 만큼 여기저기서 수군거리는 소리가 오갔다.

이날 사사즈카 고등학교의 1교시 수업은 임시 전교 집회로 변했다고 한다. 3학년은 등교하지 않아도 되는 시기였다. 거기서 사라가 화재로 죽은 게 아니라 살해당했다는 사실이 공표되었다는 것이다.

"오빠가 범인이래."

자랑하듯이 그렇게 말하는 아이도 있었다.

집회에서는 사라를 죽인 사람이 오빠라는 사실까지는 밝히지 않고, '누군가'라고만 말했다고 한다. 그리고 매스컴 관계자의 취재에 응하는 것이 금지되었다. 또한 매스컴에서 떠드는 얘기를 곧이곧대로 받아들이지 말라고 못을 박았다고 한다.

나는 죽을힘을 다해 얼굴에 놀라움이 드러나지 않도록 애쓰면서 그 얘기를 들었다. 그러나 사사즈카 고등학생들의 표정에서 몹시 흥분한 기색은 보이지 않았다.

오빠가 범인이며, 이미 체포되었고, 심지어 그가 원래 위험한 인물이라는 정보까지 나왔으니, 설사 오늘 그 사건을 알게 되었다 해도 사건 자체는 과거의 일이라고 치부하는지도 몰랐다.

게다가 학교에서는 작년에 이미 이 사건에 대해 알았고, 경찰에 공표를 미뤄 달라고 부탁하기까지 했다고 한다. 그러나 결국 매스컴이 냄새를 맡고 만 것이다.

"학생들이 불안해 할까 봐 그랬다느니 하면서 엄청 생각해 주는 척할 거면 졸업식이나 입시가 끝날 때까지 숨겼어야 마땅하지."

그렇게 투덜거리는 사람도 있었다.

사건의 진상을 실시간으로 발표했다면 사건 직후에야 소동이 일었을지 몰라도 해가 바뀌고 학기가 시작될 무렵에는 잠잠해지지 않았겠느냐 하는 소리도 있었다.

사사즈카 고등학교 학생들은 같은 학교 학생이 살해당해서 놀라는 사람보다 학교 측의 대응에 불만을 나타내는 사람이 더 많은 듯했다.

사라에 대한 모독이라며 뜬금없는 분노를 표출하는 남학생도 있었다.

요시에 이모가 주문해 놓은 책을 서점에서 받아 이모에게 가져다 달라는 부탁을 받은 터라 우선 내가 정기 구독 하고 있는 만화 잡지를 산 다음 이모가 부탁한 책(인기 셰프가 출간한 요리책이었다)을 받아 서점을 나왔다. 선생님들이 경비원마냥 지키고 서 있어선지 방송국 사람들의 모습이 더는 보이지 않았다.

이모네 집에 가니 이모가 외출복 차림으로 나를 맞았다. 학교에서 긴급 학부모회가 열린다는 것이었다.

"말 못 할 큰일이 벌어졌어."

사사즈카 고등학교 사람들보다 이모가 더 안절부절못하고 있었다. 마사다카 오빠가 이웃 동네에 있는 학원에 갔다는 것이었다. 이렇게 뒤숭숭한 때, 하고 이모는 깊이 한숨을 쉬었지만, 정작 오빠는 태평할 거라고 나는 생각했다.

이모네 집에는 선물이 많이 들어오니까 맛있는 과자를 먹을 수 있겠거니 기대하고 심부름에 응했는데, 집 안에는 들어가 보지도 못하고 돌아서야 했다. 집에 와 보니 엄마는 저녁 찬거리를 사러 나가고 없었다.

혼자 거실에 드러누워 텔레비전을 보고 있는데 정보 프로그램이 시작되었다. 바지 주머니에 그대로 들어 있을 종이쪽지가 생각났다. 굳이 호텔까지 찾아가는 학생은 없겠지 하면서 몸을 뒤척이는데 화면에 눈에 익은 광경이 비쳤다.

사사즈카 고등학교였다. 내게 말을 걸었던 여자가 마이크를 한 손에 들고 긴장한 표정으로 말했다.

"현재 긴급 학부모회가 열리고 있습니다."

그런데 학교에서는 무슨 회의를 하는 것일까.

사라가 학교에서 살해당한 것도 아닌데 말이다. 그렇다고 학교 관계자에게 살해당한 것도 아니고.

아마 사건 자체보다는 매스컴에 어떻게 대응할지, 그리고 남은 수업과 입시, 졸업식에 관해서 주로 논의할 것이라고 나는 생각했다.

화면이 실내 장면으로 바뀌었다. 벽지 모양 등으로 볼 때 호텔 방 같았다. 모자이크로 처리되었지만 누가 봐도 사사즈카 고등학교 교복 차림인 여학생 둘의 뒷모습이 비쳤다.

"화재로 죽은 줄만 알았거든요. 얼마나 놀랐는지 몰라요."

여학생의 새된 소리가 흘러나왔다.

"오빠한테 칼에 찔려 죽다니……."

칼에 찔렸다고? 새로운 정보다. 방송국이 취재를 내세우면서 실은 정보를 제공한 것 아닌가. 그들이 원한 것은 학생들의 반응을 화면으로 내보내는 것이었다.

"제가 사라네 집 근처에 사는데요, 그 오빠가 위험한 사람이라는 소문은 예전부터 있었어요."

"언니가 사라 양과 같은 학년인데요, 사라 양이 오빠와 인연을 끊고 싶다고 말한 적이 있대요. 세 살 위니까 스무 살이 넘었는데 중학생 때부터 내내 집에 틀어박혀 지냈고 아르바이트를 시작해도 금세 잘린다나요."

"와, 뭐, 그런 놈이……. 인격에 문제가 있었던 거죠. 사라 양이 불쌍해요. 기껏 에인절 걸스 오디션에 합격해서 얼마 후면 졸업하고 도쿄로 갈 참이었는데 말이죠."

다른 프로그램에서도 남학생의 인터뷰가 흘러나오고 있었다. 인터뷰에 응한 사람들은 하나같이 사라를 동정하는 말을 했지만, 그다음 주에 발매된 주간지가 역풍을 몰고 왔다.

사라는 에인절 걸스 오디션에 합격한 사실이 없다고 밝혀졌기 때문이다.

그 이후로 사라에게 허언증이 있었다느니, 살해당해도 싸다느니 하고 비방하는 여론이 들끓었지만, 얼마 안 있어 온 일본을 뒤흔든 무차별 대량 살상 사건이 발생해서 동네에서조차 그 얘기를 입에 올리는 사람이 없게 되었다.

나는 미지근하게 식은 커피를 들이켰다.

"이렇게 두 단계에 걸쳐 알게 되었기 때문에 충격이 완화

돼서, 처음부터 존속 살해 사건으로 인지한 사람보다 반응이 둔했을지도 모르겠어요."

커피를 한 잔 더 주문하고 싶은데, 감독은 여전히 내게 묻고 싶거나 의논하고 싶은 게 있는 것일까. 다만 한 가지 놀라운 점은 감독이 내 얘기를 일일이 메모했다는 것이다. 새것처럼 보이는 대학 노트에 검정 볼펜으로 메모, 라기보다 들은 그대로 받아 적어 새까매진 페이지를 감독은 물끄러미 내려다보고 있었다.

"사라가 아이돌 그룹 오디션에 합격했다는 말 말고 다른 거짓말도 했나요?"

감독이 고개를 들고 나를 바라보았다. 노려보는 것도 아닐 텐데 그 커다란 눈으로 똑바로 바라보자 왠지 모르게 나를 힐난하는 것처럼 느껴졌다.

내가 뭔가 잘못했나요? 하고 따져 묻고 싶을 만큼.

"모르겠어요. 봄 방학 이후로는 별다른 소문이 없었거든요."

"치호, 그러니까 언니와는 이 사건에 관해서 얘기를 나눈 적이 있어요?"

"언니는 사사즈카 고등학교에 진학하기는 했지만 1학년 여름이 되기 전에 외국으로 유학을 떠나서……."

"초등학교랑 중학교도 같이 다니지 않았어요? 저는……, 사라와 같은 아파트에 산 적이 있어요."

"네에?"

어쩐지. 그래서 관심이 있었구나.

"사라는 어린이집에 다녔지만 저는 치호와 같은 유치원에 다녔어요. 하지만 학군이 같으니까 초등학교 때부터는 두 사람이 같은 학교에 다니지 않았을까요?"

"사건이 있었던 사라 씨네 집은 초등학교 학군이 우리 집이랑은 달랐어요. 사라 씨네가 이사를 한 게 아닐까요? 단독주택에 살았던 것 같은데요."

"언제요!"

아니, 아니, 아니, 하며 나는 의자 등받이에 몸을 기댔다. 그리고 시야에 들어온 남자 종업원에게 손을 들어 아이스커피를 두 잔 주문했다.

"아니, 저는 그만……."

거절하려는 감독을 한 손으로 제지하며 부탁이에요, 하고 말했다.

"흥분을 가라앉히세요. 아무리 같은 초등학교를 다녔다고 해도 언니의 동급생이 언제 이사했는지는 잘 모르는 게 보통이에요."

"제가 언제 흥분을⋯⋯. 제 말투가 좀 그랬나 보군요, 죄송합니다."

감독이 미안하다는 듯이 고개를 숙였다. 그것까지 포함해서 동작 하나하나가 너무 과해 거슬린다는 말은 할 수 없었다.

"아니, 그런 건⋯⋯. 가르치듯이 말해서 죄송합니다."

결국 내가 고개를 숙이고 말았다. 사람들이 올려다보는 인물은 상대를 넙죽 엎드리게 만드는 아우라를 자아낸다는 사실을 새삼 깨달았다.

이 사람은 영화감독이다. 사건에 관해 캐묻는 바람에 언론사 기자로 착각할 뻔했지만.

"감독님은 이 사건을 토대로 영화를 만들려고 하시는군요."

"네, 맞아요."

"요즘 세상에는 그렇게 희귀한 사건도 아닌 것 같은데요. 하물며 재판도 끝났는데 더 파헤칠 게 있나요?"

그러자 감독이 입을 꾹 다무는가 싶더니 시선을 테이블로 떨어뜨렸다.

이윽고 아이스커피가 나왔다. 종업원이 가게 이름이 인쇄된 코르크 받침을 깔고 그 위에 유리잔을 놓았다. 그리고 빈 커피잔을 치우다가 테이블 위에 스푼을 떨어뜨렸다. 그러나 감독은 거기에는 눈길도 주지 않았다.

질문에 대답할 말이 궁해서가 아니라, 이미 찍기로 결정했는데 그 말을 내게 할까 말까 망설이는 게 아닐까.

　감독이 테이블의 한 점, 잔에 물을 채울 때 흘린 물방울 언저리에 시선을 둔 채 입을 열었다.

　"나는 사라를 알아요. 둘이서만 지낸 소중한 시간이 있어요. 초등학교에도 들어가기 전이라서 인격이 형성되어 가는 단계였고 그 후로 크게 변했을 수도 있겠지만, 이 사건에서 언급되는 사라는 내가 아는 사라가 아니에요."

　감독은 테이블 한쪽 편에 밀어 두었던 클리어 파일을 집어 들었다. 그리고 나를 봤다.

　"나는 이 사건의 진상에 의혹을 품은 게 아니에요. 다만 그녀가 어떻게 살았는지 알고 싶어요. 죽은 후에 주위 사람들이 제멋대로 떠드는 말만으로 다테이시 사라라는 사람이 규정되는 건 불합리하잖아요. 나는 실제의 그녀가 어떤 사람이었는지, 그녀를 살해한 오빠는 어떤 사람이었는지, 그녀가 어떤 연유로 살해되어야 했는지 알아내서 세상에 알리고 싶어요."

　"……그런 걸 보고 싶어 하는 사람이 있을까요?"

　굳이 영화관에 가서, 돈을 내면서까지.

　감독이 안 그래도 큰 눈을 더 크게 떴다.

　"마히로 씨는 알고 싶지 않아요?"

"사라 씨나 그 사건에 관심이 없다는 게 아니라, 진상을 아는 게 그렇게까지 중요하다고는 생각하지 않아요."

"각본가잖아요. 알고 싶다는 마음이 원동력이 된 적이 없어요?"

"⋯⋯없어요."

감독이 조그맣게 한숨을 쉬었다. 그리고 클리어 파일을 가방에 집어넣었다. 그다음 감독이 내게 읊을 대사를 예상할 수 있었다.

"오늘, 시간을 내 주셔서 고마웠습니다. 이번 일은, 잊어 주세요."

잊어 주세요, 거기까지는 미처 예상하지 못했다.

'언니, 엄청난 기회를 놓치고 말았어. 하지만 받아들였다 해도 내게는 무리였을 것 같아. 해 보지도 않고 도망치면 안 돼, 하고 화내지 마.'

나는 파스타나 와인이 맛있는 이탈리안 레스토랑보다 꼬치구이 집에서 카! 하며 맥주를 들이켜기를 좋아하고 또 그게 내게 어울린다고 생각해.

그렇게 말하는 여자를 싫어한다. 여자끼리 멋진 레스토랑에서 식사할 때 그런 식으로 얘기하는 여자는 딱 질색이다.

소탈하고 쿨한 사람으로 보이고 싶을 뿐인 무신경한 여자. 자기도 여자면서 여자를 부정하는, 자기가 뭐라도 되는 줄 아는 여자.

그런데 오늘은 그렇게 자신이 부정한 사람들에게 미안하다고 사과하고 싶은 기분이다. 치즈 케이크가 맛있는 카페보다 커피 향이 그윽하게 밴 커피 전문점이 차분해서 좋다. 그리고 연기가 자욱한 닭 꼬치 집 카운터 자리에서 닭 내장 무침을 안주 삼아 커다란 잔으로 맥주를 단숨에 들이켜면 더욱더 자신을 해방시킬 수 있다.

슬슬 구워 볼까 하고 메뉴판을 펼쳤다.

"먼저 마시기, 있기 없기?"

머리 위에서 목소리가 들렸다. 굳이 돌아보지 않아도 누군지 안다.

"약속 시간이 지나서 주문한 건데요."

메뉴에서 눈을 떼지 않고 대답했다.

"웬 존댓말? 오늘의 콘셉트인가? 만나자고 한 사람은 나니까 내가 낼 텐데 좀 더 좋은 곳으로 가자고 하지 그랬어."

그렇게 말하면서 사사키 신고가 내 옆 자리에 앉았다.

"카운터 자리에서 가게 사람들한테 다 들리게 그런 말을 하는 사람한테는 얻어먹을 생각이 없어요."

"내가 잘난 척한다는 거야? 이 가게 주인과 내가 허물없는 사이라고 받아들일 수는 없나? 아, 나도 생맥주 큰 잔으로요."

신고 앞에 생맥주 잔이 놓였다. 어째 정말로 친한 사이인 듯하다. 이 가게는 오하타 선생 사무실에서 걸어올 수 있는 거리여서 내 영역이라고 생각했는데. 처음 둘이서 왔을 때도 내가 안내했는데.

건배하자고 들이대는 맥주잔을 무시하고, 모래주머니랑 껍질은 소금구이, 간은 양념구이요, 하고 주문했다.

눈앞에서 거품이 몽글몽글한 맥주잔 두 개가 부딪쳤다.

"닭가슴살 차조기 잎 말이가 아니네?"

"네."

"아스파라거스 베이컨 말이도 아니고."

"네."

"치즈 케이크는 맛있었어?"

"네?"

비로소 신고와 눈을 마주쳤다. 일과 관련해서 긴히 할 얘기가 있다며 굳이 오하타 사무실로 전화해서 나를 불러낸 건 하세베 감독과 무슨 얘기를 나눴는지 듣고 싶어서였나?

"하세베 감독과는 다음 약속을 하지 않았어요."

"뭐야, 아깝게. 아쉽지만 그럼 이거 하나만 가르쳐 줘. 그녀가 이번에는 뭘 찍으려고 하는 거지?"

이거로군. 내가 감독과 무슨 일을 할지 궁금한 게 아니라, 감독이 차기작으로 뭘 구상하고 있는지 궁금한 거였어. 어떻게든 자기네 회사랑 연결하고 싶어서 말이지. 감독이 신고에게 사사즈카초 얘기는 했지만 더 자세한 건 말하지 않은 모양이다.

"말할 수 없어요."

"힌트만이라도 줘."

"미스터리랄까. 그 이상은 안 돼."

"이제야 옛날 말투로 돌아왔네. 미스터리라………. 그럼 실제로 있었던 사건이겠군. 역시 그쪽이었어. 그녀가 조감독 시절 내내 논픽션을 찍었고, '한 시간 전'도 논픽션으로 찍고 싶었지만 그러면 돈이 안 되는 데다 테마가 테마인 만큼 압력이 들어와서 골치 아플까 봐 픽션으로 만들었다는 얘기를 들은 적이 있어."

"압력이라니?"

그만 내가 질문하고 말았다.

"핫케이크를 굽다가 죽은 여자는 생활 보호를 신청했는데 통과되지 않았고, 학교 선생은 명백한 과로사잖아. 이 나라가 어떻게 돌아가고 있는 거냐, 하면서 국가 기관을 향해 화살이 날아오기 전에 상영을 중지하라고 압력이 들어올 거라는 얘기지."

수긍이 가는 얘기였다. 나는 고개를 끄덕이는 대신 닭 모래주머니를 입안 가득 넣었다. 먹으라고 하지도 않았는데 신고가 내가 주문한 안주로 손을 뻗었다.

"하기야 픽션이었으니까 마지막 에피소드도 덧붙일 수 있었고, 상도 받고 화제 몰이도 했겠지만……."

"세 번째 에피소드는 실화가 아니야?"

"그러기는 어렵지. 괴롭힘 때문에 자살한 소년이 자살하기까지의 한 시간에 관해 누군가에게 묻는다면 유족밖에 없잖아, 자기 방에서 노트에 유서를 쓰고 목을 맸으니까. 그런데그 유족이, 우리 애가 같은 반 여학생을 기다렸다가 덮쳤습니다, 하고 증언하겠어? 설사 여학생이 피해 사실을 경찰에 신고한다 해도 유족 외의 다른 사람에게 취재한 내용을 영화화하도록 유족이 허락할 리도 없고."

들고 보니 그 또한 납득할 수 있었다. 이번에는 닭 간을 한가득 입에 넣었다. 빈혈기가 있지는 않지만, 그래도 내장 종류를 먹으면 나 자신에게 부족한 영양소가 보충되는 것처럼느껴졌다. 최근 들어서 그렇다. 신고도 안주를 몇 가지 주문했다. 염통은 나도 먹고 싶어서 V 사인을 그리듯이 손가락 두개를 세워 보였다.

"그래서, 감독이 찍고 싶어 하는 사건이 마히로와는 무슨 관련이 있는데?"

"말하지 않을 거야."

"혹시, 그……."

"아니야! 내 고향에서 살인 사건이 있었을 뿐이야. 나랑은 아무 상관도 없어."

"그럴 리 없는데."

"뭐? 네가 뭘 알아? 어떤 사건인지도 모르면서."

"알아. 하세베 가오리가 찍고 싶어 하는 사건이지 뭐야. 너야말로 아무것도 모르네. 하세베 가오리와 일하고 싶어 하는 사람이 지금 이 업계에 널렸다고. 나도 그중 하나고. 왠지 알아?"

유명한 영화상을 받았기 때문에? 하고 말해서는 안 될 것 같아서 고개만 갸우뚱해 보였다.

"인간의 본모습, 한 꺼풀 벗긴 얼굴을 찍기 때문이야. 너도 봤지, '한 시간 전'? 세 번째 에피소드에서 목매단 소년의 표정 말인데, 어떤 지시를 내려야 배우가 그런 표정을 지을 수 있을까?"

하긴. 지문만 보고 표현하라고 했다면 그러기 어렵다. 참회, 해방, 후회, 허무……. 이 모든 요소가 조금씩 담긴 표정이었다.

"그런 감독이 그 사건을 찍고 싶어 한 데는 반드시 이유가 있을 거야. 그리고 감독이 나한테 너를 소개해 달라고 했다는 건 나도 그 작품에 참여할 기회가 있다는 뜻이지. 부탁 좀 하자."

신고가 갑자기 내 앞쪽 카운터로 비스듬히 손을 뻗었다.

"무릎이라도 꿇어야 한다면 나도 동행할 테니까, 감독에게 고개를 숙이고 함께 일하게 해 달라고 부탁해. 고향의 부모님이나 친구들이 사건에 관해 잘 안다는 등 감독의 관심을 끌만한 재료를 준비하는 거야."

"왜 내가 신고를 위해서 그렇게까지 해야 하는데?"

어이가 없어서 한숨을 쉬었더니 신고는 그 배로 깊이 한숨을 쉬었다.

"너, 바보야? 이건 네게 주어진 기회라고. 주인공이 하나같이 비슷한 데다 똑같은 패턴의 작품밖에 못 쓰는 녀석이 어떻게 각본가 노릇을 계속하겠어? 오하타 선생이 동시에 몇 작품을 하던 시절이라면 그 콩고물이라도 주워 먹을 수 있었겠지만, 이제는 떨어질 콩고물도 없잖아. 자기가 보고 싶은 세계만 써서는 안 돼. 사람들이 외면하는 세계를 그려서 그들의 눈앞에 들이대야지. 나는 그런 작품에 도전하고 싶어. 너라면 그런 작품을 쓸 수 있을 거라고 생각했어."

"무슨 근거로?"

"……생각 안 나."

"그녀는 치즈 케이크를 어떤 표정으로 먹니?"

"그건 알아서 뭐 하게?"

"흥, 해죽해죽 싸구려 웃음이나 흘리는 여자로 환승한 주제에 사람들이 외면하는 세계를 그리다니. 그런 말을 하면 사람들은 멋지다느니 생각이 깊다느니 하면서 감탄하겠지."

탁, 하는 소리가 났다. 일어나려고 카운터를 손으로 짚었다고 하기에는 너무 큰 소리였다.

"계산은 내 앞으로."

그가 사람 좋아 보이는 얼굴로 주인에게 웃어 보인다. 하지만 그런 얼굴을 내게 향하지는 않겠지.

아니, 향했다.

"언니는 잘 지내?"

"잘 지내."

"다행이군."

그런 말을 남기고 서툰 휘파람을 불면서 돌아선 신고는 잘 먹었어, 하며 카운터 안쪽을 향해 손등을 흔들어 보이고는 가게를 나갔다.

혼자 남은 나는 주인에게 어떤 표정을 지어 보이면 좋을까.

등 뒤에 놓아둔 핸드백에서 스마트폰이 진동했다. 겨우 눈

돌릴 곳이 생겼다. 문자 메시지가 와 있었다.

'제사에 올 거냐? 왜 답이 없어?'

아버지다. 즉시 답장을 보냈다.

'갈게요. 다과라든가, 뭔가 필요한 게 있으면 얘기하세요.'

사건에 관해 조사하러 가는 건 아니다. 언니에게도 메시지를 보내야겠다고 생각했지만 뭐라고 말해야 할지 떠오르지 않아서 맥주나 한잔 더 마시려고 큰 잔을 주문했다.

나는 결코 도망치는 게 아니다.

에피소드

2

○

산과 바다 사이에 끼이듯이 가늘고 길게 자리한 마을 사사즈카초를 떠나 산골짜기 온천 마을로 엄마랑 둘이 이사했지만, 그곳 생활은 1년도 채 가지 못했다.

우리가 떠들고 다닌 것도 아닌데 주위 사람 모두가 아빠의 죽음을 알고 있었다.

내가 직접 무슨 말을 들은 건 아니지만, 엄마는 모두들 자기 험담을 한다면서 시시때때로 울곤 했다. 물론 내 앞에서 운 건 아니고 엄마의 엄마, 즉 외할머니 앞에서다. 두꺼운 방석을 접어 껴안고 울기도 하고 외할머니 무릎에 엎드려 울기도 했다.

외할머니는 그래그래, 하며 어린아이를 달래듯이 적당히 어르기도 하고, 엄마가 울음을 그치거나 이제 됐다며 침실로 들어갈 때까지 엄마의 등을 가만가만 두드리기도 했다.

나는 옆방에서 장지문 틈으로 그 광경을 바라보기도 하고, 바라보지 않기도 했다. 그리고 그림을 그리며 잠이 올 때까지 시간을 보냈다.

외할머니네는 옛날에 토산품 가게를 했다. 온천 마을의 번화가 어느 모퉁이에 있었던 그 집은 단독 주택이긴 했지만 옆집과의 거리가 몇십 센티미터밖에 되지 않아서 기다란 전철의 한 칸에 사는 느낌이었다.

전에 살았던 아파트와 크게 다른 점은 없었다. 목조라는 것과 베란다가 없다는 것 정도가 다를까. 그러나 새로운 생활은 베란다가 있든 없든 큰 상관이 없었다. 엄마가 더는 내게 학습지 공부를 시키지 않았기 때문이다. 그러니 베란다에 나갈 일도 없었다.

이사하고 두 달이 지났을 때부터 엄마는 아르바이트를 시작했다. 특산물인 팥앙금 과자를 상자에 담는 일이었다. 위생 관리가 철저해서 사사로이 이야기하는 것이 금지되어 있어 오히려 마음이 편하다고 엄마는 말했다.

외할머니도 낮에는 역 앞에 있는 식당 겸 도시락 가게에서 일했다.

외할머니는 내게 화를 내거나 엄격하게 굴지 않았지만, 딱히 다정하게 대해 주지도 않았다. 그래서 잘 잤니, 라든가 다녀오겠습니다, 같은 일상적인 인사를 나누는 게 전부였다.

나는 유치원은 옮기지 않고 봄부터 동네에 딱 하나 있는 공립 초등학교에 다니게 되었다.

엄마가 내게 책가방과 책상을 사 주었고 입학식 날 정문 간판 앞에서 둘이 찍은 사진이 있으니, 그 무렵에 대화도 나누었을 텐데 그 내용은 전혀 기억나지 않는다. 외할머니와 엄마가 나눈 대화는 옆방에서 얼핏 들은 것도 비교적 정확하게 기억나는데 말이다.

혹시 기억나지 않는 게 아니라 실제로 별 대화가 없었던 것은 아닐까. 그렇다면 책가방 색깔이 칙칙한 분홍색이었던 것도 납득이 간다. 이걸로 할래, 라고 내 의사를 전했다면 짙은 빨강이었을 테니까.

그렇다고 해서 늘 조용히 생활했던 것은 아니다. 그 동네 사람들은 대체로 말이 많았다. 어른이든 아이든. 그래서 초등학교에 들어가자마자 친구가 생겼고, 친구 집에 초대받기도 했다. 덕분에 엄마의 어린 시절에 관해서도 알게 되었다.

여관을 하는 어느 아이네 집에 놀러 갔을 때였나. 넓은 다다미방에 있는데 간식으로 마당에서 따 왔다는 무화과와 지라시스시가 나와서 놀라던 참에 친구 엄마가 내가 펼쳐 놓은 숙제 공책을 보면서 아주 명랑한 목소리로 이렇게 말하는 것이었다.

"가오리는 공부를 참 잘하네. 역시 마리의 딸이야."

엄마가 학습지 답을 맞춰 보면서, 엄마는 굉장히 잘 풀었는데, 라느니 하며 자신의 어린 시절과 비교한 적이 없었기에 나는 '그랬어?' 하고 살짝 놀랐다. 어린 마음에 머리가 좋은 쪽은 아빠고 엄마는 그 정도가 아닐 거라고 멋대로 단정한 측면도 있었다.

"어떻게든 대학에 들어가서 이곳을 떠나 두 번 다시 돌아오지 않겠다고 날마다 말하곤 했는데, 흐흐흐……."

마지막의 웃음은 엄마를 비아냥거리는 것이었다. 결국 돌아왔잖아, 하고. 사람들이 자신의 험담을 한다고 했던 엄마 말이 이런 거였나 싶어 엄마의 우는 모습이 이해가 갔다. 엄마가 가엽다는 생각도 들었다. 하지만 친구 엄마에게, 우리 엄마 욕하지 말아요, 하고 성을 내지는 않았다.

내가 계속 이런 곳에 있으리라는 생각이 들지 않았기 때문이다. 아니, 초등학교 1학년 아이가 그런 생각을 했을까. 그저 불합리한 일에 저항할 기력이 당시부터 없었을 뿐인지도 모른다.

그 마을에는 공부를 잘하는 아이도 있고 피아노를 잘 치는 아이도 있고 달리기를 잘하는 아이도 있었지만 특별하다고 느껴지는 아이는 없었다. 그건 사사즈카초에 대한 내 기억이 윤색되어서일까.

아니면 학습지 공부를 하지 않아도 되어 좋아진 장소라서 자신을 누군가와 비교할 필요도 없어졌다는 해석이 타당할까.

사사즈카초는 인구가 온천 마을의 두 배였지만 시골이라는 점에서는 마찬가지였다. 그런데도 사사즈카초에서 매일 학습지 공부를 해야 했던 것은 언젠가 도회지로 이사할 때를 대비한 엄마의 전략이었을 것이다. 우리가 그 동네에 산 이유는 아빠가 야시마 중공업이라는 회사의 조선 부문에서 근무했기 때문이었다.

그런데 아빠가 죽었으니, 엄마는 태어난 고향으로 돌아갈 수밖에 없었다.

'왜? 그토록 도시에 사는 걸 꿈꿨다면 온천 마을로 돌아갈 게 아니라 나를 데리고 그토록 동경하던 도시로 갔어야지.'

그런 생각을 했던 나는 역시 세상 물정을 모르는 철없는 아이였다.

장소만의 문제는 아니다. 그곳에서 어떻게 살아갈까. 엄마는 자신이 이상으로 여기는 삶을 스스로의 힘으로는 지탱할 수 없다며 포기한 것이다.

그래서 온천 마을로 돌아간 후로 더는 도회지로 나가기 위한 준비가 불필요해졌다. 매일 밤 울면서, 이 마을에서 살아가야 한다고 자신을 납득시키려고 했을지도 모른다.

그런데, 나는 그런 엄마에게 상처를 주고 말았다.

온천 마을의 휴일은 사사즈카초의 배 이상으로 활기가 있었다. 관광객이 북적거리기 때문이다. 그러니 온천 마을 사람들에게는 휴일이 휴일이 아니다. 엄마도 외할머니도 일을 하러 나갔고, 학교 친구들도 집안일을 도와야 한다며 노는 약속을 하지 않았다.

나는 집 앞의 시끌시끌한 소리를 들으면서 방 안에서 덩그러니 홀로 지냈다. 그림을 그리거나 책을 읽고 텔레비전을 보면서.

심심했다. 그렇다면 엄마가 사다 주지 않아도 학습지라도 풀면 좋았으련만. 근처에 서점이 없었다면 교과서를 예습해도 좋았을 것이다.

하지만, 그런 생각을 미처 못했다. 공부를 싫어했을 것이다.

학교에서 빌려 온 『로빈슨 표류기』를 읽다 보면 머릿속에 갖가지 그림이 떠올랐다. 바다의 색, 섬의 풍경, 하늘 높이 날아가는 본 적 없는 새는 날개가 어떻게 생겼을까.

30페이지에 하나꼴로 그려져 있는 삽화만으로는 성에 차지 않았다. 나무 위에 지어진 집은, 동굴은 폭풍이 몰아치면 어떻게 될까?

머릿속에 떠오른 그림을 연습장에 한 페이지 한 페이지 그려 나갔다. 만약 내게 디자인하는 재능이 있었다면 그 그림이 만화처럼 되었을까. 그랬다면 아무 문제도 없었을지 모른다.

내가 그린 것은 그림 콘티였다. 그러나 당시에는 그런 말을 몰랐고 그저 그림 연극 같다고 생각했다. 그럼 그렇게 말했으면 좋았을 텐데.

타이밍이 좋지 않았다. 엄마가 얼마나 지쳐 있었는지 얼핏 보기만 해도 알 수 있었는데 말이다. 그날은 외할머니도 귀가가 늦었다. 저녁은 외할머니가 가게에서 얻어 오는 도시락을 먹기로 되어 있어서 할머니가 돌아올 때까지 시간이 어중간했다.

"엄마, 이거 좀 봐."

엄마에게 공책을 건넸다. 온천 마을에서 유일하게 기억에 남아 있는 엄마와의 대화다. 엄마는 다다미가 깔린 거실의 널따란 나무 테이블에 한쪽 팔꿈치를 괸 채 공책을 받아 들더니 테이블 위에 놓고 팔락팔락 넘기기 시작했다. 어떤 그림은 가만히 들여다보기도 했다. 그것은 나 스스로도 꽤 잘 그렸다고 여겨지는 그림이라, 칭찬해 주지는 않아도 오래 들여다봐 주는 것만으로 기뻤다.

그래서 으쓱한 표정을 지었을지도 모른다.

엄마는 마지막 페이지까지 본 다음 공책을 덮고 고개를 들어 테이블 건너에 앉아 있는 내게 시선을 향했다.

"이거, 뭐야?"

절대 화가 난 기색은 아니었다. 후회에 후회를 거듭하고 난 지금에 와서는 최선의 답을 알고 있다. "로빈슨 표류기." 엄마는 뭘 그렸느냐고 물었을 뿐이지 않은가.

하지만 당시 내 생각은 거기에 미치지 못했다. 내게 그 그림은 『로빈슨 표류기』 이외의 그 무엇도 아니었기에 그것이 답이 되는 질문이 주어질 수 있다는 발상 자체를 하지 못했다.

나 자신이 '이게 뭐지?' 하며 생각한 것은 그 그림의 형태였다. 만화인가? 그림 연극인가? 그림 연극 같지만 글자가 어디에도 쓰여 있지 않고, 한 장씩 넘길 수도 없다.

엄마는 뭐 같아? 하고 되물었다면 좋았을까. 모르겠다고 솔직하게 대답하는 것이 좋았을까. 그러나 나는 최악의 대답을 선택하고 말았다.

"영화 같지? 이 동네에는……."

영화관이 없으니까, 하는 말을 미처 하지 못한 것은 엄마 표정이 순식간에 일그러졌기 때문일까, 아니면 그제야 아빠가 떠올랐기 때문일까.

사실 나는 아빠가 자살했다는 사실을 그때까지 알지 못했다. 영화를 보고 오겠다면서 외출한 아빠가 그날 밤 바다에서 낚시꾼에게 사체로 발견되었다, 그 정도로만 알고 있어서 영화를 보고 돌아오는 길에 해변을 산책하다가 바다로 추락한 것이라고 여겼다.

딱 한 번 아빠와 동네 영화관에서 영화를 보고 돌아오는 길에 아빠가 나를 바다에 데려간 적이 있었다. 공터처럼 생긴 무료 주차장에 차를 세우고, 영업을 하는지 안 하는지 모를 낚시용품점 앞 자동판매기에서 따뜻한 캔 커피와 내가 마실 오렌지 주스를 산 후 둘이서 제방 위를 걸어 시야에 민가가 보이지 않는 곳에 이르자 바다 쪽을 향해 앉았다.

그리고 거기서 아빠는 영화 감상을 얘기했다.

"영화관을 나서자마자 감상을 말하는 사람이 많은데, 그럼 안 돼. 앞으로 그 영화를 볼 사람도 있을 테고, 자기는 재미가 없었더라도 바로 옆에 가슴이 벅차도록 감동한 사람이 있을지 모르는데 그 사람의 감동에 찬물을 끼얹는 꼴이잖아. 그렇지만 여기서는 어떤 비방도, 최후의 결말도 마음껏 얘기할 수 있단다."

아빠는 그날 본 어린이용 만화 영화를 입에 침이 마르도록 칭찬했다. 그리고 바다를 바라보며 이런 말을 했다.

"앞으로 두 시간 정도 있으면 바다로 해가 질 거야. 슈욱, 하는 소리가 들릴 정도로 크고 새빨간 해가 말이지. 여기서는 조선소에 가려질지도 모르겠구나. 그래도 경치는 참 좋을 거야. 아빠는 이 마을이 참 좋단다."

결국 그날은 일몰을 보지 못했다. 구름이 조금 덮여 있었고, 저녁 무렵까지는 돌아온다고 엄마에게 말하고 나왔기 때문이다.

아빠의 마지막 날에는 구름이 없었다. 그래서 바다로 지는 해를 봤을 거라고 생각했다.

설사 나 자신은 아빠가 마지막에 좋아하던 장소에 갔다고 호의적으로 생각했더라도 영화의 연장선상에 아빠의 죽음이 있으니 엄마에게는 영화가 금기어라는 것을 헤아렸어야 했다.

공책이 휙, 소리를 내며 귀 옆으로 날아갔다. 종이가 살짝 뺨에 닿은 듯한 느낌이 있었다. 픽, 소리가 났지만 돌아볼 수 없었다. 엄마가 나를 노려보고 있었기 때문이다.

그 눈에 눈물이 고이더니, 단박에 흘러내렸다.

"뭐, 영화라고? 영화라고!"

그렇게 외칠 때 몸 밖으로 방출된 숨이 흐느끼던 목에 막혀 엄마는 마치 목이 졸린 것처럼 컥컥거리며 가슴에 손을 댔다. 엄마가 쓰러지지나 않을까 걱정스러웠다. 그러나······.

"그런 눈으로 보지 마! 너까지 나를 원망하는 거야? 아빠가 나 때문에 자살했다고 말하고 싶니?"

나는 고개를 옆으로 비트는 것밖에 하지 못했다. 자살, 이라는 단어가 단숨에 머릿속을 가득 메웠다.

"그 사람이 말했단 말이야. 당신의 꿈이 이루어지도록 애쓰겠다고. 힘내겠다고. 힘내겠다고. 그런 눈으로!"

몸을 움츠렸을 때 엄마는 이미 일어서서 테이블을 밟고 넘어 내 옆에 서 있었다.

"그런 눈으로 말해서 믿었다고."

엄마가 나를 쓰러뜨리고 내 배 위에 올라탔다. 겁에 질려 목소리가 나오지 않았다. 부릅뜬 눈으로 이러지 말라고 엄마에게 호소하는 수밖에 없었다. 그러나 엄마에게 내 생각은 통하지 않았다.

"힘내라고 하면 안 되는 거였니? 내가 힘내라고 말해서 자살하려고 한 거야?"

엄마의 눈에 내 얼굴이 비쳤다. 그러나 그때 엄마가 보고 있던 것은 내가 아니라 아빠, 아니, 아빠의 망령이었을 것이다.

"힘내기 싫으면 싫다고 말하면 되잖아. 말없이 도망치면 됐잖아. 보란 듯이 죽어 버리다니, 그렇게 내가 미웠어?"

엄마가 주먹을 쳐들었다.

"그래?"

주먹이 내 가슴 한가운데로 떨어졌다.

"그런 거야?"

또다시 같은 곳으로. 숨이 막혀 컥컥거렸다.

"입 다물고 있지 말고 말을 해 봐. 자, 여기로 목소리를 쥐어짜서 말해 보라고!"

엄마가 두 손으로 내 목을 휘감고 서서히 조였다. 엄마의 눈물이 내 오른쪽 눈으로 떨어져 나는 두 눈을 꾹 감았다.

"이게 무슨 짓이야!"

외할머니 목소리였다. 이어서 엄마의 손이 느슨해지고 내 몸이 둥실 가벼워졌다. 엄마는 테이블 모서리에 무릎을 부딪치면서 외할머니에게 달려가 안기더니 엉엉 울기 시작했다.

"내 탓이 아니야. 내 탓이 아니라고."

엄마는 외할머니 귀에 대고 그렇게 외쳤다.

"그래, 네 탓이 아니야. 너는 아무 잘못이 없어."

외할머니는 그렇게 말하면서 엄마의 등을 토닥거렸다. 내 목을 졸랐다는 걸 알면서도 엄마를 나무라는 말은 한마디도 하지 않았다. 할머니는 엄마를 달래어 침실로 데려다 놓은 후, 방 한구석에서 어쩔 줄 몰라 무릎을 껴안은 채 웅크리고 있는 내게 돌아왔다.

어떻게 말을 꺼내야 할지 망설이는 듯하던 할머니가 문득 다다미 바닥에 나뒹굴던 내 공책을 집어 들더니 팔락팔락 페이지를 넘기다가 가만히 테이블에 내려놓았다. 그리고 나를 바라보았다.

"바다 그림을 아주 잘 그렸네. 하지만 엄마는 그게 마음에 안 들었던 모양이구나. 대학생이 되어 이 마을을 떠날 때까지 바다를 본 적이 없었으니, 어린 시절이 떠올라서 화가 났을지도 몰라."

외할머니는 아무것도 모르는구나. 그렇게 엉뚱한 얘기를 하는 외할머니에게 실망했지만, 엄마가 왜 화가 났는지 그 이유를 확인해 보지는 않았으니 어쩌면 외할머니 말도 옳았는지 모른다.

"가오리, 엄마를 원망하지 마라. 엄마가 저렇게 된 건, 다 이 외할미 탓이다. 쉬는 날에도 일이 바쁘다는 이유로 어딜 데려간 적이 없거든. 그럼 친구와 나가서 노는 거라도 허락했으면 좋았을 텐데 그러기는커녕 일만 시켰단다. 그래서 난생처음 바다에 데려가 준 남자에게 홀딱 빠지고 만 거야. 성격이나 취미가 맞는지 어떤지, 그런 건 전혀 생각하지 않고 운명의 상대를 만났다고 들떠서 결혼하고 말았지. 이 마을에는 두 번 다시 돌아오지 않겠다고 하고서 말이다."

그 동네에도 바다는 있었어요, 라는 말은 하지 않았다.

할머니가 그날 가져온 도시락은 지라시스시였다. 식욕은

전혀 없었지만 할머니가 어서 먹으라고 재촉하는 바람에 젓가락을 들지 않을 수 없어서 깨작깨작 먹었다. 동네가 같으면 맛도 비슷한 법인지, 친구네 집에서 지라시스시를 먹었던 일이 떠올랐다.

엄마는 이제 이 마을을 떠날 마음이 없어진 것일까. 내가 열심히 공부해서 도시의 대기업에 취직하면 다시 이 마을을 떠나게 해 줄 수 있지 않을까. 학습지를 사 달라고 할까.

그런 마음은 엄마가 망령을 볼 때마다 무너져 갔다. 처음에는 낮 시간에는 그런 일이 없었고, 매일 그러는 것도 아니었다. 다만 밤에 어두운 방에서 나를 보면 아빠로 보이는 듯했다. 그래도 그날처럼 내게 달려들지는 않았다. 가까이 오지 말라며 머리를 감싸 안고 웅크렸을 뿐이다.

침실을 따로 써도 효과는 오래가지 않았다. 얼마 후에는 불이 켜져 있어도 순간적으로 나를 아빠로 착각하게 되었다. 특히 내가 텔레비전을 보는 모습이 아빠가 비디오로 영화를 보던 모습과 겹치는 듯했다. 할머니와 나는 텔레비전을 거실에서 엄마 침실로 옮겼다. 나는 텔레비전을 보지 못하는 나날이 계속되었다.

할머니는 엄마를 전철 세 정거장 거리에 있는 큰 병원 정신과에도 데리고 다녔다.

그렇지만 엄마의 증상은 호전되지 않았고, 밤낮을 막론하고 나를 볼 때마다 아빠의 망령이 나타났다고 소동을 피우게 되었을 무렵 나는 집을 떠났다.

친할아버지 집에서 지내게 된 것이다. 아빠가 죽었을 때부터 할아버지 할머니는 나를 데려가겠다고 했지만 엄마가 거절했고 연락마저 거부했다고 외할머니가 말해 주었다.

그러나 정신과 의사와 상담한 결과, 엄마와 나는 일시적으로라도 떨어져서 지내는 편이 낫겠다는 결론을 얻은 외할머니는 엄마 몰래 할아버지에게 연락을 했다. 그쪽에서는 내일이라도 당장 데리러 가겠다고 했지만, 엄마가 아빠의 부모와 만나는 것은 위험하다는 데 다들 동의해 결국 외할머니가 일하는 도시락 가게의 아주머니가 신칸센 역까지 나를 데려다주게 되었다.

전철을 두 번 갈아타고 세 시간이 걸리는 거리였다.

학교에 가는 길도 아닌데 외할머니는 내게 책가방을 메라고 했다. 얼마 안 되는 내 소지품은 그 며칠 전에 택배로 보냈다. 그때 짐을 싸면서 외할머니가 "이건 찌그러지면 안 되니까……." 하면서 책가방을 옆에다 밀어 놓기에 다른 상자에 신문지라도 채워서 따로 담는 줄 알았다.

떠나는 날 입으라고 남겨 놓은 예쁜 옷은 아빠가 살아 있을 때 엄마가 사 준 고급 브랜드의 원피스였다. 그걸 입은 모습을 엄마가 보게 될 경우를 상상하자 심장이 터질 듯이 쿵쿵거렸다. 그래서 엄마에게는 침실 문 앞에서 인사를 하기로 했다. 엄마가 문을 열어 주기를 기대하면서.

다시 돌아올게, 하는 마음을 담아 다녀오겠다고 말하고 싶었지만, 그러면 아빠랑 똑같다는 생각이 들었다.

"잘 지내, 엄마."

그렇게 말했지만 대답은 없었다. 문도 열리지 않았다. 현관에서 기다리던 외할머니가 훌쩍거리는 소리만 들렸다.

신칸센 역까지 바래다준 아주머니는 가는 내내 자기가 좋아하는 한류 아이돌 얘기만 했다. 아주머니 나름으로는 분위기가 우울해지지 않도록 신경을 썼을 것이다. 한국에도 세 번이나 간 적이 있다고 했다. 때를 밀었더니 이렇게 잔뜩 나오더라고, 손짓 발짓을 섞어 가면서 말했다.

목적지를 알리는 안내 방송이 흘러나올 무렵 아주머니는 이렇게 얘기했다.

"나는 한국도 왔다 갔다 하는데, 거기 비하면 요코하마는 요 옆이지."

하지만 그날 이래 나는 그 온천 마을에 단 한 번도 돌아가지 않았다. 이제는 돌아간다는 표현조차 이상할지 모르지만.

2
장

●

　같은 거리라도 계속 오가다 보면 가깝게 느껴진다.

　대학 입시 전날 처음 간 도쿄는 합격한다 해도 여기에 또 올 수 있을지 불안해질 만큼 멀게 느껴졌다. 도쿄로 올라간 직후에는 이만한 거리를 이동해서 집에 간다면 적어도 닷새는 머물러야 본전을 찾지 않을까, 하고 생각했다.

　그 닷새가 사흘이 되고 이틀이 되고, 급기야 지인들에게 당신이 생각하는 만큼 멀지는 않다고 웃으면서 얘기하게 되었는데, 이번 귀성은 다시 오늘 중에 집에 도착할 수 있을까 하는 불안감이 피어오를 만치 멀게 느껴진다.

　표를 끊었으니 도착 시간도 알고 있지만, 도착 전에 쓰러지고 마는 것 아닐까 싶기도 했다. 부모님이 입학식 때 한 번 온 것으로 만족하겠다고 말씀하실 만하다. 공항버스를 타기 전에 편의점에 들러 영양제 드링크를 사서 그 자리에서 몽땅 입에 털어 넣으신 것도 납득이 갔다.

그런데도 집에 도착해서 세 시간 정도 뒹굴거리고 나자 줄곧 집에서 지낸 것 같은 기분이 되었다. 지난번 엄마 제사 때가 떠오르자 전날부터 음식 하는 걸 거들러 이모네 집에 가야 한다 싶어 의욕을 어필하려고 앞치마까지 샀는데, 요시에 이모가 당일 오전에 오라고 전화했다.

얼마 전에 생긴 동네 음식점에 제사 코스라는 게 있으니, 절에 갔다가 스님과 함께 거기로 가서 식사하고 곧바로 해산한다나. 앙금 과자 같은 답례품까지 그 가게에서 준비해 주니 할 일이 없다고 이모는 신이 난 목소리였다.

덕분에 하룻밤을 아버지와 여유롭게 지내게 되었지만 아버지는 일에 대해서는 한마디도 묻지 않았다.

"맛있는 새우 만두를 사 왔는데, 맥주라도 마실까?"

아버지는 그렇게 말하고 냉장고에서 보관 용기를 꺼내더니 오이를 썰기 시작했다. 당신 손으로 오이장아찌까지 담갔나 보았다.

둘이서 건배하기 전에 아버지는 오이 세 조각이 담긴 작은 접시와 엄마가 좋아했던 크리스털 잔에 따른 맥주를 불단에 올리고 종을 딸랑 울렸다. 이제 곧 여름도 지나가겠네, 하고 계절을 의식하게 된 건 언제부터였을까.

"치호는 어떻게 지내나?"

합장하고 앞을 향한 채, 비스듬히 뒤에 앉은 내게 물었다.

"언니는 지금 이탈리아에 있어."

"그거 잘됐구나. 그 녀석은 스파게티를 좋아했으니까 말이야. 가르보인가 뭔가 하는 걸 매일 배가 터지도록 먹겠구나."

"까르보나라 말이지? 여전히 먹어도 살이 안 찌나……."

"네 배는 좀 위험한 거 아니냐?"

"뭐라고?"

화제가 나에게로 옮겨진 참에 아버지는 일어나 테이블로 다가갔다. 나도 일어서며 배를 만져 보았지만 살이 쪘다는 느낌은 없었다. 부모로서 뭐라도 한마디 잔소리를 하고 싶어서 그런 거라면 참자, 하고 생각하며 오이 한 조각을 입에 넣었다. 이쯤에서 나도 잔소리를 한마디 해 주려고 했지만 맛있다는 말밖에 나오지 않았다.

"내일 아침에는 가지를 썰어 주마."

아버지는 만족스러운 표정으로 그렇게 말하고 새우 만두로 젓가락을 내밀었다.

아버지 말이 얼토당토않은 잔소리가 아니었다는 것을 안 것은 다음 날 아침이다. 지난번 제사 때 입었던 원피스가 이렇게 꽉 끼었나, 하면서 배 언저리의 옷감을 잡아당겨 보았다. 사람들 앞에 나서지 못할 정도는 아니지, 하며 그대로 절로 향했는데 보정 속옷이라도 사서 입을 걸 그랬다며 후회했다.

나를 본 요시에 이모는 "어머나……." 하고 입을 가렸다. 다가와서 귓가에 속삭이면 좋았을 것을, 그 자리에 있는 모두에게 들리지 않았을까 싶을 만큼 큰 소리로 내게 물었다.

"너, 혹시 속도위반?"

"아니야."

"아니, 그게 아니면 어떻게 배가 이렇게 불러?"

배가 아무리 불러도 절대 그럴 리는 없다. 사사키 신고는 아무리 취했을 때라도 피임만은 철저히 했다. 하지만 지금은 그런 말조차 필요없다.

"폭음과 폭식, 스트레스 때문이야."

그렇게 말해도 이모는 믿기지 않는다는 듯이 고개를 갸웃거렸다.

"하기야 좀 예민한 일이니까 사람들이 다 있는 데서 공개하기는 좀 뭐하지. 나는 네 엄마 대신이니까, 뭐든지 의논해도 돼."

그러고는 등을 찰싹 때리는 순간, 아아 고향에 왔네, 하고 느꼈다. 그리고 도쿄에서 조금 더 버텨 볼까 하는 생각도 했다.

그 후에도 이모는 정말 임신이 아니냐, 어떤 식으로 먹었길래 전체적으로는 말랐으면서 배만 볼록 나왔느냐 하며 집요하게 물었다. 각본이나 드라마에 관해서는 한마디도 하지 않고 오로지 배 얘기만 해서 허무함마저 몰려왔다.

식사 자리에서만은 배에 관해 얘기하지 않기를 바라면서 음식점에서는 맨 끝자리에 앉은 후 옆에 이모가 앉지 못하도록 근처에 있던 사촌 오빠 마사다카를 손짓해 불렀다.

외과 의사인 마사다카 오빠도 모처럼 왔는데 결혼하라고들 합창을 해서 피신할 장소를 찾던 참이라며 내 옆에 앉았다. 전에는 샤프하고 다가가기 어려운 이미지였는데, 10년 만에 만나니 살도 찌고 친근한 분위기로 변해 있었다. 오빠는 엄마의 죽음에 조의를 표한다고 말했다. 지금 어디 사느냐고 물었더니 보스턴이라고 대답했다.

"미국? 영국?"

"미국이지. 뭐야, 요즘 유행하는 조크냐, 아님 무지한 거냐?"

마사다카 오빠는 말이 빠르다. 게다가 한번 입을 열면 좀처럼 끼어들 틈을 주지 않는다.

"도쿄에서 학회가 있다고 했더니 엄마가 오는 김에 집에 다녀가라고 하더라고. 그럴 만한 거리가 아니라고 하고도 여기까지 온 내가 엄청난 효자라고 생각했는데, 부모가 정정할 때 손주 얼굴을 보여 줄 생각이 없는 불효자라고 어제부터 어찌나 투덜거리시는지……."

"결혼할 계획도 없어?"

술기운이 도는 틈을 타 겨우 끼어들었다.

"십 대 때부터 재미있는 건 죄다 포기하면서 의사가 되었는데, 제대로 한번 놀지도 못하고 결혼하면 어떡해. 뭐, 상대가 모델이나 배우라면 생각해 볼 수도 있겠지만. 아, 그렇지. 마히로, 너 각본가니까 내가 일본에 있는 동안 한번 주선해 봐. 가능하면 고자이 안나를 불러 줘."

이모 옆에 앉는 편이 나았을지도 모르겠다. 이모부가 인사 말을 하고 있는데 오빠는 가상의 상대를 고르기에 바쁘다.

마사다카 오빠를 무시하고 접시로 젓가락을 뻗었다. 제사 코스라서 그런지 접시에 연꽃 모양이 그려져 있고, 담백한 맛에 담음새가 품위 있었다.

"맞다, 마히로 너, 그 아이 알겠구나."

"몰라."

"아직 이름도 말하지 않았잖아. 뮌헨 국제 영화제에서 특별상을 받은 영화감독 하세베 가오리 말이야."

혹시나 마사다카 오빠가 제사에 오면 넌지시 물어보려고 했는데 설마 오빠가 먼저 그 이름을 꺼낼 줄이야. 그러나 지난달에 만났다고 대답하기에는 성급한 감이 있었다.

"뭐야, 여배우도 아닌데 관심이 있어?"

"그 여자가 옛날에 사사즈카초에 살았거든. 유치원 때 같은 반이었어. 거기다 배우 뺨치게 미인이잖아. 그때도 참 예뻤는데, 돌연 이사해서 충격이 컸어. 뭐, 어쩔 수 없는 일이었지만."

어쩔 수 없는 일? 마사다카 오빠는 상상 이상으로 하세베 감독에 관해 많이 아는 눈치였다. 감독이나 마사다카 오빠나, 유치원 때 일을 잘도 기억하고 있다. 그게 천재와 보통 사람의 차이일까.

"그 사람, 왜 이사했는데? 프로필에 사사즈카초에 살았다는 말은 없던데."

"그게, 그 애 아빠가 자살했다나 봐, 사사하마 해변에서. 야시마 중공업에서 일했나 본데, 부인이 이런 시골에 언제까지 있어야 하냐느니, 열심히 일해서 도쿄에서 근무할 수 있도록 하라느니 하고 채근하는 통에 중압감이 이만저만 아니었나봐. 정말이지, 시골 사람들의 도쿄 숭배 사상은 못 말린다니까. 능력에 따라 도쿄에 배치되는 것도 아니고, 이쪽 공장에서 필요한 사람이라 임기가 늘어났을 수도 있는데, 본인이 어떻게 할 수 없는 일을 가지고 그렇게 몰아붙이면 스트레스가 얼마나 크겠어."

하교 시간에 아이를 데리러 온 엄마들이 그런 얘기를 수군거리는 광경이 저절로 그려졌다. 이 마을은 감독이 그저 통과

하는 데 그쳤던 장소가 아닌 듯하다.

"오빠, 오늘 밤에도 여기 있어?"

"내일 오전까지 있을 거야. 하지만 이 동네 네 친구들이랑 소개팅하는 건 거절하겠어."

"나랑 둘이서 찬찬히 얘기 좀 하자."

"사촌끼리 결혼할 수 없는 건 아니지만, 너랑은 아니지."

됐다, 됐어, 하고 돌아서기 일보 직전에 내 안에서 뭔가가 '물고 늘어져 봐.' 하고 응원했다.

"이모에게는 아직 비밀인데, 나, 하세베 감독의 차기작을 함께하게 됐어."

마사다카 오빠의 귀에 대고 속삭였다.

"또, 또. 나는 네 이름을 어디서도 본 적이 없어."

"의뢰 메일이라도 보여 줄까?"

감독이 보낸 메일이 아직 스마트폰에 남아 있다.

"아니, 됐어. 그래서, 나한테 듣고 싶은 얘기가 뭔데? '사사즈카초 일가족 살해 사건'과 그에 얽힌 다테이시 사라의 허언증에 관해서?"

순간, 최면에라도 걸린 것처럼 몸이 얼어붙고 말았다. 가까스로 그 최면에서 벗어난 건 좀 떨어진 자리에서 이모부가 껄껄 웃는 소리가 들렸기 때문이다.

"어떻게 그걸……?"

"뭔가 부가 가치가 있지 않고서야 일류 감독이 5류 각본가에게 일을 의뢰하겠어? 그 정도는 상상력을 발휘하지 않아도 충분히 알지. 그럼 마히로가 가진 부가 가치는 뭘까. 네게 특별한 지식이 있을 것 같지는 않고……. 가오리와 너의 공통점이라면 이 마을이지. 별 볼일 없는 이 시골구석 어디에 가오리 감독이 관심을 두었을까. 아니지, 잠깐. 마히로, 너 필명이 치히로지? 그러니까 치호로 착각한 건가……."

오빠의 말을 가로막기라도 하듯이 거의 빈 오빠의 잔에 맥주를 따랐다.

"둘 다!"

두 사람의 방석 사이에 병을 탁 내려놓았다. 가시 돋친 말투에도 마사다카 오빠는 안색 하나 변하지 않는다. 오히려 퀴즈의 정답이라도 맞힌 것처럼 만족스러운 미소를 지으며 맛있게 맥주를 마신다.

"하지만 오빠, 거기까지는 정답이라 치고 그다음을 상상해봐. 그 사건에 영화화할 만한 요소 같은 게 있어?"

오빠 상상력이 기껏 그 정도지, 하고 은근히 암시할 요량이었다. 의사라고 거들먹거리면 안 되지. 사촌 오빠가 의사라고 해서 내가 무슨 덕을 본 것도 아니다.

마사다카 오빠는 잠시 식탁을 응시하다가 알겠다는 듯이 고개를 끄덕였다.

"가오리가 그 일에 대해 알고 있다는 말이군."

내게 한 말이 아니었다. 중얼거리는 목소리다.

"그 일……이라니?"

마사다카 오빠의 얼굴을 들여다보려는데 누가 어깨를 툭 쳤다. 이모부, 그러니까 마사다카 오빠의 아버지가 한 손에 잔을 든 채 나와 마사다카 오빠 사이에 끼어들었다.

"둘이 사이가 좋구나. 무슨 얘기를 하는 거냐? 마히로가 우리 며느리가 되어 준다면 나는 대환영인데."

그렇게 말하고는 옆에다 잔을 내려놓더니 앞에 있던 술병을 집어 들었다. 그리고 내 잔으로 손을 뻗으려는 순간, 얼른 찻잔을 들어 삼분의 일 정도 남은 우롱차를 입에 털어 넣었다.

"안 돼, 여보!"

'ㅁ' 자로 놓인 테이블 저 맞은편에서 목소리가 날아왔다. 요시에 이모다.

"마히로는 못 마셔."

이모부에게 그렇게 못을 박은 뒤 "그렇지?" 하고 내게 미소를 지어 보였다. 무릎을 꿇고 앉은 채 배를 톡톡 치면서 말이다. 아니라니까요, 임신 아니라는데 그러네, 하고 부정하려면 이모 못지않게 큰 소리를 내야 한다. 그렇게 되면 모두의 눈길이 내게 쏠릴 것이다.

"그래? 그런 거야? 미안하다, 내가."

이모부는 웃는 얼굴로 그렇게 말한 뒤 지나가는 종업원에게 우롱차를 부탁하고, 마사다카 오빠의 잔에 맥주가 그득하다는 걸 확인하자 자기 자리로 돌아갔다.

그제야 얼굴을 든 마사다카 오빠와 눈이 마주쳤다.

"왜, 마시면 안 되지?"

"아빠를 태우고 운전해서 왔거든."

"아, 그렇군. 그런데 다들 마시고 있잖아."

머리를 부여잡는 마사다카 오빠의 바지 주머니에도 키홀더가 걸려 있다. 그리고 보니 주차장에 도착했을 때 마사다카 오빠도 운전석에서 내렸다.

오빠의 상상력이 대단치 않다는 것은 확인했지만, '그 일'이 뭔지 계속 신경이 쓰였다.

하세베 감독과 만난 후 과거의 주간지 기사 등을 닥치는 대로 조사해 봤지만, 오디션 합격에 관한 사라의 허언이 자극적으로 언급되었을 뿐, 새로운 발견은 전혀 없었기 때문이다.

대리 기사를 부르라는 둥, 낮에는 영업을 안 한다는 둥, 이모네 가족이 옥신각신하는 바람에 결국 '그 일'에 관해 묻지 못했는데, 저녁 무렵 마사다카 오빠에게 연락이 와서 역 앞 상점가에 있는 '달마'라는 곳에서 만나기로 했다.

안 마실 거면 자기를 데리러 오고, 마실 거면 현장에서 만나자는 것이었다. 데리러 가면 뒷산에서 지는 해가 아름답게 보일 시간이겠다 싶어 마음이 조금 흔들렸지만, 주위 사람들이 다 마시는데 혼자서만 참아야 하는 상황이 하루에 두 번이나 생기면 정신적으로 좋지 않을 것 같아서 자전거를 타고 가기로 했다.

자전거여도 음주 운전이기는 마찬가지지만, 그것까지 뭐라고 하는 사람은 이 동네에 없을 것이다.

가게 이름이 화로구이 선술집 같은 이미지가 있어서 화장도 고치지 않고 집에서 뒹굴던 차림 그대로 갔는데, 가게 입구 분위기에 그만 기가 죽고 말았다. 그것도 같은 길을 세 번이나 왕복한 끝에 겨우 찾은 터였다. 비늘 모양으로 칠한 새하얀 벽에 개인 주택 문패만 한 간판이 박혀 있고, 그 오른쪽 아래 사분의 일의 공간에 '달마'라고 조그맣게 적혀 있었다.

마치 와인 바 같은 분위기다.

정말 여기가 맞나, 하면서 살며시 문을 열자 기다란 카운터 안에 있던 남자가 "어서 오세요." 하고 우렁차게 외쳤다. 그

갭의 시골스러움에 안도하면서 마사다카 오빠의 이름을 말하자 "치호 씨 동생이군요." 하고 눈을 가늘게 뜨고 웃으면서 카운터 안쪽에 있는 독실로 안내해 주었다.

오래된 성당의 고해실 같은 문을 열다가 또 멈칫하고 말았다. 사인용 테이블 이쪽에 마사다카 오빠가, 그리고 건너편에는 낯선 여자가 앉아 있었기 때문이다.

"뭐야, 그 매너 없는 차림은. 기껏해야 촌구석 선술집이려니 했겠지. 네가 생각하는 만큼 지방 문화가 제자리걸음을 하고 있는 건 아니라고."

"아, 죄송합니다."

마사다카 오빠 맞은편에 있는 여자를 향해 고개를 숙였다. 호리호리한 체형에, 흰 셔츠에 검정 바지를 입은 단순한 차림이지만 귀에서 찰랑거리는 귀걸이와 조그맣고 파란 돌이 박힌 펜던트 등의 액세서리를 세련되게 매치한 멋진 여자였다.

"뭘 그렇게 잘난 체를 해. 너처럼 온몸에 외국 브랜드를 휘감은 사람이 밥맛이지. 나도 이거, 위아래로 시마무라에서 산 거야."

여자가 내게 부드럽게 미소를 지어 보였다. 대체 누구일까 궁금했지만, 겸연쩍어하던 마사다카 오빠가 "일단 앉아." 하고 재촉하기에 그 옆에 앉았다.

오빠는 사촌 동생 마히로라고 나를 소개했다.

"그리고, 이쪽은 전 여친……."

"사사즈카 고등학교 동창생 다치바나 이쓰카예요."

이쓰카 씨가 마사다카 오빠의 말을 재빨리 가로챘다. 전 여친이든 뭐든, 이 자리에 온 걸 보면 꽤 친한 사이인 듯했다. 그럼 내가 끼어든 건가?

"혹시 두 분이서 만나기로 되어 있었는데 제가 방해한 건가요?"

"전혀요."

이쓰카 씨가 대뜸 부정하고는 "그렇지?" 하는 눈길로 마사다카 오빠를 바라보았다.

"마히로는 하세베 가오리 감독의 신작과 관련해서 '사사즈카초 일가족 살해 사건'을 취재하고 싶어 해. 나는 피해자 중한 사람인 다테이시 사라와 고등학교 동창이긴 하지만 특별진학반이어서 한반이었던 적은 없고 서로 얘기를 나눠 본 적도 없어. 한참 후에야 화재로 죽은 게 아니라 오빠에게 살해당했다는 말을 들었지만 별다른 관심이 없었지. 머릿속이 온통 입시로 가득했으니까. 그리고 떡하니 합격해서 곧장 이 동네를 떠난 후로는 거의 내려온 적이 없어. 물론 너도 자주 내려오지는 않았겠지만 나보다는 나을걸. 그러니 나랑 둘이 얘기하는 것보다는 다테이시 사라를 좀 더 잘 알고 지금까지 이 동네에 살고 있는 사람과 얘기를 나누는 편이 가오리의 입장에서도 얻는 게 많을 거라고 생각했어."

"그럼 제사 후에 이쓰카 씨에게 연락한 거야?"

"내가 부르면 언제든지……, 아, 야."

테이블 밑에서 이쓰카 씨에게 걷어차인 모양이었다.

"마사다카가 데이트를 신청했으면 거절했겠지만, 그 유명한 '한 시간 전'의 감독 하세베 가오리가 같은 유치원을 다녔던 바로 그 가오리라고 하니 오지 않을 수 없잖아. 정말이지 그 작품, 몇 번이나 봤는지 몰라."

"하기야 이쓰카는 직업상 느끼는 바가 많았을 테지."

내가 고개를 갸웃거리자 고등학교 선생이라고 이쓰카 씨가 말해 주었다. 아쉽게도 사사즈카 고등학교 선생은 아니지만, 하면서.

"왜 그런 테마로 영화를 찍으려고 했는지 궁금해서 영화 잡지도 사 보고 인터넷으로 검색도 해 봤는데, 기획안을 통과시키거나 취재하는 일이 어려웠다는 고생담이 대부분이고 감독의 생각을 깊이 파고든 기사는 거의 없었어. 물론 유족을 취재하러 갔다가 찬물 세례를 받았다느니 하는 에피소드가 대중에게는 흥미로울지 모르지만, 내가 알고 싶었던 건 그런 내용이 아니었거든. 그래서 이 기회에 가오리가 우리 마을에 취재하러 오면 좋겠다고 기대하고 있어. 거기에 치호 씨 동생도 만나고 싶었고. 두 사람, 제사 때문에 온 거지? ……누구의 몇 주기 제사였는데?"

"그러니까……."

"할아버지의 17주기."

마사다카 오빠가 펼쳐 놓은 메뉴판을 내려다보며 대답한다. 이쓰카 씨가 하세베 감독에게 관심이 있다는 걸 안 오빠가 이쓰카 씨에게 연락을 해 이미 두 사람 사이에 대화가 오갔다는 걸 알 수 있었다.

마사다카 오빠가 테이블 구석에 놓인 벨을 집어 딸랑딸랑 울렸다. 나는 아직 메뉴도 보지 않았는데.

"왜 그래, 마히로. 네가 와인 바 주인보다 와인에 관해서 더 잘 알아?"

"그런 건 아니지만……."

오하타 선생 덕분이긴 하지만 좋아하는 와인 몇 가지 정도는 읊을 수 있고, 이쓰카 씨에게 취향을 물어 거기에 맞는 와인을 고를 자신도 있었다.

"뭐가 되었든 그 분야의 전문가에게 묻는 게 지름길이야."

틀린 말은 아니다. 하지만 이 사람을 주인공으로 한 이야기를 쓰면 정말이지 재미라고는 눈곱만큼도 없을 것 같다. 아무런 좌절도, 먼 길을 돌아가는 일도 없을 테니까.

잠시 후 테이블에 와인과 요리 몇 가지가 놓였다. 요리도 전부 종업원이 추천해 준 것이다. 오징어 아보카도 무침 등등, 굉장히 맛있다.

"웬만큼 배도 찼을 테니 이쓰카, 다테이시 사라에 관해서 얘기 좀 해 봐."

마사다카 오빠가 이쓰카 씨 잔에 와인을 따르며 말했다. 사건에 관해서가 아니라 갑자기 사라에 관해서 묻다니.

"이쓰카 씨는 사라 씨와 친했어요?"

"그게……."

우물쭈물하는 이쓰카 씨를 향해 마사다카 오빠가 히죽히죽 웃었다.

"친구였잖아."

"그렇게 말하지 마. 죽은 사람을 나쁘게 얘기하고 싶지는 않지만 오해는 풀어야겠어. 내 인생 최대의 오점은, 비록 사흘이나마 마사다카와 사귀었다는 것과, 사라의 거짓말을 간파하지 못했다는 거야."

이쓰카 씨는 마음을 굳혔다는 듯이 와인을 벌컥벌컥 마셨다. 마사다카 오빠와의 관계에도 관심은 가지만 '사라의 거짓말'이라는 말이 몇 배는 궁금했다. 물론 사라의 허언증에 관해서는 이미 매스컴에서도 상세히 다룬 바 있다. 나로서는 오히려 사라가 거짓말쟁이가 아니었다는 식의, 지금까지의 주장을 뒤집어엎는 얘기를 기대했다.

"오디션에 합격했다고 한 얘기 말인가요?"

"아니, 그 일에 관해서는 잘 몰라. 그 무렵에는 사라와 거리를 두고 있었으니까. 내가 그 아이와 친구로 지냈던 건 그보다 훨씬 전이야. 그러니까 사건과는 관계가 없는 얘기일지도 모르겠네. 얘기가 한참 돌아갈 텐데, 그래도 괜찮겠어?"

"돌아갈지 질러갈지는 도착해 봐야 알지. 그런데 와인과 요리는 최단 코스였어."

마사다카 오빠가 만족스러운 듯이 고개를 끄덕였다. 이쓰카 씨는 그 말을 살짝 무시하듯이 테이블 끝에 놓인 메뉴판을 집어 들었다.

"같이 고르고 나서, 이건 잘 골랐어, 이건 영 아니네, 하면서 즐기는 방법도 있다고 생각해. 그러니까 난 여기 이렇게 '시간이 다소 걸립니다'라고 쓰여 있는 라자니아를 지금 주문할래. 기다리는 동안 얘기를 나눈다면 시간 낭비는 아니겠지."

그러고서 싱긋 웃는 이쓰카 씨를 보고 있자니 이 사람이 간파하지 못한 거짓말이 있었다는 사실이 믿기지 않았다. 느긋하게 얘기를 듣고 싶었던 나도 주문이 들어온 후에야 불에 올린다는 스페어립을 주문했다.

마사다카 오빠는 어쩔 수 없다는 듯이 스스로 레드 와인을 한 병 주문했다. 메뉴도 펼치지 않고, 종업원에게 묻지도 않은 채 주문한 그 레드 와인은 많이 알려진 와인은 아니지만 오하타 선생이 가장 좋아하는 것이었다.

이쓰카 씨의 얘기가 시작되었다.

내가 사라의 존재를 안 건, 중3 때 같은 반이 되어서였어. 좁은 마을에 중학교가 동쪽과 서쪽 두 군데밖에 없었지만, 다른 초등학교에서 온 아이들은 반이 같거나 방과 후 활동이 같지 않은 한 거의 몰랐지.

남에게 관심이 없거나 콧대가 높아서가 아니라, 방과 후 활동에 빠져 있었기 때문이야. 새로운 친구도 필요 없었어. 중1 여름에는 현 내에서 육상으로 유명한 고등학교에서 스카우트 제안이 있기도 해서 조만간 이 마을을 떠날 거라고 생각했지.

물론, 육상으로.

사라와 얘기를 나누게 된 건 출석 번호가 앞뒤여서야.

— 이쓰카, 너 장대높이뛰기 한다며? 부럽다.

그게 사라의 첫마디였어. 멋지다는 말은 들은 적이 있었지만 부럽다는 말은 처음이었어. 그래서 왜? 하는 표정으로 바라봤을 거야.

— 나는 심장이 약해서 의사가 격렬한 운동은 하지 말라고 했어.

그 말을 듣고 그 아이의 얼굴을 찬찬히 바라보니 속이 비쳐 보일 정도로 하얗더라고. 게다가 야위었는데도 뼈가 드러난 구석이 없는 게, 온몸이 마시멜로로 되어 있는 게 아닐까 싶을 만큼 말랑말랑 폭신폭신해 보였어.

그래서 좀 불쌍하다고 생각했는지도 몰라.

도시락을 같이 먹자고 하기에, 안 그래도 같은 반에 육상부원이 없던 참이라서 좋다고 대답했어. 그때부터 쉬는 시간이면 늘 같이 지냈어. 화장실에 갈 때도 교실을 이동할 때도 사라는 나랑 팔짱을 끼든지 손을 잡으려고 했지.

난 그런 걸 좋아하지 않아서 슬쩍 뿌리치고 싶었지만, 그러면 그녀가 쓰러지는 게 아닐까 걱정스러워서 마지못해 참곤했어. 사라는 손이 너무 따뜻해서 기분이 별로 좋지 않았지.

주위의 시선도 신경이 쓰였어. 나는 보다시피 체형이 이런데다 당시에는 머리도 짧아서 1년에 몇 번꼴로 여자아이에게 편지나 직접 만든 과자를 선물 받곤 했으니까. 개중에는 사귀자는 아이도 있어서, 동성이 나를 친구가 아닌 연인으로 사귀고 싶어 한다는 데 거부감이 있었어.

사라와 그런 관계라고 오해받고 싶지 않았어.

하지만 그런 걱정은 얼마 안 가 사라졌어. 사라에게 남자 친구가 생겼거든. 같은 반인 데다 학생회장인 모리시타 히로야라는 아이였어. 성적도 우수하고 스포츠도 만능, 얼굴도 그런대로 잘생겨서 인기가 많았지. 비밀인데, 하고 내게 털어놓았지만 이내 모두의 입에 오르내리게 되었어. 히로야가 왜 그런 아이와? 하는 소리도 들렸고.

사라는 히로야를 만날 때 내게도 같이 가자고 하는 일이 많아서 필연적으로 나도 그 아이와 친하게 됐어. 히로야는 늘 사라를 지키고 싶다고 말했어. 사라가 자리를 비웠을 때 나더러 '너도 도와줬으면 좋겠다.'고 부탁한 적도 있어.

— 지키다니, 뭘?

그렇게 되물었지. 사라에 대한 험담이 들리기는 하지만, 대부분 시샘에서 비롯된 시답지 않은 소리일 뿐 무시나 괴롭힘으로 발전할 기미는 없는데……. 그러자 사라가 돌아와서 눈물을 글썽거리며 내게 말했어.

— 걱정 끼치고 싶지 않아서 네가 육상부에서 은퇴할 때까지 말하지 않으려고 했는데, 괜찮으면 들어 줄래?

가능하면 쓸데없는 잡념에 시달리고 싶지 않아서 은퇴할

때까지 기다려 달라는 말이 목구멍까지 솟았지만, 히로야마 저 자기 혼자 끌어안을 자신이 없다느니 하며 머리를 숙이는 바람에 고개를 끄덕이지 않을 수 없었어.

그리고 사라에게 들은 얘기는 그 아이의 가족사였어.

먼저, 양친 모두 친부모가 아니라고 하더라. 친아빠는 사라가 엄마 배 속에 있을 때 교통사고로 죽었대. 결혼할 예정이었지만 둘 다 아직 도쿄의 대학에 다니고 있을 때라 혼인 신고는 하지 않았고, 엄마는 자퇴하고 혼자서 사라를 낳았어.

그 후 엄마랑 둘이서 도쿄에서 살았고, 초등학교 3학년 때 좌심방 주위의 이상이 발견돼서 생사를 건 대수술을 받았어. 수술은 간신히 성공했지만 완치된 것은 아니고 입원과 퇴원을 반복했지.

그러다가 이번에는 엄마에게서 암이 발견되었어. 유방암이. 나이가 젊어서 진행이 빨랐고, 사라가 초등학교를 졸업하기 전에 죽고 말았어.

그래서 사라를 키우게 된 사람이 엄마의 여동생, 그러니까 이모로, 당시 사라가 엄마라고 부르는 사람이었어. 엄마는 성격이 명랑하고 사라를 예뻐했지만 남자 보는 눈은 별로 없었는지 남편이 폭력적이어서 걸핏하면 고함을 치고 기분이 나쁠 때는 손찌검도 서슴지 않았어.

하지만 최악인 건 아빠가 데려온 아들, 즉 오빠로 사라보다 세 살 위였는데, 중학생 때부터 집에 틀어박혀서 고등학교에는 가지도 않았어. 평소에는 말이 없고 얌전하지만 한번 성질을 부렸다 하면 걷잡을 수 없을 정도로 난동을 부렸는데, 무엇 때문에 그러는지 알 수가 없으니 미리 피할 수도 없었대.

그런 얘기를 하면서 사라가 블라우스 소매를 걷어 올리는데 나는 순간적으로 눈을 가리고 말았어. 시퍼렇고 커다란 멍자국도 애처로웠지만, 그보다 눈에 뜨인 것은 손목에 난 무수한 상처였어. 몇 번이나 자살하려다 실패에 그친 듯했어.

이건 내가 어떻게 할 수 있는 일이 아니라는 생각에 사라에게 물었지.

— 경찰에 신고하는 게 좋지 않을까?

사라는 가만히 고개를 가로저었어.

— 그건 절대 안 돼. 그 인간이 체포되면 다행이지만, 만일 주의만 받고 끝나면? 내가 그 인간 손에 죽을 수도 있다고. 아니, 차라리 죽으면 다행이지. 그 인간이 아빠에게는 친자식이니까 내가 경찰에 신고했다는 걸 알면 아빠가 엄마를 가만두지 않을 거야.

— 그럼 학교에 알리는 건?

사라는 더 세차게 고개를 저었어.

— 소용없어. 아무것도 안 해 줄 거야.

— 왜? 그건 상담을 해 봐야 아는 거 아니야?

— 아니. 이쓰카 너, 3학년이 될 때까지 나에 관해 전혀 몰랐지?

나는 겸연쩍어하며 고개를 끄덕였어.

— 널 나무라려는 게 아니야. 당연한 일이니까. 나, 2학년 때 거의 학교를 다니지 않았거든.

— 몸이 아팠어?

— 아니, 괴롭힘을 당했어. 나는 도쿄에 살았던 일을 자랑한 적도 없고, 말도 이쪽 억양을 쓴다고 생각했는데 아무래도 거슬렸나 봐. 유리나 무리의 미움을 사고 말았지 뭐야. 걔네 눈 밖에 나면 끝장이잖아.

— 저런, 힘들었겠네.

— 하지만 지금은 행복해. 이쓰카와 친구가 되었고, 히로야도 있으니까. 유리나와 반이 달라진 것도 행운이지. 아니다, 같은 반이 되었더라도 너희 두 사람이 있으면 매일 학교에 올 수 있어. 정말이지 나 같은 사람과 친하게 지내 줘서 고마워.

사라는 눈물을 글썽이며 고개를 깊이 숙였어.

— 나 같은 사람이라니, 무슨 말이야? 나도 이쓰카도 너를 동정해서 옆에 있는 게 아니라 네가 순수하고 솔직해서 좋아

하는 거라고. 내가 사라 입장이라면 친구나 남자 친구에게 그런 사정을 털어놓지 못할 거야. 괜한 자존심이 앞서서 말이지. 그건 우리 사이에 벽을 만드는 일이겠지. 학교에서뿐 아니라 가족을 포함한 어른들, 또는 자신 이외의 사람들과의 사이에도 벽을 쌓는 일일 테고. 하지만 사라와 나 사이에는 벽이 없어. 그래서 언제라도 손을 맞잡을 수 있어.

그렇게 말하고서 히로야가 사라의 손을 잡았을 때 나는 내가 이 자리에 없는 편이 낫지 않을까도 생각했지만, 한편으로는 내 나름대로 사라를 돕겠다고 마음속으로 결심했어.

왜 그랬을까. 죄책감 때문이었을까? 같은 나이에 같은 교실에 있는데도 짊어진 삶의 무게가 전혀 달랐으니까.

나는 초등학교 때부터 내내 육상을 해서 다친 적도 많고 기록이 좋지 않아 고민하던 시기도 있었어. 하지만 다른 아이들보다 몇 배 노력하고 난관을 뛰어넘어 강한 인간이 되었다고 생각했어. 그래서 누군가 실연을 했다거나 시험을 망쳤다거나 시합에 졌다고 푸념해도 별 시답잖은 소리라고 여겼지.

그런데 사라의 얘기를 듣고 있자니 내 고민 역시 하찮것없었다고 느껴졌고, 사라를 위해서뿐 아니라 불행한 아이를 도울 수 있는 강한 내가 되려고 했던 것 같아. 지금 와서 생각해보면 말이지.

그렇다고 해서 그 얘기를 들은 다음 날부터 뭔가 변했느냐 하면 그렇지는 않았어. 나를 신경 써서 그랬는지, 히로야가 같은 반의 사쿠라 슌페이라는 농구부 아이를 데려와서 넷이서 점심을 먹기도 하고, 입원 중이라 비어 있는 슌페이 할머니 집에 놀러 가기도 하는 등 그저 보통 아이들처럼 즐겁게 지냈어. 시험 때가 되면 같이 공부도 하고.

사이좋은 4인방?

그 관계가 이상해지는 건 연애 드라마나 만화에서는 흔한 일일까.

히로야가 깜박하고 슌페이 할머니 집에 사전을 두고 온 일이 있었어. 할머니 집은 이 동네 집들이 그렇듯 오래되어서 뒷문에 자물쇠가 없었어.

그 문을 통해 거실에 들어갔는데 때마침 슌페이와 사라가 있었던 거지. 그저 친구 사이라고는 볼 수 없는 상태로.

히로야는 화가 치밀어 고함을 지르려고 했지만 그러기 전에 사라가 울면서 사과했나 봐. 오빠를 피해서 집을 나왔는데 여기밖에 올 곳이 없었다고 말이야. 그리고 떨리는 게 멈추질 않아서 슌페이가 몸으로 눌러 주었을 뿐이지 결코 떳떳하지 못한 짓은 하지 않았다고 하더래.

나는 그 자리에 있지 않아서 나중에 각자에게 들은 얘기를 끼워 맞췄을 뿐이지만, 그때 히로야와 슌페이는 거의 싸우지 않았고, 다음부터 사라가 집을 나올 경우 다 함께 여기 모이자느니 하는 의논까지 한 것 같아.

하지만 그다음 날부터 넷이 함께 도시락을 먹는 일은 없었어. 히로야는 학생회 일이 바빠서 학생회실에서 먹겠다고, 슌페이는 농구부실에서 먹겠다고 각자 내게 와서 말하고 나가버렸지.

둘이서 도시락을 먹을 때 사라는 내가 묻지도 않았는데 슌페이 할머니 집에서 있었던 일을 얘기했어.

―두 친구에게 상처를 주고 말았어.

그야 네가 잘못한 거지. 생각은 그렇게 했지만, 눈앞에서 울먹이니 아무 말도 할 수 없었어. 그리고, 나는 가출하고 싶다고 생각한 적은 없지만, 집 안에서 신변의 위협을 느낄 만큼 궁지에 몰려 뛰쳐나가게 된다면 나 역시 슌페이 할머니 집을 가장 먼저 떠올릴까 하고 생각해 봤어.

어쩐지 편안한 장소였어. 다다미에 벌렁 드러누워서 만화를 보거나 게임을 하고, 수다를 떨기도 하고. 앉은뱅이 상 위에 과자 봉지를 펼쳐 놓고, 누운 채 손을 뻗으면 얼굴 위로 감자칩이 우수수 떨어졌지. 집에서는 혼날 짓인데도 그곳에서는 웃으면서 할 수 있었어.

뭐, 그 후로는 거의 가지 않게 되었지만 말이야. 사라가 슌페이와 사귀게 되어서 그 둘이 몇 번이나 그곳에서 만났다는 얘기를 들었을 뿐이야. 사라가 내게 같이 가자고 한 적도 있지만, 셋이 만나면 나만 어색할 거 아니야.

히로야는 스스로 물러났어. 사라가 히로야에게 받은 편지를 보여 주었는데, 처음에는 히로야가 안쓰러웠어.

'지금 네게 필요한 건 마음의 피난처가 아니라 실질적인 피난처라고 생각해. 그래서 나는 깨끗하게 너를 포기하기로 했어. 슌페이는 믿음직한 녀석이니까. 하지만 너의 연인이 아니라고 해도 여전히 너를 걱정하고 있으니까 내가 할 수 있는 일이 있다면 언제라도 사양말고 얘기해 줘.'

그렇게 쓰여 있었으니까. 하지만 갈수록 내용이 무거워졌어.

'너의 지옥과 나의 지옥, 어느 쪽이 더 깊을까. 나를 지옥으로 떨어뜨린 사람은 너지만.'

그런 내용의 편지가 매일 아침 사라의 책상 서랍에 들어 있었어. 사라가 섬뜩하다기에 내가 한번 히로야와 얘기해 볼까 하고 제안했지만, 자극하지 않는 편이 좋겠다고 슌페이가 말리더라. 히로야의 마음이 조금 진정되면 자기가 설득해 보겠다면서.

그러던 중 모리시타 히로야가 스토커가 되었다는 소문이 학교에서 돌기 시작했어. 사실 실제로 편지를 본 나도 기분이 나쁘다고 생각하긴 했지만, 그래도 히로야를 아직은 조금 동정하고 있었던지, 혹시 사라가 나랑 슌페이 외에 다른 아이들에게도 편지를 보여 주는 게 아닌가 싶어서 사라를 원망하는 마음이 들었어.

— 두 사람의 문제인데, 히로야만 불쌍하게 됐네.

사라와 점심을 먹다가 불쑥 그렇게 말하고 말았어.

— 나 아니야!

그렇게 중얼거리던 사라의 얼굴……. 지켜 줘야 할 만큼의 나약함이나 안쓰러움을 전혀 느낄 수 없는 냉담한 얼굴이었어. 하지만 그건 아주 잠깐일 뿐, 사라는 금방이라도 울음을 터뜨릴 듯이 얼굴을 찡그렸지.

— 아니야. 히로야는, 자업자득이랄까? 자기 입으로 떠들고 다니는걸. 자기는 사라를 진심으로 사랑하고, 그래서 지켜 주려고 했는데, 사라는 그저 집에 재워 주기만 하면 누구라도 상관없고 숙박비는 몸으로 때우면 그만이라고 생각한다, 형

편없는 아이다, 하지만 그런 사라를 나는 외면할 수 없다, 사라는 아직 깨닫지 못하고 있지만 사라를 받아들일 수 있는 사람은 자신밖에 없다, 라고 말이야. 자기 친구들뿐 아니라 남녀를 가리지 않고 전화번호를 아는 아이란 아이에게는 모두 전화해서 그렇게 말한다고.

그건 심하네, 하고 나는 이내 사라를 동정했어. 조금 전의 그 냉담한 표정도 납득이 갔고. 사라라고 왜 분노의 감정이 없겠나 싶어서 미안한 생각도 들었어.

— 사랑한다느니 하는 말, 기분 나쁘지 않겠니? 그리고 나, 슌페이와는 그런 짓 안 했어. 오히려 그러고 싶어 했던 사람은 히로야지. 슌페이 할머니 집은 뒷문이 잠겨 있지 않으니까 같이 가자고 얼마나 집요하게 졸랐는데. 어쩔 수 없이 키스는 했지만 정말 기분 나빴어.

키만 컸지 나는 남녀 교제와는 도무지 인연이 없는 중학생이어서 주변 아이들이 사귄다는 말을 들어도 둘이서 놀러 나가거나 기껏해야 손을 잡는 정도겠거니 했는데 사라 말을 듣고 나니 머리가 왕왕 울리는 것 같더라. 같은 교실에서 함께 도시락을 먹는 아이들이 그런 짓까지 하고 있다니.

사고가 정지되어 버린 내 손을 꼭 쥐고 사라가 말했어.

— 이쓰카, 나 좀 도와줘. 나는 지금 오빠보다 히로야가 더

무서워. 물론 슌페이도 있지만, 슌페이는 히로야랑 친구잖아. 히로야가 나를 괴롭힌다고 얘기해서 둘 사이를 더 틀어지게 하고 싶지는 않아. 그러니까 부탁할게, 응?

나는 구체적으로 뭘 어떻게 하면 좋을지 알 수 없었지만 아무튼 고개를 끄덕였어. 마치 꼭 잡힌 손에 머리가 따라 움직이기라도 하는 것처럼.

그러고서 얼마 후부터 히로야는 등교하지 않게 되었어.

그 무렵부터 사라는 집에 갈 때도 나랑 같이 가고 싶다고 말했어. 주니어 올림픽 예선인 현 대회까지 한 달밖에 남지 않아서 늦게 끝난다고 몇 번이나 말했는데도 기다리겠다면서 말이지.

— 얼마 전에 혼자 집에 가는데 등 뒤에서 누군가의 시선이 느껴져 돌아봤더니 글쎄 후드를 쓴 사람이 갑자기 도망치는 거야. 그런데 그 옷, 히로야도 입었던 기억이 있거든.

그렇게 말하니 거절할 수가 없었어.

육상부는 학교 운동장이 아니라 마을 광장에서 연습을 했는데, 사라도 방과 후 거기 와서 한쪽 구석에 있는 벤치에 앉아 기다렸어. 그 광장이 언덕 위에 있잖아. 그래서 사라는 거기 도착하면 녹초가 되곤 했는데, 그 모습을 본 같은 학년의 육상부 아이가 걱정하는 투로 말했어.

─ 저 아이, 심장이 안 좋다고 하지 않았어?

그 육상부 아이는 사라와 중학교 1학년 때 같은 반이었대. 나 외에도 사라의 병에 관해 아는 아이가 있다는 걸 그때 처음 알았어. 그 아이는 사라와 별로 친하지는 않았지만, 사라가 체육제 출전 종목을 정하기 직전에 체육 위원이었던 자신에게 찾아와서 그런 얘기를 했다는 거야.

─ 유리나 무리에게 따돌림을 당해서 등교 거부를 한 시기도 있었다던데, 여러 가지로 불쌍하네.

그런 말까지 들으니 더욱더 사라를 모른 척할 수는 없겠다 싶어서 사라가 기다리는 게 그다지 부담스럽게 느껴지지 않았어. 아니, 오히려 기뻤다고 할까.

집에 가는 길에 사라는 언제나 내게 말했어. 정말 굉장하다, 멋져. 도약할 때는 어떤 기분이야? 하늘은 어떻게 보이니? 자신만 아는 경치가 있다는 게 부러워, 라고.

기록 때문에 고민한 적은 있어도 하늘이 어떻게 보이는지 의식한 적이 없어서, 제대로 설명하기 위해 눈을 부릅뜨고 도약했더니 최고 기록이 나왔어. 뛰어오를 때 고개를 살짝 숙이는 버릇이 있었는데 그게 개선되었던 거지. 사라에게 고맙다고 말했더니, 조금이라도 도움이 되어서 다행이라며 뛸 듯이 기뻐하더라고.

서로의 집이 좀 멀어서 얘기를 나눌 시간이 많지는 않았지만, 한번은 내가 장대높이뛰기 하는 느낌을 롤러코스터에 비유한 적이 있었어. 그랬더니 사라가 고개를 살살 가로젓더니 시선을 바닥으로 떨어뜨리는 거야. 그제야 나는 내 어리석음을 깨달았어.

　심장이 약한데 롤러코스터를 타 봤을 리가 없잖아. 당황해서 사과했더니 사라는 울다가 웃는 얼굴로 놀이공원은 좋아한다고 하더라.

　— 친엄마와 즐거웠던 마지막 추억이 도시마엔이야. 특히 관람차. 또 타 보고 싶네…….

　그래서 나는 사라와 약속했어.

　— 나, 주니어 올림픽에 꼭 나갈 거니까 사라도 시합 보러 와. 그 후에 같이 도시마엔에 가서 관람차 타자.

　결국 그 약속은 지켜지지 않았지만…….

　악몽은 여기서부터야.

　현 대회 사흘 전이었어. 컨디션 조절에 들어간 시기라서 연습도 하루에 두 시간 정도만 하고 아직 해가 떠 있을 때 사라와 집에 돌아가는데 사라가 어딜 좀 들렀다 가자고 하는 거야. 놀러 가자는 거면 거절하려고 했는데, 그걸 눈치챘는지 슌페이와 조촐한 출전식을 계획했다고 털어놓는 거야 슌페이 할머니 집에서 전날 둘이 과자를 만들었다고 하더라고. 자세한 건 가 보면 알아, 하는데 거절할 도리가 없잖아.

쿠키? 마들렌? 치즈 케이크? 직접 만들었을 만한 과자를 꼽으며 나는 행복한 기분으로 그 집으로 향했어.

도착해 보니 슌페이는 아직 와 있지 않았어. 방과 후 활동을 할 시간이란 건 조금만 생각해 봐도 알 수 있었는데. 우리는 현관 앞에 가방을 내려놓고 나란히 앉았어. 아직 장마 기간이었지만, 그날은 날씨가 좋았고, 바람이 살랑살랑 불어서 실내보다 바깥이 상쾌할 정도였어.

게다가……, 다소 높은 지대에 있는 슌페이 할머니 집에서는 저물어 가는 해를 정면으로 바라볼 수 있었어. 원래 이렇게 빨갛고 동그랗고 컸나 싶을 만큼 눈길을 사로잡는 저녁 해를.

해가 다 질 때까지 바라보고 싶었지만, 아랫집의 아름드리 은행나무에 가려서 그러기는 어려울 것 같았어. 아쉬워하는 마음이 얼굴에 드러났는지도 몰라. 혹은 사라도 전에 똑같은 생각을 한 적이 있었던 걸까.

사라가 내 귓가에 입을 바짝 대고 속삭였어.

―좀 더 높은 데서 보자.

귓불에 숨결이 닿아 섬뜩해진 느낌을 떨어내기라도 하려는 듯이 나는 사라에게서 몸을 떼며 주위를 둘러봤어. 마당에 나무는 있지만 별로 키가 큰 나무는 없더라. 그러자 사라가, 이쪽이야, 하며 내 손을 이끌어 집 옆으로 돌아갔어.

— 여기서 지붕으로 올라가자!

사라는 낡은 빗물받이에 손을 걸더니, 의아한 표정이었을 내게 얼마 전에 슌페이와 같이 올라갔다고 설명하고는 빗물받이를 껴안듯이 잡았어. 그리고 집 벽과 빗물받이를 연결하는 고리에 발을 걸면서 지붕 위까지 올라가서 자랑스러운 듯한 얼굴로 나를 내려다봤어.

체육 시간에 참관만 했던 아이라고는 상상하기 힘든 몸놀림에 나는 내심 놀랐어.

— 이쓰카, 너도 빨리 올라와! 혹시 겁나는 거야?

나는 그만 욱하고 말았어. 내가 걱정하는 건 빗물받이가 망가지지 않을까 하는 거였지 오를 수 있느냐 없느냐가 아니었거든. 몸을 움직이는 일에 관한 한 사라가 할 수 있는 걸 내가 못할 리 없잖아. 게다가 슌페이가 올라갔다면 내가 걱정할 필요가 없겠지.

나는 사라처럼 체중을 몽땅 빗물받이에 싣는 대신 손과 발을 균형을 맞추어 늘어뜨리며 쑥쑥 올라갔어. 그러자 한 걸음만 더 내디디면 되는 지점에서 사라가 내게 손을 내밀었어.

슌페이와 올라갔을 때 그렇게 해서 끌어 올려졌는지는 모르겠지만 내게는 방해만 될 뿐이었지. 사라가 내 몸을 끌어 올릴 수 있을 거라고 여겨지지도 않았고. 그런데…….

— 자, 잡아!

모험 만화의 한 장면처럼 옆에서 비치는 석양에 눈을 반짝 거리면서 그렇게 말하는데 손을 잡지 않으면 안 될 것 같은 기분이 들었어. 나는 한 손을 사라의 손에 얹고, 그녀가 그 손 을 꽉 쥐는 것을 확인한 후 다른 한 손을 기왓장 위에 얹었어. 지붕을 누르면서 그 반동으로 한쪽 다리를 지붕에 걸치려다 가 그만 균형이 무너지면서 사라의 손을 확 잡아당기는 꼴이 되고 말았어.

순간적으로 일어난 일에 사라는 내 손을 놓아 버렸고, 나는 그대로 등부터 땅에 떨어졌지. 한참이 지나서 온 슌페이가 구 급차를 불러 그길로 곧장 입원…….

주니어 올림픽은커녕 현 대회에도 출전하지 못하고 나는 육상부를 은퇴하게 되었어.

사라는 딱 한 번 면회를 왔어. 미안해, 미안해, 하면서 병원 사람들과 우리 부모님 앞에서까지 엉엉 울더라고. 백 퍼센트 사라 잘못이 아니라는 건 알았지만, 나는 그런 말을 입에 올 릴 기력도 여유도 없었어.

그래서 사라는 그 후로 나를 찾아오지 않게 되었지만, 나는 그때는 아직 사라를 싫어하지는 않았어.

슌페이가 면회를 온 건 여름 방학이 얼마 남지 않은 어느 날의 오후였을 거야. 마침 엄마는 저녁 준비를 하려고 집에 가서 없을 때였지.

처음에는 육상부 아이들이 거의 매일 찾아왔지만, 시합 얘기만 나오면 내 표정이 어두워져서 껄끄러웠는지 점차 발길이 뜸해졌어. 달리 찾아와 주는 친구가 없다 보니 내게서 육상을 빼면 아무것도 남지 않는다는 걸 알았지.

그래서 슌페이라도 와 준 게 반가웠어. 사실은 사라가 오고 싶었지만 용기가 나지 않아 슌페이가 대신 내 상태를 보러 왔을지도 몰라, 하고 은근히 기대하기까지 했어.

슌페이는 햄버거를 사 왔어. 병원 밥이 슴슴해서 맛이 별로 없을 거라면서 말이야.

새로 출시된 메뉴라며 슌페이가 자기 것도 사 와서 둘이 병실에서 햄버거를 먹으면서 얘기를 나누게 되었어. 이 바비큐 소스 맛있네 어쩌네 하며 끊임없이 떠드는 데 왠지 위화감이 느껴질 무렵, 아니나 다를까, 사라 말인데, 하고 얘기를 꺼내는 거야. 그러고서 슌페이가 털어놓은 얘기는 정말 생각지도 못한 내용이었어.

— 그 녀석 하는 말이 대부분 거짓말이라는 거, 알고 있어?

나는 어리둥절한 표정으로 되물을 수밖에 없었어. 거짓말이라니, 뭐가? 무슨 말이?

— 우선, 부모가 친부모야. 오빠는 아버지만 다르고.

그 단계에서 나는 이미 패닉이었어. 교통사고는? 암은? 부모가 죽은 게 아니란 말이야?

— 본인이 심장병이라는 것도 거짓말이야. 기껏해야 감기에 쉽게 걸리는 정도? 행동이 굼뜬 건 단지 운동 신경이 없을 뿐이고.

수술은? 여름 방학에 도쿄의 큰 병원에서 대수술을 받았다고 했잖아?

물을 게 너무 많아서 말이 안 나왔어.

— 또, 도쿄에서 한 번도 산 적이 없어. 도쿄에 살기는커녕, 태어나서 지금까지 줄곧 이 동네에서만 살았어.

— 그럴 수가……

겨우 입에서 나온 말이 그것뿐이었지. 그게 있을 수 있는 일이야? 이 좁은 동네에서 어떻게 그런 거짓말을 할 수 있어?

— 제4 초등학교 출신 중에 아는 애가 있으면 한번 물어봐. 같이 다녔다고, 아주 당연하다는 듯이 대답할걸. 나도 전부 거짓말이었다는 걸 뜻밖의 계기로 눈치챘으니까.

슌페이가 운동 시합이 끝난 다음 친한 니시 중학교 아이들과 함께 역 앞에 있는 패밀리 레스토랑에 들어갔는데, 때마침 계산을 치르고 나오던 사라와 사라 부모님과 마주쳤대. 슌페이가 어, 하고 한 손을 들었지만 사라가 난처한 표정으로 슌페이를 무시하고는 후다닥 가게를 나갔다는 거야.

슌페이는 부모님과 함께 있는데 말을 걸어서 그랬나 보다고만 생각했는데, 자리에 앉은 직후 니시 중학교 아이들이 이상한 말을 하더래.

— 아까 걔, 다테이시 사라 아니냐? 도쿄에 있는 중학교로 간다더니, 왜 여기 있지?

— 뭐라는 거야. 쟤, 히가시 중학교에 다니잖아. 집도 이사하지 않았는걸. 괴롭힘을 당해서 타 학군 입학이 허가되었다고 들었어. 야, 슌페이. 너, 같은 학교라서 아까 알은체를 한 거 아니야?

슌페이는 미처 상황을 파악하지 못한 채 고개를 끄덕였다. 그러자 뒤통수를 얻어맞은 것처럼 충격적인 말들이 날아들었다.

— 너, 걔랑 얽히지 않는 게 좋을 거야. 다테이시 사라, 순 거짓말쟁이야. 하긴 내가 새삼스럽게 충고할 필요도 없겠지. 중학생이 되었다고 성격이 바뀌지는 않았을 테니까. 그 아이 거짓말은 뻔해서 히가시 중학교 아이들에게는 금방 들통났어.

내가 아무 말도 할 수 없었던 것처럼 그때의 슌페이도 무슨 말을 어떻게 하면 좋을지 모르겠더래. 그 심정을 대변하기라도 하듯이 히가시 중학교의 다른 아이들이 말했대.

— 아니, 나는 아이들이 사라를 미워하는 건 느꼈지만, 사라가 거짓말쟁인 건 몰랐어. 심장이 안 좋다던가……, 그런 말은 들은 적이 있지만.

— 아아, 그것도 뻥이야. 좌심방이니 우심방이니, 얘기할 때마다 달라진다니까.

— 나는 부모도 친부모가 아니라고 들었는데?

— 아직도 그렇게 말하고 다니냐?

슌페이는 아이들의 대화를 들으면서 사라의 거짓말이 하나하나 드러나는 것에도 놀랐지만, 사라와 별로 친하지도 않은 듯한 아이들이 자신과 히로야, 나, 그렇게 넷만 공유하고 있다고 믿었던 사라의 비밀을 알고 있다는 데 더 놀랐대.

답답한 마음을 떨쳐 내려고 슌페이는 그날 중으로 사라를 불러냈어. 그때 우리가 먹고 있던 햄버거를 산 바로 그 패스트푸드점으로. 약속 시간보다 조금 늦게 나타난 사라가 한 첫마디는 이런 거였어.

"들통났나?"

그러고는 민망해 하는 기색도 없이 자신이 지금까지 한 거짓말을 전부 털어놓은 다음 자리를 떴어. 마지막 한마디를 내뱉듯이 남기고.

— 내가 싫어졌지? 앞으로는 나를 무시해도 좋아. 아니, 내 쪽에서 무시할게.

슌페이는 거기까지 얘기한 뒤 울음을 터뜨렸어. 그리고 이렇게 말했어. 나를 만나러 온 건 사라가 거짓말쟁이였다는 걸 폭로하기 위해서가 아니라, 그런 사라를 아직도 좋아하는데 앞으로 어떻게 하면 좋겠냐고 의논하기 위해서라고.

하지만 내 귀에 더는 아무 얘기도 들리지 않았어. 슌페이처럼 나도 콧물을 훌쩍거리다가 침대 옆에 있는 선반에서 화장지를 집어 코를 풀었을 때에야 내가 코피를 흘리고 있다는 걸 알았어.

사라의 새빨간 거짓말을 바보처럼 그대로 믿고 우정 놀음을 하다가 소중한 것을 잃은 나는 대체 뭘까.

분노로 새하얘진 내 머릿속에, 그럼에도, 사라의 웃는 얼굴이 잔상으로 남아 있었던 건 아직 본인의 입으로 아무 말도 듣지 못해서였을 거야. 그리고 모든 게 다 거짓말은 아니었잖아? 중2 때 괴롭힘을 당해서 학교에 가지 않게 되었던 건 사실이었어. 사라를 괴롭힌 아이들은 순전히 그 재미로 등교하는 듯한 아이들이었고, 새 학년이 된 사라는 친구를 사귀고 싶은 마음에 어쩔 수 없이 거짓말을 한 거라고 나 스스로를 설득했어.

그래야만 내가 덜 고통스러울 테니까.

나는 슌페이가 돌아가자마자 병원 공중전화로 사라에게 전화를 걸었어. 본인이 직접 받았는데, 내가 누구라고 밝히기도 전에 한숨을 푹 쉬더니…… 내게 말할 틈조차 주지 않고, 슌페이에게 내뱉었던 것과 똑같은 말을 내뱉은 후 전화를 끊었어.

수화기를 내던지고, 전화기 위로 코피가 뚝뚝 떨어지고, 우연히 지나가던 간호사가 다급히 달려오고, 나는 대성통곡하고, 나와 사라 이야기는 거기서 끝.

테이블 위에는 거의 손대지 않은 채 식어 버린 요리와 빈 와인 병이 널려 있었다. 와인은 이쓰카 씨와 마사다카 오빠가 거의 마셨는데 내가 누구보다 넋 나간 표정을 짓고 있었을 것이다.

드라마나 소설에서 몇 번인가 허언증 환자의 얘기를 들은 적이 있다. 자신이 위인의 후손이라느니, 집 안의 금고에 몇억이 있다느니 하는 허풍은 픽션의 세계에서나 볼 수 있는 과장이라고 생각했다. 현실에서 그런 가당찮은 거짓말을 했다가는 금방 의심을 받을 테니까.

그러나 사라가 이쓰카 씨에게 했다는 거짓말은 그보다 한층 단순해서, 눈앞에서 사실을 말하는데도 속았다는 게 믿기지 않는 기분이었다.

"중학교란 작은 마을에서도 더욱더 한정된 지역의 아이들이 유치원 시절부터 구성원이 거의 바뀌지 않은 채 모여 있는 곳이잖아. 그러니까 도쿄에서 이사를 오든 아니면 다른 학군에서 오든 마찬가지일 테지만, 정말이지 좁은 세계에서 살아왔다는 걸 뼈저리게 느꼈어."

이쓰카 씨는 그렇게 말하고, 빈 앞 접시에 석화를 집어다 놓고 레몬을 쥐어짰다.

"그래도 그때는 아직 한 학년의 절반밖에 지나지 않았을 때잖아. 그 후로도 교실에서 매일 얼굴을 마주했을 텐데."

마사다카 오빠가 이쓰카 씨 잔에 와인을 따르면서 말했다. 조금씩 줄어들고 있는 요리는 모두 마사다카 오빠가 이쓰카 씨의 얘기를 들으며 먹은 것이었고, 차갑게 식어도 맛이 있을 만한 요리는 손도 대지 않은 채 고스란히 남겨져 있었다.

"사라는 2학기부터 보건실로 등교했어. 주니어 올림픽에 참가하려던 내 앞길을 막은 죄책감으로 내 얼굴만 보면 과호흡을 일으킨다나 뭐라나. 내가 그런 트라우마를 심어 줄 만큼 사라에게 심하게 화를 냈다는 소문까지 퍼져서 오히려 내가 죄인 취급을 받았지. 그럴 줄 알았으면 정말로 화를 내는 건데 그랬어. 나를 다치게 한 것에 대해서가 아니라 거짓말을 한 것에 대해서 말이야. 뭐, 고등학교까지 같은 곳으로 가게 될 줄은 몰랐지만."

이쓰카 씨는 말투로 보아 화가 난 것 같지는 않고 그저 그리운 옛날 일을 얘기하는 듯한 모습이었다.

"시골 인문계 고등학교니까. 사사즈카 고등학교의 경우 1등과 꼴등의 점수 차가 500점 만점에 150점 이상 나잖아. 그런데 히로야는 그런 학교에도 들어가지 못하고, 원서만 내면 되는 학교에 들어갔어. 그나마 채 한 달을 다니지 못하고……."

"어떻게 되었는데요?"

그만 끼어들고 말았다.

"글쎄, 어떻게 되었을까. 나, 그 녀석과 같은 학원에 다녔고, 유일하게 경쟁심을 느꼈던 녀석이었어. 그런데 언제인가부터 오지 않아서 이상하다 싶었지. 그래서 고등학교에 들어가자마자 히로야와 같은 중학교를 다녔던 아이에게 물어봤는데……."

"그 아이가 나였던 거야. 히로야가 그 후로 어떻게 되었는지, 이 자리에서 자세하게 말할 마음은 없어. 다만, 행복한 인생을 보내고 있다고 단언할 수는 없을 것 같아. 나는 변명을 하거나 남 탓하는 걸 정말 싫어하지만, 그래도 사라와 엮이지 않았다면 좀 다른 인생을 살지 않았을까 하는 생각은 몇 번이나 했어. 그리고 나 자신이 히로야와 가까워질 수도 있지 않았을까 하는 생각도."

이쓰카 씨가 입술을 깨물었다.

"자신을 바로 세우기에도 벅찬 시기에 남을 돕는다는 건 무리지."

마사다카 오빠의 말에 나도 고개를 끄덕였다. 하지만 이쓰카 씨는 씁쓸한 표정으로 고개를 가로저었다.

"꼭 어려운 일을 하지 않아도 괜찮았어. 노래방에 억지로 끌고 가서 신나는 곡을 크게 틀어 놓고 노래를 부르고, 간주가 나올 때면 큰 소리로 사라를 욕해도 좋았을 거야. 그 아이를 만난 건 얼굴에 파리가 잠깐 앉았다 간 정도의 일이야, 하고 목이 터져라 외쳐도 좋았을 거라고."

이쓰카 씨가 잔에 남은 와인을 단숨에 털어 넣었다. 그리고 나를 바라보았다.

"하세베……, 가오리가 어떤 영화를 찍으려고 하는지는 모르겠지만, 공상에 빠져 사는 거짓말쟁이 여자아이가 은둔형 외톨이 오빠에게 살해당했다느니 하는 매스컴 보도처럼 얄

팍한 영화는 아니었으면 해. 사라는 더 큰 거짓말을 했다고
생각하거든. 가능하면 그 점을 파헤쳐 줬으면 좋겠어. 위대한
영화감독에게 나같이 평범한 사람이 요구할 일은 아닌가?"

이쓰카 씨는 헤헤헤 웃고 나서 "화장실." 하고 말한 뒤 벽에
세워 두었던 지팡이를 한 손으로 짚고 일어섰다.

"참, 너 알아? 도시마엔에는 관람차가 없대."

그러고서 마치 지팡이가 장식품이라도 되는 듯이 가볍게
짚으면서 은신처 같은 방을 걸어 나갔다.

"이쓰카 씨, 다리……."

마사다카 오빠에게 확인이라도 하듯이 중얼거렸다.

"얼굴에 파리가 잠깐 앉았다 간 정도는 아니지."

"나, 지팡이를 못 봐서 체육 선생님인 줄 알았어."

"영어 선생님이야. 지금보다 훨씬 잘 못 걸었을 때부터 교
환 학생도 신청하고, 해외 아티스트의 라이브를 보러 혼자서
도쿄에 가기도 하고……. 있잖아, 마히로. 이겨 낸 덕분에 얻
을 수 있는 인생도 있지 않겠어?"

"대단하네, 이쓰카 씨."

나는 테이블 한가운데 놓인 라자니아를 덜어 먹는 숟가락
으로 떠서 내 접시에 담았다. 언니가 까르보나라뿐 아니라 라
자니아도 좋아했다는 사실이 떠오른다. 뜨거운 음식을 잘 못

먹어서 몇 번이나 후후 불곤 했다. 하지만 이렇게 식어 있다면 그러지는 않을 것이다.

다음 날 오후. 도쿄에서 사 온 선물을 주지 않았다는 생각이 떠올라 이모 집으로 갔다. 행선지를 말하자 아버지는 쌀겨에 묻어서 만든 오이장아찌와 가지장아찌를 플라스틱 보관 용기에 담아 건넸다. 오이와 가지는 요시에 이모가 뒷마당에서 기른 것이라고 하는데, 종종 이렇게 물물 교환을 하는 듯하다. 이모는 피부 알레르기가 있어서 쌀겨를 만질 수 없기 때문에 아버지가 담근 쌀겨 장아찌를 귀중하게 여긴다고 한다.

아버지가 좀 과장하지 않나 싶었는데 이모는 정말 고마워하며 장아찌를 받아 들었다. 그 자리에 선 채로 용기 뚜껑을 열어 오이를 덥석 베어 물었을 정도다. 내가 사 온 과자는 그대로 불단에 올리고 말이다. 외할아버지와 조상님들이 뉴욕산 버터크림 샌드 쿠키를 달가워할까.

마사다카 오빠는 도쿄에서 학회가 있어서 오전에 나갔다고 한다. 마사다카 오빠에게 물어볼 말이 있었는데 어젯밤에는 묻지 못했다. 이쓰카 씨가 화장실에 간 후 한참이 지나도록 돌아오지 않았기 때문이다. 결국 화장실에서 잠들어 버린 이쓰카 씨를 종업원이 발견했고, 그길로 마사다카 오빠가 택시를 불러 그녀를 데려다주었다.

평소의 이쓰카 씨가 어떤지는 모르지만, 어쩌면 그 얘기를 하는 데 알코올의 힘이 필요했을지도 모른다.

"보스턴까지 데려갈 거야."

이쓰카 씨를 업고서 마사다카 오빠가 중얼거린 그 말은 못 들은 걸로 했다.

이모가 채소를 가져가라고 해서 뒷마당에 있는 텃밭으로 함께 갔다. 고지대에 있어 저무는 해가 내려다보이는 낡은 집과 어제 들었던 슌페이 할머니 집의 이미지가 겹쳐, 그만 1층과 2층 사이 처마로 눈길이 가고 말았다.

뒤로 떨어졌다고 하니 등에 가해졌을 충격이 상상되어 눈을 감았다가 천천히 뜨고는 마음을 가라앉히려고 바다 쪽으로 눈길을 돌렸다. 완만하게 경사진 들판이 널따랗게 펼쳐진 풍경 저 끝으로 바다가 아스라이 보였다.

위로 조금 더 가면, 하고 이번에는 산 쪽으로 시선을 돌리는데 이모가 다가왔다. 플라스틱 소쿠리 한가득 가지와 피망이 담겨 있다.

"뒷산에 가려고?"

이모도 산 쪽을 바라보았다.

"오랜만에 철탑까지 가 볼까 하고요. 답사 때는 바빠서 사진도 못 찍었거든. 언니도 그리워할지 모르고."

"치호가 좋아하는 장소였으니까. 그리고 보니까……."

이모가 미간을 살짝 찡그렸다.

"왜?"

무엇 때문인지 가슴이 쿵, 울렸다.

"작년 장마 때 길이 많이 무너졌다니까 조심해."

"그럼 오늘은 안 갈래요."

지금은 펌프스를 신고 있다. 참 예쁜 보라색이네, 라고 말하며 소쿠리를 받아 들었다. 이모도 뒷산에 가는 걸 굳이 권하지 않는다.

"피망도 쌀겨에 묻을 수 있나?"

화제가 채소로 옮겨 갔다.

마당에 세워 놓은 차에 타기 전에 다시 한 번 마을을 내려다보았다. 다테이시 사라의 집은 바닷가 쪽이었을 것이다. 매스컴에서 보도하지 않은 그녀의 에피소드를 알아낼 수는 있지만 어쩐지 그건 하세베 감독이 원하는 내용은 아닐 듯했다.

에피소드
3

○

요코하마에 있는 아빠의 본가는 바다가 내려다보이는 높은 지대에 있었다. 그 집이나 주변의 집이나 전통 가옥이든 현대식 주택이든 높은 울타리에 둘러싸여 있어, 밖에서 문패 달린 대문은 확인할 수 있어도 현관문은 보이지 않았다.

아빠의 본가는 주변의 집들에 비하면 아담한 크기였지만, 비늘 모양으로 회를 덧칠한 하얀 벽의 서양식 건물이라, 온천 마을에 있었다면 성이라 불리지 않았을까. 그 2층의 모퉁이 방이 내 방으로 꾸며져 있었다.

하얀 나무 침대에는 백설 공주 이야기의 여섯 장면을 재현한 퀼트 커버가 덮여 있었다. 할머니가 손수 만들었는지, 작년에 시에서 주최하는 가을 예술전에서 특별상을 받은 작품이라고 자랑스럽게 가르쳐 주었다.

"그런 걸 제가 써도 돼요?"

"소중한 손녀를 생각하면서 한 땀 한 땀 바느질한 거야. 이렇게 네가 쓰는 날이 오다니, 꿈만 같네."

할머니는 내 머리를 쓰다듬으면서 그렇게 말했다. 침대와 똑같이 하얀 옷장도 책꽂이도 모두 새것이었지만, 커다란 퇴창 앞에 놓인 책상은 오래된 것으로 보였다. 갈색의 묵직한 나무 책상 군데군데에 작은 생채기가 보였지만, 방 안의 어느 가구보다 꼼꼼하게 닦은 듯 은은하게 빛나고 있었다.

"저 책상은, 히로다카, 네 아빠가 사용하던 거야. 그 전에는 할아버지가 사용했고. 그러니까 우리 집에 대대로 내려오는 책상인 셈이지. 할아버지도 아빠도 저 책상에서 공부해서 훌륭한 사람이 되었어. 가오리 너도 머리가 좋겠지만, 저 책상에서 공부하면 훨씬 더 좋아질 거야."

아빠가 사용했던 것을 보면서 가슴이 벅찼는데, 얼음이 뜬 시린 물이라도 얼굴에 좍 끼얹은 듯한 기분이 들었다. 엄마처럼 공부하라고 강요한 것은 아니다. 웃는 얼굴에 자상한 말투였다. 그런데도 엄마 목소리보다 무겁게 짓누르는 무언가가 할머니 몸에서 배어나오는 것처럼 느껴졌다.

온천 마을 할머니에게 사이즈를 물어봤는지, 옷장 안에 새 옷과 속옷도 가지런히 준비되어 있었다. 옷걸이에 교복인 듯한 옷이 걸려 있었다. 남색 재킷에 하얀 블라우스, 그리고 남색 치마바지. 블라우스의 목에는 초록색 넥타이가 걸려 있었다. 옷장 문 안쪽 고리에 걸린 모자도 남색이었다.

부잣집 여자아이들이 다니는 사립학교 교복처럼 보였지만, 내가 다닐 곳은 집에서 제일 가까운 공립 초등학교였다.

공립이라고 해서 다 똑같지 않다. 그렇게 생각할 수 있는 나이가 아니었지만, 그 교복이 이곳이 사사즈카초나 온천 마을보다 풍요로운 동네라는 걸 보여 주는 것만 같았다. 옷장 꼭대기 칸에 검게 빛나는 가죽 제품이 보였다. 어깨에 메는 책가방이 아니라, 배낭이었다.

"걱정 마라. 이 지역 초등학교에서는 남학생이나 여학생이나 다 학교에서 지정한 이 가방을 메고 다닌단다. 전국적으로 그런 줄 알았는데, 역에서 네가 분홍색 책가방을 메고 있는 걸 보고 놀랐지 뭐야. 그런 걸 메고 있으면, 멀리서도 초등학교 여자아이라는 걸 알아볼 수 있잖니. 이상한 사람에게 나 여기 있어요, 하고 가르쳐 주는 거나 다름없지."

할머니는 과장되게 몸을 떨고는 옷장 문을 닫은 뒤, 이번에는 책상 서랍을 열었다. 문구류가 조르르 놓여 있었다. 귀여운 캐릭터 그림은커녕 화사한 색감도 없는 갈색 기조의 연필통과 연필은 마치 성인용 같았다.

이것도 학교에서 지정한 걸까 싶어서 책상마다 차분한 필기도구가 놓인 교실을 상상했는데, 등교 첫날 할머니 취향이라는 걸 알았다. 그렇다고 야유하거나 놀리는 아이는 없었다. 오히려, 이거 ××지? 하고, 듣도 보도 못한 외국 브랜드 이름을 대며 부러워하는 아이가 있었다.

결국 온천 마을에서 보낸 얼마 안 되는 짐은 책 몇 권을 빼고 거의 처분하게 되었다. 할머니는 나를 배려해 책가방 같은 추억이 있는 물건은 방에 장식해 둬도 귀엽지 않겠느냐고 제안해 주었지만, 나는 고개를 저었다.

짐을 꾸릴 때는 별생각 없었다. 하지만 새로운 장소에 온 순간, 그 동네로 이어지는 물건이 여기 있는 한 나는 엄마를 계속 생각할 것이란 불안이 밀려왔던 것이다. 엄마를 잊고 싶었던 것은 절대 아닌데. 오히려 잠깐은 엄마가 나를 그리워하기를 기대하기도 했는데.

쓰레기 수거장에 갖다 버렸다면 후련했을지도 모른다. 그런데 할머니가 상자 속을 들여다보면서, 없는 아이에게 기부하는 것도 좋겠네, 하고 눈을 반짝이며 말했을 때, 내 머리에 판자 칸막이 아래에 있던 그 아이 손이 또렷하게 떠올랐다. 그런 나 자신이 너무나 싫었다.

하지만 당시의 내게 우월감이나 타인을 얕보는 감각이 있었을까. 그저 그 아이와 거리가 멀어진 것 같아 허전한 것뿐 아니었을까.

현재의 자신을 부정하는 것은 자신의 진정한 모습과 마주하기 위해서인데, 어째 나는 과거의 자기 모습마저 비천하게 그리고 있는 듯하다. 그래도 좋을지 모른다. 스스로는 순수하다고 여겼던 모습도 누군가의 눈에는 비천하게 비쳤을 수 있으니까.

오히려 그 무렵부터 내 눈은 동정이라는 이름의 베일을 쓴 경멸의 빛을 띠기 시작했다는 사실을 깨달아야 한다.

당연히 가사 도우미가 있을 듯한 집이었지만 하우스 클리닝 업자가 정기적으로 방문하는 정도였지, 집안일은 기본적으로 할머니가 전부 했다.

내가 온 날 저녁 메뉴는 비프 스트로가노프였다. 아빠가 좋아해서, 사사즈카초에 살 때 엄마가 간혹 만들어 주었는데, 할머니가 만든 그것은 모양은 비슷해도 맛은 전혀 달랐다. 할머니는 무역 회사에 다니는 할아버지 덕에 아는 외국인이 많고, 전 세계의 주된 요리는 거의 만들 수 있다고 자랑스럽게 얘기했으니까 할머니 맛이 원래 맛에 가까울 것이다.

하지만, 아빠도 나도 엄마가 만드는 비프 스트로가노프를 신나게 먹곤 했다. 엄마는 이 할머니가 만든 비프 스트로가노프를 먹어 본 적이 있을까. 이 집을 찾은 적은 있을까.

불현듯 그런 의문이 떠올랐지만, 할머니에게 묻지는 못했다.

할머니는 엄마 탓에 아빠가 죽었다고 생각하니까. 실제로 할머니가 그렇게 말하는 것을 아빠 장례식 때 들었던가.

바다에서 난 사고였는데, 엄마 귀에는 들리지 않았으면 좋겠네.

그렇게 생각하면서 조금 앞에 있는 엄마 안색을 살폈지만, 그 전부터 창백했던 얼굴에 어떤 변화가 있었는지는 알아볼 수 없었다.

보통 아이라면 엄마를 헐뜯는 할머니에게 반감을 느꼈을지도 모른다. 물론 나도 기분은 좋지 않았다. 하지만 한편, 아빠도 엄마에게 어려운 과제를 받았는데 그걸 제대로 하지 못해 혼이 났는지도 모르지, 하고 냉정하게 생각하는 다른 나도 있었다. 아빠는 베란다로 쫓겨나는 일은 없었겠지만, 어쩌면 더 엄한 벌을 받았을지도 모른다고.

그 벌을 더는 견딜 수 없게 된 게 아니었을까.

생각이 거기까지 미쳤을 때, 문득 손등이 따끈해지는 것을 느꼈다. 나도 그 아이가 없었다면 마음이 꺾였을지도 모른다. 그런 생각이 들자, 그녀가 생명의 은인 같았다. 그리고 세월이 흘러 아빠가 태어나 자란 집에서 새삼 아빠를 되새기게 되고부터는 그 생각이 점점 강해졌다.

할아버지는 정년퇴직 후에도 관련 회사의 중역으로 위촉

되어 근무한 탓에 집에 있는 시간이 많지 않았다. 주말에도 골프를 치러 나가곤 해서, 여유롭게 얘기를 나눈 것은 함께 산 지 보름이 지나서였다. 말이 많은 것을 별로 안 좋아하는지, 그냥 나와 얘기를 안 하는 것인지 잘 몰랐지만, 할머니는 할아버지가 수줍음을 잘 타는 사람이라 나를 어떻게 대하면 좋을지 몰라 우왕좌왕하는 것이라고 말했다.

그런 할아버지가 할머니가 없을 때 내게 말을 걸었다. 비 내리는 주말 오후였다. 할머니는 내가 오기 전에 이미 티켓을 샀다는 연극을 친구와 같이 보기로 약속했다면서, 내게 미안한 표정을 보이고 나갔다. 할아버지와 내가 먹을 점심으로 샌드위치까지 만들어 놓고서.

할아버지는 당신 손으로 커피 끓일 준비를 하면서, 내게도 마시겠느냐고 묻고는 우유를 듬뿍 넣어 카페오레를 만들어 주었다. 아빠는 얼굴은 할머니를 닮았는데, 컵을 내 앞에 놓는 손이 딱 아빠네, 하는 느낌에 눈물을 머금고 말았다.

할아버지는 내가 집이 그리워서 그러는 모양이라고 착각했는지도 모르겠다.

"가오리는, 영화 좋아하냐?"

점심을 먹은 후에 그렇게 물어서, 네 하고 대답하자, 따라오라고 하면서 2층의 내 방 건너에 있는 모퉁이 방으로 데려갔다. 집에 온 첫날 할머니가 집 안을 죽 안내해 주었는데, 이 방은 창고나 다름없으니까, 하면서 그냥 지나친 방이었다. 그렇다고 자물쇠가 걸려 있는 것은 아니었다.

할아버지를 따라 방 안에 들어간 나는 헉! 하고 들이쉰 숨을 내쉬지 못한 채 벽을 따라 빙 둘러보았다. 벽 한 면에 대형 텔레비전이 있고, 방 한가운데에는 텔레비전을 향해 앉을 수 있게 삼인용 가죽 소파가 놓여 있었다. 나머지 벽에는 천장에 닿을 만큼 높은 책장이 서 있고, 거기에 비디오테이프가 빽빽하게 꽂혀 있었다. 팸플릿과 영화 잡지도 있었다.

"우리 집 영화관이다. 텔레비전을 옆으로 밀어 놓고, 벽을 스크린 삼아 영사기를 돌릴 수도 있는데, 그럴 때는 네 아빠가 알아서 기계를 조작했기 때문에 내가 일일이 기억을 못하는구나. 다음에 설명서를 확인해 볼 테니, 오늘은 텔레비전으로 보자꾸나."

할아버지는 조금 미안해 하는 기색이었지만, 거실에 있는 텔레비전도 내 인생에서 처음 보는 크기인데, 거기 있는 것은 가전제품 대리점에서도 본 적 없는 초대형 화면이라 텔레비전이라 불러도 되는지 모를 정도였다.

"아이들 좋아하는 만화 영화도 있으니까, 보고 싶은 걸 골라 봐."

"아빠는 뭐 좋아했어요?"

할아버지는 망설이지 않고 '스타 워즈' 비디오를 꺼냈다. 아빠가 태어나서 처음 영화관에서 본 영화라고 했다.

"그럼, 이거 볼게요."

"만화 영화 아니어도 괜찮겠니?"

나는 고개를 저었다.

"너 혼자서도 할 수 있게 잘 보거라."

할아버지는 그렇게 말하고 텔레비전 아래 장식장 문을 열어 비디오테이프를 세팅하고 리모컨을 꾹꾹 눌렀다.

영화가 시작되자마자 이야기 속으로 빨려 들어간 것처럼 넋 놓고 본 것은, 아빠가 좋아하는 영화였다고 들어서였을까. 아니, 그런 사전 정보가 없었어도 넋 놓고 보았을 것이다.

그날 이후로 나는 학교에서 돌아오면 매일 영화를 한 편씩 보게 되었다. 할머니는 눈이 나빠진다고 불을 켜고 보라는 말은 했지만, 매일 보지 말라고는 하지 않았다. 영화를 다 보고 저녁 자리에 앉아서도, 숙제나 학교에서 있었던 일에 대해서는 자세하게 물었지만, 영화에 대해서는 입도 벙긋하지 않았다. 내가 감동의 눈물을 흘리며 거실에 들어올 때조차도.

할머니 앞에서는 영화란 말을 해서는 안 된다.

그렇게 생각하고 영화관에 데려가 달라고 부탁하는 일은

없었지만, 대신이랄지, 원래 그쪽을 좋아하는지, 할머니는 연극이나 뮤지컬에는 곧잘 나를 데려갔다. 할아버지가 갈 수 있을 때는 셋이서 갔다.

평소보다 조금 더 예쁜 옷을 입고, 호출한 택시를 타고 언덕길을 내려갔다. 공연장에서 휴게 시간이 되면 할머니와 할아버지는 커피를 마시고, 내게는 코코아를 주문해 주었다. 그 후에는 늘 같은 레스토랑에서 이른 저녁을 먹었다. 할아버지도 할머니도 햄버그 스테이크를 주문하는데, 일부러 부탁한 것 같지 않은데도 소스가 할아버지는 데미그라스, 할머니는 화이트였다.

나는 매번 할머니가 추천해 준 햄버그 오므라이스를 주문했다. 햄버그 오므라이스 소스는 데미그라스였다. 할머니는 햄버그 스테이크를 잘라 한 조각 내 오므라이스 옆에 놓아 주었다. 나도 내 햄버그 오므라이스를 조금 덜어 할머니 접시에 올려놓는다.

디저트로 크레페를 한 접시 주문하면, 두 번 접힌 크레페 세 개가 담긴 접시가 나왔다. 특제 커스터드 크림이 든 그것은 그냥 먹어도 충분히 맛있었는데, 할머니는 즐거움을 남겨 놓는 듯한 표정으로 웃으면서 이렇게 말하곤 했다.

"가오리가 어른이 되면 플랑베로 해 달라고 하자."

그리고 택시를 타고 집에 돌아갔다. 해가 저물었을 때는 대문 앞에서 별 돋은 하늘을 올려다보고, 해가 아직 저물지 않았을 때는 바다를 내려다보았다. 대개는 바다에 구름이 껴서 저무는 태양을 끝까지 볼 수는 없었다.

사사즈카초가 공기는 더 맑았는지도 모른다. 그래서 그 동네 가치가 조금은 올라간 기분이었는데, 그로부터 한 달이 채 지나지 않아 황홀하리만큼 멋진 저녁 해를 보게 되었다. 그때 비로소 눈앞에 보이는 바다와 사사즈카초의 바다가 이어져 있다는 것을 실감했다. 그리고 생각했다.

아빠가 마지막에 원했던 것은 여기에서 본 경치가 아니었을까, 하고.

단정한 교복을 입고 다니는 초등학교는 온천 마을의 초등학교와는 비교가 안 되게 설비도 좋았다. 이수 과목과 교과서는 그다지 다르지 않았지만, 수업 내용은 전혀 달랐다. 특히 컴퓨터 사용에 힘을 기울이고 있었다. 아이들 모두에게 개인 컴퓨터가 주어졌고, 쉬는 시간이나 수업이 끝난 후에도 도서실에 있는 컴퓨터를 마음대로 사용할 수 있었다.

그러나 내가 컴퓨터를 적극적으로 사용하는 일은 없었다. 게임에도 관심이 없었고, 키보드를 안 보고도 글자를 입력할 수 있었으면 좋겠다고 생각한 적도 없었다. 작디작은 화면을 들여다볼 시간이 있으면, 차라리 집에 가서 대형 화면으로 이 야기의 세계에 잠기고 싶었다.

학년이 올라서도 그 마음이나 나날의 생활 방식은 크게 달라지지 않았다. 선생님이 찾아보라는 단어 외에는 인터넷 검색도 한 적이 없었다. 이모작이나 도요토미 히데요시 등.

그런데 4학년 때였을까. 컴퓨터실에서 한 명 한 명이 데스크톱 앞에 앉아 전원을 켰다. 그러자 선생님이 이렇게 말했다.

"오늘은 각자, 자신이 가장 알고 싶은 것을 조사해서 노트에 정리해 제출하도록 하세요."

선생님 말이 떨어지자마자, 좋아하는 아이돌 그룹의 이름을 말하는 아이도 있었고, 스포츠 선수의 이름을 드는 아이도 있었다. 인물만이 아니었다. 슈크림 만드는 법, 어떻게 하면 성우가 될 수 있을까, 달리기를 잘하려면 어떻게 연습을 해야하나…….

나만 입을 닫고 있는 것처럼 느껴졌다. 소심했던 건 아니었다. 그 무렵에는 친구도 있었고, 학급 위원까지는 아니어도 아이들 앞에 서야 하는 교내 미화 위원 같은 역할에 뽑히기도 했다.

좋아하는 것은 있었다. 그러나 알고 싶은 것은 없었다. 아빠 죽음의 원인, 엄마의 심리, 그런 것들을 외면하지 않으면 평온하게 살아갈 수 없었다. 그런 자기 방어 기제가 저절로 작동해서, 내 머릿속의 알고 싶다는 욕구에 저지선이 쳐져 있었던 것일까.

그 자리에서 자유롭게 발표하는 거라면 알고 싶은 것을 굳이 생각할 필요가 없었지만, 공책에 쓰라면 얘기가 달라진다.

나는 뭐가 알고 싶을까. 컴퓨터 안에 답이 있는 알고 싶은 것.

생각하면 생각할수록 머리가 아득해졌다. 좋아하는 것을 써도 되지 않을까 하고 생각을 바꿔 디즈니의 신작 만화 영화에 대해 조사하자고 마음먹었다. 그때 연필 소리가 나서 휙 옆을 보니, 한자를 쓰는 것도 숫자 계산도 나보다 느린 남자아이가 화면을 보면서 쓱쓱 노트에 메모를 하고 있었다.

"넌 뭐 조사하는데?"

"인생 최후의 만찬. 아빠가 간혹 사다 주는 잡지에 그런 코너가 있는데, 연예인이나 유명한 사람이 죽기 전에 먹고 싶어한 음식이 실려 있어. 그 음식이 직접 만들 수 있는 거면 재료와 레시피도 실려 있고. 지난 호에 아주 맛있어 보이는 카레가 실려서 집에서 만들어 보려고 했는데, 아빠가 회사에 잡지를 가져갔다가 그만 버리고 말았대."

화면에 떠 있는 카레라이스 사진은 감자와 당근이 들어 있지 않고, 커다란 소고기 덩어리가 듬뿍 들어 있어서 과연 맛있어 보였다. 나도 레시피를 베껴 적고 싶었다. 그런데 옆에 앉은 그 아이는 다른 메뉴에도 관심이 있는지 다른 호의 메뉴를 보기 시작했다.

"비프 스트로가노프가 뭐지. 가오리, 너 먹어 본 적 있어?"

"응, 저녁때 가끔 먹는데."

"우아, 대단하네. 나도 카레 말고 이거 만들어 달라고 할까 보다."

그 아이의 목소리를 듣고 있는데, 갑자기 등에 전류가 흐른 듯한 감각을 느꼈다.

아빠는 인생의 마지막에 할머니가 만들어 준 비프 스트로가노프를 먹고 싶다고 생각하지 않았을까. 아니, 그게 아니다. 아빠가 훨씬 좋아했던 것. 영화다. 아빠는 영화를 보고 오겠다면서 집을 나갔다. 아마 거짓말은 아니었을 것이다. 그렇다면, 그렇다면, 그렇다면……

아빠는 인생의 마지막에 어떤 영화를 봤을까.

나는 '사사즈카초'와 '영화관'이라는 검색어를 입력하고, 엔터키를 눌렀다. 옆의 아이처럼 한 번 검색해서 바로 보고 싶은 사이트가 뜨는 게 아니다. 아빠가 죽은 해와 죽은 날짜를 칠 때는 심장이 꾹 짓눌리는 듯한 기분이었다. 만약 급식을 먹고 난 5교시 수업이었다면, 그 자리에서 다 토했을지도 모른다. 그럴 만큼 속이 울렁거리기도 했다.

이런 기분이 들 정도라면, 디즈니의 신작 만화 영화로 충분하지 않을까. 사전 정보 없이 보고 싶어서, 할아버지가 정기 구독하는 영화 잡지는 안 읽는다. 그런데 할아버지가, 먼저 조사해 본 사람이 아니면 알아챌 수 없는 연출도 있다는 말을 한 적이 있다. 어느 쪽이 좋을까.

불안한 길을 피하기 위해 다른 알고 싶은 게 떠오르기는 했지만, 그래도 나는 처음 목적을 향했다. 디즈니 만화 영화는 집에서 조사해도 된다. 할아버지 컴퓨터로 같이 찾아보면 재미도 있을 것 같다. 할머니는 영화를 여전히 피하고 있지만, 퀼트의 소재가 될 만한 동화를 좋아하니까 이 화제에는 가담할지도 모른다.

그러나 지금 조사하려는 것은 집에서는 말을 해도 안 되고, 검색 기록을 남겨서도 안 되는 것이다.

그렇게 그날, 아빠가 데려간 적 있는 사사즈카초의 복합 영화관에서 '스타 워즈' 시리즈의 제3편을 재상영했다는 것을 알아냈다.

대단하다고 해야 할지, 그랬구나 하고 수긍해야 할지. 아무튼 이렇게 괴로워하면서 조사하지 않아도, 조금만 생각해 보면 상상할 수 있는 일 아닌가 싶어 어깨에서 힘이 빠지는 동시에 숨을 후 내쉬는 순간 눈물이 흘렀다.

이번에는 게맛살과 전분 소스를 끼얹은 볶음밥 레시피를 메모하는 옆 아이가 눈치채지 못하게 재킷 소매로 눈물을 닦고는 '디즈니 만화 영화'와 '영화 신작'을 입력하고, 가슴이 두근거리는 새 정보를 노트에 메모해 나갔다.

아빠가 마지막 본 영화는 나 혼자만 알면 된다.

할아버지에게는 가르쳐 줄까 하다가, 아빠가 영화를 보고 오겠다면서 나갔다는 사실은 장례식 때 이미 누군가의 입에서 전해졌던 까닭에, 이미 알고 있지 않을까 하고 생각을 바꿨다. 그러니 그때 만화 영화가 아니라 그 비디오테이프를 내게 내밀었던 것이다.

그 덕분에 내가 해답에 도달할 수 있었다는 말도 하지 않기로 했다.

정말 그렇게 생각하고 있는 것은 아니지만, 만약 아빠가 자신이 좋아했던 영화가 3편에서 완결되지 않고 30년 후에도 계속 시리즈로 만들어질 것을 알았다면, 그날 집으로 돌아왔을지도 모른다.

그날을 기대하며, 이 세상에서 힘을 내보자고 생각했을지도 모른다.

영화에 그만한 힘이 있다고 믿고 싶다. 나의 소망이다.

3
장

'언니, 설마 내가 향수병에 걸린 건가. 오늘 아침에 눈을 뜨는 순간, 막 지은 따끈한 밥에 아빠표 쌀겨 장아찌가 먹고 싶다는 생각이 들지 뭐야. 이거, 절대 비밀이야.'

전에 '카논'에 들어갔을 때는 그저 예스러운 찻집이라 여겼는데, 오늘은 마치 영화 세트장 같다고 느껴진다. 중간 중간에 옛 시대의 물건이 장식되어 있기 때문일까.

사사즈카초에서 도쿄로 돌아가는 날 아침, 역까지 차로 데려다준 아버지와 함께 아침을 먹게 되었다. 아버지가 쌀겨 장아찌를 만들기 시작하고부터 계속 쌀밥만 먹어서, 갑자기 빵이 먹고 싶다고 한 것이다. 이 동네에 이렇게 이른 아침부터 문을 여는 카페가 있겠느냐고 묻는 내게, 아버지는 어이없다는 투로 아주 오래전부터 있었다고 대답했다.

"다만, 카페가 아니야. 찻집이지."

옛날에는 이쪽이 더 북적거렸다는 역의 동쪽 출구 앞 주차장에 차를 세우자, 아버지는 숨을 죽인 듯 고요한 상점가를 향해 익숙한 걸음으로 걸어갔다. 상점가와 역을 잇는 삼거리 모퉁이에, 나도 아버지를 따라 한 번 간 적 있는 영화관 건물이 있었다. 다만, 영화관은 내가 초등학교 3학년 무렵에 문을 닫았다.

시내에 복합 영화관이 있었기 때문에 아쉬워했던 기억은 없다.

아버지는 그 건물 옆 골목에 있는 어느 건물 지하로 계단을 내려갔다. 안쪽에 죽은 벌레가 들러붙어 있는 입간판에 '시네마'라고 쓰여 있었다. 아버지가 나무 문을 열자, 딸랑딸랑 종이 울리고, 짙은 커피 향이 풍겼다. 꽃분홍색 벨벳에 장미 무늬가 찍힌 러그를 보니 우리 집에 있는 피아노의 첫 번째 커버가 연상되었다.

캐러멜 마키아토는커녕 카페오레조차 없다. 그래서 어린 시절에는 아버지가 데려오지 않았는지도 모르겠다. 어른이 된 나는 카운터에 놓인 사이펀 속에서 보글보글 끓어오르는 커피를 보고 있으려니 순수하게, 저 커피 마셔 보고 싶네, 하고 생각한다. 아버지는 모닝 세트를 2인분 주문했다.

토스트와 삶은 계란과 콜슬로 샐러드, 그리고 커피. 두툼한 식빵에 버터가 엷게 발려 있었다.

한적한 장소에 있는데, 실내는 아버지와 동년배 남자들로 북적북적했다.

이른 아침에 오면 이 카페에서도 '시네마'에서처럼 단골손님을 볼 수 있을까. 그러나 타인에게 관심을 보일 듯한 사람도, 낯선 이에게도 전날 본 프로 야구 경기의 감상을 떠벌릴 듯한 사람도 없어서 이 카페가 미팅에 적합한 것이다.

덕분에 나는 이쓰카 씨에게 들은 다테이시 사라 얘기를, 거의 들은 대로 하세베 가오리 감독에게 전할 수 있었다. 그사이에 나는 아이스커피를 석 잔이나 더 주문했다. 반면 감독은 처음에 주문한 커피에도 손을 대지 않았다.

무릎 꿇고 빌기라도 할 각오로 전화를 걸어, 다시 한 번 만나 주실 수 있을까요? 하고 묻자, 감독은 맥이 풀릴 만큼 기꺼이 응해 주었다. 자기도 설명이 부족했다고 하면서.

내가 얘기하는 내내, 감독은 배우처럼 검은 눈망울이 돋보이는 커다란 눈으로 나를 빤히 쳐다보았다. 그러다 얘기가 사라의 허언증이 밝혀지는 장면으로 접어들자, 왠지 내가 감독에게 거짓말을 했고 그걸 털어놓는 듯한 기분이 들어 그만 시선을 떨구고 말았다. 후반에는 거의 감독 앞에 놓인 컵을 내려다보면서 얘기했다.

그러나 내가 꺼림칙한 기분이 든 것은 나와 사라가 링크되었기 때문은 아니었다. 감독의 눈이 거짓말이지? 하고 나를 질책하는 것처럼 보였기 때문이다. 나는 지어낸 그런 엉터리 얘기 안 믿어, 하고 염력을 보내는 것처럼 느껴졌다.

그런 눈빛은 내가 얘기를 다 끝내고 조심조심 고개를 들었을 때도 변함이 없었다. 나는 시선을 돌릴 이유가 필요해서, 뜨거운 커피 석 잔을 새로 주문했다.

감독의 입에서는, 자기는 괜찮다는 말도 고맙다는 말도 나오지 않았다. 줄곧 아무 말 없이 나를 쳐다보는 듯했다. 그러나 다음에는 내가 시선을 맞추려 해도 더는 마주치는 일이 없었다.

나와 감독 사이에 스크린이 있고, 감독은 그걸 쳐다보고 있다. 과연 그 스크린에는 사라가 비치고 있을까. 아니면 상영이 끝난 후의 새하얀 공백일까. 그러고 보니 대학생 시절에, 영화가 끝나 실내가 환해졌는데도 멍하니 앉아 있던 친구가 있었는데, 감독도 그런 상태처럼 보였다.

그 친구는 그럴 때 말을 걸면 싫어했다. 비눗방울 속에서 한들한들 흔들리는 기분이었는데, 비눗방울이 툭 터진 느낌이 든다면서. 감독은……, 한들한들 흔들리는 것처럼 보이지는 않았지만, 말을 걸기에는 거부감이 있었다.

"가오리, 마히로 얘기, 전부 사실이야."

내 옆에서 줄곧 말없이 앉아 있던 마사다카 오빠가 입을 뗐다. 그러자 감독은 퍼뜩 놀란 것처럼 어깨를 떨며 눈을 깜박거렸다.

"하지만, 내가 기억하는 사라는 그런 아이가 아니야."

점점 꺼져들 것 같은 목소리로 감독이 말했다.

"이쓰카는 자기가 입은 피해를 과장되게 말할 녀석이 아니라고. 마히로는 거의 이쓰카가 얘기한 그대로 말했어. 개인적인 해석을 덧붙이지도 않았고, 빠뜨린 것도 없고. 여차하면 내가 나서려고 했는데, 정정할 것도 추가할 것도 없다고."

"그래도……."

감독은 여전히 납득이 가지 않는다는 표정으로 입을 다물었다. 만약 이 자리에 마사다카 오빠가 없었어도 감독은 똑같은 태도를 보였을까. 믿을 수 없다고 하면서 자리를 박차고 일어나지는 않았을까.

단순히 다수결의 문제가 아니라, 개개인에 대한 신뢰도의 문제다.

학회에 참석하기 위해 한발 앞서 도쿄로 돌아온 마사다카 오빠에게 내가 먼저 연락했다. 하네다행 비행기 안에서 사사즈카초에서 지낸 나흘을 돌이키고 있자니, 불현듯 떠오른 어떤 말이 마음에 걸렸다.

감독이 왜 지금 와서 15년이나 지난 사건에 관심을 보이는지에 관해 얘기하던 도중, 마사다카 오빠는 "가오리가 그 일에 대해 알고 있다는 말이군."이라고 말했다. '그 일'이 뭔지 궁금해서 제사가 끝난 후에 둘이 만나자고 한 건데, 이쓰카 씨 얘기의 임팩트가 너무 강해서 까맣게 잊고 말았다.

어쩌면 이쓰카 씨가 한 얘기 중에 있을지도 모른다 싶어 녹음기를 되돌리는 감각으로 와인 바에서 나눴던 얘기를 돌이키며 곱씹어 보았지만, '그 일'이 뭔지 짐작할 만한 내용은 없는 것 같았다.

감독을 다시 만나게 되었는데, 보스턴으로 돌아가기 전에 한번 만날 수 있겠느냐고 메일을 보내자, 마사다카 오빠도 그제야 '그 일'에 대해 얘기하지 않은 것을 깨달았는지, 인심 쓴다는 듯이 조건을 붙였다.

하세베 가오리를 만나게 해 줘, 하고.

마사다카 오빠는 유치원 시절 이후로 처음 만나는 거라고, 마치 잘 아는 사람이라는듯 말했지만, 오빠의 기억력이 좋고 감독이 그때부터 예뻤기 때문일 뿐, 감독 쪽은 유치원 시절 친구 따위는 기억도 못해 거북해 할 것이다. 그렇게 생각했다.

각본가나 원작자가 촬영장에 친척을 데려오고, 그 친척이 배우에게 친근하게 말을 거는 광경을 볼 때마다, 저렇게는 되고 싶지 않다고 넌더리를 냈었는데, 내가 그런 꼴이 되다니.

하지만 '그 일'에 대해서는 역시 알고 싶었다. 차라리 감독이 거절했으면 좋겠다고 생각하면서 메일을 보냈는데, 꼭 만나고 싶다는 회신이 왔다.

예의상 하는 말이겠거니 했는데, 역에서 만나 함께 카페에 들어가서 미안한 기분으로 마사다카 오빠를 소개하려는데, 둘은 내가 뭐라고 말하기도 전에 서로의 이름을 부르며 친근감이 넘치는 미소를 지었다.

감독은 마사다카 오빠를 '인간 캘린더'라고 부르면서 100년 치 자기 생일의 요일을 가르쳐 주었다는 둥, 당시 일을 몇 가지 알려 주었다. 사촌 동생이니 나도 마사다카 오빠의 천재 일화에 대해서는 당연히 알고 있었다. 그러나 혈연이 아닌 남이라면 대단하다고 칭찬하면 그만일 일이지만, 개개인에게 능력 차가 있다는 것을 몰랐던 어린 내게는, 똑같이 하지 못하는 자신이 비참하게 느껴지는 일화의 하나일 뿐이었다. 언니의 피아노도 마찬가지.

마사다카 오빠는 감독에게 왜 배우가 되지 않았느냐고, 얼굴이 예쁜 것만 침이 마르게 칭찬했다. 물론 그런 말을 들으면 좋아하는 사람이 더 많겠지만, 감독은 생글생글 웃기는 해도 좋아하는 것 같지는 않았다. 기억해 줘서 고맙지만, 다른 일로 기억해 줬으면 더 좋았을 텐데. 그녀 마음의 목소리를 알아맞힌다면, 그 정도가 될까.

만에 하나 내가 이 두 사람과 나이가 같아 유치원을 함께 다녔더라도, 어느 쪽이나 나를 기억조차 못하겠지만.

아무튼 머리가 좋은 아이로 감독의 기억에 남아 있는 마사다카 오빠 덕분에 이쓰카 씨에게 들은 다테이시 사라 얘기에 신빙성이 주어졌으니, 오빠의 동석을 고마워해야 할 판이었다.

그런데도 감독은 불만스러운 표정이었다.

"가오리, 혹시 시간 괜찮으면 네가 아는 사라 얘기도 우리에게 해 줄 수 있을까? 만약 그 얘기 중에 사라의 다른 모습을 찾을 수 있으면, 사라가 이쓰카에게 한 짓은 달라지지 않아도, 사라라는 인간을 달리 볼 수는 있잖아."

"저도 꼭."

허둥대다 머리를 너무 숙인 탓에 테이블에 이마를 부딪고 말았다. 왜 나 스스로 그 생각을 하지 못했을까. 나는 이쓰카 씨가 다리를 절뚝거리며 걸었다는 얘기까지 했다. 그런데도 감독은 납득이 가지 않는다는 표정이었으니, 감독과 사라 사이에 특별한 에피소드가 있지 않았을까, 하고.

"나는, 사라에 대해서, 그렇게까지는 잘 몰라서……."

감독은 말끝을 흐리면서 고개를 숙였다. 아니, 이렇게까지 다 얘기했는데, 뭐라고? 싶은 기분이었다.

"제가 한 얘기에는 그렇게 실망한 표정을 지었으면서. 그럼 제가 사사즈카초에서 어떤 에피소드를 듣고 오길 바랐어요? 사라의 진짜 모습 같은 건, 오히려 필요 없는 거 아닌가요? 어차피 픽션이니까 취재 따위 할 거 없이, 감독님이 바라는 사라의 이미지를 그대로 그리면 되잖아요?"

"그러네. 미안해요."

고개 숙인 감독의 눈에서 금방이라도 눈물이 떨어질 것 같았다. 뭐야, 이거? 어쩐지 화가 났다. 불만이 계속 터져 나올 것 같았다.

"가오리, 길게 얘기하지 않아도 괜찮아. 네가 아는 다테이시 사라에 대해서, 조금이라도 얘기해 줄 수 없을까?"

마사다카 오빠가 나를 무시하고, 감독에게 다정하게 말을 건넸다. 오빠는 미인을 좋아하지만 눈물에 넘어가는 사람은 아니라고, 가까운 친척이지만 그 점은 인정하고 있었는데, 나만의 착각이었나.

"그래, 알겠어. 아주 사소한 일이긴 하지만……."

그렇게 운을 떼는 감독 뒤에 있는 나무판, 의자 등받이 겸 뒷자리와의 칸막이 구실을 하는 짙은 갈색 판에 별이 총총한 밤하늘이 펼쳐졌다. 내 눈에만 그렇게 보이지는 않았을 것이다.

하세베 가오리의 엄마는 학습지 점수가 자기가 만족할 정도가 아니면 가오리를 베란다로 내쫓았다.

사사즈카초에 그런 유치원생이 있었다는 사실이 우선 놀라웠다. 두 살 때 구구단을 외우고, 100년 치 달력이 머릿속에 들어 있는 마사다카 오빠는 특별해서 어른들은 신동이라고 불렀지만, 나나 동네 아이들 입장에서는 외계인일 뿐이었다.

평범한 지구인인 나는 구구단도 글자도 학교에서 가르치는 속도로 습득했다. 구구단은 좀 난항을 겪었지만 한 단을 외울 때마다 아빠가 백 엔을 줘서, 그 과정을 무리 없이 통과한 언니가 오히려 부러워했다. 멍청해서 득 봤다는 정도의 에피소드였다.

그런데 특별하지 못하다고 베란다로 내쫓는 부모를, 나는 지금껏 상상조차 해 본 적이 없었다. 물론 그런 장소에 방치되는 아동학대 뉴스는 몇 번 본 적이 있다. 하지만, 그런 짓을 하는 부모는 뭐랄까, 교육과는 한참 거리가 먼 사람이라고 생각했다.

우리 집에는 베란다가 없었지만, 캄캄한 밤에 밖으로 쫓겨나면 어떤 기분일까. 나 같으면 울고불고 난리를 쳤을 것이다. 도움을 청하려고 우는 것일 텐데, 도와줄 사람이 없다고 체념하면 울 기력조차 없어지는 것일까.

그래도 역시 가슴속으로는 울부짖었을지 모른다. 도와줘, 나 좀 도와줘, 하고. 그럴 때 누가 손을 내밀면. 손가락 끝으로 신호를 보내고, 서로를 격려하는 상대가 나타난다면.

그 사람은 곧 생명의 은인 아닌가.

"죄송합니다."

나는 감독을 향해 깊이 머리를 숙였다. 감독은 당황한 표정으로 눈을 깜박거렸다.

"왜요?"

"감독님에게 다테이시 사라, 아니, 사라 씨가 그렇게 소중한 사람인 줄 모르고. 알았으면, 그렇게 가혹한 얘기는……."

"하지 않았을 거라고?"

마사다카 오빠가 끼어들었다.

"아니, 보고 차원에서, 똑같이 전했겠지만……. 만약 이쓰카 씨를 만나기 전에 이런 얘기를 들었다면, 감독님에게 들은 사라 씨 이미지와 다르다는 말 정도는 했을 거야."

"그렇지. 그리고, 보고한 후에 가오리가 보인 반응이, 자신이 기대한 것과 다르다고 화를 내지는 않았겠지."

"화를 내다니. 하긴……, 그래서 사과하는 거지만."

"괜찮아요. 그 점은 나도 마찬가지니까. 내가 듣고 싶은 얘기와 다르다는 불만이 얼굴과 태도에 고스란히 드러난 셈이잖아요. 그래서 지금까지 많은 사람들에게 상처를 주었는데. 나야말로 미안해요."

감독이 또 눈물을 글썽였다. 이대로 궁상맞은 분위기가 계속되면 내 잘못이 크다는 생각에 완전히 함몰되고 만다. 사소한 일이 큰일로 번지는 학급 회의와 똑같다. 이런 경우에는 툭툭 터는 편이 좋다.

"뭐 피차 마찬가지였으니 그렇게 끝내고요. 그보다 사라 씨를 어떻게 해석하는 게 좋을지 생각해 보자고요. 우선 내 의견은 이래요. 사라 씨도 공부든 뭐든 정해진 일을 제대로 하지 못하면 밖으로 쫓겨나지 않았을까요. 나무판자, 방화벽이라고 하나요? 그게 사이에 있기는 했지만, 동지가 있을 때는 정신적으로 버틸 수 있었겠지요. 그러나 외톨이가 되었는데도 패널티가 계속되었다면, 그걸 조금이라도 회피하기 위해 갖가지 변명을 생각하게 되지 않았을까요. 머리가 아팠다, 유치원과 학교에서 괴롭힘을 당해서 집중할 수 없었다, 사실은 백 점을 받았는데 시험지를 누가 훔쳐 갔다. 그렇게 지어낸 변명을 계속하다 보니까, 거짓말이 당연해졌다."

가설이나 이야기를 소리 내어 말하다 보면, 그 광경을 정말 눈으로 본 듯한 기분이 드는데 나만 그런 것일까. 그렇지 않을 것이다. 실제로는 바람을 피우고 있는데 그렇지 않다고 세 번 외치면, 상대가 당치 않은 의심을 하는 것처럼 느껴져 눈물까지 흘리는 사람도, 같은 경우일 것이다.

언어가 만들어 내는 광경이 보통 때보다 빠르게 현실감을 나타내는 경우는, 마주하고 얘기를 듣고 있는 사람이 크게 고개를 끄덕여 줄 때다.

"그러네요. 점과 점을 비교하면 큰 차가 없는 것처럼 느껴지지만, 15년이나 간격이 벌어지면 인간은 어떻게 변하더라도 이상할 게 없죠. 사라에게 허언증이 있었다는 거, 사실일 수도 있겠네요. 그래서 오빠 손에 죽었는지는 모르겠지만, 학대가 쌓이고 쌓여 허언까지 하게 되었다면, 우선은 그 부분부터 파헤치고 싶어요."

"그래요. 같은 내용의 사건이라도 피해자를 보는 시각에 따라 전혀 다른 사람이기도 하니까요."

다테이시 사라는 어떤 인간이었나. 얘기하는 사람이 바뀔 때마다 사라도 다르게 보인다. 만화경처럼, 조금만 돌려도 세계가 확 바뀐다. 가슴속에서 뭔가가 꿈틀거린다. 재미있겠어.

이걸 써 볼까. 첫 장면은…….

"내가 한마디 해도 될까."

마사다카 오빠가 또 끼어들었다. 이제 도움닫기는 필요치 않다.

"마히로의 가설을 부정할 마음은 없지만, 나는 다테이시 사라를 뛰어난 천재 파괴자라고 생각해."

"그건 또 무슨 말이야?"

"천재를 끌어내려서 쾌감을 얻는 사람이라고 하면 되려나. 극히 평범한 사람인데, 자기는 특별한 존재라고 착각하는 인간들 있잖아. 그렇게 자기 암시를 하면서 노력하는 동안은 별 문제 없지만, 사람들이 그걸 인정해 주지 않거나, 스스로 재능이 없다는 걸 깨달았을 때, 그때 어쩌다 눈에 띈 천재를 터무니없이 질투해서 어떻게든 끌어내리려고 하는 인간."

"인터넷상에는 많이 있을 것 같지만, 현실 세계에 그런 사람이 있을까. 그렇다면 사라 씨는 그냥 거짓말을 계속했던 게 아니라, 처음부터 수재인 모리시타 히로야와 주니어 올림픽을 목표한 이쓰카 씨에게 어떻게든 상처를 주려고 거짓말을 했다는 거야?"

"나는 그렇게 생각해. 평범한 사쿠라 슌페이는 딱히 피해를 입지 않았고 말이야."

"그건, 허언증이 탄로 났기 때문이잖아? 게다가, 감독님의 얘기를 듣고 난 지금은 마사다카 오빠의 생각에 동의하지 못하겠어. 학대에서 어떻게든 벗어나려고 거짓말을 했던 아이가 어떤 계기로 그렇게까지 사악해질 수 있는데? 나는 사이코패스는 영화나 소설에 그려진 경우밖에 모르지만, 사이코패스는 태어날 때부터 그런 거 아닌가?"

내 반박에 감독도 고개를 크게 끄덕여 주어 든든했다. 허언증이라는 걸 인정하고 싶지 않았던 감독이다. 훨씬 사악한 경우를 넌지시 비쳤다면, 아무리 마사다카 오빠가 한 말이라도 납득할 수 없었을 것이다.

"그렇다면 나도 질문."

마사다카 오빠가 내가 아니라 감독 쪽으로 시선을 향했다.

"베란다의 그 방화벽 너머에 있던 사람이, 사라 맞아?"

무슨 뜻이지? 나 스스로 그렇게 느꼈는지, 감독이 그런 눈빛으로 나를 보았기 때문에 의문이 생겼는지. 양쪽 다일 테지만, 나 역시 그런 눈으로 마사다카 오빠를 쳐다보았다.

"사건이 일어났을 때와 가족 구성원이 같았다면, 사라의 집에는 아이가 한 명 더 있었다는 얘기잖아."

"사라 씨의, 오빠?"

감독이 중얼거렸다.

"아니, 잠깐. 오빠는 세 살 위였잖아. 게다가 남자고. 아무리 손만 잡았어도 그렇지, 또래 여자아이가 아니라는 것 정도는 알 수 있잖아?"

그렇게 또 반박했지만, 내 기억 속에 유치원 시절 남자아이의 손 따위 아무런 인상도 남아 있지 않다. 더 성장해서야 남자아이 손이 크고 울퉁불퉁하다고 의식하지 않았을까.

"가오리는 학습지를 제대로 못 풀어서 쫓겨났던 거잖아."

"그런 무례한 말을 잘도 하네. 오빠 같으면 그런 일은 안 당했을 거라고 자랑하고 싶은 거야?"

"자의적으로 해석해서 나를 이상한 놈으로 만들지 말라고. 나도 악기를 어디 어디까지 연습하라고 했으면 매일 밤 쫓겨났을 테니까. 애당초 부모들이란 없는 걸 내놓으라고 하는 사람들이야. 자기 자식에게 아무리 뛰어난 면이 있어도, 다른 아이보다 열등한 부분이 보이면 이번에는 그 부분을 잘하라고 요구한다고. 콧노래를 흥얼거릴 때마다, 우리 마사다카는 누구에게 음감을 물려받았을까 하고 말하면 욕실에 들어가서도 콧노래를 흥얼거릴 마음이 없어져. 대신 나라 이름이나 수도를 중얼거리게 된다는 말이지. 아, 진짜."

마사다카 오빠가 커피를 벌컥 마셨다.

"내가 하고 싶은 말은, 옆집 아이가 밖으로 나온 이유는 학습지가 아니지 않았을까 하는 거야. 좀 더 일반적으로 떠올릴 수 있는 학대. 예를 들면, 육아 방기. 베란다에 방치된 채 동사한 아이를 보도하는 뉴스에서, 발견 당시 체중이 또래 아이의 절반밖에 안 되더라는 얘기, 흔히 듣잖아. 그러니까 사라를 그런 경우로 보면, 가오리는 자기 또래라고 생각지 않았을 수도 있다고."

"내가 우연히 본 사라는⋯⋯. 웃는 얼굴이 귀엽고, 어린이 집에서 돌아오는 길에 머리에 커다란 리본을 달고 있었고, 키는 작았지만 학대를 받고 있다는 느낌은 없었어. 나도 그런 생각은 미처 하지 못해서, 네가 지금 말한 의문은 품지 않았는데, 판자 칸막이⋯⋯ 방화벽 너머에 있던 아이가 그렇게 밝은 아이였나 하고 조금은 의아했다는 기억은 있어. 그렇지만, 그 아이가 남자아이라고는⋯⋯."

감독은 팔짱을 끼고 테이블의 한 점을 응시했다. 기억 속에서 보이지 않는 다테이시 사라의 오빠 모습을 찾으려고 안간힘을 쓰는 듯 보였다. 내 기억에는⋯⋯.

"고양이 장군은 어떤 사람이었을까?"

무심코 그렇게 중얼거린 내 얼굴에 마사다카 오빠와 감독의 시선이 쏠렸다.

"뭔 소리야, 그건?"

감독이라면 몰라도, 사라와 같은 나이에 그녀 오빠와는 세 살밖에 차이 나지 않고, 그 동네에서 살았던 마사다카 오빠가 그렇게 묻다니.

　"다들 그렇게 불렀던 게 아닌가? 사건이 발생하기 전, 그러니까 내가 초등학생이었을 때는 그 오빠를 고양이 장군이라고 불렀어. 4학년이나 5학년 때였을까. 같은 반 남자아이가 사촌 형 집 근처 공원에 이상한 사람이 있다고 했거든. 아이들이 집으로 돌아가는 어스름한 시간이 되면 혼자 어슬렁어슬렁 나타난다고. 나이는 고등학생 정도로 보이는데 학교에 다니는 것 같지는 않고, 한 손에 늘 유치원 아이들이 들고 다니는 고양이 무늬 헝겊 주머니를 들고 있다고. 주머니 속에 뭐가 들었는지 확인한 아이는 없었지만, 공원에 그 사람이 나타나면 어디선가 길고양이가 열 마리쯤 모여드니까, 아마 고양이 사료가 들어 있지 않겠느냐고 했어. 그 공원 안에 정자 있잖아, 얕은 동산 위에. 그곳으로 가는 것 같은데 고양이들도 따라 갔다고. 그 모습이 장군과 부하들 같다고 해서 그렇게 불렀어. 아니, 그랬을 거야, 아마."

　"너도 보러 간 적 있어?"

　"한 번. 같은 반 아이가 보고 싶다고 해서. 그래서 우리 반 아이들이랑 같이 가기로 했는데, 네 명이었나. 하굣길에 가면 안 되니까 일단 집에 돌아갔다가 자전거 타고 어느 가게 앞에 서 모였어. 무슨 모험이라도 하는 기분이었어. 해질 때까지 축구공 차면서 놀고 있는데, 고양이 장군이 나타났어."

"그래서, 어땠는데, 인상이?"

"머리가 길고, 키는 꽤 큰 편이었는데, 아무튼 앙상하게 말 랐었어. 티셔츠에 치노 바지를 입었는데, 아래위가 다 검은 옷이 헐렁헐렁. 얼굴은 잘 기억이 안 나. 화단의 수풀 사이에 서 정말 고양이가 나오잖아, 그쪽에 정신이 팔려서. 가로등이 켜져 있었지만, 그래도 어두컴컴했고. 게다가……."

"무슨 일 있었어?"

"고양이 장군이라는 귀여운 별명으로 불렸지만, 역시 이상 한 사람이잖아? 그래서 우리, 분수 뒤에 숨어서 보고 있었는 데, 누군가가 발치에 놓은 축구공을 잘못해서 건드리고 말았 어. 그래서 그 공이 고양이 장군 쪽으로 굴러간 탓에, 고양이 들이 도망쳐 버렸고……, 우리를 노려봤어."

"고양이 장군이?"

"응. 빙그르 몸을 돌려서 기겁한 데다 무섭기도 해서 다들 쏜살같이 도망쳤어. 아마 축구공도 그대로 내버려 둔 채 뛰었 을 거야. 얼마나 급하게 뛰었던지 토할 뻔했다니까."

그때 기분을 보상하듯, 이미 얼음이 녹아 버린 물을 벌컥벌컥 마셨다. 그러다 컥컥 사레가 들리고 말았다. 물티슈로 입을 닦는 내 등을 마사다카 오빠가 탁탁 쳐 주었다. 오빠는 오빠네, 하고 생각했다.

"일단 밖으로 나갔는데, 공원 입구 옆에다 세워 둔 자전거가 그때야 생각나서 공원으로 다시 돌아갔지만, 고양이 장군은 보이지 않았어. 뒤쫓아 오지는 않은 거지. 그래서 자전거를 타고 돌아가는데, 이번에는 바로 앞에서 누가 이름을 부르는 바람에 또다시 놀랐어. 언니가 마침 자전거를 타고 역으로 가는 중이었던 거야. 옆 동네에 있는 피아노 학원에 다녔거든. 나, 순간적으로 긴장이 풀려서 그만 울어 버렸어. 그랬더니 언니가 그날은 레슨을 받으러 가지 않고 나랑 함께 집으로 돌아가 주었어. 나도 기뻤지만, 친구들이 얼마나 부러워하던지. 엄마에게는 호되게 야단을 맞았지만. 레슨 한 번에 얼마 하는지 몰랐으니까."

"그, 고양이 장군 얘기를⋯⋯."

감독이 우물쭈물 말했다. 몹시 미안해 하는 표정으로 나를 보고 있다.

"맞아요, 고양이 장군. 아무튼 엄청 말랐었는데. 그리고 역시 평범하지 않다는 느낌이었고. 누가 그를 보고 유소년기에 학대를 받았을 거라고 하면, 충분히 납득이 가는 분위기였던 건 분명해요."

"그럼, 방화벽 너머에 있던 사람이 사라가 아니라 오빠, 다테이시 리키토였을 가능성이 높다는 건가요?"

감독은 여전히 주춤거리는 듯 보였다. 당연하다. 긴 시간을 두고 믿었던 일이, 간단한 가설 하나로 쉽게 뒤집힐 리가 없다.

"나는 그렇다고 생각해."

마사다카 오빠가 잘라 말했다. 나는 어린 시절부터 이 아니꼬운 사촌 오빠의 의견을 뒤집고 싶어 무모한 시도를 계속하는 버릇이 있었다. 비록 오늘은 옆에서 나를 거들어 주고 있지만. 그래도, 하고 그만 입에서 말이 나오고 말았다.

"어렸을 때부터 학대를 받았다면, 그래서 인격 형성에 영향을 미쳤다는 이유로 사형은 면할 수 있지 않았을까? 재판에서, 책임 능력이 있다는 판정을 받은 것으로 아는데?"

주간지는 사라에 대해서만 흥미롭고 자극적으로 다뤘다. 오빠 리키토 쪽은 그저 은둔형 외톨이 취급이었다. 누군가가 고양이 장군 에피소드를 얘기했을 법도 한데.

"오호라, 법학부 물 좀 먹었다?"

"나도 이상하기는 해. 리키토는 반성하는 기색도 보이지 않았고, 재판 중에도 죽고 싶다는 말만 계속했다고 하잖아."

감독도 가세해 주었다. 여전히 방화벽 너머에는 사라가 있었다고 생각하고 싶은지도 모른다.

"그렇구나. 가오리, 너, 몰랐구나."

마사다카 오빠가 한숨을 푹 내쉬었다. 그렇지, 또 놓칠 뻔
했다.

"그렇게 중요한 일이면, 빨리 말을 했어야지."

옆에서 공격이 들어왔는데도, 마사다카 오빠는 내 쪽을 보
려 하지 않았다. 자신이 잘못 생각하고 있었다는 걸 알고 어
디부터 수정해야 하는지 고민하는 눈치였다.

"다테이시 리키토의 정신 감정을 담당한 의사는 묘진다니
겐노스케였어."

가르쳐 주기 아깝다는 투로 말해 봐야, 나는 얼빠진 표정으
로 답하는 수밖에 없었다. 누군데, 그게? 하는 식으로. 그러나
감독의 표정은 그렇지 않았다. 눈을 부릅뜨고 두 손으로 입을
막았다.

"그래서 나는 네가 그 사건을 굳이 다시 한 번 조사하려고
한다고 생각했는데……, 어째 아닌 것 같군."

마사다카 오빠는 그렇게 말하고 윗도리 주머니에서 휴대
전화를 꺼내 시간을 확인했다. 자리를 떠야 할 시간이 다가온
듯하다. 그렇다면, 다테이시 사라의 허언증 따위는 그만 얘기
하고 좀 더 빨리 이 얘기를 할 것이지.

'언니, 마사다카 오빠가 어려운 숙제를 내 준 기분이야.'

인터넷으로 묘진다니 겐노스케 의사에 대해 검색했다. 전혀 예상치 못했을 정도로 기사와 댓글이 많았다. 의사의 이름과 함께 '사사즈카초 일가족 살해 사건' 바로 다음에 전 일본을 공포로 몰아넣었던 사건이 등장했을 때는, 제목만 보고도 숨을 삼키고 말았다.

시라이와 동물원 무차별 살상 사건.

휴일의 동물원, 작은 동물들과 어울릴 수 있는 '만남의 광장'에 칼을 몇 개나 소지한 남자가 난입, 임신부와 유아를 포함해 아홉 명을 살해하고 열두 명에게 중경상을 입힌 사건이다.

묘진다니 의사는 그 사건의 피고인인 남자의 정신 감정을 담당했다. 변호인 측은 '심신 상실 상태에 있었다.'라고 주장했지만, 검찰 측은 '책임 능력에 아무 문제가 없었다.'라고 주장했고, 의사의 감정은 검찰 측 주장을 뒷받침하는 근거로 제시되어, 피고인은 사형을 언도받았다.

당시 뉴스를 보고 그 결과를 안 나는, 당연한 판결이라고 고개를 끄덕이며 수긍했다. 피고인의 나이는 스물한 살이며 불우한 환경에서 성장했다는 등, 텔레비전과 주간지, 인터넷, 온갖 매체에서 피고인에게 유리한 정보가 흘러나왔다. 좀 더 알고 싶기는 한데, 정작 그 흐름이 커지자 이번에는 불안감이 고개를 들었다.

절대 무죄로 풀려나는 일은 없겠지만, 형량이 경감되는 것은 아닐까.

피해자 중에 아는 사람이 있는 것도 아니었다. 그런데도 극형을 바란 것은, 음료를 사려고 자동판매기를 찾느라 자리를 뜬 사이에 아내와 딸을 잃은 남자의 표정을 전에 어디선가 본 기억이 있기 때문이었다.

그러나 그 사건의 이름이 등장하는 묘진다니 의사에 관한 기사는 오래전 것이 아니었다. 위에서부터 한참이나 지난 한 달 사이의 기사가 이어졌다.

시라이와 동물원 무차별 살상 사건의 피고인에 대한 정신 감정서는 한 통 더 존재하며, 거기에는 '심신 상실 상태에 있었다.'라고 쓰여 있다.

그런 내용의 고발이 있었던 것이다. 고발자는 같은 대학 병원에서 오랫동안 묘진다니 의사의 조수로 일했던 가쓰라기 준나 의사. 가쓰라기 의사는 시간을 두고 피고인의 정신을 감정한 다음 '심신 상실 상태에 있었다.' 하는 결론을 내렸다.

그러나 묘진다니 의사는 사적인 감정이 개입되었다는 이유로 그 감정서를 폐기하고, 가쓰라기 의사가 소요한 기간의 삼분의 일에도 못 미치는 기간에 감정을 실행, 재감정서를 제출했다고 한다.

이는 '살인'에 상응하는 행위 아닌가.

대중적으로 영향력 있는 주간지에 실린 가쓰라기 의사의 고발문 중간 제목에는 그렇게 쓰여 있었다. 이에 대한 인터넷상의 반응은 묘진다니 의사를 지지하는 쪽 목소리가 압도적으로 컸다. 정신 상태가 어떠했든 극악무도한 살인범은 사형에 처해야 한다. 주로 그런 의견이었다.

그러나 당연히 가쓰라기 의사를 옹호하는 사람들도 있었다. 사형 제도의 폐지를 주장하는 사람들. 젊은 의사의 감정 결과를 권력으로 짓밟았다며 연공서열 제도에 반대하는 사람들. 어째 피고인은 제쳐 놓고, 자신들의 신념을 주장하고 싶어 하는 의견이 많았다. 그러나 이런 사람들이 끈질기게 지론을 전개하는 흐름이 또 있는지, 소수 의견이 분명한데도 마치 이쪽이 주류인 것처럼 기세를 더해 가고 있었다.

상황이 그렇다 보니 사건 관련 기사를 집중적으로 수집해 놓은 사이트도 생겼다. 거기에는 묘진다니 의사가 과거에 감정한 사건을 정리한 일람표도 있었다. 심신 상실 상태를 인정한 판례보다 책임 능력이 있다고 주장한 판례가 많다는 것은 누가 봐도 일목요연했다. 각 사건에 대해 의문을 제기하는 목소리도 간간이 섞여 있었다.

그 일람표 중에 '사사즈카초 일가족 살해 사건'도 포함되어 있었다. 그리고 이 사건에 대해서는, 시라이와 동물원의 피고인은 사형을 당해 마땅하지만, 이쪽 사건의 피고인은 심신 상실 상태에 있지 않았을까 하는 댓글도 보였다. 동물원 사건에 비하면 관심도가 낮았지만, 그래도 날로 높아지고 있었다.

진상을 파헤치려는 뜻에서가 아니라, 사라가 아이돌 오디션에 합격했다고 거짓말을 했다는 기사에 끌린 사람들이 대부분이었지만.

눈을 꾹 감고 컴퓨터 전원을 껐다. 사무실에 있는 내 컴퓨터는 사용하지 않은 채 그대로 내버려 두면 7분 후에 하트 마크가 줄줄이 솟아오르는 화면으로 바뀌면서 절전 모드가 작동한다. 그런 화면을 보면서 생각할 수 있는 문제가 아니었다.

단순한 기하학무늬였어도, 아마 껐을 것이다. 자신이 지금 어디에 서 있는지를 확인하기 위해.

바로 몇 시간 전, 마사다카 오빠에게 듣기 전까지는 묘진다니 의사의 이름도 몰랐다. 시라이와 동물원 무차별 살상 사건도 지난 1년여 동안은 떠올린 기억이 없다. 내가 사회 정세에 어두운 것이 아니다. 감독도 묘진다니 의사는 알고 있었지만, 동물원 살상 사건까지였다. 세상 사람들 역시 마찬가지일 것이다.

반대로 '심신 상실 상태'였다는 감정서가 부당하게 채택된 상황이었다면, 어쩌면 훨씬 대대적으로 보도되었을지도 모른다.

그렇게 일부 사람들만 관심을 갖는 뉴스였는데도 불과 세 시간 정도 인터넷 기사를 검색하다 보니, 이 문제가 세상에서 크게 화제가 되고 있는 듯한 착각이 들었다. 수많은 사람들이 이 문제를 놓고 갑론을박하고 있는데, 나는 이쪽 의견을 지지한다고 고개를 끄덕일 뻔했다가, 결국 타인의 생각을 추종하고 있을 뿐이란 걸 깨닫고 얼른 고개를 저었다.

스스로 사실을 확인하지 않고는, 스스로 깊이 생각해 보지 않고는 찬성도 반대도 있을 수 없다.

'언니, 당사자는 아무 말이 없는데, 남들이 하는 얘기를 그대로 믿는 멍청한 사람이 될 뻔했어.'

커피 메이커 옆에 놓인 상자를 힐금거리면서 혼자 마실 커피를 끓이려는데, 사무실 문이 열리고 미팅을 하러 나갔던 오하타 선생이 들어왔다.

"혹시 굿 타이밍? 나도 한잔 얻어 마실 수 있을까? 그리고
그 쿠키도 같이 먹자고."

내 쪽이 오히려 굿 타이밍이다. 머리가 지쳐서 흐리멍덩한
상태인데, 일본에 처음 진출했다는 런던의 유서 깊은 가게의
귀중한 쿠키를 먹을 수 있으니. 그런 데다 선생은 찹쌀떡 상
자까지 손에 들고 있었다. 조금 전에 헤어진 미팅 상태의 선
물일 것이다.

커피만 마실 때는 각자의 책상에서 마시지만, 지금처럼 과
자가 있을 때는 방 한가운데에 있는 소파 테이블에 컵을 놓
는다. 오순도순 즐겁게 한때를 보내려는 뜻이 아니라, 오하타
선생 책상은 컵 하나도 아슬아슬하게 놓을 공간밖에 없기 때
문이다.

쿠키와 찹쌀떡 상자를 모두 열어 놓고 선생과 마주 앉았다.

버터의 깊은 맛과 향이 응축된 바삭바삭한 쿠키보다, 손에
든 순간 형태가 호르르 무너질 것 같아 얼른 입에 넣자 유자
와 백된장 소의 풍미가 정수리에 녹아드는 듯한 찹쌀떡 쪽에
마음을 빼앗겼다.

"이른 시간에, 어디랑 미팅 하셨어요?"

이렇게 맛있는 찹쌀떡을 들고 온 상대가 궁금했다. 화이트

보드에도 '미팅'이라고만 쓰여 있었다. 나도 마찬가지였지만.

헤어질 때 감독에게 사사즈카초의 몇 가지 안 되는 특산물 중 하나인 호두 경단을 건넸는데, 먹었을까. 감독은 빈손으로 온 것을 미안해 하는 기색이었지만, 만나 달라고 부탁한 것은 내 쪽이니 조금도 미안해 할 일이 아니다.

오하타 선생이 매번 선물을 들고 돌아오는 것은 상대가 선생을 원한다는 증거다.

"실은 사사키 씨 만나고 왔어."

신경을 쓰고 있는 눈치가 빤했다. 두 번 다시 연애는 않겠다고 생각지는 않는다. 하지만 같은 업계에 있는 사람은 이제 사양한다.

"찹쌀떡이 진짜 맛있다 했네요. 그 사람, 이런 쪽으로는 안테나가 발달했으니까."

신경 쓰실 거 없다는 식으로, 찹쌀떡 한 개를 입에 쏙 넣었다. 갈색 껍질은 호지차 맛이다.

"마히로 씨는, 하세베 감독과의 미팅, 어땠어?"

그냥 보통 찹쌀떡이었다면 목이 턱 막혔을 것이다. 나는 지난번이나 이번이나, 하세베 감독과 만나러 나갈 때는 화이트보드에 '미팅'이라고만 썼다.

"어떻게, 아셨어요?"

"아까, 사사키 씨에게 들었지."

왜 그렇게 전개되는 거지?

"아직 결정된 건 없어요. 확실해지면, 선생님에게 보고드리려고 했는데."

"뭐라고 하는 거 아니야. 어차피 다 같이 모여 미팅을 하게 될 텐데, 뭐. 두 사람이 먼저 만났다고 해서, 나, 질투 같은 거안 해."

"다 같이요?"

"그래. 이번 기획은 배급사가 아직 정해지지 않았어. 하세베 감독의 신작을 사사키 씨네 제작사에서 담당하고, 그러기위한 기획서를 만들어서 대형 배급사부터 순서대로 교섭하는 방식이야. 오늘 사사키 씨에게 그 각본을 맡아 달라는 부탁을 받았어. 기존의 내 작풍에서 상당히 달라지겠지만, 다음단계로 이어지는 기회다 싶어서 두말 않고 맡겠다고 했어. 그랬더니, 마히로 씨가 벌써 사전 조사를 하고 있다잖아. 얼마나 놀랐는지. 감독이 마히로 씨 고향 집 근처에서 발생했던살해 사건에 관심을 갖고 있다면서?"

오하타 선생이 이렇게 숨 쉴 틈도 없이 말을 줄줄이 뱉어내는 사람이었나. 내가 끼어들 틈이 없다. 있었다 한들, 무슨말을 어떻게 하면 좋을지 몰랐겠지만. 가칠가칠한 생각이 출구를 찾지 못한 채 몸의 중심, 배 속에 고여 있는 것만 같아 기분이 좋지 않았다.

내가 미적지근한 태도를 보이는 틈에, 신고는 일감을 따내러 갔다. 각본을 오하타 선생에게 의뢰하는 것은 배신이 아니다.

떨리는 손끝을 보이지 않으려고 쿠키를 덥석 움켜쥐자, 오하타 선생도 그제야 과자와 커피가 눈앞에 있다는 생각이 났는지, 커피잔으로 손을 내밀었다. 지금이다 싶어서 쿠키를 손에 쥔 채 입을 열었다.

"제 역할은 사전 조사뿐인가요? 감독이 저에게 각본을 써줬으면 한다고 했는데요……. 아, 아니요, 정식으로 의뢰받은 건 아니지만……."

내 말을 오하타 선생의 한숨이 가로막았다.

"아니, 사사키 씨는 대체!"

오하타 선생이 말을 내뱉듯 중얼거렸다.

"하세베 감독도 대형과 일을 같이하는 것은 아마 처음이겠지. 그래서 잘 모르나 보네. 이런 일은 사사키 씨가 처음에 미리 설명을 했어야 하지만, 아무리 해외에서 상을 받아 좀 유명해진 감독의 작품이라도 그렇지, 그거 하나로는 기획을 사주지 않는다고. 요즘 시대에는 대박이 터질 조짐이 없는 작품은 손대려 하지 않아. 예를 들어서 100만 부 넘게 팔린 베스트셀러 소설이나 만화가 원작인 작품 같으면, 각본가 이름을 그렇게 중시하지 않아도 괜찮겠지. 하지만 이번 작품은 오리지널이잖아? 실제 있었던 사건이 세상을 뒤흔들 만큼 임팩트가 강해서 모두가 알고 있다면야 많은 사람의 관심을 끌 수 있겠지만, '사사즈카초 일가족 살해 사건'을 사람들이 과연 얼마나 기억하고 있겠어? 안타깝지만, 이번 영화의 흡인력은 감독이나 각본가, 배우가 아니야. 알기 쉽고 기억하기 쉬운 캐치프레이즈. 기획서 표지에 '사회파 신예 VS 연애 드라마의 여왕'이라는 정도로 쓰지 않으면, 아무리 재미있는 내용이라도 읽어 주지 않는다고."

연애 드라마의 여왕에게 무슨 흡인력이 있다고, 하면서 되받아칠 수 없었다. 오하타 선생은 과거 사람이 되어 가고 있지만, 나를 건너뛰고 오하타 선생에게 직접 의뢰가 왔다면, 나는 오하타 린코의 신경지가 펼쳐질 듯한 예감에 설렜을지도 모른다. 자신이 태어난 고향에서 발생했던 사건을 가지고 선생이 각본을 쓴다면, 두 팔 걷어붙이고 사전 조사도 했을 것이다.

순서가 뒤바뀌는 바람에 허튼 기대를 했다.

천천히 맛을 음미하면서 찹쌀떡을 먹고, 마음을 진정시키려고 따끈한 녹차를 마실까 싶어 엉덩이를 슬쩍 들었다.

"잠깐, 얘기 아직 끝나지 않았어."

토라져서 뛰쳐나가기라도 하는 줄 알았나. 본의는 아니지만, 변명할 정도는 아니다. 잠자코 다시 앉아, 선생과 마주했다.

"예전부터 기회가 닿으면 한번 하려고 했던 얘기를 지금 해야겠네. 가령 이번 일을 내가 거절해서 마히로 씨가 각본을 담당하게 되었다고 쳐. 그래도 마히로 씨한테는 무리야."

차분하게 하는 말이 내 볼 언저리를 스쳐 지나갔다. 순간적으로 무슨 일이 벌어졌는지 몰라 멍하고 있는데, 갑자기 상처가 쩍 벌어지면서 피가 흘러나오고, 찌르르한 아픔이 열과 함께 온몸으로 퍼진다. 그런 감각에 몸을 떨면서도 선생에게서 시선을 떼지 않았다.

"마히로 씨가 쓰는 작품은 주인공이 전부 다 똑같잖아. 예쁘고, 착하고, 예술적인 재능이 넘치고. 그거, 마히로 씨가 더 없이 선망하는 언니 모습 아니야? 그런데 이번 작품은 다른 누구도 아닌 하세베 가오리가 감독이라고. 인간의 마음속 깊은 곳에 있는 아름다운 것, 추악한 것을 모두 도려내서 대중의 눈앞에 까발려 놓는 사람이야. 등장인물은 또 어떻고. 유리 조각 위를 맨발로 걸어가는 상태야. 그런 곳에 고상하고 여릿여릿한 마히로 씨 언니를 서 있게 할 수 있겠어? 아니잖아. 살해 사건을 그리는 거라고. 자신에게 가장 소중한 사람을 빼앗긴 불합리함과 슬픔을 마히로 씨가 마주할 수 있겠어?"

눈앞이 시뻘게졌다. 커피잔을 깨뜨려 그 조각으로 오하타 린코의 목을 긋는다. 솟구쳐 나온 피가 튄 것인가. 그러나 얼굴을 닦지 않아도 시야는 바로 원래 상태로 돌아온다. 잔이 깨지기는커녕, 삼분의 일 정도 남은 커피에 잔물결 하나 일지 않았다.

모두 머릿속에서 일어난 일. 그런데도 손끝이 떨려 어떻게 할 수가 없었다. 간절하게 기도하듯, 두 손을 꼭 잡았다. 떨림이 목구멍까지 밀려 올라와, 말을 제대로 할 수 있을지 자신이 없었다.

다만 지금 해야 할 말은 격앙된 목소리가 튀어나오더라도 해야 한다. 언니를 위해서도. 나를 위해서도. 내 가족을 위해서도.

아니, 그렇지 않다. 각오의 문제다. 나 자신의 문제를 위해서.

"쓸 수 있어요! 저, 쓸 수 있다고요. 저는 저의 각본을 쓸 거예요. 선생님이 그걸 읽고, 역시 잘 못 썼다고 판단된다면, 저를 해고하세요. 하지만, 지금 선생님이 하신 말씀이 잘못이라고 여긴다면 제게 정중하게 사과하세요. 기획이 통과되고 안 되고는 관계없습니다. 단, 저는 '사사즈카초 일가족 살해 사건'을 그린 영화의 각본을 쓸 거예요."

선생은 입을 꾹 다물고, 그러나 눈은 똑바로 뜨고서 나를 빤히 쳐다보았다. 속으로 쌍꺼풀진 눈은 하세베 감독처럼 크지도 않고, 굳이 말하자면 가는 편에 속할 텐데, 조금이라도 긴장을 풀면 돌이 되어 버리지 않을까 싶을 만큼 위력이 느껴졌다.

겨드랑이에 식은땀이 흘렀다. 각본의 완성도 운운은커녕 지금 당장 해고돼도 이상하지 않다. 하지만 그렇게 되어도 좋다고 생각하는 또 다른 내가 있었다.

"제법이네."

오래 지속된 눈싸움이 싫증 났다는 듯이 선생이 후 숨을 내쉬면서 웃었다. 그 순간, 내 입에서도 긴 숨이 흘러나와, 생각보다 오래 숨을 멈추고 있었다는 사실에 놀랐다. 아니, 선생의 반응에 놀란 것인가.

"면전에 대놓고 도전을 받다니, 몇십 년 만인지 모르겠네. 쓸 수 있으면 마음껏 써 봐. 하지만 시시껄렁한 거 내놓으면, 정말 용서치 않을 테니까."

노려보는 마지막 눈빛에, 방심하고 있던 나는 완전히 돌이 되고 말았다. 그러나 돌 속은 비어 있고, 그 공동에 따스한 피아노의 음색이 울리고 있다.

'언니, '인생 최대의 고비'라는 말, 이런 상황에서 쓰는지도 모르겠네. 하지만 나, 열심히 할 거야. '사사즈카초 일가족 살해 사건'은 언니와 내가 태어나 자란 동네에서 발생한 일이라는 거, 이제야 겨우 자각했어.'

그게 좋은 일인지 나쁜 일인지는 모르겠다. 한곳에 앉아 마주하고 얘기할 때는, 그 세계가 머릿속 대부분을 점거하고 만다. 컴퓨터 앞에 앉아 오랜 시간 한 가지 화제를 검색하는 것과 비슷한 상태다.

하세베 감독, 이쓰카 씨, 마사다카 오빠, 오하타 선생 등 누군가와 마주하고 있을 때는 내 머릿속이 '사사즈카초 일가족 살해 사건'과 다테이시 사라로 가득한 감각인데, 밖에서 걸어다니거나 만원 전철을 타고 있을 때는 그런 것들이 안개처럼 쓰윽 퍼져 버리고 만다.

오하타 선생에게 큰소리를 떵떵 친 후에도 그랬다.

집에 들어가면 곧바로 지금까지 알게 된 내용을 정리하고, 맥락을 어떻게 잡을지 생각해 보자고 그렇게 단단히 벼르곤 하는데, 도착했을 무렵에는 완전히 텅 빈 상태가 되고 말았다.

내 머리가 구멍이 숭숭 뚫린 바구니라도 되는 걸까. 아니면 바구니로 건질 만한 요소를 아직 찾지 못했기 때문일까.

게다가 하세베 감독이 지금도 '사사즈카초 일가족 살해 사건'을 영화로 찍고 싶어 하는지도 문제였다. 감독이 이 사건에 관심을 가진 것은, 피해자가 어린 시절에 방화벽 너머에서 자기 마음의 버팀목이 되어 준 여자아이라고 믿고 있었기 때문이다. 은인이라고 할 수 있는 소중한 사람이 살해당했는데, 온갖 기사에서 허언증까지 있었다는 등 흥미 본위에 수박 겉 핥기 식으로 다뤄진 채 흐지부지된 것을 용납할 수 없었다. 감독은 사건의 판결에 의문을 품었다거나 진상을 밝히고 싶다고는 생각하지 않았다.

다테이시 사라의 진짜 모습을 그리고 싶다, 그렇게 바랐을 것이다.

그런데 나는 감독에게 다테이시 사라의 허언증을 강화하는 보고를 했다.

게다가 마사다카 오빠는 방화벽 너머에 살해된 여동생 다테이시 사라가 있었던 게 아니라, 사라를 살해한 오빠 리키토가 있지 않았을까 하는 의문까지 제기했다.

만약 그렇다면, 감독은 마음의 버팀목이었던 인물을 사라에서 리키토로 이내 전환할 수 있을까.

그리 간단치 않을 것이다. 감독은 그 동네에 살았을 때, 사라는 본 적이 있어도 리키토는 본 적이 없었다고 한다. 그게 오히려 리키토가 학대를 받고 있었다는 증거로 이어지지는 않을까. 감독이 유치원생일 때였다니까, 사라보다 세 살 위인 오빠는 초등학생이어야 한다.

그 동네 남자아이들은 대개 해가 질 때까지 밖에서 놀았다. 나는 그렇게 믿고 있었는데, 그렇지 않은 아이도 있었다. 물론 책을 읽거나 게임을 한 아이, 집에서 노는 것을 좋아한 아이, 감독처럼 공부한 아이도 있었을 텐데, 리키토는 어떻게 지냈을까.

생각이 옆으로 샜다. 다시. 사라의 얼굴을 아는 감독은 거울에 비친 자신의 성장에 맞춰, 사라의 모습도 성장시켜 가지 않았을까. 방과 후에는 어떤 활동을 할까, 좋아하는 남자 친구가 생겼을까 하면서 자기 안에서 사라를 입체적으로 만들어갔다면, 더욱이 다른 사람으로 바꿔치기가 어려울 것이다.

그렇게 생각하면, 이 사건의 어디에 초점을 맞추면 좋을지 점점 애매해진다. 그러나…….

감독은 사라밖에 못 봤지만, 나는 리키토를 본 적이 있다. 고양이 장군. 그가 공원에 들어선 순간 고양이들이 모여들었다고 하니, 사료를 주었던 것일까. 아니면 고양이들이 경계하지 않을 정도로 공원에 드나들어 놀이 기구나 나무 같은 경치의 일부가 되었나. 그것도 아니면 고양이가 좋아하는 무슨 냄새라도 풍겼나.

동물이 좋아하는 사람이 사람을 죽일 수 있을까. 혹은 그 반대일까. 그가 증오한 것은 인간이지 그 외의 생물에는 애정을 쏟았다? 지나치게 극단적인 해석인가. 무차별 테러를 자행한 게 아니다.

여동생, 그리고 부모를 살해했다.

고양이들만큼은 아니어도, 그에게 마음을 연 사람은 없었던 것일까. 다 같이 고양이 장군을 보고 온 다음, 교실 안에서 고양이 장군이 화제에 오르는 일은 없었나. 가령 고양이 장군이 공원에서 무슨 문제를 일으켜 신고가 들어갔다거나⋯⋯.

사건을 다룬 기사에서 리키토에 관한 기술을 좀 더 꼼꼼하게 다시 읽어봐야겠다.

'언니, 고양이 장군 알아?'

일주일 후, 감독에게서 택배가 왔다.

자료를 보내고 싶으니 집 주소를 가르쳐 달라는 메일을 받았지만, 내용물에 대해서는 알려 주지 않았다. 오하타 선생 사무실로 보내지 않은 것은, 사사키 신고에게 사무실에서 오간 대화를 전해 듣고 나를 응원하기로 마음먹어서였나? 내게만 유리한 자의적인 해석일까. 아마 아직은 아무것도 알리지 않았을 것이다.

선생과 한바탕한 그다음 날도 나는 평소대로 사무실에 나갔고, 오하타 선생도 아무 일 없었던 것처럼 나를 대했다. 내년 봄 방영 예정인 심야 드라마의 각본을 선생이 맡기로 결정되어, 요즘은 불륜을 주제로 질척질척하게 전개되는 소재를 가지고 때로는 둘이 배를 잡고 웃으면서 얘기하기도 한다.

선생은 기획서 이전 단계에 있는 작품 따위에는 관심이 없는지도 모른다. 오히려, 연속 드라마에 집중하고 싶은데, 하고 후회하고 있을지도 모른다. 그런 기대까지 했지만.

조수이며 사무원이기도 한 나는 사무실로 배달되는 택배, 우편물 관리도 맡고 있다. 영수증이나 청구서 외에 전에 선생이 관계한 작품의 원작자와 교류가 있는 출판사에서 정기적으로 책이 배달되기도 하고, 영화와 연극 초대권이 날아오는 등, 아무튼 거의 매일 뭔가가 배달된다.

그것들을 보통은 내가 열어 보고 선생에게 전달하거나, 세무사 사무실로 보낼 서류를 담는 상자에 넣는데, 어제는 달랐다. 오후에 택배 기사가 오면 자기를 불러 달라고 하고는 선생이 직접 물건을 받았다.

두 팔로 껴안고 옮겨야 할 만큼 크고 묵직한 종이 상자였다. 도와 드릴까요, 하는 말이 절로 나올 정도였는데.

"괜찮아."

선생은 두 손을 앞으로 쑥 내밀고 거절했다. 웃는 얼굴이었지만, 내게 그 이상 다가오지 말라는 신호 같았다.

'사사즈카초 일가족 살해 사건'에 관한 자료가 아니었을까. 오하타 린코가 지금까지 구축한 인맥을 통해 입수한 것. 사사즈카초에 대한 자료도 있을지 몰랐다.

인구, 면적, 주요 산업, 특산품. 나는 그것들에 대해 올바르게 대답할 수 있을까. 오하타 린코에게 보낸다고 하면, 부탁하지 않아도 읍사무소의 관광과까지 나서서 현지 촬영지로 쓰일 만한 명승지 사진을 동봉할지도 모른다.

후회할 게 뭐 있어. 내가 느긋하게 있어도, 아니 전력으로 질주해도, 선생은 나를 따돌리고 앞서 나갈 게 뻔하다.

마침 그럴 때 감독이 보내 준 귀중한 자료였다.

A4 사이즈 종이가 들어가는 봉투의 내용물은 클리어 파일에 정리한 서류, '사사즈카초 일가족 살해 사건'의 재판 기록을 복사한 것이었다. 용지의 왼쪽 위에 '비'라는 인장이 찍혀 있는 것으로 보아, 아무나 쉽게 입수할 수 있는 것은 아닌 듯했다.

클로버 무늬의 메모지가 동봉되어 있었다.

'계속해서 잘 부탁드릴게요.'

오하타 선생이 건네 준 기획서를 읽는 기분으로 첫 페이지에 눈길을 떨어뜨렸다가, 숨을 삼켰다.

'주문 – 피고인을 사형에 처한다.'

서류를 테이블에 내려놓고 심호흡을 했다. 누가 지어낸 이야기가 아니다. 실제로 일어난 일을 흥미 본위로 재구성한 기사도 아니다. 여기 있는 것은 사실이다. 사실과 대면할 각오를 다지기 위해 휴대 전화를 꺼냈다.

'언니, 사형이란 단어는 익숙하고, 난 반대파도 아니고, 사람의 생명을 빼앗은 사람은 그 숫자나 상황에 관계없이 모두가 생명으로 갚아야 한다는 생각까지 갖고 있을 정도인데, 지금 처음으로 오싹 한기가 들고 무서워졌어. 마음 단단히 먹고 읽을게.'

자료의 오른쪽 위에 표시된 복사 날짜는 어제였다. 감독이 이 타이밍에 재판 기록을 필요로 한 것은 정신 감정에 관해 조사해 보려고 생각했기 때문일 것이다.

마사다카 오빠는 자리를 뜨면서 감독에게 질문을 던졌다.

유치원 시절 친구였던 영화감독을 한번 만나고 싶다는 바람은 성취되었지만, 그 나름의 의문이 생긴 것이다.

왜 지금 와서 '사사즈카초 일가족 살해 사건'을 영화로 만들고 싶다는 생각을 했는지.

마사다카 오빠는 감독이 정신 감정 건을 알고 판결에 의문을 품었기 때문에 사건을 파헤치려 한다고 줄곧 생각했다. 그런데 감독은 묘진다니 의사의 감정에 대해 뉴스에서 들은 기억은 있었지만, 그와 '사사즈카초 일가족 살해 사건'이 관련이 있는 줄은 몰랐다.

"난 가오리가 사형 제도에 대해 파고들려는 줄 알았지."

감독은 그 말에 천천히 고개를 가로저었다.

"아니, 나는 사람들이 기대하는 그런 사회파가 아니야. 세상에 던지고 싶은 질문 같은 거, 하나도 없어. 난 다만 알고 싶을 뿐이야. 나, 학생 때부터 영화감독이 되고 싶었던 거 아니야. 하지만 알고 싶은 것은 있었어. 그걸 모르고서는 앞으로 긴긴 인생을 살아갈 자신이 없었어. 그렇다고 쉽게 알 수 있는 일도 아니었지. 그리고 알았다 해도 그걸 받아들이고 승화할 수 있는 방법까지 찾지 못하면, 알 수 있는 상황에 있었어도 마주할 수 없었을 거야. 여러 가지로 생각한 끝에 겨우 도달한 곳이 영화였어. 픽션이라는 형태로 구체화해서 객관적으로 그걸 보는 방법. 그래서 영화를 제작하는 일을 하기로 한 거야. 회사를 그만두고, 전문학교에 다시 들어갔어. 운도 따라 줘서 내가 찍고 싶은 작품을 찍을 수 있었고, 알고 싶었던 일에 대해서도 절반 정도 해답을 찾았어. 그것만 해도 만족스러운데, 큰 상까지 받아서 나 자신을 긍정해 준 기분이 들었지. 내가 알고 싶었던 것을, 나처럼 알고 싶어 한 사람들이 의외로 많았다는 걸 알았으니까. 사실 '한 시간 전'을 다 찍고 나면 영화계를 떠나려고 했는데, 기회가 주어지는 한 계속해 보자고 생각하게 되었어. 그때, 뭘 알고 싶은지 생각하면서 맨 먼저 떠오른 사람이 사라. 사건에 대해서는 알고 있었고, 충격도 엄청 컸어. 그러나 15년 전의 나는 사라의 죽음을 추모할 여유 따위는 없었어. 그런데 나름대로 그럭저럭 걸어왔더니 지금이 된 거야. 그뿐이야."

나는 감독이 하는 얘기가 그 자리에서는 정리가 잘 안 되었는데, 마사다카 오빠는 그렇군, 하면서 고개를 끄덕이고는 진짜 마지막 질문을 했다. 그 질문, 어쩌면 오빠에게는 필요 없었는데, 내가 감독이 한 얘기의 핵심을 정확하게 이해할 수 있도록 일부러 물어본 게 아닐까. 지금은 그렇게 생각한다.

"그래서 가오리가 알게 되면, 그 최종 목적지는?"

"구원, 일까."

감독이 그렇게 대답하자, 마사다카 오빠는 일어나 한 손을 내밀었다.

"만나서 반가웠다."

감독도 일어나 그 손을 잡았다. 나도 어영부영 일어났고, 그렇게 그 자리는 끝났다.

사무실로 돌아오는 길에, 그 자리에 조금 더 남아서 감정서에 대한 감독의 의견을 물어볼걸 하고 후회했지만, 한편 그렇게 헤어지길 잘했지 하며 안도하기도 했다.

아는 것은 구원이 된다.

감독의 생각에 나는 동의할 수 없다.

알게 되었다 한들 구원은커녕, 감정을 수습할 길이 없어 그 슬픔을 한없이 껴안고 살아야 하는 일도 있다.

그러나 이야기를 만들어 내는 직업은 같아도 동기나 신념은 당연히 다를 수 있다.

나는 왜 쓰나? 보고 싶은 세계가 있기 때문이다. 그럼 '사사즈카초 일가족 살해 사건'에서 내가 보고 싶은 것은 무엇인가. 오하타 선생의 말이 뇌리에 되살아났다. 선생 말대로 이번 작품에 언니가 등장할 장면은 없다. 감정서에 대해서도, 진상을 규명하고 싶다는 생각은 그렇게 절실하지 않다.

훨씬 더 단순하게. 머릿속을 비우고, 그리고, 내가 알고 있는 '사사즈카초 일가족 살해 사건'을 떠올리자.

지금까지 너무 뻔해서 보이지 않았던 것.

방화벽 너머에 있던 아이가, 사라였나, 리키토였나.

그걸 알 수는 없을까.

사라는 이미 없다. 그러나 리키토의 형은 아직 집행되지 않았다.

그렇다면 리키토에게 물어보면 되지 않을까?

면회가 가능할까. 편지를 보낼 수 있을까. 볕 좋은 길만 걸어온 것은 절대 아닌데, 나는 판결이 언도된 후의 사람에 대해서는 아무것도 모른다. 아니, 오히려 아는 걸 피해 왔다.

이 이야기에서 내가 '보고 싶은' 것은 감독이 '알고 싶어 하는' 것과 같다. 거기에 과연 감독이 바라는 '구원'이 있을까.

만약 리키토였다면……. 머릿속에 리키토를 만나러 면회를 가는 감독의 모습이 떠오른다. 둘을 가로막은 벽. 그러나 이번 벽은 투명하고, 둘은 서로 눈과 눈을 마주치면서 벽을 끼고서나마 손을 마주 잡을 수 있다. 그 광경을, 리키토, 아니 고양이 장군의 표정을, 감독의 눈을, 둘의 손을, 보고 싶다.

늘 꿈처럼 그렸던 여자아이가 아니어도 상관없다. 이야기는 여기서부터라도 시작될 수 있다.

에피소드

4

○

나중에야 아쉬워하니 후회. 그러나 후회한들 돌이킬 수 없다.

그때 할머니의 의견을 따랐다면 지금의 나는 없다. 아마 영화감독도 되지 않았을 것이다. 해외 영화제에서 상을 받고, 선망해 마지않았던 스크린 반대쪽에 있는 사람들로부터 같이 일하자는 제안을 받는 일도 없었을 것이다.

그러나 사실은, 그런 꿈을 꾸었노라고 할머니 할아버지, 친구들에게 털어놓으면 웃어넘길 평범한 부류의 인생을 살고 싶었다. 그렇게 살아가는 자신이 행복하다고 의식조차 하지 못하는 나날 속에, 사소한 포인트로 영화가 있으면 그것으로 족했다.

할머니는 내게 중학교에 일단 들어가면 어지간한 일이 없는 한 고등학교까지 올라갈 수 있는 사립 여학교 진학을 권했다. 점잖고 부유한 집안 딸들이 다니기로 유명한 그 학교를 할머니도 졸업했기 때문이다. 학교 견학 때도 할머니와 함께 참가했다. 교문을 들어서자 '소공녀'가 떠오르는 영국의 기숙 학교에 발을 들여놓은 듯한 착각에 빠졌다. 풍경이 그랬다. 빨간 벽돌 건물, 잔디밭이 드넓은 중정에는 깔끔하게 정비된 화단과 하얀 분수가 있었다.

본관에 들어서자, 트로피와 상장을 진열한 유리장이 복도저 끝까지 이어졌다. 저녁을 먹는 자리에서 중학교 동아리 활동 얘기가 나왔을 때, 검도부였다는 할아버지가 운동부에 들어가는 게 좋겠다고 권한 적이 있는데, 할머니는 그 생각이 먼저 났는지 유리장을 바라보면서 들뜬 목소리로 말했다.

"테니스가 좋을까 했는데, 라크로스 경기도 멋지네."

할머니는 학부모가 아니라 자신의 청춘 시절 추억에 잠기기 위해 온 사람처럼 보였다.

할머니도 어린 시절이 있었네, 하고 어린 나는 아주 당연한 일에 놀랐다. 그리고 할머니의 어린 시절 모습을 상상하려다, 중학교 교복을 입은 할머니가 떠올라 슬쩍 웃었다. 더 어린 시절까지 거슬러 올라가지는 못한 것이다.

음악실도 얼마나 멋진데, 하면서 할머니는 마음대로 활보하고 싶은 눈치였지만, 학교 견학은 우선 지정된 교실에 집합해 설명을 듣고, 그 후에 몇몇 그룹으로 나뉘어 학교 직원의 인솔하에 정해진 코스를 이동하게 되어 있었다.

수업 참관 날에 젊은 엄마들 사이에 할머니가 있는 광경에는 익숙했다. 가까운 자리에 앉은 아이들이 "너네 할머니, 엄청 세련되었네." 해서 기뻤던 적도 있었다. 등이 꼿꼿하고 피부도 반지르르한 할머니는 나이보다 젊어 보여, "엄마 아니고 할머니야?" 하고 놀라는 아이들이 있을 정도였다.

지정된 교실에 들어가 처음 든 생각은 '할머니가 꽤 있네.'였다. 자기 할머니가 있는 광경에는 익숙하면서, 엄마들 집단에 할머니 나이 비슷한 사람이 보이니까 기분이 이상해졌다. 귀를 약간 기울이자, 우리 때는, 하는 말이 간간이 들렸다. 할머니처럼 이 학교 졸업생이 꽤 모였나 보다고 생각했다.

내 짐작이 옳았다. 아이와 학부모 여섯 쌍이 한 그룹이 되었는데, 우리가 속한 별그룹(숫자나 알파벳이면 성적순으로 구분했다는 오해를 부를 수 있어서인지, 눈, 꽃 등의 이름이 붙어 있었다.)에 할머니 동창생이 있었다.

"딸아이가 견학을 간다고 해서, 그리운 마음에 나도 따라왔어. 지금은 성이 마에하시야."

그렇게 말하면서 웃는 동창생 옆에서 얼굴이 똑 닮은 모녀가 미소 지으면서 공손하게 인사했다.

인솔하는 직원을 따라 교내를 견학할 때, 할머니와 마에하시 씨는 집단과 약간 거리를 두고 맨 끝에서 걸었다. 직원의 목소리가 들리지 않아도 상관하지 않았고, 이미 다 아니까 내버려 두라는 듯이 "정말, 오랜만이네. 우리 때는……."이라는 말을 몇 번이나 중얼거렸다.

쌓인 얘기가 학생 시절 추억에서 점차 사적인 얘기로 옮겨 갔다.

그렇다고 자기 얘기를 곧바로 하지는 않는다. 질문을 한다. 벽 너머에 있는 눈에 보이지 않는 미지의 것을 더듬듯이.

처음에는 작은 돌을 던진다.

이 정도면 실례가 되지 않겠지. 그런데 별 재미는 없네. 이다음에는 조금 큰 돌을 던져 볼까.

내가 앞에서 걸어가고 있는 탓에 두 사람 사이에 흐르는 그런 분위기가 등으로 느껴져 나는 조금 무서워졌다. 마에하시 씨 모녀는 어이없다는 듯이 마주 웃고 있었다. 인솔하는 직원이 사적인 얘기는 금해 달라고 주의를 주면 좋겠다고 기대했지만, 바로 뒤따라 걷고 있는 열성적인 학부모의 질문에 성의껏 대답하는 모습을 보고는, 이내 포기했다.

한편 두 사람 얘기가 흥미롭기도 했다. 사립 여학교에 다녔다지만, 전쟁이 끝나고 얼마 안 된 시절이다. 할머니는 재봉을 잘 못했던지, 마에하시 씨가 도와주어 그 보답으로 수학

숙제를 베끼게 해 주었다. 그런 얘기를 듣고 있자니, 새로운 발견을 한 듯한 기분이 들었다. 할머니가 잘하는 과목 따위는 생각해 본 적도 없었다.

"퀴리 부인이라고 불리던 시기도 있었지."

"아유, 부끄럽게. 그런 말 마. 계산을 조금 잘했을 뿐인데, 뭐. 졸업하고 나니까 아무짝에도 쓸모없었어. 그보다 너처럼 재봉이나 뜨개질을 잘했으면 얼마나 좋아. 나는 남편에게도 아들에게도, 스웨터는커녕 장갑 하나 떠 주지 못했는걸."

그렇다고 뭐, 전혀 신경 쓰지 않지만, 하는 마음속 목소리가 들려올 듯한 말투였다. 마에하시 씨도 눈치는 챘지만, 피차 알고도 모르는 척하는 듯했다. 얘기가 다른 곳으로 튄다.

"어머, 너, 아들이었구나. 외아들? 얼마나 우수했을까."

"이과 쪽은 좀 잘했지."

할머니가 그렇게 말하고는 슬며시 국립대학 이름을 흘렸다.

"역시. 너랑 좀 더 빨리 만났더라면, 자식들끼리 선보게 할 수 있었을 텐데."

마에하시 모녀는 엣, 하며 얼굴을 마주 보았다가 나를 돌아보고는 어처구니없네, 하는 식으로 쓴웃음을 지었을 뿐, 뒤돌아 주의를 주지는 않았다. 그래서 나도 웃음으로 답했다면, 그 후의 대화도 그 모녀처럼 가볍게 흘려들을 수 있었을까.

같이 웃어넘기자고 내민 손을, 나는 심각한 표정을 지으며 고개 숙이는 방식으로 외면하고 말았다.

그것이 도움의 손길인 줄도 모르고.

"딸도 이 학교를?"

"그래. 그래서 손녀도. 가능하면 대학도 같은 데 보내고 싶지."

마에하시 씨는 유명한 여자 대학 이름을 넌지시 언급했다.

같은 반에 사촌 언니가 그 대학에 다니는 아이가 있었다. 어느 날 점심시간에 한바탕 웃기는 일이 있었다. 인사는 "잘 지내셨어요?"이고, 화장실에 갈 때는 "꽃밭에 다녀오겠습니다." 라고 한대.

정말 그런가요? 하고 옆에 있는 졸업생에게 부담 없이 물을 수 있을 만큼 사교성 있는 아이가 아니었다. 당연히, 지금도.

두 할머니는 후손들의 반응 따위는 상관 않고 계속 얘기했다. 어쩌면 얘기하는 소리가 당신들 귀에만 들리거나, 혹은 이 자리에는 당신들밖에 없다는 감각이지 않았을까. 마치 십대 소녀들처럼.

"어쩌면 지금 만나서 다행인지도 모르지. 우리 딸이 너네집에 들어가기에는 너무 얌전해서 말이야. 손녀가 가오리양? 정말 영리하게 생겼네. 그 시절 너랑 똑같다. 며느님도 네 눈에 들었을 정도니까, 상당히 똑똑한 사람이었겠네."

"그랬으면 얼마나 좋았겠어."

할머니는 한숨을 푹 내쉬었다.

"그게 나무에 나이테 있잖아. 그거랑 똑같아."

그때까지의 거침없던 말투와 다르게 할머니는 말을 골라가며 얘기했다.

"우리 때는 노력이란 게 매일 쌓아 가는 거였잖아? 공부는 물론이고 일상생활에서도. 아무리 하고 싶은 말이 있어도, 입안에 음식이 있는 상태에서 말하는 건 당치 않은 일이었고, 도서실에서 혼자 책을 읽을 때도 등을 좍 펴고 앉았지. 남들을 의식하거나 주의를 받기 때문이 아니라, 그게 당연한 거였잖아. 그런 게 다 어렸을 때부터 쌓이는 거라고 생각해. 그런데 시대가 바뀌면서, 노력하지 않아도 된다고, 필요할 때 열심히 하면 된다고 생각하는 사람들이 오히려 요령 좋고 똑똑하다고 칭찬받게 되었지. 고등학교 2학년 때까지 학교도 잘안 가고 신나게 노느라 성적이 저 밑에서 맴돌던 사람이 어느날 갑자기 정신 차리고 공부해서 유명한 대학에 합격했다. 그게 그렇게 대단한 일인가. 어렸을 때부터 노력에 노력을 거듭한 사람이 튼튼한 가지를 뻗고 나이테가 하나하나 늘어나는 나무라면, 근본이 없는 사람은 겉으로 봐서는 몰라도 속이 텅 빈 나무잖아. 그런 나무로 어떻게 집을 지을 수 있겠어. 매너 같은 건 몰라도 괜찮다, 고급 레스토랑에 갈 일이 생기면 조사해서 조금 연습하면 아무 문제 없다. 그렇게 생각하는 사람도 물론 있겠지. 그야 머리가 좀 돌아가면 매너 같은 건 금방 익힐 수 있잖아. 하지만 속이 찬 진짜인지 텅 빈 가짜인지는 행동을 보면 알 수 있지. 뭐, 배울 수 있는 환경에 태어나지 못한 불운이야 어쩔 수 없지만……."

"아유, 마음고생이 많았나 보구나."

마에하시 씨가 긴 얘기에 지루해졌다는 걸 바로 알 수 있을 만큼 영혼 없는 맞장구를 쳤을 때 직원이 화학실로 안내했다. 영화에 등장하는, 대학 연구실 같은 곳이었다. 인솔하는 직원이 10년 전에 이과를 특화한 특별반이 신설되었으며, 고등학교 1학년이 끝날 즈음에는 통상 고등학교 3년간 이수하는 과정을 모두 끝내고 남은 2학년 동안에는 국내외의 유명 대학과 연대해서, 최첨단 연구를 진행하고 있다고 설명했다.

일본 첫 여성 노벨상 수상자가 이 학교에서 배출되는 것도 꿈같은 일이 아니다. 그런 꿈같은 얘기에 누구보다 눈을 반짝이며 귀 기울인 사람은 할머니였다. 이어서 갖가지 이름이 붙은 교실을 하나하나 견학할 때마다, 올림픽 선수다, 아티스트다, 아무튼 세계라는 수식어를 붙이고 싶어 안달하는 허황된 설명이 계속되었지만, 그런 데는 조금도 관심을 보이지 않았다.

교문 앞에서 호출한 택시가 오기를 기다리는 동안에도, 할머니는 화학실이 있는 건물을 아쉬운 듯 몇 번이나 돌아보았다.

"가오리는 이과반에 꼭 들어갈 수 있을 거야."

할머니에게는 내가 이 여학교에 입학하는 게 이미 결정된 사항이었다. 나도 할머니를 따라 돌아보면서, 그러나 여기 오는 일은 두 번 다시 없겠지, 하고 생각하며 마치 책을 탁 덮어버리듯 그 광경을 머릿속에서 지우고 앞을 향했다.

학교가 높은 지대에 서 있어, 바다로 떨어지는 저녁 해가 집에서 보는 것보다 훨씬 선명하게(날씨 영향도 있었을지 모르지만) 보였다. 이 경치가 일상적인 경치가 될 수 없다는 사실만 조금 아쉽게 여겨졌다.

그러나, 그런 사소한 일은 후회와 무관하다.

집에 돌아와 내 방에 혼자 있는데, 할머니가 했던 얘기의 어느 부분이 되살아났다. 아니다, 들었을 때부터 이미 내 머릿속은 침식되어 가고 있었다. 그러다 형태를 이루고 꿈틀거리기 시작했을 뿐이었다.

엄마가 내게 공부를 시킨 것은 나를 엄마의 이상적인 아이로 만들기 위해서라고 줄곧 믿어 왔다. 엄마가 동경하는 생활, 아이. 그러나 엄마는 이상적인 생활과 아이를 동경했던 게 아닌지도 모른다.

나이테에 비유했는지 어쩐지는 모르지만, 할머니가 엄마 앞에서 그 얘기를 하지 않았을까. 대놓고 하지는 않았을 수도 있다. 그러나 목소리가 들리는 곳에 엄마가 있는데도, 혹은 있는지 없는지 확인도 하지 않고 누군가 다른 사람에게 말하지 않았을까. 왠지 상대는 아빠였을 것 같다는 생각이 들었다.

물론 엄마에게도 엄마의 이상이 있었을 것이다. 그래서 온천 마을을 떠나 도시에 있는 대학에 진학했다. 어떻게 만났는지는 잘 모르지만, 엄마는 아빠를 만나 결혼하게 되었다. 그러나 할머니는 엄마를 환영하지 않았다.

엄마는 할머니가 바라는, 노력을 쌓아 온 사람이 아니었기 때문이다. 테이블 매너를 알기만 했지 우아하게 행동하지 못한 사람은, 바로 엄마다.

그런데도 두 사람은 결혼했고, 내가 태어났다. 엄마는 자기에게 없다고 할머니가 넌지시 이른 것을 나를 통해 메우려고 했던 것일까. 내게 노력을 차곡차곡 쌓게 해서 할머니에게 되갚아 주려고 했던 것일까.

그저 인정받고 싶었는지도 모른다.

그런데 사사즈카초 같은 시골에 살게 되자 혼자 힘으로 그런 환경을 갖춰야 한다 싶어 조급해졌는지도 모른다. 아빠는 할머니와 다르다. 그런 거 시키지 않아도 된다고 엄마에게 말한다. 그러나 엄마는 나를 몰아세운 사람은 당신 부모잖아, 하고 말을 되받는다. 아빠는 아무 말도 하지 못한다.

게다가 도쿄 본사로 돌아갈 수 있도록 하라고 닦달했다. 그리고⋯⋯.

가령 사사즈카초에서 세 가족이 요코하마로 이사했다면, 엄마는 내가 오늘 견학한 여학교에 진학하기를 바랐을까. 아마, 그랬을 것이다. 할머니와 엄마와 나, 셋이서 학교를 견학하러 간다. 마에하시 씨의 딸도 이 학교 출신이라는 얘기가 나오면 엄마는 상당히 불쾌해 하겠지만, 그래도 나를 이 학교에 입학시키면 어깨의 짐을 조금은 덜 수 있을 거라고 느낄 것이다.

그 때문에 스트레스를 받겠지만, 그 학교 예상 문제집을 풀다가 내가 베란다나 밖으로 쫓겨나는 일은 없었을 것이다.

엄마도 이 근처에서 태어났더라면 학력만 가지고 따졌을 때 충분히 합격했을 것이다. 한 번만이라도 발을 내디뎠다면, 조사했다면, 누군가에게 전해 들은 얘기로 아는 게 아니라, 스스로 알 수 있었다면, 그렇게 높은 벽이라고 느끼지 않았을 텐데.

그래서 나는 그 여학교에 가지 않기로 결정했다.

할머니를 싫어한 것은 아니었다. 부모가 없다는 것에 기죽지 않을 만큼 소중하게 보살피고 있다는 것도 알고 있었다. 예의범절을 가르치는 범위 안에서 엄한 말을 들은 적은 있어도 인격을 부정당한 일은 한 번도 없었다.

편견에 찬 차별적인 말을 들은 것은 그때가 처음이었다. 그 학교를 다녔다는 자신감에서 나온 말이었다면, 나는 자신이 선택된 인간이라고 착각하게 할 수도 있는 장소에 있고 싶지 않다.

그 학교를 부정하는 것도 아니다. 현모양처라는 그 옛날의 가치관이 여전히 떠돌고 있지 않을까 하고 지레짐작했는데, 오히려 나라와 성별이라는 틀을 넘어선 활동에 힘을 쏟고 있는 듯해서 내심 놀랐다. 만약 할머니가 옛날 동창생을 만나 그런 얘기를 하지 않았더라면, 할머니만큼이나 눈을 반짝거리며 설명을 듣고, 돌아가는 택시 안에서 그 학교에 꼭 가고 싶다고 힘주어 선언했을 것이다.

물론 어떤 환경에서도 스스로를 단단히 지키고 있으면 되는 일, 선민의식을 지닌 사람들만 모이는 장소가 아니라는 것쯤은 어린 나도 나름 인식할 수 있었다.

그럼에도 다른 선택지를 택한 것은 학교를 견학하러 가기 전부터 내게 할머니와는 다른 희망이 있었고, 원래부터 그쪽 의지가 강했다는 뜻이었다.

할머니를 설득할 때도 그 학교와 할머니를 부정하는 게 아니라, 오직 내 강한 의지를 전하려고 애썼다.

그런데 할머니는 내 예상과 달리 미련 없이 내 희망을 우선해 주었다.

할머니가 그때 한 말은 지금도 똑똑히 기억한다. 그날은 할아버지도 일찍 돌아와, 셋이서 저녁을 먹었다. 식사가 끝나고, 할머니가 할아버지를 위한 커피와 나와 할머니 당신을 위한 홍차를 끓이는 타이밍에 용기를 내서 말을 꺼냈다.

"할머니, 나 오늘, 내가 태어나기도 전, 아주아주 오래전, 중학생 시절의 할머니를 만난 것 같아서 기뻤어. 교실에도 체육관에도, 각각의 장소에 할머니가 있어서, 이런 식으로 수업을 받았으려나, 달리기도 엄청 잘했을 거야, 그렇게 상상하다 보니까, 예전보다 몇 배로 할머니를 알게 된 것 같아서, 우리가 가족이라는 걸 실감할 수 있었어."

"어머나, 그런 생각을 했어?"

할머니는 쑥스러워하는 눈치더니 흐뭇하게 웃었다.

"그래서 난, 아빠가 다녔던 중학교에 가고 싶어요. 가능하면 고등학교도, 대학도……."

말이 도중에 끊긴 것은 아무래도 대학은 힘들지 모른다고 기가 죽어서였을까, 할머니 표정이 점점 굳어지는 것을 알아차렸기 때문일까. 그 부분의 기억은 애매하지만, 아무튼 나는 끝까지 말하라고 나 자신을 부추기기 위해 그렇게 나쁘지 않은 자세를 더더욱 반듯하게 하고 가슴도 쫙 폈다.

"그 학교가 멋지다는 건 알아요. 일본에 이런 학교가 있었나 싶어 깜짝 놀랐어요. 하지만 그 학교에 가지 않아도, 나는 할머니를 매일 만날 수 있어요. 또 할머니에게 그 학교에서 배울 수 있는 중요한 것을 배울 수도 있을 거예요. 그렇지만 무엇보다 나는 아빠에 대해서 좀 더 알고 싶어. 뭘 보고, 어떤 생각을 하면서 하루하루를 지냈는지. 아빠를 알고 싶어요. 만나고 싶어요……"

눈물이 넘쳐흘렀다. 저녁을 먹기 전에 몇 번이나 되새길 때는, 아빠가 그립다고도, 슬프다고도 생각지 않았는데. 소리 내어 말하는 사이에 얇은 껍질이 한 꺼풀씩 벗겨져, 스스로도 미처 인식하지 못한 감정이 고스란히 드러났던 것 같다.

영화를 보면서 감동이나 슬픔의 눈물을 흘린 적은 있었다. 그러나 그건 타인의 이야기에 대한 눈물이다. 나 자신의 일로 눈물을 흘린 것은 할아버지 할머니 집에 온 후로 처음이지 않을까. 그때 이미 5년이나 지났고, 할머니와 할아버지가 애지 줄지 키워 주고 있는데, 내 안에는 여전히 부모를 원하는 마음이 남아 있었다는 뜻이다.

할머니가 자리에서 일어나, 선반에서 레이스 커버가 덮인 화장지 박스를 가져와 내 앞에 살며시 놓았다. 그리고 내가 손을 내밀기 전에 한 장을 뽑아 눈가를 꾹꾹 눌렀다.

"나도 만나고 싶네. 지금까지 몇 번이나 네 모습에 그 아이가 겹쳐 보였지만, 너는 너일 뿐임을 인정해야 한다고 나를 다잡았단다. 그런데, 이제는 그래도 되겠지? …… 입학식이 기대되네."

할머니는 그렇게 동의해 주었다. 할아버지도 반대하지 않았다.

그날은 그런 정도로 진로 얘기를 끝냈다. 며칠 후, 할머니가 학원에 다니자고 제안했다. 아빠가 다녔던 곳이라는 말을 듣고는 두말 않고 그러겠노라고 대답했다. 설마 학원에 들어가기 위한 시험이 있는 줄은 몰랐지만 그럭저럭 합격했고, 이어서 나는 통학 구역 내에 있는 공립 중학교를 다니게 되었다.

그곳이 괜히 고상하게 굴지 않고도 느긋하게 지낼 수 있는 곳이라고 느낀 것은 언제까지였을까. 나처럼 자신을 가장하는 재주가 없는 인간, 마음속 감정이 눈에 그대로 드러나는 인간은, 자신과 비슷한 환경에 있는 몇 줌 안 되는 사람과 어른들의 보호를 받으며 지낼 수 있는 곳에 얌전히 있어야 했다.

학교 견학 때 느꼈던, 나는 다르다는 감정이 오만이었다는 걸 그때 미처 깨닫지 못했던 일이 내 인생 최대의 후회가 되었다.

4

장

●

주문 – 피고인을 사형에 처한다.

이유 – 범죄 사실 피고인은 200*년 12월 24일, N현 N시 사사즈카초 (번지 생략) 다테이시 마사루 댁 2층에 있는 피고인의 침실에서, 장녀 사라(당시 18세)에 대해 살의를 품고, 전신 15군데를 칼로 찔러 사망에 이르게 했다. 그 후, 시신을 같은 층에 있는 사라의 침실로 옮겼고, 같은 날 심야 사라의 침실에 불을 질러, 1층 침실에서 취침 중이던 마사루(당시 43세)와 아내 치하루(당시 40세)를 일산화탄소 중독에 의해 사망케 했다.

'언니, 몇 년이나 같은 곳에서 살고 있는데, 내 인생에서 처음 경험하는 일이 갖가지로 많네.'

하세베 가오리 감독에게 다테이시 리키토에게 면회를 청해 보자고 메일로 제안했더니, 검토해 보겠다는 그다지 내키지 않아 하는 회답이 왔는데 이런 말이 덧붙어 있었다.

'재판 방청하러 가 볼래요?'

바로 승낙했다.

비록 2년이었지만, 명색이 법학부 학생이었는데 재판소 견학은 처음이다. 그런데 일반인도 쉽게 방청할 수 있나 싶어 고개를 비틀면서, 감독에게 같은 내용의 질문을 보냈다. 감독의 인맥으로 어찌어찌 손을 쓰면 가능한 것이냐고. 시라이와 동물원 무차별 살상 사건 당시, 사람들이 방청권을 받으려고 길게 줄 서 기다리던 광경을 텔레비전 정보 프로그램에서 본 적이 있었다. 배율이 100을 넘는다고 들었다.

결국 나의 무지를 폭로하는 꼴이 되고 말았다. 감독은 일부러 유명한 사건의 재판이 없는 날에 나를 불러내, 도쿄 지방 재판소로 데려가 주었다. 사전 신청이나 예약은 불필요하고, 입구에서 소지품 검사를 간단히 받고는 바로 안에 들어갈 수 있었다.

무겁고 착잡한 분위기를 상상했는데, 시청이나 문화 회관 로비와 별반 다르지 않은 밝은 분위기였다. 군데군데 의자에 앉아 있는 사람들도 별로 심각한 표정이 아니어서, 마치 연극이나 콘서트가 시작되기를 기다리는 듯한 인상이었다.

감독을 따라 로비에 있는 검색 코너로 향했다. 도서관의 검색 시스템과 똑같이, 누구든 자유롭게 사용할 수 있었다. 화면에 뜬 표시를 따라 관심 있는 항목을 선택한다. 민사인가 형사인가. 날짜와 시간대. 그러면 조건에 맞는 재판이 표시된다. 살인 사건이 없어 일단 기다리는 시간이 가장 짧은 재판을 선택했다.

피고인은 20대 중반의 외국인 남성. 대마를 소지한 현장에서 현행범으로 체포된 듯했다. 방청자는 우리를 포함해 다섯 명이었다.

실제 재판과 텔레비전이나 영화에서 보는 재판은 전혀 다르다는 얘기를 나도 들은 적이 있다. 우선은 사실 확인부터. 몇 월 며칠, 어디 어디에 있는 창고에서 대마가 든 가방을 운반했다. 대마의 양이 5킬로그램이라고 해서, 내 귀를 의심했다. 몇 그램의 세계가 아닌가, 조그만 비닐 주머니를 가방 바닥에 숨기는 정도가 아니란 말인가. 단위가 어마어마한 양인데, 가방의 내용물이 대마인지 몰랐다, 같은 고향의 아는 사람에게 부탁받았을 뿐이다. 그렇게 주장하고 있다.

아니, 아니, 저거, 하면서 지적하고 싶을 정도였다. 그런데 텔레비전에서 보는 것처럼 삿대질을 하면서 그거 이상하잖아, 하고 소리를 지르는 사람은 없었다. 무덤덤하게 진행된다.

후반의 전개에는 더욱이 어이가 없었다.

변호사가 피고인에게 묻는다.

"피고는 고향에 어머니가 계시죠. 그 어머니에 대해 어떻게 생각합니까?"

통역을 통해 피고인이 대답한다.

"저 때문에 어머니가 슬퍼할 테니, 죄송하게 생각합니다."

"지금, 어머니에게 뭐라고 전하고 싶은지요?"

"정말, 죄송합니다. 저는 올바른 인간이 되겠습니다."

"어머니는 그 말을 듣고 피고에게 뭐라고 대답할 것 같습니까?"

"용서한다고 말해 줄 거라고 생각합니다."

변호사의 연극조 말투하며, 재판이라기보다 영락없이 개그였다. 배경 음악으로 '어머니의 노래'가 들려올 듯한 대화를 누가 필요로 한다는 말인가. 삼류 개그가 계속된다.

"피고는 올바른 인간이 되겠다고 했는데요. 형기를 마치면, 어떻게 살려고 합니까?"

이 질문은 흥미로웠다.

"고향에 돌아가서, 대학에 들어가려고 합니다."

뭐라고? 고개를 비틀었다. 두 번 다시 죄를 짓지 않겠다거나, 사회에 공헌할 수 있는 일을 하겠다, 복지 활동을 하겠다, 타인을 돕는 일에 솔선수범하겠다, 그렇게 대답하는 게 보통 아닌가. 그래, 대학에 가는 것은 좋다. 공부해서 사회에 보탬이 될 수 있도록 열심히 일하겠다는 말은 더 안 하나.

그러나 변호사는 그 이상 질문하지 않았다. 나라에 따라 다른지도 모르지, 하고 생각한다. 일본 대학의 이미지가 경박할 뿐, 그의 나라에서 대학이란 근면과 사회봉사로 이어지는 것인지도 모른다.

판결은 다음 공판에서 내려지는 듯했다. 재판관이 삼류 개그에 마음이 움직인 것 같지는 않았다. 자신의 죄가 얼마나 무거운지 좀 더 자각하도록, 이라고 피고인에게 깨우치는 투로 말했다. 수업이 끝난 다음 문제아를 불러 혼내는 선생의 모습이 따로 없었다.

재판정에서 나왔다. 언제부터 사적인 대화 금지가 해제되는지 잘 몰라서 조용한 복도를 말없이 걸어, 엘리베이터 앞으로 돌아온 후에 입을 열었다.

"재판이, 보통 저렇게 가벼운 건가요?"

감독처럼 착실한 사람은 무겁게 받아들였을지도 모르겠네, 하고 조금 걱정하면서도 묻지 않을 수 없었다. 벌써부터 서로의 감각이 어긋난다면 앞으로 꽤나 난항을 겪을 것 같은데, 감독이 씁쓸한 미소를 띠어 안도했다.

"어머니에게 뭐라고 어쩌고 하는 장면을 집어넣으면, 평론

가들에게 악평을 듣겠죠. 지금이 어느 시대냐면서."

"정신 차리고, 다음으로 가죠."

검색해 보니, 시간적으로 마침 좋은 재판이 또 마약 소지 사건이었다. 대마 0.5그램을 교토의 우즈마사 영화촌에서 산 닌자검 칼집에 숨겨 자택에 보관했던 것 같다. 재판관이 엄중한 표정으로 "조각도로 파내서" 하면서 닌자검 칼집에 어떻게 대마를 숨겼는지 그 방법을 읽을 때는 웃음이 나왔다.

그다음은 무전취식. 장황하게 죄목을 읽고 나자 피고인이 "무직이 아니라 유튜버입니다." 하고 정정한 것과, 무전취식의 내역이 된장 라면과 맥주 중간 조끼 두 잔으로 3,500엔이라는 점에 관심이 갔다.

죄를 지은 건 맞지만, 이 금액을 청구하는 가게에도 문제가 있지 않나, 어떤 라면일까, 미녀가 후후 불어 주는지도 모르지, 등등 쓸데없는 생각만 머리에 맴도는 사이에 그날 공판은 끝났다.

피고인에게는 그의 외상을 갚아 줄 열성 팬이 있는데(그러니 무전취식이 아니라 그녀의 지불이 늦어졌을 뿐이라고 피고 측은 주장했다.), 한국어를 배우러 한국으로 유학을 갔는지, 외국어를 배우러 다른 나라로 유학을 갔는지, 다음 공판은 그녀가 돌아오는 한 달 후인 듯하다.

"영상 통화라도 해서 시원시원하게 얘기를 들어 보면 안 되나."

로비의 자동판매기에서 생수를 산 다음 어깨를 꿈틀꿈틀 돌리면서 감독이 투덜거렸다. 이 나른함은 뭘까. 가장 가까운 감각은 고등학교 문화제일까. 달리 할 일이 없어서 일단 순서 대로, 별 재미있지도 않은 각 반의 전시물을 돌아본다. 그 느낌과 흡사하다.

정신을 가다듬고, 마지막으로 하나 더 견학할까 싶어 검색 했더니 결혼 사기 재판이 있었다. 게다가 결혼 사기는 여자가 당하는 이미지가 강한데, 피고인이 여자다. 재판 개시 시간은 15분 후, 마침 적당하다. 감독도 관심이 가는 눈치였다.

"어떤 사람일까. 역시 미인이려나."

내가 별생각 없이 중얼거렸는데도 감독은 진지하게 대답 해 주었다.

"반드시 그렇지 않을 수도 있지 않을까요. 나는 피고인의 겉모습이 얼마나 예쁜지 그것보다는 거짓말을 하는 사람의 얼굴에 관심이 있어요. 어떤 눈으로 상대방을 보고, 어떤 목 소리로 거짓말을 속삭였을지."

그것도 알고 싶기는 하네, 하고 새삼 깨달았다. 그리고 나는 아직 보고 싶은 수준이네, 하고. 비슷하지만 다르다. 내가 원하는 것은 시야에 보이는 것, 감독이 원하는 것은 그 속에 있는 것.

나도 그 부분을 관찰해 보자. 그렇게 다짐하면서 재판정으로 들어갔다. 방청석이 절반 정도 차 있었다. 사건 관계자인지, 매스컴 관계자인지. 나는 여기 와서 처음 알았지만, 어쩌면 세간에서는 꽤 화제가 되고 있는 사건인지도 모르겠다.

점점 기대감이 높아진다. 오후 4시, 재판관을 비롯한 관계자들이 입실한 다음, 방청인을 포함해 일동 기립하라는 호령이 내렸다. 어? 하고 고개를 비튼다. 피고인 측 자리에 남자 혼자 앉아 있을 뿐이다. 원고 측에는 남자 세 명.

그리고 재판관이 전혀 예상치 못한 말을 했다.

"오늘 13시, 피고인으로부터 몸살로 출정할 수 없다는 연락이 있었습니다."

실내가 시끌시끌해졌다. 뭐? 헉! 사적인 대화는 금지되어 있지만, 순간적으로 말이 새어 나오는 것은 어쩔 수 없다. 그랬다는 자각은 없지만, 내 입에서도 무슨 소리가 나왔을지 몰랐다. 너무 놀라고 당황해서.

무전취식 재판 때처럼, 쌍방의 변호사가 서로의 수첩을 꺼내 다음 일정을 조정하기 시작했다. 피고인이 사고나 지병으로 입원 중인 것은 아닌 듯했다. 어젯밤부터 열이 났는데, 아침이 되면 내릴까 하고 상태를 지켜보았지만 회복되지 않았다……. 직전까지 상태를 지켜봤다면 독감이 아니라 단순한 감기가 아닐까.

그 정도 증상으로 피고인은 출정하지 않았다. 그리고 그런 행위가 그대로 인정되었다.

다음 공판은 한 달 후로 정해졌다. 한 달 후에 피고인이 열이 나지 않으리란 보장은 없다. 얼마나 열이 높기에.

내가 피해자, 원고 측이라면 기어서라도 나오라고 소리치고 싶을 정도다. 세 자리 건너에 앉은 노부부가 한숨을 쉬었다. 피해자의 혈육인지도 모른다. 기력도 없어 보이는데, 집은 이 근처일까.

애당초 13시에 연락이 있었다는데, 16시 개정을 기다렸다가 태연하게 발표해야 하는 것인가. 최소한 원고 측에는 전해야 하지 않나. 다음 일정은 변호사들이 전화나 메일로 정하면 되는 일 아닌가.

"어째 긴장감이 전혀 없네요."

엘리베이터 문이 열리자마자 불평을 늘어놓고는 감독과 함께 재판소에서 나왔다. 뒤돌아 올려다본 건물은 임시로 뚝딱뚝딱 지은 천막처럼, 텅 빈 상자로밖에 보이지 않았다.

감독이 어디 가서 차 한잔하자고 하는데, 옆에 있는 공원이

상쾌해 보였다. 적당한 벤치도 눈에 띄어, 저기서 얘기하자고 제안했다. 감독은 높이 뻗은 나무를 올려다보고는, 기분 좋은 듯이 눈을 찡그리며 동의해 주었다.

둘이 나란히 벤치에 앉자, 시선이 저 멀리 개와 함께 산책하는 노부부에게 닿았다.

"서스펜스 드라마의 법정 장면과 실제 법정은 완전히 다르다는 말, 아주 오래전부터 당연하게들 하잖아요. 그런데, 텔레비전에서 보는 법정 장면은 쌍방이 침 튀겨 가며 말싸움도 하고, 역전극이 연출되기도 하고, 주도면밀한 밀당을 하기도 하고, 뜨겁게 전개되잖아요. 그렇게 다르다면, 왜 현실적으로 그리지 않는지 의문스러웠는데, 그 이유를 알겠습니다."

그 타이밍에 감독을 봤는데, 찌릿 하는 소리가 들릴 정도로 딱 시선이 마주치는 바람에 당황해서 고개를 숙였다. 자신이 검정 펌프스를 신고 있다는 걸 알아차린다. 이런 구두를 신어야 하는 근엄한 장소라고 생각했는데.

"실제 과정 그대로 그리면 재미가 없으니까 그렇겠죠. 나는 재판이라는 건, 진실을 규명하기 위해 하는 거라고 생각했어요. 그런데 실제로는 그냥 보고회. 혹은 자신이 원하는 결과로 이끌어 가기 위해 주장하는 자리. 진짜 기분이 어땠는지는 아무 상관 없는, 어쭙잖은 연극 발표회 같아요. 그래서 드라마나 영화 제작진은 픽션이라는 전제하에, 시청자들이 보고 싶어 하는, 흥분되는 법정 장면을 만드는 거겠지만……."

감독의 시선을 감당할 준비를 하고서 얼굴을 들었다. 역시, 변함없는 시선이 기다리고 있었지만, 이번에는 외면하지 않았다.

"감독님은 작품에서 리얼을 추구하고 있잖아요. '한 시간 전'에서도, 죽음을 전혀 미화하지 않았죠. 그래서 평가가 높았겠지만, 비판의 목소리도 비슷하게 높았어요. 소중한 사람을 자살로 잃은 사람의 심정을 짓밟고 있다고 말이에요. 하지만 감독님은 자신의 신념을 굽힐 마음이 없……는 거죠?"

"네, 맞아요."

"그럼, 법정 장면도 아까처럼 되나요? 물론 살인 사건 재판은 아직 못 봤으니까, 오늘과 똑같지는 않겠지만."

"수억 엔에 달하는 대마 5킬로그램을 운반하는 심경은 어떨까? 닌자검 칼집에서 소량의 대마를 찾아냈을 때 형사는 어떤 표정을 지었을까. 그런 허접한 유튜버에게 돈을 갖다 바치는 팬은, 어떤 인생을 살고 있을까. 알고 싶은 게 정말 많아요."

"나도 겨우 라면과 맥주 두 잔에 3,500엔이라는 것도 그렇고, 나름 궁금한 건 있었지만……."

말을 하고 나자, 더욱 하찮다는 생각이 들었다. 감독은 그런 말을 하고 싶은 게 아닐 것이다.

"이렇게 인식하는 게 맞는지 모르겠지만, 나는 실제로 발생한 일은 사실, 거기에 감정이 더해지면 진실이라고 인식하고 있어요. 재판에서 공표되는 내용은 사실뿐이어도 괜찮다고 생각해요. 그렇지 않으면 공평하다고 할 수 없으니까요. 하지만, 인간의 행동에는 반드시 감정이 따르잖아요. 그 감정을 배려할 필요가 있으니 재판에서 판가름하는 것도 그 진실이어야 마땅할 텐데, 과연 그게 진짜 진실일지."

"진짜?"

의미가 잘 파악되지 않아 고개를 기울였다.

"사실이 있고, 감정을 뒤에 갖다 붙인 게 아닐까, 하는 거죠. 피고인의 범행 당시의 기분이나 심리 상태가 아니라, 재판에 유리한 감정을 나중에 덧붙여서, 그걸 발표하는 것처럼 느껴졌어요."

"아하."

아닌 게 아니라 '어머니의 노래'가 들려올 듯한 일련의 대화는, 피고인의 본심이 아니라 암기한 대본을 읽는 것처럼 들렸다.

"재판 기록만 가지고, 피고인의 진짜 심리 상태는 알 수 없다, 따라서 진실도 알 수 없다, 그런 거군요."

감독은 내 말을 긍정하듯 잔잔한 미소를 띠고 천천히 고개를 끄덕였다. 재미도 없었고, 얻은 것도 없었다고 실망이나 하고 있지 않다. 그다음 의문, 그다음 알고 싶은 것으로 이어진다. 그렇다면…….

"그럼, 역시, 다테이시 리키토를 만나지 않고는 '사사즈카초 일가족 살해 사건'의 진실은 알 수 없다는 말이네요."

"그렇기는 한데……."

감독은 말하면서 옆에 놓인 가방에서 두툼한 수첩을 꺼냈다. 혹시 면회 날짜가 벌써 정해진 건가 싶어 가슴이 두근거렸는데, 감독은 다른 사람 면회를 제안했다.

리키토와 대면하기는 역시 주저되는 것일까. 내가 그 점을 묻기 전에, 감독은 현재 리키토 면회 절차를 밟고 있다고 알려 주었다.

다만, 형이 확정된 사형수를 면회하는 것은 어렵다고 한다. 사형수와의 대화를 정리한 책을 어렵지 않게 볼 수 있어서, 그렇게 장벽이 높은 줄은 몰랐다. 감독은 리키토 앞으로 편지를 써서, 리키토의 재판을 담당한 변호사를 통해 전달하는 방법을 검토하고 있는 듯했다.

왠지 그 편지에 감독은 '사사즈카초 일가족 살해 사건'이 아니라, 어린 시절 베란다에서 있었던 일을 언급할 듯한 느낌이다. 질문은 딱 한 가지.

방화벽 너머에 있던 사람, 그쪽인가요?

'언니, 나도 고양이 장군을 만나고 싶네.'

사무실에 들르지 않고 바로 집으로 갔다. 드러누워 고양이 장군의 모습을 떠올리려 눈을 감았지만, 머릿속에는 지는 해를 등진 검은 그림자밖에 떠오르지 않았다. 아는 사람일 텐데, 잘 모른다는 요소가 덧입혀지면 기억 속의 모습마저 부옇게 변해 버리는 것일까.

이유-책임 능력에 관한 판단 1-결론

본건 각 공소 사실에 관해, 이들 행위 당시 피고인의 책임 능력에 대해서, 검찰은 '완전한 책임 능력이 있었다.' 하고 주장했으며, 변호인은 '살해 행위 당시에는 완전한 책임 능력이 있었으나, 방화 행위 당시에는 심신 상실 상태에 있었다.' 하고 주장했다.

당 재판정은 다음과 같은 이유로, 살해 행위 당시는 물론 방화 행위 당시에도 피고인에게 완전한 책임 능력이 있었다고 판단한다.

이유-책임 능력에 관한 판단 2-묘진다니 감정의 신뢰성

피고인의 책임 능력에 대해, 묘진다니 겐노스케 의사(이하 '묘진다니 의사'라고 한다.)를 감정인으로 선임해, '범행 당시 및 현재 피고인의 정신 상태, 범행 당시 및 범행 전후의 피고인의 심리 상태'를 감정 사항으로 감정을 실시, 감정인으로부터 그 감정 결과 등을 정신 감정서 및 정신 감정서 보완 설명서로 보고받았다(이하, 일괄해서 '묘진다니 감정'이라고 한다.).

묘진다니 의사는 정신과 의사로서의 경력, 전문 분야, 임상 경험 등에 비춰, 상기 감정 사항에 관한 피고인의 정신 감정에 적임인 전문가임을 인정하고, 그 감정의 방법과 판단 방법에 불합리한 점이 없다고 판단되므로, 묘진다니 감정은 충분히 신뢰할 수 있다.

'언니, 마사다카 오빠가 나를 쏙 빼고 하세베 감독과 직접 연락을 주고받고 있어. 여전히 참 용의주도하네. 어차피, 차이겠지만.'

시골에 간다는 행위가 내게는 도쿄에서 서쪽으로 향하는 것인데, 그 반대쪽에도 비슷한 경치가 펼쳐진다는, 어쩌면 당연한 일을 새삼스럽게 실감했다.

고향을 확인할 때, 상대방은 대충 위치를 파악하려는 목적에서인지 가장 가까운 역이 어딘지를 묻는다. 집에서 걸어서 한 시간 남짓 걸리는 역도 가장 가까운 역이라고 대답할 수 있나, 하고 고민한 적이 있다. 버스 정거장도 역으로 분류되나. 자전거를 타고 가면 힘껏 페달을 밟아 30분 정도면 도착하니까, 가장 가까운 역이라고 대답할 수도 있지 않을까.

그러나 그런 질문을 받은 사람이나 진지하게 생각할 뿐, 상대에게는 아무 상관 없는 일이라는 걸 도쿄에 온 지 1년이 채 지나지 않아 깨달았다. 사람들 대부분이 실제로 찾아가 볼 생각이 있어 묻는 게 아니다.

오랜만에 이런 생각을 하는 것은, 해변을 달리는 단선 전철을 타고 있기 때문이다. 다섯 정거장 전 역에서 차량이 분리되어, 버스만 한 크기의 한 량만 덜컹거리며 달리고 있다. 선로가 해변에 가까워, 차창에서 돌을 던지면 바다로 떨어지지 않을까 싶다.

목적지는 세 정거장 더 가서 내려 다시 버스를 타고 40분 걸리는 곳이다. 그런데 시간이 맞아떨어지지 않아, 역에서 30분 이상이나 기다려야 하는 탓에 택시를 예약했다.

지금 이 비용은 경비로 처리해야 하나, 개인 부담으로 해야 하나. '유한 회사 오하타 린코 사무소'의 사원인 나는, 지금까지 취소된 각본이나 미팅에 사용된 비용의 영수증도 모두 제출했다. 결과가 어찌 되었든, 회사가 의뢰받은 일을 사원인 내가 했으니 당연하다.

그러나 이번 '사사즈카초 일가족 살해 사건' 각본 건은 나 개인이 의뢰받은 일이다. 게다가 오하타 선생에게 반기를 든 상태에서도 진행하고 있다. 그런 영수증을 무슨 낯짝으로 제출할 수 있을까. 영수증 관리는 내 일이지만, 개인적으로 사용한 비용까지 슬쩍슬쩍 처리한다면, 부정을 저지르는 것같이 께름칙할 듯하다.

솔직하게 사실 그대로 털어놓고 의논하면, 선생은 어디 갔다 왔느냐고 물을 것이다. 각본이 완성될 때까지 그 대답은 하고 싶지 않다.

다테이시 리키토의 정신 감정을 맨 처음 담당했던 의사를 만나고 왔습니다, 그렇게는.

그러나 장시간 이동하는 사이에 다시 한 번 훑어본 정신 감정서 복사본에 그 의사의 이름은 없다. 가쓰라기 준나라는 이름은 인터넷에서 알았다. 목소리만으로는 눈으로 본 정보를 보관하는 뇌 속 서랍이 잘 열리지 않는지, 감독에게 그 이름을 들었을 때 누구를 말하는 건지 몰라 고개를 심하게 갸웃거렸다. 다행히 보충 설명이 있기 전에 기억이 떠올랐으니 나도 이미 조사했다는 걸 감독이 알았겠지만, 그래도 열의가 부족하다고 판단하지는 않았을까.

역시 오하타 선생에게 의뢰해야겠네. 그렇게 생각하게 되면 큰일이다.

그런 속마음도 있어, 감독이 가쓰라기 준나 선생을 만나러 가 볼까요? 하고 제안하자마자, 학부모 수업 참관 날의 초등학생처럼 손을 번쩍 들고, 갈게요! 하고 기운차게 대답했다. 설마 한나절이나 걸려 이동해야 하는 곳을 찾아가게 될 줄은 모르는 채.

나는 지방 출신이라서, 시골에서 활동하는 전문적인 사람들이, 도쿄에서 능력을 인정받지 못했거나 좌천당했다는, 혹은 불상사를 일으켰다는 등등의 부정적인 이유로 거기 있다고 생각하고 싶지 않다.

초등학교 시절, 외딴섬으로 발령 난 선생이 유배라고 말해서 불쾌했던 적이 있다. 유배보다는 사사즈카초가 그나마 낫지, 하고 표현했기 때문인데, 그 말을 섬사람이 들었다면 나보다 더 불쾌했을 것이다. 고향을 미련 없이 떠난 사람이 할 소리가 아니라는 건 알고 있다.

그런데도 도쿄 도내에 있는 대학 병원에서 근무했던 가쓰라기 의사가 현재 벽지라 불리는 촌구석 진료소에 근무하고 있다는 걸 알면, 떨려났으리라는 인상을 지우기 어렵다. 묘진다니 의사를 고발했기 때문에 떨려났는지, 떨려났기 때문에 고발했는지는 명확하지 않지만.

그러나 어디에 살든, 한 번은 만나 봐야 하는 사람이다. 가쓰라기 의사와 메일로 연락을 주고받았다는 감독에게 그런 루트는 어떻게 알아내는 거냐고 물었더니, 어이없을 만큼 단순한 대답이 돌아왔다. 내게는 그 정보가 전달되지 않았느냐고 하면서 오히려 감독이 놀랐을 정도다.

가쓰라기 의사의 대학 시절 후배인 한 의사가 현재 마사다카 오빠와 같은 보스턴 병원에 있다는 것이다. 그렇다 보니 마사다카 오빠가 묘진다니 의사의 정신 감정 문제가 인터넷상에서 반향을 불러일으키지 못한다는 것까지 알고 있는 거였다. 전문 분야가 다른 마사다카 오빠 입에서 그 얘기가 나왔을 때 바로 알아차렸어야 하는 건데.

자신이 무지하다는 자각이 있어서 도리어 타인이 알고 있는 것에 의문을 품지 않는다. 각본가에게 있어서는 안 될 결점이다.

그보다, 문제는 마사다카 오빠다. 이렇게 중요한 걸 감독에게만 알려 주다니. 감독에게 가쓰라기 의사의 연락처를 알려 줬을 뿐만 아니라, 그 후배 의사를 통해 가쓰라기 의사에게 감독을 소개까지 해 줬다고 하니, 참 엄청난 서비스다.

애당초 나는 마사다카 오빠가 보스턴으로 돌아간 것도 모르고 있었다. 세계적인 영화감독이 된 어린 시절 친구를 다시 만난 데다 연락처까지 교환했으니, 사촌 동생에게 더는 볼일이 없다는 속이 뻔히 보이는 태도다.

이런 부분까지 포함한 총체적인 인물이 마사다카 오빠라는 건 알고 있다. 언니의 피아노 발표회에서 친척 일동이 산큼지막한 꽃다발을 들고 무대에 올라가 전하는 사람은 언제나 마사다카 오빠였다. 발표회가 끝난 다음, 언니 손에서 그 꽃다발을 받아 드는 사람은 나였지만.

마사다카 오빠의 심정을 모르는 건 아니다. 어느 쪽이든 한쪽에 연락하면 충분한 사항이라면 나도 감독을 선택할 것이다. 그런데도 같은 유치원을 다녔다는 이유로 마치 소꿉친구라도 되는 것처럼 행세하는 마사다카 오빠를 감독이 껄끄러워하면 어쩌나 염려되어, 내가 사과했다.

그렇게 나쁜 일이라고는 생각지 않으니까 인사치레 같은 것이었다. 그런데 감독은 두 손을 마구 휘저으면서 아니라고 부정했다.

"뻔뻔하다느니, 껄끄럽다느니, 그런 생각 조금도 안 해요. 오히려 그렇게 보였다면, 내가 정말 미안해요."

미안한 건 내 쪽이다. 감독이 누구보다 타인을 헤아리는 사람이란 걸 잘 알면서, 그 점을 배려하지 못했으니. 덕분에 피차 몇 번이나 머리를 꾸벅거렸다. 마치 눈싸움을 응용한 게임처럼 느껴져 그만 웃음이 나오고 말았는데, 감독도 그제야 웃는 얼굴을 보였다.

"나, 어렸을 때부터 친구가 별로 없었어요. 그렇다고 따돌림을 당한 건 아니고, 그때그때 도시락을 같이 먹거나, 서로 책을 빌려주면서 사이좋게 지내는 아이는 있었어요. 하지만 학년이 바뀌어 반이 달라지거나, 학교를 졸업하면 거기서 끝나 버렸어요."

정말 뜻밖의 말이었다. 감독처럼 예쁘고 재능 있는 사람은, 언제나 공주님처럼 사람들에게 둘러싸여 있고, 졸업해서도 일일이 다 대응할 수 없을 만큼 이런저런 권유를 받을 것이라고 생각했다.

"인터뷰를 할 때도, 친구들에게서 축하 메시지가 끊이지 않겠다, 수상 후에 메시지를 얼마나 받았느냐, 하는 질문을 받는데, 연락 준 사람의 95퍼센트가 업계 관계자, 나머지 5퍼센트가 친구라고 해야, 지금 신세 지고 있는 지압사와 미용사. 그래도 기뻤는데, 그런 질문을 받고 슬퍼졌어요. 다른 사람들의 인생은 과거의 연장선상에 있는데, 내 인생은 뚝뚝 끊어진 점 같아서요."

애처로운 말이 이어지는데, 뭐라 대꾸하면 좋을지 몰랐다. 나도 친구 별로 없어요, 하고 말해 봐야 아무 위로도 되지 않는다. 감독이 털어놓는 얘기를 잠자코 듣고 있는 것이 가장 좋을 듯했다.

"그래서 마사다카가 나를 소꿉동무라고 하고, 부담 없이 반말로 얘기해 준 게 너무너무 기뻤어요."

그렇다면 다행이다. 뻔뻔함과 무심함도 가끔은 쓸모가 있다는 뜻인가.

"마히로 씨와 마사다카는 사촌 형제가 아니라, 마치 남매처럼 사이가 좋네요. 치호도 그래요?"

불쑥 내 얘기를 해서, 순간적으로 머리가 띵해졌다. 치호? 치호가 누구를 말하는 거지? 마사다카 오빠는 자기와 나이가 같은 언니를 어떻게 대했을까. 둘은 벌써 몇 년이나 만나지 않았지만, 마사다카 오빠가 언니를 소중히 여긴다는 건 분명하다.

"하기야 집도 가까웠으니까요. 감히 제가 감독님에게 뭐라도 된 것처럼 얘기할 입장은 아니지만, 인생이란 게 선 하나가 아니잖아요. 무수한 선이 새끼줄처럼 서로 엮이고 꼬여 있고, 그중에는 중요하고 소중한 것도 그렇지 않은 것도 있죠. 소중한 것을 지키기 위해 그렇지 않은 것을 끊어 버릴 수도 있고, 선 하나 끊어졌어도, 의식하지 못할 뿐 단단히 이어져 있는 선도 있잖아요."

그렇게 말하고 나자 귀까지 뜨거워졌다. 감독도 멍한 표정으로 나를 보고 있었다.

"제가 하고 싶은 말은, 감독님이 마사다카 오빠를 너무 미화하고 있다는 거예요. 오빠 같은 스타일은 추켜올려 주면 한없이 저 잘난 줄 안다니까요. 혹시 이상한 말 하면, 저한테 바로 알려 주세요."

그날은 감독에게 식사를 같이하자고 할 작정이었는데, 결국 창피해서 도망치듯 헤어지고 말았다. 하지만 그 때문에 이렇게 긴 여행을 혼자 하게 된 것은 아니다.

'언니, 역 앞 사진이야. 사사즈카초에서 멀리 떨어진, 처음 찾는 동네 풍경인데, 왠지 언젠가 본 적 있는 것처럼 애틋한 느낌이 드네. 나만 그런 걸까? 빵 가게 간판 같은 게. 언니가 피아노 학원 갔다가 돌아오는 길에 사 온 멜론 빵, 맛있었는데……. 왜 지난번 집에 갔을 때 먹지 않았을까! 바보, 멍청이.'

빵 가게가 궁금했는데, 예약한 택시가 벌써 역 앞 네거리에 대기하고 있어, 그쪽을 보지 않으려 애쓰면서 뒷자리에 올라 탔다. 어디 어디로 가 달라고 말하자, 조금 전에도 같은 장소에 여자 손님을 모셔다드렸다고 한다. 감독이군, 하고 생각하니 약간 후회하는 마음이 든다.

현지에서 만날 게 아니라 역 앞에서 만날 걸 그랬다.

감독은 자료도 보내 주고 재판소 견학도 권유했는데, 내가 너무 수동적으로 구는 것도 좋지 않겠다 싶었다. 그래서 신칸센 티켓을 사겠다고 했는데, 깨끗하게 거절당했다.

같은 시기에 현지 촬영 장소를 답사하기 위해 홋카이도로 가야 하는데, 그곳에서 바로 떠날 거라고 했다. 텔레비전 드라마를 한 편 찍게 된 모양이다. 연말 특별 프로그램이며, 큰 문학상을 받은 미스터리 소설이 원작이라고 한다. 방송국 입장에서는 시청률을 노리고 의욕적으로 제작하는 작품이니 감독을 발탁한 것은 이상한 일이 아니다. 그래도 감독은 가능하면 오리지널 작품을 찍어 주었으면 한다.

감독 자신이 알고 싶은 것과 진중하게 마주할 수 있는 시간을 가졌으면 한다. 그렇게만 바라서도 안 되는 건가. 시간이 있다고 사고가 저절로 확장되는 것은 아니다. 다른 작품을 하면서도 감독의 머릿속에는 언제나 '사사즈카초 일가족 살해 사건'이 맴돌 것이다.

차창 밖 경치를 계속 바라보며 왔을 텐데, 생각을 멈춘 순간에야 택시를 탔을 때와는 경치가 완전히 달라졌다는 것을 깨달았다. 아무것도 없다. 오른쪽에는 바다, 왼쪽에는 수풀, 군데

군데 사면 붕괴를 막기 위한 콘크리트 벽이 있을 뿐이었다.

아스팔트 깔린 도로이기는 한데, 산에서 무너져 내렸는지, 파도와 함께 밀려 올라왔는지, 회색 도로를 하얗게 덧바른 것처럼 모래가 쌓여 있었다. 사르륵사르륵 타이어가 모래를 스치는 소리에 이모네 집에서 뒷산으로 오르는 길이 떠올랐다.

초등학교 저학년 때였다. 포장이 안 된 좁은 산길이라 보행자 전용 길인가 했는데, 어느 날 전기 회사 이름이 찍힌 경트럭이 나와 언니를 앞질러 간 적이 있었다. 나는 너무 놀라서, 이런 길에 차가 다녀도 되나, 하고 비난조로 언니에게 투덜거렸는데, 언니는 차분하게, 철탑이 있잖아, 하고 말했다.

정말 산기슭에 철탑이 보였다. 하지만 그 길이 철탑까지 이어질 거라고는 한 번도 생각하지 못했다.

언니는 철탑에 간 적이 있구나. 평소 같으면 스스럼없이 언니에게 물어 확인했을 텐데, 그때는 물어볼 수 없었다. 언니의 시선이 먼 곳을 향해 있었기 때문이다. 날씨가 특별히 좋았던 날도 아니었다. 무성하게 자란 파란 잎사귀가 아름답거나, 지저귀는 새소리가 들리는 것도 아니었다. 언니는 언니 눈에 보이지 않는 것을 생각하나 보다고 여겼다.

"언니는 보통 사람에게는 보이지 않는 것을 감지할 수 있어. 그게 피아노의 음색을 통해 밖으로 나오는 거야."

엄마가 그렇게 살짝 가르쳐 준 일이 있었다. 그러니까, 방해하면 안 돼, 알았지, 하고. 언니에게는 추구하는 소리가 있었다. 표현하고 싶은 소리가 있었다. 설사 높은 자리에 앉은 선생들은 받아들이지 못한 소리일지라도.

쳇, 마사다카 오빠가 언니만 몰래 철탑에 데려갔나 보네. 그렇게 해석하고 한동안 마사다카 오빠를 싹 무시하고 지냈는데, 아무도 나의 그런 태도를 알아차리지 못한 채 그 기간이 지나가지 않았을까. 언니가 나를 철탑에 데리고 간 것은, 그로부터 몇 년이 지나서였다.

아무도 살지 않는 미지의 땅을 향해 가는 감각이었는데, 구불구불한 길을 몇 번 돌자 조그만 동네가 나왔다. 제방 너머에 부두가 있고, 어선이 다섯 척 정도 떠 있었다. 그 언저리에 초등학생 정도의 남자아이들이 몇 명 어깨를 맞대고 앉아 있었다. 게임을 하고 있는 듯하다.

또, 당연한 것을 이제야 깨닫는다. 사람이 없는 곳에 진료소가 있을 리 없다. 그리고 시골 아이들이라고 해서 술래잡기만 하는 것도 아니다.

민가와 우체국, 식료품과 잡화가 진열된 가게 앞을 지나 또 경치가 좀 썰렁해진다 싶을 즈음, 택시가 바다 쪽 좁은 골목으로 들어갔다. 그리고 골목 끝의, 차를 여섯 대 정도 주차할

수 있는 주차장으로 진입해 멈췄다. 사사삭사사삭 모래 소리
가 났다.

혹시 몰라서, 내릴 때 영수증을 받았다.

주차장 주변은 소나무 숲이었다. 그 너머에 하얀 단독 건물
이 보였다. 입구 간판에 '이소자키 진료소'라고 쓰여 있다. 이
소자키는 이 부근 지명일 것이다. 우체국 이름도 '이소자키
우체국'이었다.

진료소는 생긴 지 오래되지 않았는지, 또는 리모델링을 했
는지, 벽이 새하얗고 진료소라기보다 펜션 같은 외관이었다.
감독에게 연락하는 편이 좋을까, 하고 문에 다가가기 전에 휴
대 전화를 꺼내려는데, 윙 소리가 나면서 문이 열렸다. 놀라
서 고개를 들다가, 대기실 긴 의자에 앉아 있는 감독과 눈이
마주쳤다.

긴 여행 끝에 드디어 만난 그리운 사람. 그런 느낌으로 손
을 크게 흔들었다가, 감독을 만나러 온 게 아니었지 하고 도
로 내린다. 그런데도 감독은 오느라 수고했다는 듯이 입구까
지 나와 슬리퍼를 가지런히 놓아 주었다.

우리가 만나려 하는 가쓰라기 의사는 진료 중인 듯했다.

기다리는 환자는 없었다. 접수창구에서 하얀 가운을 입은
아주머니가 의사 외에 간호사 두 명, 약사가 한 명 상주하고

있다고 설명해 주었다. 우리들 엄마 정도 나이로 보이는 사람이다. 감독을 세계적인 영화감독 하세베 가오리라고 인식하고 있다는 게 고스란히 드러나 보일 정도로 감독에게만 살갑게 굴면서 거의 5분 간격으로, 이제 곧 끝나요, 하고 말한다.

내게는……, 손에 든 종이 백이 눈에 들어왔는지, 그거 요즘 유행하는 러스크죠, 하면서 서서히 환영 무드를 풍겨 주었다. 아무래도 감독의 조수나 비서로 여기는 듯했다.

잘못 본 건 아니지 싶어 피식 웃는데, 안쪽 진료실에서 젊은 엄마가 어린아이를 안고 나왔다. 보나마나 나보다 나이가 어릴 것이다. 열이 있는지 얼굴이 새빨간 사내아이를 한 손으로 안은 채 감독에게 고개를 약간 숙이고는 옆에 있는 의자에 앉았다.

그 몇 분 후에 같은 진료실에서 하얀 가운을 입은 여자가 나왔다.

"하세베 씨, 오래 기다리게 해서 미안해요."

가쓰라기 준나 의사가 여자여서 눈을 번쩍 떴는데, 그다음 순간 너무나 예뻐서 숨이 턱 막혔다. 사십 대 중반이라고는 도저히 보이지 않는다. 하얀 가운보다 기모노가 어울릴 것 같았다.

마사다카 오빠가 자기 전문 분야 사람이 아닌데도 관심을 보일 만했다. 자진해서 중간에 나서 소개를 할 만도 하고, 하면서 대기실의 커다란 창문 너머로 보이는 수평선으로 시선을 돌렸다.

이유―책임 능력에 관한 판단 3―본건 범행 당시 피고인의 정신 질환과 그 증상

1. 피고인은 정서적인 교류에서 비정상적인 면모를 보이나, 범행 당시까지 일반적인 사회생활에 현저한 지장을 초래하지는 않았다는 점으로 보아, 사회성 면에서는 본건 범행 같은 행위에 이르러서는 안 된다는 인식을 충분히 갖고 있었으며, 책임 능력에 영향을 미칠 정도는 아니었다.

2. 피고인은 심각한 공격성을 감추면서 그것을 철저하게 의식하지 않는 특유의 인격 구조를 형성, 분노의 감정을 철저하게 의식으로부터 배제하려는 경향이 강하고, 격한 분노가 돌발적으로 분출해 행동에 옮겼어도, 그걸 느꼈다고 인식하는 과정을 갖고 있지 않다. 피고인은 외부로부터의 자극이 줄어들면서 이 기능이 더욱 약화되었다.

이유―책임 능력에 관한 판단 4―피고인의 정신 상태가 본건 각 범행에 미친 영향

1. 피고인은 본건 살해 당시에도 옳고 그름을 변별하는 능력은 충분

히 있었으나, 피해자의 도발적인 언행으로 격한 감정을 품었고, 상기한 대로 감정을 제어하는 기능이 약화된 탓에, 내면에 있는 격한 공격성이 돌출되어 피해자를 살해하기에 이르렀다.

2. 분노에 날뛴 행위 양상을 보인 본건 살해 행위와 매우 냉담하고 정연한 행위 양상을 보인 본건 방화 행위는, 의식 상태가 달라졌다고 봐야 하나, 그 정도는 책임 능력이 한정될 만큼 현저한 것이라 할 수 없다.

"동물원 사건이 아니라, 사사즈카초 쪽이죠?"

좁은 응접실에서 얘기를 나눌 준비가 갖춰지자, 가쓰라기 의사가 먼저 입을 열었다. 하세베 감독이 '사사즈카초 일가족 살해 사건'에 대해 얘기를 듣고 싶다고 사전에 연락은 했지만, 역시 확인하지 않을 수 없다는 뜻일까.

이동 중에도 가쓰라기 의사의 고발에 관한 기사를 인터넷으로 열심히 검색해 봤는데, 그에 대한 의견은 지난 한 달 사이에 급격하게 줄었다. 용기 있는 고발이 불길로 번지지 못한 채 묵살되어 가고 있는 것이다.

상황이 그럴 때, 세간의 주목을 모으고 있는 영화감독이 외국에 사는 대학 시절 후배를 통해 연락을 했으니 가쓰라기 의사도 기대하는 바가 있었을 것이다. 그래도 의사는 시라이와 동물원 무차별 살상 사건에 대해서 얘기하고 싶었으리라.

"네. '사사즈카초 일가족 살해 사건'의 피고, 다테이시 리키토 씨에 대해서입니다."

사소한 일에도 바로 미안한 표정을 짓는 감독이 그 큰 눈으로 상대를 똑바로 쳐다보며 망설임 없이 대답했다.

그에 대한 가쓰라기 의사의 반응은 미인 특유의 애잔한 표정인지, 실망한 표정인지, 다른 표정을 모르는 나로서는 판가름되지 않았다. 그런데도 의사는 다테이시 리키토에 관한 자료를 빈틈없이 준비해 놓고 있었다.

"나는 묘진다니 교수의 조수로, 한 달 동안 리키토 씨 감정에 입회했어요. 아니죠, 정확하게 말하면, 내가 상담을 하고, 그 결과를 바탕으로 교수가 감정서를 썼어요. 동물원의……, 아니죠, 과거 15년 동안 묘진다니 교수가 정신을 감정한 사건, 거의 전부가 그렇습니다."

끼어들 말이 없었다. 여자치고는 톤이 좀 낮다 싶은 가쓰라기 의사의 목소리가 창밖의 고요한 해변 경치와 어우러져, 파도 소리처럼 머릿속에서 울렸다. 휴일 오후에 FM 라디오를 듣는 듯한, 졸음이 몸속에서 절로 퍼져 가는 듯한 나른한 감각……. 안 되지, 이렇게 멍한 머리로 들을 얘기가 아니잖아, 하면서 무릎에 올린 손을 조금 들어 허벅지를 꼬집었다.

옆을 힐끔 보면서 감독을 확인한다. 감독은 등을 꼿꼿하게 편 채 미동도 하지 않고, 의사를 똑바로 쳐다보고 있었다.

"한 달이에요, 한 달."

의사가 감독을 향해 거푸 말했다. 어느 쪽 시선도, 나는 오래 견딜 자신이 없었다.

한 달을 마주 보고 있으면 가쓰라기 의사는 내 인생의 모든 것, 스스로는 깨닫지 못했던 것, 잊어버린 것까지 전부 꿰뚫어 볼 것 같다. 게다가 그 목소리에 최면 상태에 빠져, 숨기고 싶은 것까지 줄줄 늘어놓다 못해 거기에 약간 살까지 붙여서, 희로애락이 명확하고 실제 이상으로 웅장한 인생이 완성될 듯한 기분이 든다.

"짧네요."

귀를 의심하는 심정으로 감독을 보았다. 그러나, 나 따위는 거들떠보지도 않는다.

"그렇게 생각하죠?"

간신히 동지를 찾았다는 듯 가쓰라기 의사의 목소리가 높아졌다. 의사는 몸을 약간 앞으로 숙이고, 감독을 향해 말을 이어 갔다.

"하루 24시간, 계속해서 만날 수 있는 게 아니에요. 한정된 시간 내에서 상담을 해야 하는 데다, 모두가 상담 첫날부터 마음을 열지도 않죠. 계속 입을 다물고 있는 사람, 몸이 안 좋아지는 사람, 그렇다 보니 정해진 항목을 감정하기도 쉽지 않은 경우가 많아요. 그러나 정해진 항목에서 더 나아가, 나는 상대와 진솔한 대화를 나눌 필요가 있다고 생각합니다. 신뢰할 수 없는 상대에게 어떻게 속마음을 밝힐 수 있겠어요? 특히, 자기를 보호하는 것과 속마음을 얘기하는 것이 정반대 위치에 있는 사람이."

가쓰라기 의사의 말을 들으면서 어째서인지 리키토가 아니라 사라 얼굴이 떠올랐다. 이쓰카 씨 얘기를 들은 다음, 나나마사다카 오빠나 감독에게 사라에게는 허언증이 있었다고 보고했다. 그러나 우리가 직접 사라를 보고 진단한 것은 아니다.

살아 있을 때, 사라가 정신 의학과에 다녔다는 기록은 없다. 그런데 우리도 매스컴도 사라에 대해 허언증이 있었다는 말을 당연하게 사용하고 있다. 전문 의사가 진단을 내린 것도 아닌데.

사람은 누구나 많든 적든 거짓말을 한다. 어느 정도의 거짓말이어야 버릇으로, 또 병으로 판단되는 것일까.

"다테이시 리키토 씨는 잘 기억하고 있어요. 이상하게 들릴지 모르겠지만, 막 의사가 된 때여서 의욕적으로 임했거든요. 그는 첫날부터 저와 진지하게 마주했습니다. 제가 자칫

헛돌 수도 있었는데, 말이 좀 어눌하다고 할까, 자기감정을 말로 표현하는 게 원활하지는 않았지만, 어떻게든 전하려고 애쓰는 자세가 엿보였습니다."

"그럼, 살해 동기 같은 것도?"

감독이 물었다. 나는 테이블 위에 꺼내 놓은 노트와 펜을 얼른 들었다. 녹음은 사양하겠다고 해서, 내가 기록하게 된 것이다. 입을 헤벌쭉 벌린 채 의사의 얘기를 들었다.

조목조목 정리해 간다.

범행 당시 현장 상황

사건 당일인 12월 24일, 부모님은 근처에 있는 술집에서 친구들과 크리스마스 파티가 있다면서 저녁 7시쯤 외출했다. 밤 9시, 친구 집에서 파티가 있어 나갔던 사라가 귀가. 집에는 리키토와 사라 둘만 있었다.

평소 리키토는 가족과 함께 밥을 먹는 일이 없지만, 이날은 엄마가 부엌에 홀 케이크를 사다 놓았기 때문에, 사라가 케이크를 2층에 있는 리키토 방으로 가져와 둘이서 먹게 되었다.

사라를 살해한 동기

한창 케이크를 먹고 있는데, 사라가 고등학교에 가지 않은 것, 스무 살이 넘었는데도 집에만 틀어박혀 있다는 것, 아르바이트를 시작해도 오래가지 못한다는 것 등을 이유로 바보 취급 했다. 사라는 이렇게 말했다.

"아이돌로 데뷔를 해도, 너 같은 오빠가 있다는 게 인터넷을 통해 알려지면, 모든 걸 잃을 수도 있다고. 그러니까 그냥 죽어."

사라 살해 방법

사라가 케이크와 함께 부엌에서 들고 온 칼이 눈에 띄는 순간 손이 절로 나갔고, 가슴을 찔렀다.

그 자리에서 쓰러진 사라가 다시 일어날까 봐 두려워, 몇 번이나 계속해 찔렀다.

사라의 시체는 리키토의 방 옆에 있는 사라 방 침대에 숨겼다.

한참을 (정확하게 어느 정도였는지는 기억나지 않는다.) 멍하니 있다가, 케이크를 꺼냈던 종이 상자 안에 촛불을 붙일 때 쓰려고 했는지 일회용 라이터가 들어 있는 것을 보고, 불을 질러 범행을 감추기로 했다.

사라 방에는 석유스토브가 있었다.

남은 케이크를 사라 방의 테이블에 갖다 놓고, 종이 상자도 옆에 놓고 촛불에 불을 붙였다.

스토브에 불이 옮겨 붙을 가능성도 생각하고 있었다.

부모 살해 방법

술을 마시고 돌아온 부모가 1층 방에서 자고 있다는 것을 알았다. 사라의 시체가 발견될까 겁이 난 나머지, 불을 지르자마자 바로 현관을 지나 밖으로 나갔다.

부모에 대한 생각

둘이 미처 피하지 못할 상황을 상정하고 있었다. 오히려 그렇게 되기를 간절하게 바랐다.

어렸을 때부터 사라만 귀여워하는 부모를 원망하고 있었다.

"사건에 대해서 죽 얘기한 후에, 리키토 씨가 이렇게 말하더군요. 나는 범행에 대해 전부 기억하고 있습니다. 나는 정상입니다. 그러니까 정신 감정 같은 건 필요 없어요. 사형을 받도록 해 주세요. ……감정 첫날의 일입니다."

가쓰라기 의사가 그렇게 말을 끝내고 눈을 내리깐 타이밍에 나도 노트를 테이블에 내려놓았다. 기록 담당답게 기를 쓰고 메모했지만, 매스컴이 보도한 기사는 물론 재판 기록까지 읽은 상태인 지금, 딱히 새롭게 느껴지는 부분은 없었다.

"죄송하네요. 차 한잔도 대접하지 않고."

의사는 부드럽게 미소 짓고는 일어나, 응접실에서 나갔다.

신경 쓰지 않아도, 하면서 감독이 사양하려 했지만, 날씬한 다리로 경쾌하게 걸어가는 의사의 귀에 한 단어나 들렸을까.

사실 차는 접수창구 아주머니에게 미리 사양했다. 이동 중에 커피와 차를 너무 많이 마셔서, 하는 감독 옆에서 나도 그렇다는 식으로 애매하게 웃으면서 고개를 끄덕였다. 따로 움직였지만, 감독도 시간을 따분하게 보냈나 보네 싶어 왠지 기뻤다. 물 마실 틈도 없이 노트북을 펴 놓고 작업을 했을 법 한데, 하고.

"이거, 봐도 돼요?"

감독이 내 노트를 가리켰다. 그럼요, 보세요, 하며 내밀었다.

"고등학교에 가지 않았다, 집에만 틀어박혀 지낸다, 아르바이트를 오래 계속하지 못한다."

감독이 중얼거렸다. 그런 이유로 죽이려나, 하는 뉘앙스가 느껴졌다.

다테이시 리키토, 고양이 장군은 고등학교에 진학하지 않았다. 주간지 기사에 따르면, 중학교 때도 학교에 가지 않는 날이 많았다고 한다. 초등학교 때부터 괴롭힘을 당했고, 중학교에 들어가서는 괴롭힘이 더 심해졌던 것 같다.

그래서 공원에 갔을까. 길고양이들이 그를 경계하지 않고 따라올 만큼의 시간을 공원에서 지냈다는 뜻일까. 리키토 자신은 진학을 원했을까. 뭐든 되고 싶은 것, 꿈 같은 것은 없었을까.

나도 그랬지만, 초등학교 아이들은 리키토를 거의 바보 취급 했다. 본인에게 그런 말을 직접 하는 게 아니라, 수학 문제를 풀 때나 수수께끼 놀이를 할 때, 간단한 문제에 대답하지 못하는 아이에게, 야, 너 고양이 장군이냐, 하고 놀렸다. 학교는 짜증 나지만 그래도 고양이 장군처럼 되고 싶지는 않다고 진지한 표정으로 말하는 아이도 있었다.

그러나 냉정하게 생각해 보면, 리키토가 만약 학교를 제대로 다녔다면 그런대로 수업을 따라가지 않았을까.

사라에 관해서도 허언증이 부각되기 전까지는 주간지에 '아이돌을 꿈꿨던 여고생'이라는 부제로 소개되는 일이 많았다. 그러나 기사의 첫 제목은 '지역 일반고에 다니는 여고생'이었다. 사사즈카 고등학교는 특별 진학반과 일반반으로 나뉘어 있고 사라는 일반반이었지만, 일반반도 중학교 성적이 상위 삼분의 일에 포함되지 않으면 들어가기 어렵다.

언니도 일반반이었다.

형제가 같은 재능을 갖고 태어나는 법은 없다는 것을 나는 몸으로 경험했지만, 뛰어난 재능이 아니면 다들 비슷비슷하지 않을까.

"학교에서……."

감독이 다시 입을 여는 참에 문이 열렸다. 의사를 따라 접수창구 아주머니가 쟁반을 들고 들어왔다. 좁은 응접실에 홍차 향이 그윽하게 퍼졌다.

테이블에 각각의 찻잔과 과자 접시가 놓였다. 내가 들고 온 러스크와 홋카이도 특산품인 듯한 초콜릿, 그리고 알루미늄 컵에 노란 떡이 예쁘게 담겨 있었다.

"이 고장 특산품도 맛보세요."

아주머니는 접수창구에 있을 때와는 달리 다운코트를 걸치고 있었다. 일부러 사러 나갔다 왔는지도 모르겠다.

"잘 먹을게요."

머리를 깊이 숙이며 말하자, 그녀는 "그럼 천천히 드세요." 하고는 웃으면서 나갔다.

감독은 하던 얘기를 빨리 계속하고 싶은 눈치로 이제 막 자리에 앉은 의사와 마주했다.

"굳기 전에 어서 드세요."

하지만 의사가 그렇게 말해, 잠시 쉬는 시간을 가졌다.

알루미늄 컵을 들었다. 안에 든 떡을 입에 쏙 넣자, 생각보다 부드러워 사르르 녹으면서 목으로 넘어가고, 입안에는 버터의 진한 풍미만 남았다.

"와, 맛있네요!"

절로 나온 큰 소리에, 의사는 따스한 미소로 답해 주었다.

"버터 떡이에요. 나도 여기 와서 처음 먹어 봤는데, 지금은 이틀을 못 먹으면 금단 증상이 생길 정도로 푹 빠졌어요."

그렇게 말하고 의사도 일본화의 모델을 해도 될 만큼 얇은 입술을 최대한 벌리고 떡을 입에 넣었다. 그런데, 나는 그녀가 한 말에 신경이 쓰였다.

여기 와서 처음…….

딱히 그 병원에 다니지 않았어도 알 수 있는, 정치가나 연예인이 입원하면 텔레비전에 외관이 등장하는 도내의 유명한 병원에서 이런 시골 진료소로 밀려난 일을 새삼 떠올린다.

가쓰라기 의사는 어디에서 태어났을까, 하는 생각도 한다. 여기보다 더한 시골 출신이라고 해도 그나마 다행이라고 할 수는 없겠다.

옆에서 컥컥거리는 소리가 났다. 감독도 떡을 먹었는데, 알루미늄 컵에 붙지 말라고 뿌려 놓은 가루가 기관으로 들어간 듯했다.

"괜찮아요?"

그렇게 말하면서 등을 두드려 주다가, 의미가 없다는 것을 알고는 사과했다. 감독은 떡 때문에 목이 막힌 게 아니다.

욕심을 부려 뭐든 입에 쑤셔 넣었던 나는 툭하면 목이 막혔다. 그럴 때 언니가 등을 톡톡 두드려 주는 게 좋았다. 내 등에서 음악이 연주되는 듯한 기분이 들었기 때문이다.

감독은 가방에서 생수를 꺼내 마시고, 손수건으로 눈가와 입가를 닦고는 누구에게 폐를 끼친 것도 아닌데, 미안합니다, 하며 자세를 고쳤다.

그 동작이 이제 다테이시 리키토 얘기로 돌아가자는 신호 같아, 나도 등을 약간 펴고 자세를 가다듬었다.

"여기 오는 길에 재판소의 기록을 읽었어요. 기록에도 그렇고, 지금 들은 선생님 얘기도 그렇고, 리키토 씨가 괴롭힘을 당했다고 하는데, 가정에서는 어땠나요? 혹시 학대를 받지는 않았는지……."

감독이 가장 알고 싶은 것은 역시, 방화벽 너머에 있던 아이가 사라인가 리키토인가 하는 점이다.

"가정에서 어땠는지는 나도 리키토 씨에게 몇 번이나 물었어요. 범행 이유가, 동생이 더 귀여움을 받았기 때문이라고 하는데, 하지만 부모가 남매를 어떤 식으로 차별했는지는……."

의사의 말에 귀 기울이면서, 나는 퍼뜩 생각났다는 듯이 노트를 펼치고 펜을 손에 들었다.

리키토에 대한 학대

동생만 언제나 예쁜 옷을 입었다.

외식하러 나갈 때도 자신을 데려가지 않는 일이 있었다.

자신은 설거지 등 집안일을 도왔는데도 칭찬받는 일이 없었는데, 동생은 쓰레기 하나 쓰레기통에 버려도 칭찬받았다.

"그런 정도만 얘기해 주었어요."

"그게 전부인가요?"

펜을 손에 쥔 채 묻고 말았다. 이 정도를 가지고 학대라고 할 수 있을까 싶어 고개를 갸웃거리면서 메모하고 있었지만, 그러다 점차 내용이 심각해질 것이라고 여겼기 때문이다. 과격한 학대를 기대한 것은 절대 아니지만.

"네⋯⋯."

의사도 어째 떨떠름한 말투였다.

"밥을 배불리 주지 않았다거나, 추운 날 베란다에 방치되었다거나, 그런 증언은 없었어요?"

감독이 몸을 약간 내밀면서 물었다. 방화벽 너머에 있던 아이가 리키토였다면, 당연히 나와야 하는 증언이다.

"없었습니다."

가령 훨씬 더 가혹한 일을 당했다면, 베란다에 나가는 것쯤

학대라 느끼지 못해 증언에서 빠졌을 수도 있지만, 사실은 과연 어땠을까. 의사가 말을 이었다.

"이건 어디까지나 내 추측인데요, 리키토 씨는 사형을 받고 싶어 하는 것 같았습니다. 본인 입으로 자신은 악의를 품고 범행을 저질렀다, 그러니 사형을 받도록 해 달라고 말하기도 했고요. 만약 감독님 말씀대로 리키토 씨가 학대를 받았는데 굳이 밝히지 않았다면, 정상 참작의 여지를 주지 않으려고 그러지 않았을까 싶습니다."

"지금 말씀하신 가능성은 상담에 반영되지 않나요?"

감독이 그렇게 질문하기에, 나도 고개를 끄덕였다.

"상담은 취조가 아니에요. 감정 역시 피의자의 증언만 가지고 하는 게 아닙니다. 몸짓, 시선, 말투, 심리 테스트를 전부 감안해요. 그리고 증언의 진위 여부를 더욱 신중하게 검토하기 위해 똑같은 내용의 질문을 날짜와 말을 바꿔 가며 여러 번 반복합니다. 그런 과정에서, 계속 입을 다물고 있어도 이상하지 않을 질문을 하거나 입을 다물고 있는 게 오히려 자연스럽다고 여겨지는 상황에서도, 리키토 씨는 자신이 동생과 부모를 얼마나 증오했으며 어떻게 범행에 이르렀는지를 열심히, 그래요, 정말 안간힘을 써 가면서까지 얘기하려는 듯이 보였습니다. 사람이 뭔가를 숨길 때, 그 숨기는 것을 거짓말로 덮어 버리는 사람도 있지만, 리키토 씨는 말할 수 있는 사실을 얇게 펴서 덮으려 하고 있다, 그러니 그 너머에 희미하게 보이는 것을 명확히 해야 한다고 생각했습니다."

나는 그것이 방화벽 너머의 모습으로 여겨졌다. 아니면, 그보다 깊은 무언가가 숨겨져 있는 것인가.

"진단서에도 그렇게 명기했고, 묘진다니 교수님에게도 연장 신청을 했습니다."

그렇게 된 거군. 가쓰라기 의사는 기간 연장을 신청하면서까지 리키토를 계속해서 상담하려고 했는데……. 그렇게 이어지는 생각을 무언가가 툭 끊었다. 인터넷 기사다. 가쓰라기 의사는 지금 왜 여기 있는가. 떡이 들었던 알루미늄 컵이 에어컨의 느릿한 바람에 사라락 흔들렸다.

"그런데 상담이 중단된 거죠?"

감독이 먼저 그렇게 물었다. 의사는 감독을 향해 깊이 고개를 끄덕였다.

"교수님은 이미 다른 의뢰 건을 시작한 상태였어요. 그래서, 더는 오래 끌게 할 수 없다고 생각하셨던 것……."

"이런 감정을 하는 의사의 수가 부족한가요?"

감독이 물었다. 인터넷으로 묘진다니 의사를 검색하다가 나도 놀란 부분이었다. 지난 20년에 걸쳐, 연일 텔레비전과 인터넷상에서 화제가 되었던 탓에 나도 알고 있는 사건 대부분을 묘진다니 의사가 담당했던 것이다.

물론 전국 각지에서 매일이다시피 사건이 발생하니, 그 숫자를 분모로 하면 묘진다니 의사가 담당한 건수는 한 줌에 지나지 않으리란 것도 이해는 하고 있다.

"묘진다니가 브랜드라고 할 수 있죠. 인터넷이 보급되어 변호사나 재판관, 정신 감정의 등을 손쉽게 조사할 수 있게 되었잖아요. 극악무도한 범죄자가 극형에 처해지기를 바라는 사람은 비단 피해자의 혈육이나 친척, 지인이 아니더라도 아주 많아요. 그런데 재판에서 자신이 원하는 결과가 나오지 않았다. 어이없게 아주 가벼운 형에 처해졌다. 그런 판결을 내린 사람은 누구냐? 미사여구를 동원해 가해자를 옹호한 사람은? 가해자에게 책임 능력이 없다고 판단한 사람은, 대체 누구냐? 인터넷상에서 그런 비판이 불거질 뿐만 아니라, 직장이나 자택에 협박장이 날아들고, 잠복하고 있다가 직접 폭행을 행사하고, 심지어 가족까지 피해를 입는 경우도 있습니다. 묘진다니 교수의 감정은……, 어려운 말을 구사하고는 있지만, 그런 세상 사람들의 기대에 부응하는 경우가 많지 않나 생각합니다."

그런 거였구나, 하고 이해가 된다. 그러나…….

"하지만, 그렇다고 인터넷상의 다수 의견이 세상 사람 대다수의 의견은 아니잖아요."

평소 생각하던 점이라, 입에서 말이 자연스럽게 나왔다. 오하타 선생도 최근 드라마로 인터넷상에서 아주 박살이 났다. 사고가 고루하다느니, 삶의 다양성을 부정하고 있다느니, 사상이 편향되었다느니, 80퍼센트 이상이 비판과 비난이었다. 내가 쓴 작품이었다면, 나는 마음을 앓아 몸져누웠을지도 모른다.

그런데 오하타 선생은 전혀 개의치 않는 것처럼 보였다. 게다가 선생은 자신과 자신의 작품에 대해 검색하는 에고 서칭을 하지 않는다. 그리고 이런 말도 했다.

"인터넷에 의견을 올리는 사람은 딱히 내게 의견을 전하고 싶은 게 아니야. 오히려 그 허접한 글들을 내가 일일이 읽고 있는 줄 착각한다면, 자기가 뭐라고, 하며 웃어 주고 싶네. 정말 내게 무슨 말을 하고 싶은 사람에게 나는 문을 열어 놓고 있잖아. 웹 페이지에 우리 사무실 주소와 전화번호도 다 있고, 강연회나 사인회도 수시로 갖고 있어. 그런데 팬들의 편지는 와도, 비판의 편지는 온 적이 없어. 내 앞에서 이번 작품 재미있었어요, 하는 사람은 있어도, 불만을 얘기하거나 돌을 던지는 사람은 없었다고. 나는 그쪽이 세상이라고 생각해."

그때, 이런 사람에게 도전장을 내밀었나 하고 잠시 기가 죽었지만, 속으로는 지금 상황에 집중하자고 마음을 다잡았었다.

"그렇죠. 다만, 제가 설명을 잘 못했는지도 모르겠네요. 고발까지 했으면서 이렇게 말하는 건 좀 뭐하지만, 묘진다니 교수님 자신은, 인터넷에 과격한 의견을 올리는 사람들이 지지할 수 있도록 진단 결과를 의도하려는 의식은 없을 거예요. 그냥 주위에서 그런 기대를 하고 묘진다니 교수님에게 진단을 의뢰하는 것이죠. 따라서 한 가지 안건에 오랜 기간을 할애할 수 없는 거예요."

"진단 기간이 한 달 정도 주어진다는 점을, 묘진다니 교수는 어떻게 생각하실까요?"

감독이 물었다.

"시간을 오래 들인다고 해서 명확해지는 것은 아니라고 말씀하신 적이 있어요. 오히려 자료가 늘어나 중요한 부분이 가려지는 일도 있기 때문에 취사선택이 필요하다고요."

묘진다니 교수의 말에도 일리는 있을 듯하다. 오하타 선생도 비슷한 말을 한 적이 있다. 시간을 오래 들인다고 작품이 좋아지는 것은 아니다, 라고. 엔터테인먼트 작품과 정신 감정을 동일 선상에 놓고 견줄 수는 없겠지만.

"가쓰라기 선생님, 다테이시 리키토 씨 감정에서, 그 취사선택이 잘못되었다고 생각하는 부분은 없으세요?"

역시 감독이 물었다. 바로 이 부분이 포인트가 아닐까 싶어 나는 펜을 들었다.

"다테이시 리키토 씨가 여동생 사라를 살해한 행위에는, 좀 더 깊은 이유가 있지 않았을까 합니다. 성품이 온후한 리키토 씨가 칼을 손에 잡고 그렇게 여러 번 찔렀을 정도로요. 그리고 그때 리키토 씨의 책임 능력은, 정상 참작이 고려되어야 할 상태였기 때문에 상담을 계속할 필요가 있지 않았을까 합니다. 또, 방화 당시 부모님이 집에 있는 것을 알고 있었다는 증언의 신빙성에도 의문이 남고요."

"그 뜻을 묘진다니 교수에게 전달하지 않았나요?"

"물론 전달했지요. 그런데 교수님은 이렇게 대답하더군요. 다테이시 리키토가 부모와 여동생을 죽인 것은 사실이다. 리키토 본인도 인정하고 있고, 동기도 사건 당시의 상황도 본인 입으로 설명했다. 경찰의 견해도 다르지 않다. 리키토의 인격 경향은 책임 능력에 영향을 미치지 않는다. 더 뭐가 필요한가. 우리 일은 피고인의 일대기를 쓰는 것이 아니다."

묘진다니 교수의 말에 한 표 던지고 싶은 기분이 들었다. 감정은 어떻게든 달리 해석될 수 있다. 피고인의 감정을 지나치게 배려한 일대기가 성립하면, 정상 참작의 여지가 없는 범죄자는 없어지지 않을까. 반대로 성장 과정에 아무 문제가 없는 일대기가 완성되면, 인격에 현저한 결함이 있다는 것을 증명하는 꼴이 되어 책임 능력을 따질 수도 없는 존재가 될 우려가 있다.

"그래서 다테이시 리키토 씨 건에 대해서는 저도 수긍을 했어요."

의사의 말투에서, 자신이 교수의 말을 무조건 따른 것은 아니라는 자긍심 같은 것이 느껴졌다. 최종 판단은 스스로 했노라 하는.

하기야 가쓰라기 의사가 묘진다니 의사를 고발한 것은 '사사즈카초 일가족 살해 사건'의 감정 결과 때문이 아니었다.

"감사합니다."

감독이 가쓰라기 의사를 이해한다는 듯이 머리를 깊이 숙였다. 결국, 방화벽 너머에 있던 아이가 다테이시 리키토였는지 사라였는지 확인되지 않았는데도. 그리고 머리를 든 감독의 눈빛에서 후련함마저 느껴졌다.

"저는, 재판의 판례나 그것을 뒷받침하는 정신 감정서 등은, 전문가가 조사에 조사를 거듭한 결과라고 생각하고 있었어요. 전문 지식이 없는 초보는 끼어들 틈이 없고, 하물며 초짜 탐정처럼 뒤지고 들쑤셔 봐야 그 이상의 진상은 나올 리 없다고요. 그런데, 그렇지 않다는 것을 알았습니다. 당연히 일대기를 써서는 안 되죠. 재판정에서 그런 걸 읽으면, 거기다 배경 음악까지 틀어도 좋다면, 정당한 판결을 내릴 수 없겠지요. 그러나 저는 영화감독입니다. 이쪽 세계에서는 그럴 수 있어요. 허용됩니다. 실제로 존재했던 인물을 그릴 경우, 겨우 하루, 아니 몇 시간짜리 장면만 찍으려 해도, 그 사람의 일대기가 필요해요. 그리고 가쓰라기 선생님에게 중요한 힌트도 얻었어요. 저는 다테이시 리키토 씨가 숨기려 했던, 그리고 재판이라는 자리에서 실제로 숨겼던 진실을 찾아보려고 해요."

그렇게 선언하는 감독 옆에 있는 사람이 나라는 게 자랑스러웠다. 현실 사회보다 더 현실을 깊이 파 내려갈 수 있는, 아니 오히려 필연적으로 그래야 하는 일에 관여하게 되었다는 것을 깨달았으니 말이다.

관여? 아니지, 나는 근간을 만들어 내는 위치에 있지 않을까.

'사사즈카초 일가족 살해 사건'을 처음부터 다시 한 번 검토해야겠다. 어딘가에 반드시 힌트가 있을 것이다. 내 안에서 내가 그렇게 외치고 있었다. 감독도 틀림없이 그렇게 생각하고 있을 것이다.

"감독님의 새로운 작품, 기대할게요."

가쓰라기 의사는 빈정거림도 빈말도 아닌, 진심으로 기대하고 있다는 것이 전해지는 말투와 표정으로 감독에게 그렇게 말했다.

'언니, 사람을 만난다는 게 참 중요하다는 생각이 드네. 언니는 가족이 아닌 누군가를 그리워한 적 있어? 많이 있을 것 같아. 인기 짱이었으니까.'

혹시 도쿄까지 감독과 함께 돌아갈 수 있으려나 하고 기대했는데, 감독은 진료소로 부른 택시가 대기실 커다란 창문으로 저만치 보이자 역시 홋카이도 현장으로 돌아가야 한다고 말했다.

하고 싶은 얘기가 많아, 돌아가는 길에는 순식간에 시간이 지나가지 않을까 하며 감독과 단둘의 시간을 기대했건만.

다테이시 리키토는 뭘 숨겼을까요. 방화벽 너머에 있던 아이는 결국 리키토였을까요. 저는……, 그렇게 생각해요.

운전사가 신경에 쓰이겠지만, 그 정도 얘기는 하고 싶다. 그런 생각을 하고 있는데, 택시가 도착했다.

우리가 응접실에서 나올 때, 진료소에 환자가 찾아와(유치원생으로 보이는 자매를 데리고 온 엄마로, 언니 쪽이 축 늘어져 있었다.), 접수창구 아주머니가 배웅해 주었다.

버터 떡을 미리 사다 놓았는지, 감독은 물론 내게도 여섯 개들이 두 박스가 든 선물 꾸러미를 건네주었다. 같이 기념사진을 찍고 싶다고 감독에게 청하는 아주머니에게 얼른 휴대전화를 받아 든 바람에, 응접실에서 하던 얘기가 대기실에서 계속되지는 않았다.

뒷자리에 둘이 나란히 앉자 택시가 출발했다. 감독이 진료소를 돌아보기에, 나도 하얀 건물을 돌아보았다.

가운만 입고 있어 쌀쌀했는지, 접수창구를 비울 수 없어서인지, 문 앞에 아주머니의 모습이 없어 바로 몸을 앞으로 돌렸다. 그러나 감독은 계속해서 뒤를 향해 있었다. 그리고, 그런 채로 내게 물었다.

"마히로 씨도 정신과 상담 받아 본 적 있어요?"

도? 도라니? 다테이시 리키토처럼이라는 뜻인가? 내가 정신과 상담을 받아야 할 이유를 뭐라고 생각하는 거지?

그걸…… 알고 있다 치면, 그래서 감독이 내 마음에 금이 갔다고 해석하는 것은 이상한 일이 아니다.

다만, 이런 식으로 묻다니, 무심함에도 정도가 있다.

"아니요."

그렇게 대답하고, 역까지 둘 다 아무 말 없이 가는 길이 올 때보다 두 배는 멀게 느껴졌다.

에피소드

5

○

　지역 공립 초등학교에서 진학한 지역 공립 중학교를 초등학교의 연장선 정도로 생각했다. 초등학교 때와 별로 달라지지 않은 학생들과 초등학교 7학년 같은 느낌으로 생활하게 될 것이라고. 그러나 입학하자마자 그렇지 않다는 것을 깨달았다.

　낯선 아이들이 있어서가 아니었다. 교육열이 높은 가정의 아이나 공부를 잘하는 아이, 스포츠와 예술에 뛰어난 재능이 있는 아이들, 사립 중학을 목표로 한 아이, 그런 아이들이 빠져나간 집단. 좋게 말하면 여유롭고 평범한 아이들, 나쁘게 말하면 특별할 게 없는 아이들의 집단이었다. 아예 높은 곳을 지향하지 않는 아이들이 대부분이고, 나머지는 가정 사정 또는 입시에 실패해서 십 대 전반에 좌절을 겪고 상처 입어 자존감이 낮아진 아이들이 한 줌.

　지금은, 자신이 어떤 존재이고 싶은 인정 욕구는 강렬한데,

그것을 겉으로 드러내지 못하는 아이들의 집단……이었던 것으로 느낀다.

그런 아이들 가운데, 나는 공부도 잘하고 운동도 잘하는 편이었다. 1학년 1학기 때 담임이 학급 위원장으로 지명했을 때도 그 역할을 고통스러워하지 않았고, 뒤에서 다들 악마라고 불렀던 영어 선생이 주말마다 내 주는 과제의 양을 많다고 느끼는 일도 없었다.

매일 아침 할머니가 싸 주는 도시락을 맛있겠다고 칭찬해 주고, 점심시간을 함께 지내고, 주로 만화 원작이기는 하지만 한 달에 한 번꼴로 같이 영화를 보러 가는 친구도 생겼다. 할아버지가 권해서 들어간 테니스부에는 현 대회를 목표로 힘 내자고 서로를 격려해 주는 부원도 있었다.

체육 대회 기마전에서는 상대 팀의 모자를 네 개나 빼앗아, 전 학년을 섞어 나눈 B팀의 승리에 공헌했고, 문화제에서는 우리 반 합창의 지휘를 맡아 전체 학년 통틀어 2위를 하기도 했다.

할머니는 모교에 아직 미련이 남아 있었는지, 단순히 공립학교를 거친 곳이라고 믿고 있었는지, 식사 때면 초등학교 시절보다 학교에 대해 많이 물었다.

친구는 있는지, 공부는 잘돼 가는지. 그런 질문에 나는 웃는 얼굴로 아무 문제 없다고 대답할 수 있었다. 모의고사의 결과로 성적이 전국 수준에 뒤떨어지지 않는다는 것을 증명할 수 있었고, 학교 행사가 끝난 후에는 구경하러 왔던 할머니가 마치 자신이 활약했던 것처럼 더 흥분해서 내가 활약한 장면을 돌이켰다.

"저 지휘자가 내 손녀예요, 하고 외치고 싶었어. 그러고 보니 네 아빠도⋯⋯."

네 아빠도. 이 말을 들으면, 기다리고 있었지 하는 기분이 들곤 했다. 자아를 뜻대로 통제하지 못해 답답함을 느끼는 와중에, 내가 모르는 아빠가 할머니의 눈을 통해 나와 겹치는 순간에만 내가 나서서 정말 다행이라고 생각할 수 있었다.

예를 들어 고전 문법 시험 결과가 별로 좋지 않을 때도, 할머니가 네 아빠도 상2단 활용에서 잘 틀렸어, 하고 말하면 점수가 좋을 때보다 훨씬 기뻤다. 반대로, 아빠는 수학에서 학년 최고점을 받은 적도 있는데, 하면서 좋지 않은 성적을 슬며시 꾸짖을 때는, 낙심하기 전에 다음 목표는 학년 최고점이라고 투지가 불타올랐다.

학원에서도 그랬다. 사립 고등학교 진학을 위해 다니는 아이들도 있는 터라 S반에 들어가는 건 힘들겠다고 포기하고 있었다. 그런데, 아빠는 S반이었다는 말을 듣고는, 노력하면 가능할 수도 있겠다고 이를 악물고 분발해서 1학년 겨울 방학 전에 A반에서 S반으로 올라가게 되었다.

아빠는 학생회 부회장이었다. 방범 포스터 그리기 대회에서 2년 연속 현지사상을 받았다. 유전을 맹신하는 것은 아니지만, 아빠가 할 수 있었던 일을 내가 못할 리 없다고 스스로 각오를 다지곤 했다. 그래도 전부 똑같은 결과에 이른 것은 아니지만, 그건 내 노력이 부족했기 때문이라고 생각했다. 절대 포기하지는 않았다.

어느 때 같은 반 여자아이에게 이런 말을 들었다.

"나, 하세베 가오리로 태어났으면 좋았을걸."

그 아이는 시험 점수가 부모가 정한 목표치에 이르지 못한 탓에, 좋아하는 아이돌의 콘서트 티켓을 압수당해서 한탄하고 있는 와중이었다.

"뭐든 잘하잖아. 얼굴도 예쁘게 생겼는데, 날씬하기까지 하고. 집도 부자에, 고민거리가 뭐가 있겠어. 불공평해."

엄마가 어쩌고, 아빠가 어쩌고, 험담이든 즐거웠던 일이든, 숨을 쉬듯 부모 얘기를 하는 아이에게 그런 말을 듣고 싶지 않았지만, 그렇다고 내 얘기를 하고 싶지도 않았다. 그런데 옆에 있던 같은 초등학교 출신 아이가 나섰다.

"가오리도 힘든 일 있어."

내게 부모가 없다는 사실을 알고 있다는 투라서, 그 말에 오히려 가슴이 쿵 내려앉았다.

아빠에게도, 엄마에게도 버림받았다. 그런데도 그들의 자식이기를 바랐다. 내 안에서 부모에게 물려받은 것을 찾아내고 싶었다. 그러나 어차피 할머니가 미화한 모습, 나도 그 모습이라 믿어 의심하지 않았던 사람을 모방했을 뿐인지도 모른다.

2학년이 되자, 할머니 질문의 내용이 조금 달라졌다. 일반 가정에도 컴퓨터가 보급되자 할아버지는 일찌감치 노트북을 구입하고서, 앞으로는 모든 정보를 인터넷에서 얻는 시대가 될 것이라고 호언했지만, 할머니는 그런 할아버지를 따르지 않았다. 마치 대항하듯 신문을 구석구석까지 읽고는, 이런저런 일이 문제가 되고 있는 것 같아요, 하고 저녁 먹는 자리에서 얘기하는 일이 잦아졌다.

그때 할머니는 비슷한 나이의 손녀가 있어서인지, 학교에서 발생하는 따돌림이나 괴롭힘, 학급 붕괴 등에 관심을 가졌다.

"가오리네 반은 괜찮니?"

괜찮다고 곧바로 대답했지만, 질문이 조금 달랐다면 똑같이 대답할 수 없었을지도 모른다.

가오리네 학교는 괜찮니? 가오리네 학년은 괜찮니? 아니,

그건 나의 억지다. 왜 학교와 학년과 반을 따로 나눠 생각했을까. 대답은 간단하다. 관계하고 싶지 않다고 생각했기 때문이다.

"그럼, 안심이네. 하기야 가오리가 있는 반인데, 학급 붕괴 같은 게 생길 리 없겠지. 아빠에게 물려받은 정의감으로 사전에 방지할 테니 말이야."

그리고 할머니는 아빠가 중학교 때 반에서 따돌림을 당하던 아이를 감싸 준 얘기를 풀어놓았다.

"나는 전혀 몰랐어. 아빠도 그런 얘기는 하지 않았고. 그런데 졸업식 날, 알지도 못하는 엄마가 울면서 고맙다고 하지 뭐야. 그래서 겨우 그런 일이 있었다는 걸 알고, 얼마나 자랑스럽던지. 그 엄마 앞에서는, 당연한 일을 했는데요 뭐, 하고 대답했지만."

할머니 할아버지 앞이 아니었다면, 두 손으로 머리를 쳤을지도 모른다. 그리고, 생각했다.

할머니가 똑같은 질문을 아빠에게 했다면, 아마 이렇게 대답했을지도 모른다.

'우리 반은 담임 선생님도 빈틈없고 반 아이들도 모두 사이가 좋지만, 다른 반에는 따돌림을 당하고 있는 아이가 있어. 그 아이, 나랑 같은 학원에 다니기 때문에 모른 척할 수가

없어.'

아빠에게 있었는데 내게 없는 것은 정의감, 또는 생각을 말과 태도로 나타내는 행동력이다. 그렇다는 걸 깨달은 나는 그 후로는 행동력만 의식하게 되었다. 뿐만 아니라 수학을 잘 하고 그림이 뽑혀도, 그런 건 자랑스럽게 생각할 수 없게 되었다.

내가 아빠에게 물려받은 것은 학력이나 그림 솜씨 같은 노력에 따라 어떻게든 될 수 있는 것이 아니라, 인간성이어야 한다고 생각했다.

시모야마 가네토는 2학년 D반 학생이었다. 1학년 때도 다른 반이었는데, 내가 그의 성까지 알게 된 것은 중학교에 올라가면서 다니기 시작한 역 앞의 진학 학원에서 같은 반이었기 때문이다.

두 달에 한 번 성적순으로 반이 바뀌는 그 학원에서 시모야마는 처음부터 S반이었다. 그러니까 내가 S반에 들어간 겨울 방학 전부터 같은 반이었다.

피부가 하얗고 가녀리고 나보다 키가 작은 그가 학교에서 같은 반 아이들에게 '가네코'라고 불린다는 것은 1학년 때부터 알고 있었다. 그러나 학원에서는 그를 그렇게 부르는 아이가 없었다. 시모야마라고 성으로 불렸다. 학교 복도나 학원 복도에서 스쳐 지나면서 보는 그의 얼굴은 어느 때나 똑같았다. 주위의 잡음 따위는 안 들리는 것처럼 표정이 없어서, 이름을 어떻게 부르든 일일이 신경 쓰지 않나 보다고 생각했다.

입학하고 얼마 후, 복도에서 지나치면서 안녕, 하고 인사한 적이 있었다. 같은 학원 아이라서 순간적으로 말이 나왔는데, 그쪽에서는 아무 반응이 없었다. 자기보다 아랫반 학생은 눈에 보이지도 않나 싶어, 별로 좋지 않은 인상을 품었다.

학교에서는 정기 고사 성적과 등수를 발표하지 않았지만, 그와 같은 초등학교를 다녔던 아이들은 그가 학년 1등이라고 떠벌리고 다녔다. 도쿄에 있는, 도쿄 대학 합격률이 전국 톱 수준인 사립 중학교 합격도 문제없을 거라는 소문이 나돌았는데, 왜 이런 중학교에 왔는지 모르겠다며 수군덕거리는 아이도 있었다.

아빠가 직장에서 해고당했기 때문에, 부모님이 이혼했기 때문에, 시험 당일 독감을 앓았기 때문에. 그런 억측 중에 어느 것이 맞는 말인지, 아니면 전부 지어낸 말인지, 당시의 내게는 아무 관심 없는 일이었다. 오히려 귀를 쫑긋 세우고 그런 대화를 엿듣는 것을 부끄럽게 여겼다.

학원에서 같은 반이 되어 교실로 들어설 때 눈이 마주쳤다. 한 손을 살짝 들어 보였지만, 그는 한숨을 쉬는 것처럼 하면서 눈길을 피했다. 같은 학교에 다닌다는 걸 모르나? 그리고 며칠 후, 이번에는 학교 정문에서 마주쳤다. 안녕! 하고 말했지만, 헛기침을 하면서 또 눈길을 돌렸다.

두 번이나 무시를 당하자, 되게 이상한 아이네, 하고 생각했다. 친구가 있는 것 같지도 않았다. 이런 바보들과 자신은 다르다고 모두를 깔보는 것이라고 생각했다.

그래서 2학년으로 올라가, 시모야마 가네토가 반 아이들 모두에게 무시당하고 있다는 말을 들었을 때도, 당연한 일이라고 생각했다. 따돌림을 당하는 쪽에도 원인이 있다. D반 아이가 그렇게 말하는 것을 듣고, 속으로 고개를 끄덕이기도 했다.

그 아이가 자기를 합리화하고 있다는 생각은 하지 못하고. 성적이 좋으니까. 나를 무시했으니까. 그런 생각만 가지고 나 역시 따돌림에 가담한 꼴이 되었다.

그러나 아빠라면……

그렇다고 다른 반에 불쑥 들어가, 친구를 따돌리지 말자, 하고 모두를 설득할 용기는 없었다. 게다가 그런 짓을 했다가는 시모야마가 불쾌해 할 것이다.

자신이 그런 일을 당한 적이 없어서, 상상만(그때껏 본 영화의 영향을 받았을 것이다.) 할 수 있었지만, 따돌림에 얼마나 견딜 수 있는지는 가해자와의 싸움이 아니라 자신의 마음과의 싸움이 아닐까 생각한다.

마음을 지키기 위해 필요한 것은, 따돌림 자체를 인정하지 않는 것. 무시당하는 게 아니라, 이쪽이 바보 멍청이들을 무시하는 것이다. 그러니 바보 멍청이들에게 굳이 다가가지 않는다. 슬퍼하는 표정도 절대 보이지 않는다.

너희들이 뭘 어찌하든 아무렇지 않다. 내 눈에는 너희들 모습이 보이지 않고, 내 귀에는 너희들 목소리 따위 들리지 않는다.

그렇게 시모야마 가네토의 무표정과 무반응이 자신을 지키기 위한 갑옷이라는 생각에 이르렀다. 자신의 엉뚱한 행동이 그런 갑옷을 깨부수는 선까지는 가지 않더라도, 혹시나 금이 가게 하는 것은 아닐까.

아니다, 당시의 나는 생각이 거기까지 미치지 못했다. 아빠처럼 되고 싶은 자신과 본래의 겁 많은 자신이 싸우고 있었을 뿐, 정작 나 자신은 주춤거리고 있었다.

그러던 중 시모야마를 무시하는 흐름이 다른 반에도 퍼져 나갔다. 시모야마를 잘 알지도 못하면서 헐뜯는 아이도 생겼다. 여자아이보다 피부가 하얘서 징그럽다느니, 만지면 미끄덩거릴 것 같다느니, 해초 같은 냄새가 난다느니, 가네코라느니.

그 흐름에 가담하지 않는 것, 나의 정의감은 그 정도 수준이었다. 그런 자신을 용납할 수 없어, 학원에서는 자연스럽게 대하자, 아니, 친절하게 대하자, 하고 다짐했다. 그러나 일주일에 한 번 보는 시험 성적순으로 앉다 보니, 나와 시모야마 사이에는 열 명 이상이나 거리가 있었다. 따라서 할 얘기도 없는 데다 말을 걸 기회도 없고, 시선조차 마주치지 못한 채 교실에서 나오는 날이 더 많았다.

한번은 문제가 순조롭게 잘 풀려 시모야마와 거의 동시에 교실을 나선 적이 있었다. 눈이 딱 마주쳐, 잘 가, 하고 말을 걸었다. 순간, 시모야마는 눈길을 피하며 뛰어갔지만, 나는 시모야마가 왜 그런 태도를 보였는지 생각지 않은 채, 그에게 말을 걸 수 있었던 자신에게 만족하고 있었다.

나는 그 정도로 충분했던 것이다. 그러나 시모야마와의 거리는 서서히 가까워졌다. 마음의 거리 같은 눈에 보이지 않는 거리가 아니다. 학원에서의 자리다.

그야 내 성적도 조금씩은 올랐지만, 자리가 가까워진 것은 시모야마의 성적이 떨어졌기 때문이라서가 맞다. 뒤에서 다섯 손가락으로 셀 수 있을 정도의 아이들만 남겨 놓고 앞뒤로 앉게 된 것은 2학년이 거의 끝나 가는 시기였다.

그날은 다음 달부터 두 달 동안 공부하게 될 반, 즉 3학년 첫 반이 배정되는 중요한 시험이 있었다. 수업 없이 시험만 보기 때문에, 교실에 들어온 아이들은 책상 위에 샤프펜슬과 지우개만 꺼내 놓았다.

나보다 조금 늦게 들어온 시모야마도 자리에 앉아 배낭에서 필통을 꺼내 열었다. 그런데 뭔가를 부스럭부스럭 뒤지더니, 급기야 책상에 필통을 뒤집어엎었다. 뒤에서 슬쩍 들여다보고, 지우개가 없다는 것을 알았다.

학원이 있는 건물에 편의점이 있지만, 남은 시간은 3분밖에 없었다.

나는 내 지우개를 절반 잘라서 시모야마의 등을 톡톡 치면서 내밀었다. 무시하려나 했는데, 받아서 오히려 당황했다. 게다가 목소리는 작았지만, 고마워, 하는 말도 들렸다. 인상보다 목소리가 낮아 순간적으로 놀라는 바람에 괜찮다는 말이 나오지 않았다. 선생님이 들어오고 시험이 시작되었다.

시험이 끝난 다음 시모야마는 새끼손가락 한 마디만 한 지우개를 내게 돌려주었다. 고마워, 하면서. 두 번째 고맙다는 말에 나도 웃는 얼굴로 답할 수 있었다.

"괜찮아. 그거, 그냥 버려도 돼. 신학기부터 새거 쓰고 싶었는데, 작아지는 거 도와줘서 내가 고마웠어."

상대가 신경 쓰지 않도록 제법 재치 있게 말했다고 생각했는데, 시모야마는 아무 대꾸 없이 지우개를 쥔 손을 바지 주머니에 쑤셔 넣더니, 책상과 의자에 걸어 둔 배낭과 점퍼를 집어 들고는 도망치듯 교실에서 나갔다.

뭐야, 왜 저래? 하고 어이없어하면서 문득 내려다본 시모야마의 책상에는 지우개 부스러기가 하나도 없었다. 바닥에 떨어진 것도.

미안해서 쓰지 않았나 하면서 반 배정이 발표되는 날까지 시모야마의 성적을 궁금해 했지만, 시모야마나 나나 무사히 S반에서 신학기를 맞게 되었다. 다만 이번에는 내 자리가 앞이었다. 지우개 때문이라고 생각했다.

시모야마와 학원에서만 같은 반이 된 게 아니었다. 학교에서도 같은 반이 되었다. 새 교실에 발을 들이민 순간, 공기가 고여 있다고 느낀 것은 앞으로 일어날 일을 예감했기 때문이었을까. 아니면 수면 밑에서 이미 시작되고 있었기 때문일까.

나는 투표를 통해 그런 반의 학급 회장으로 뽑혔고, 시모야마는 남학생 체육 위원으로 뽑혔다.

운동을 싫어하는 아이를 체육 위원으로 뽑는 것은 괴롭힘이나 다름없지 않을까 하고 생각했지만, 그렇다면 내가 회장으로 뽑힌 것은 그렇지 않다는 말인가. 내 경우는 리더십을 평가했기 때문이라고 해석한다면, 타인에 대해서도 뭔가를 평가했기 때문이라고 생각하지 않으면 그 상대를 깔보는 격이 아닌가. 그런 생각이 들자, 모두 앞에서 아무 말도 할 수 없었다.

시모야마에 대한 따돌림은 무시에서 끝나지 않았다. 체육
위원으로 뽑은 시점에 이미 계획이 서 있었던 것일까.

5월의 황금연휴가 지난 어느 날, 3교시 체육 수업이 끝나고
4교시가 되었다. 국어와 현대문 시간이었다. 선생님이 출석
번호로 한 아이에게 모리 오가이의 '다카세부네'를 낭독하라
고 시켰다. 창가 제일 뒷자리에서, 낭독이 아니라 글자와 한
자를 더듬는 식으로 겨우 읽어 가는 소리를 멍하니 듣고 있는
데, 복도 쪽 뒤에서 콰당 하는 큰 소리가 들렸다. 소리는 쿠다
당으로 이어지고, 주변 여자아이들이 비명을 질렀다.

활짝 열린 청소 도구함 앞에 손발이 테이프로 둘둘 감기고
입에도 같은 테이프가 붙은 시모야마가 쓰러져 있었다. 절반
쯤 감긴 눈은 흰자위만 보이고, 의식이 있는지 없는지 멀어서
확인이 되지 않았다.

그리고 놀라 와글거리는 목소리 중에, 윽, 냄새, 더럽게, 라
는 남학생들 목소리가 섞였다. 시모야마가 오줌을 지린 것이
었다. 하얀 체육복 반바지를 보면 누구나 알 수 있을 정도였
다. 거의 동시에 냄새가 풍겨 왔다. 교실 안 학생들이 시모야
마에게서 떨어지거나 시모야마의 모습을 보려고 뭐라고 소
리치면서 벌떡 일어났다. 재난 영화의 한 장면 같은 상태에서,

앉은 채 히죽히죽 웃고 있는 몇몇 남학생이 내 눈에 띄었다.

그때, 왈칵 치밀어 오른 것은 뭐였을까. 히죽거리는 아이 가운데 내 자리에서 제일 가까운 아이를 향했다. 그리고 무의식중에 그 아이 책상을 걷어찼다.

"여기가, 쓰레기들 소굴이냐!"

그렇게 소리를 지르기도 했다. 이 일에 대해 아는 녀석 누구냐는 식으로 빙그르르 주위를 노려보다, 어색하게 눈길을 피하는 녀석들을 한 번 더 노려보았다.

그리고 시모야마에게 다가가, 괜찮니? 하고 물었다. 시모야마의 목이 내 쪽으로 약간 움직이는 것을 보고, 죽지는 않은 것 같아 안도했다. 바로 근처에 있는 남학생 둘에게, 보건실에 데려갈 거니까, 도와 달라고 말했다.

"뭐야!"

주춤 뒤로 물러서는 남학생들에게 부탁할게, 하며 다시 한번 말하자 그들은 어쩔 수 없다는 듯이 얼굴을 마주 보고는, 시모야마의 양팔과 양다리를 잡았다. 나는 내 자리로 돌아가 동아리용 가방에서 커다란 수건을 꺼내 남학생 둘이 들쳐든 시모야마의 허리를 덮었다. 왁자지껄 시끄러워진 이유는 생각지 않기로 했다. 좋아하는 수건이었지만, 세탁해서 다시 쓰면 된다고는 생각지 않았다.

지우개와 마찬가지. 시모야마에게 줄 생각이었다.

학급회 비슷한 게 열린 것은 그날 바로였나, 그다음 날이었나. 담임은 그들에게 시치미를 뗄 틈을 주지 않았다. 주범격인 학생을 특정하고, 무슨 짓을 했는지 모두 앞에서 실토하게 했다.

학교에 남학생용 탈의실이 없어, 남학생은 교실에서 체육복을 갈아입는다. 지갑 등 귀중품을 교실에 두고 나가야 하는 탓에 모두 운동장으로 나간 다음 체육 위원이 교실 문을 잠근다.

필연적으로 시모야마가 마지막까지 교실에 남게 된다. 주범과 하수 셋은 그때를 노리고 청소 도구함에 시모야마를 가뒀다. 5월이지만, 수영장에서 수영을 해도 될 만큼 더운 날이었다. 그런 날씨에 쪼그려 앉을 수도 없는 좁은 공간에 한 시간 넘게 갇혀 있었던 것이다.

장난이었다. 청소 도구함은 안에서 간단히 열 수 있는 줄 알았다. 담임은 그런 변명이 통할 사람이 아니었다. 가해자의 학부모도 전원 학교로 불러, 시모야마와 시모야마의 부모에게 사죄하게 했다고 들었다. 이 사건 때문에 전교생이 모인 긴급 집회까지 열렸고, 교장 선생님으로부터 따돌림과 괴롭힘은 인권 침해이며 범죄라는 훈시를 세 시간 가까이 들어야 했다.

교장 선생님 목소리를 귓등으로 흘려들으면서, 나는 ……
후회하고 있었다.

그때 교실에는 그 멍청한 국어 선생이 있었다. 칠판 앞에
우뚝 서서 멀거니 보고만 있던 허수아비. 그러나 내가 나설
일도 아니었다. 자리에서 일어났으면 그대로 교실에서 나가
담임을 불러와야 했다. 담임이 공정하게 대처해 줄 사람이란
건 알고 있었고, 학급 회장이니 그 정도는 튀는 행동이 아니
었다.

사건 직후에는 어수선해서 알아차리지 못했는데, 며칠이
지나서부터 교실에 들어서면 야릇한 위화감이 느껴졌다. 반
아이들이 나와 눈을 마주치지 않았다. 친하게 지내는 두세 명
은 평소대로 대해 주었고, 멋있었다는 말도 해 주었다. 그런
데 그런 친구들이라도 없으면 학교에 오는 게 무섭게 느껴질
만큼 나머지는 모두 나를 피했다.

내가 말을 걸면 대답은 하지만, 나를 쳐다보지는 않았다.
마치 나와 눈이 마주치면 돌이라도 되는 것처럼 겁먹은 표정
으로 눈길을 돌리고, 볼일이 끝나면 쏜살같이 가 버렸다.

그런데도 이제 되었다고 생각할 수 있었던 것은 담임이 직
접 나의 용기를 인정해 주었을 뿐만 아니라, 할머니에게도 전
화를 걸어 상황을 보고해 주었기 때문이었다.

"과연 아빠 딸이네."

할머니가 내게도 정의감이 있다는 것을 인정하고 기쁨의 눈물을 흘렸으니까.

그러나 정작 시모야마는 아무 말이 없었다. 탈수 증상을 보여 병원으로 실려 간 시모야마는 하룻밤 입원하고는, 놀랍게도 사흘째 되는 날 아무렇지 않게 학교에 나타났다. 교실 안이 시끌시끌해졌지만, 그에게 직접 말을 거는 아이는 없었다. 놀리는 아이도 없었다. 다들 그를 어떻게 대하면 좋을지 몰랐고, 또 성가신 일에 관계하고 싶지 않다는 생각도 있었을 것이다.

모두가 그를 시야에서 배제한 것처럼 보였다. 나는 시모야마와 스쳐 지날 때, 괜찮니? 하고 물었다. 그러나 그는 나를 쳐다보기는커녕 내게서 도망치듯 자기 자리로 향했다. 이제 어쩔 수 없지, 하고 생각했다. 그가 무시당하고 싶어 하는데 뭐, 하고.

학원에서도 피차 눈을 마주치려 하지 않았다. 학교에서 반 아이들이 거리를 둔다고 느끼는 만큼, 나도 그냥 내버려 두자는 (그러지 않고는 내 자존심을 지킬 수 없었다고 생각한다.) 마음이 커졌다. 나는 성적이 올라 시모야마의 자리에서 점점 멀어졌다.

이미 시모야마의 자리가 어디인지 관심조차 없었다. 그런데도 여름 방학 전 반이 바뀔 때, 교실에서 시모야마의 모습을 찾았다. 그는 없었다. A반으로 내려간 것이었다.

그리고 그날이 찾아왔다.

1학기 종업식 전날, 학원은 평소대로 밤 9시에 끝났다. 나는 학원을 자전거를 타고 다녔다. 자전거 거치장에 가자, 내 자전거 바구니에 편지가 들어 있었다. 식빵 광고에서 자주 보는 곰돌이 캐릭터 그림이 있는 봉투에, '하세베 가오리에게'라고 또박또박 쓰여 있었다. 봉투를 봉하지는 않았다.

러브 레터인가 싶어 가슴이 두근거렸다. 주변을 살피면서 편지지를 꺼냈다. 러브 레터가 아니었다. 같은 곰돌이 그림 편지지에 짧은 글이 쓰여 있었다.

'의논하고 싶은 일이 있습니다. 10시까지 미도리 공원에서 기다리고 있을게요.

시모야마 가네토'

미도리 공원은 역 건너편에 있는 조그만 어린이 공원이다. 동아리를 그만둔 다음부터는 학원이 시작되기 전까지 남은 시간을 나는 그곳에서 영어 단어를 외우거나 시험공부를 하며 보냈다. 그걸 시모야마가 알았는지도 모르겠다. 귀찮기도 했다. 하지만 자신이 조금씩 아빠에게 다가가고 있다는 자신감이 등을 떠밀어, 나는 공원으로 향했다.

자전거를 밀면서 공원으로 들어서자, 내가 늘 앉는 미끄럼틀 옆 벤치에 걸터앉아 있는 시모야마가 보였다. 나를 보고서 놀란 표정을 짓는 그와 나란히 앉아 있는 둘의 모습이 상상되지 않았고, 그럴 필요도 없었다. 벤치에서 조금 떨어진 모래 놀이터 옆에 자전거를 세우고 있는데, 시모야마가 이쪽으로 다가왔다.

"의논할 게 있다면서, 뭐야?"

다그치는 말투가 되지 않도록 조심했다.

"아……, 그……. 여름 방학에 영화 보러 가지 않을……래?"

밤바람에 흩어져 버릴 것만 같은 목소리였다. 학교 일도 학원 일도 아니었다. 대체 무슨 말을 한 거지 싶어 그의 얼굴을 보았다. 고개를 숙여 버려 표정을 읽을 수 없었다. 대신 바람을 타고 그의 냄새가 풍겼다.

텁텁한 바다 냄새였다. 누군가가 '해초 냄새'라고 했던 일이 떠올랐다. 그리고 다른 광경도. 오줌을 지렸을 때도 나는 그에게 다가갈 수 있었는데, 그 냄새는 참을 수가 없었다. 하물며 두 시간이나 옆에 앉아 있다니, 생각하고 싶지도 않았다.

"미안. 안 돼. 공부해야 하잖아. 우리, 입시생이야."

분명하게 거절한 것이 잘못이었을까. 시모야마가 갑자기 한 걸음 앞으로 나오는가 싶더니, 내 양어깨를 꽉 움켜잡았다. 놀라서 몸을 비틀었지만, 그는 움켜잡은 손을 놓지 않았다. 아니, 어깨가 짓뭉개지지 않을까 싶을 정도로 힘을 더 꽉 주었다. 손가락 끝 하나하나가 내 어깨로 파고드는 것 같았다. 가네코라고 불리는 시모야마와 전혀 다른 사람이다.

"아프……."

그 목소리를 무시하듯 시모야마는 내 어깨를 움켜잡은 손에서 힘을 풀지 않은 채 나와의 거리를 좁혔다.

"한 번만……."

눈 바로 아래에 시모야마의 얼굴이 있었다. 서로의 코끝이 닿고, 입술에 끈끈한 점막을 비벼 대는 감촉을 느끼고, 머릿속이 아득해졌다.

"안 돼!"

안간힘을 쓰며 몸을 비틀었다. 그의 손이 떨어져 나간 한쪽 어깨로 시모야마의 가슴을 밀쳤다. 시모야마는 약간 휘청거리더니 모래 놀이터에 엉덩방아를 찧었다. 게다가 나까지 몸의 균형을 잡지 못해 시모야마 위에 엎어지고 말았다. 순간적으로 넋이 나간 틈에 시모야마가 다시 내 어깨를 잡았다. 그대로 획 돌아, 나와 시모야마의 위치가 뒤바뀌었다. 어깨를 잡고 있던 시모야마의 오른손이 꿈지럭꿈지럭 기듯이 내려가 내 가슴 위에서 멈췄다.

소리를 지르기 전에 나는 왼손으로 모래를 움켜쥐고 시모야마의 얼굴에 던졌다. 시모야마의 몸이 떨어진 찰나, 벌떡 일어섰다. 아무 말 않고 그대로 도망쳤으면 좋았으련만, 말이 저절로 터져 나왔다.

"냄새나! 징그럽다고!"

시모야마가 어떤 표정이었는지는 모른다. 침을 내뱉듯 역겨운 말을 던진 나는 상대의 반응 따위 거들떠보지도 않고 자전거를 타자마자 전속력으로 공원을 떠났다.

뭐야, 뭐냐고, 기분 나빠, 더러워, 징그러워…….

집으로 돌아와 욕실에서 비누를 입술에 문질러 몇 번이나 씻어 냈다.

양어깨는 심장이 둘로 나뉘어 이동한 게 아닐까 싶을 정도로 심하게 들썩거렸다. 심장이 있던 자리에 무수한 지렁이가 우글거리는 듯한 감각에 징그럽고 끔찍해 온몸에 소름이 쫙 쫙 끼쳤다.

넘쳐흐르는 눈물을 참을 필요는 없었을 텐데, 입술을 힘껏 깨물었다. 뜨거운 샤워 물에 피가 섞였다.

죽고 싶다……. 그 자리에 면도칼이 있었다면, 어떻게 했을지도 모른다. 가령, 내 방 책상 서랍 속에 있는 나이프가 있었다면.

방의 천장이 조금 낮고, 대들보에 로프가 걸려 있었다면.

시모야마 역시 비슷한 생각에 사로잡혔다는 것을, 나는 그 다음 날 알게 되었다.

5
장

정신과 상담 받아 본 적 있어요?

그런 질문을 받는 인간은, 타인에게 어떻게 보이는 것일까.

상담이 필요한 인간이라고 여겨진다. 지금은 정상으로 보이지만, 과거에 불안정한 시기가 있었다는 게 엿보인다. 상담이 필요했던 과거가 있다는 것을 알고 있다.

어느 경우든, 살인범 얘기를 하다가 뒤이어 할 질문은 아니다.

그 살인범, 다테이시 리키토의 정신 감정에 누락된 점이 있을 수도 있다는 정보를 얻고, 담당 의사를 만나기 위해 먼 길을 찾아갔다. 그런데 또 긴 시간을 들여 집에 돌아와 보니, 머릿속에 아무것도 남아 있지 않았다. 그저 그 지역 특산품인 버터 떡이 맛있었다는 하찮은 정보의 느낌만 혀끝에 희미하게 남아 있을 뿐이었다.

창작하는 사람으로서의 투지가 불타올랐을 텐데, 딱 그 한마디에 앞으로 내가 뭘 해야 하는지 미궁에 빠졌다.

전혀 잡히지 않는다. 윤곽이 보이지 않는다. 사건의 개요가 아니라, 감독이 뭘 찍고 싶어 하는지. 감독을 신뢰할 수 있는지. 감독이 알고 싶어 하는 걸 과연 나도 보고 싶어 하는지.

감독의 유년기에 방화벽 너머에 있던 아이는 역시 리키토가 아닐까 생각한다. 서로 손을 맞대면서 괴롭고 힘겨운 상황을 버텨 온 아이들이 세월을 건너뛰어 재회하는 장면에는 나름 보고 싶은 것이 있다.

'사사즈카초 일가족 살해 사건' 이야기는 거기서부터 시작해야 할 것 같은데, 이틀 전에 감독에게서 변호사를 통해 편지를 전달하는 것조차 쉽지 않을 듯하다는 메일이 왔다.

그래서 오늘 식사를 겸한 미팅 자리를 마련했다. 그러나 어째 이번 일은 일단 보류하자는 얘기가 나올 것만 같은 예감이 든다. 혹은 다루는 사건을 변경한다든지. 그렇게 되면 내 역할은 사라지는 것일까.

가게는 내가 예약했다. 오하타 린코 사무실에서 늘 하던 업무인지라 어려울 것은 없었다. 룸이 있는 이탈리안 레스토랑을 예약하고 나니, 이쓰카 씨와 만났을 때가 떠올랐다.

다테이시 사라가 허언증이 있었으며, 아무렇지 않은 표정으로 타인에게 위해를 가하는 인물이었다는 것을 본인이 죽고 없는 지금 세상에 알릴 필요가 있을까. 또 허언증과 타자에 대한 공격성이라고 해야 할지, 그런 요소는 분리해서 생각하는 것일까.

자신이 지어낸 세계 속에서 살고 있으니, 그 세계에서의 진실이 입에서 술술 나온다. 타자는 모두 조역에 불과하고, 방해가 된다고 판단되면 바로 배제한다. 그런 행위에 아픔은 따르지 않는다⋯⋯.

문이 열렸다.

"늦어서 미안해요."

하세베 감독이 들어왔다. 영화 팸플릿에서 봤던 검은 바지 정장 차림이다. 그러고 보니 약간 두툼한 윗도리가 필요한 계절이 되었다.

"아직, 약속 시간 전이에요."

그렇게 말하면서 일어서자, 감독은 화들짝 놀란 듯 커다란 눈을 더 크게 떴다.

"미안하네요. 이렇게 멋진 가게를 예약해 놓았는데, 이런 차림으로 와서."

내가 폼을 잡고 왔을 뿐이다. 유능한 여자로 보이고 싶어서. 다부지고, 정신과 상담 따위는 필요 없는 인간이라 여겨지고 싶어서.

"저를 만나는 데, 차림새는 신경 안 쓰셔도 됩니다. 지난번에는 수고 많으셨어요."

여전히 민망한 표정을 짓고 있는 감독에게 의자를 권하고, 음료 메뉴와 와인 리스트를 건넸다. 감독의 표정에 당혹스러움이 더해졌다.

"미안해요. 난 술을 마시기는 하지만, 잘 몰라서, 맡겨도 될까요?"

맡기는 건 아무 문제 없다. 와인과 음식에 관한 지식은 모두 누군가에게 주워들은 것이다. 시골 사람이라도 10년쯤 도쿄에서 살다 보면, 애써 주입하지 않아도 저절로 익히게 된다. 설령 그럴 수 있는 환경에 있을 뿐이어도.

감독 역시, 크게 보면 조건은 비슷할 것이다. 아니 오히려, 요코하마 출신에 나보다 화려한 자리에 참석할 가능성이 훨씬 많을 감독이 왜 신경 쓰지 않아도 될 상대와의 외식 자리에서 이렇게 쭈뼛거리는 것일까.

아무튼 종업원이 수시로 들락거리지 않게 와인과 요리를 한꺼번에 주문했다. 무화과가 든 샐러드를 보고서 감독이 오랜만에 보네, 하고 중얼거리는 소리가 들렸지만 딱히 반기는 기색은 아니어서 그냥 흘려버리기로 했다.

사사즈카초의 특산품인 것도 아니다.

"편지 말인데, 좀 더 기다려 줄 수 있을까요? 변호사는 부탁하는 일은 다 들어주는 줄 알았어요. 그래서 이번에는 후원자에게 연락을 부탁했어요."

편지 하나도 이렇게 어려운데, 과연 면회가 가능할까.

"감독님은, 그렇게까지 해서 뭘 알고 싶은데요? 정신 상담 얘기를 듣고, 저는 방화벽 너머에 있던 사람이 역시 리키토가 아닐까 하고 생각했습니다. 정신 감정에 시간이 부족했다고는 하지만, 본인이 죄를 인정했다는 것도, 재판 기록에 쓰인 사건의 개요도 전부 사실이잖아요? 가령 리키토가 뭔가를 숨기고 있다 해도, 제삼자가 그걸 반드시 알아야 하는 걸까요? 그리고 알면, 그다음에 뭐가 있는데요?"

자기 입으로 이번 일을 이제 그만두자는 식으로 말해서 어쩌자는 거야, 하고 귓가에서 속삭이는 다른 내가 있었지만, 내 말을 막지는 못했다.

"잘은 모르지만, 알지 않고는 앞으로 나아갈 수 없으니까요. 깜깜한 강물 위에 서 있는 감각이에요."

"물 위에 서 있다는 건가요?"

"줄곧 그렇게 생각해 왔는데, 물속에 빠지고 나서야 그렇지 않다는 것을 알았어요. 수면 위로 약간 드러난 돌 위에 서 있었다는 것을요. 나는 지금 어디 있지? 왜 여기 있지? 이다음에는 어디로 가면 되지? 어떻게 하면 누구에게도 상처 주지 않고 이 강을 건널 수 있지? 그러려면 아는 길밖에 없었어요. 알면, 눈앞에 있는 돌 하나가 보이죠. 마히로 씨는 알고 싶다는 생각, 없었어요?"

나였다면, 하고 감독이 한 말을 내 경우로 환치해서 상상해 보았다. 불쑥 누가 툭 등을 떠민 듯한 기분이 들었다. 물속에 빠지지 않도록 양팔을 빙빙 돌리며 균형을 잡고 머릿속에 있는 다른 나를 똑바로 세운 다음, 감독을 향했다.

"무엇에 대해서, 말이죠?"

"미안해요. 치호의 활약상이 궁금해서 검색해 봤더니, 중학 시절 콩쿠르 결과에서 끝이더군요. 그래서 사사키 씨는 혹시 아나 하고."

"왜 제게 직접 묻지 않았어요? 아니면, 마사다카 오빠에게 물을 수도 있잖아요."

"사실, 우리가 만났던 날 바로 마사다카에게 메일을 보냈어요. 반가웠다는 말과 함께, 치호는 어떻게 지내느냐고 물었는데. '그 녀석은 건강하게 전 세계를 돌아다니고 있어. 그 이상은 내게도 마히로에게도 묻지 않기를.'이라는 답장이 와서."

"그 말이 더는 캐지 말라는 뜻이라고 해석하지 못했어요?"

"바쁘게 지내서 그런가 보다 하고……."

"정말 백 퍼센트 그렇게 생각하고 하는 말이에요? 말하고 싶지 않은 무슨 사정이 있지 않을까 하는 궁금함, 전혀 없었다고 단언할 수 있어요?"

"미안해요. 전혀 없었다고는……."

"게다가, 알았으면 조의라도 표하든지, 아니면 다른 많은 사람들이 그러는 것처럼, 몰랐던 일로 치고 아예 언급하지 않아도 되잖아요. 그런데 정신과 상담 받아 본 적 있어요? 라니. 있다니까요, 그런 사람. 걱정해 주는 척하면서 타인의 사적 영역에 성큼성큼 들어와서 마구 짓밟아 놓는 사람. 그래 놓고는 자기 혼자서만 연민을 느끼는 척, 우쭐해 하는 사람. 안다는 걸 슬쩍 암시해서, 내 입으로 그 얘기를 털어놓게 하고 싶었나요?"

"아니에요……."

"그럼, 내 머리가 일부는 망가졌다고, 그래서 진심으로 연민을 느꼈다는 말인가요?"

"그런 건……."

"언니의 죽음을 받아들이지 못해서 여전히 살아 있다고 믿고 있는 가엾은 동생이라고."

"아니, 잠깐만요……."

"언니가 죽었다는 건 죽은 그날부터 명확하게 자각하고 있습니다. 죽은 얼굴도, 장례식 광경도, 머릿속에 똑똑히 남아 있다고요. 물론, 슬펐습니다. 엉엉 울기도 했고요. 가족 모두가 슬퍼했어요. 왜, 어쩌다 이런 일이 생겼는지. 알면, 한 걸음 앞으로 나아갈 수 있다고 했죠?"

"네, 그래요⋯⋯."

"언니는 고등학교 1학년 여름이 되기 전, 자전거를 타고 피아노 학원에 갔다가 돌아오는 길에 차에 치였어요. 범인은⋯⋯ 뺑소니치지 않고, 그 자리에서 구급차를 불렀고, 그리고 경찰에 자수했습니다. 오가는 사람이 많지 않은 네거리에서, 언니의 자전거가 신호를 무시하고 갑자기 튀어나왔다고, 일방적으로 피해자를 탓하는 증언을 했어도 그대로 믿었을 만한 사람이었어요. 서른 살, 회사원, 근무 태도는 성실, 결혼한 지 1년, 다음 달에 아이가 태어날 예정, 사내에서 감형이나 집행유예를 청원하는 서명 운동이 벌어졌다나 뭐라나. 사람을 죽였는데. 우리 쪽 지인 중에도 '치호도 가엾지만, 상대 사정도 안타깝다.' 하고 말하는 사람까지 있었어요. 게다가, 언니 친구들 중에는 경찰에게 언니가 피아노 때문에 고민이 많았다는 증언까지 한 경우도 있었고요. 정신이 없는 상태에서 페달을 마구 밟았던 게 아니었나, 자살하려고 일부러 뛰어든게 아닐까 하는 말도 안 되는 억측이 학교 안에 퍼졌다고도 하고요. 엄마는 또 어땠는데요. 언니가 1년 전부터 피아노를 그만두고 싶다고 했는데, 조금 더 계속해 보라고 설득했던 걸 얼마나 후회했는지. 그때도 재판은……, 물론 있기는 했겠죠. 아빠 혼자 갔다가, 밤늦게 돌아와서 엄마에게 전하는 말, 내가 몰래 듣고 있었으니까, 지금 이렇게 주절주절 떠들고 있으니까. 결국, 범인은……, 교도소에도 가지 않았고, 회사도 잘리지 않았고, 아이도 무사히 태어났고, 더구나 그 갓난아기와 부인을 데리고 우리 집에 사과하러 왔어요. 변호사와 함께. 그런데 화낼 수 있겠어요?"

"아니?"

"소중한 사람의 목숨을 앗아 간 살인자가 눈앞에 있는데, 욕을 하고 뺨을 갈겨도 분이 풀리지 않을 텐데, 그럴 수조차 없었다고요. 아니, 보통은 그러겠죠. 화를 참아 가면서 비난 정도는 할 수 있겠죠. 그랬다고 누가 뭐랄 사람도 없고, 상대도 그 정도 각오는 하고 찾아왔을 테니까. 오히려 그러기를 바랐는지도 모르죠……."

그렇다. 갓난아기를 데리고 나타난 범인, 줄곧 영악한 가해자라고 생각했다. 그런데 정말 화를 면하기 위해, 동정을 사기 위해 그렇게 찾아왔을까. 지금 와서 그런 의문이 생겼다. 언니의 자전거가 갑자기 튀어나왔다고는 하나 사람을 죽여 놓고 아무런 책임을 느끼지 않는, 그런 사람은 아니었다.

진심으로 사과하고 싶다, 그리고 용서를 구할 수 있다면 새 인생을 살고 싶다. 그런 생각에 아내와 갓난아기까지 데리고 찾아오지 않았을까. 아내와 갓난아기에게 위해를 가할 수도 있다는 위험 부담을 안고서, 그런데도 이 셋이 살아가는 것을 용서해 달라는 뜻을 전하기 위해.

"마히로 씨?"

감독이 내 얼굴을 들여다보았다. 깊고 검은 눈동자에 지금 내 모습이 비친다. 아, 그건 과거의 일, 나는 지금 그 과거 얘기를 감독에게 하고 있었다. 번지수가 다른 사람에게.

"죄송합니다. 사실은, 안다는 게 반드시 구원이 되는 건 아니라는 말을 하고 싶었어요. 가해자가 좋은 사람이든 나쁜 사람이든, 언니가 죽었다는 사실은 달라지지 않죠. 오히려 좋은 사람이라는 걸 알았기 때문에, 법률적으로도 아무런 벌을 받지 않았기 때문에, 우리 쪽에는 아무런 보상이 없었어요. 가해자의 사람 됨됨이 따위는 몰라도 좋다. 다만, 여고생을 치어 죽인 사람으로, 그에 상응하는 벌을 받기를 바란다. 내내 그렇게 생각했는데, 과연 그럴까? 어쩌면 알았기 때문에 그다음이 있지 않았을까, 하고 지금 내 기억에 있는 경치의 색감이 조금 달라지려 하고 있습니다. 엉뚱한 화풀이 같은 말을 해 놓고서, 죄송하지만, 조금 더 들어 주실 수 있을까요?"

"물론이에요. 나한테 죄송하다는 그런 생각 말고, 마히로 씨가 생각하는 걸 그대로 말해 주세요."

감독과 눈을 마주하자, 그 눈 뒤에 스크린이 있는 듯한, 그 스크린에 과거 어느 날의 경치가 비치고 있는 듯한 감각에 사로잡혔다. 그 감각을 거역하지 못하고 나는 자신의 의식을 거기에 맡겼다.

부모님은 변호사는 물론 그들을 집 안에 들이지 않았다. 현관 앞에서 우리 가족과 그들 가족이 대치한 형태로 잠시 침묵이 흘렀다.

나는 집 안에 혼자 있기가 겁나서 내 멋대로 나와 엄마 옆에 섰다. 부모님이, 마히로는 들어가 있어, 하고는 말하지 않았다.

어느 쪽이 피해자인지 모를 정도로, 양쪽 모두 암울한 표정이었다. 갓난아기 외에는. 순간적으로 갓난아기와 눈이 마주친 나는 얼른 고개를 숙였다. 빤히 쳐다보면 아이가 울음을 터뜨리겠다는 생각에.

그러면 내가 울 수 없어진다. 부모님도.

나는 내 신코만 내려다보고 있었다. 형광 오렌지색 운동화. 그 운동화를 신으면 빨리 달릴 수 있다고 학교에서 유행했을 때 달리기를 잘하지도 못하면서 사 달라고 졸랐던 운동화. 언니 장례식을 도우러 왔던 요시에 이모가, 이 색은 좀 그렇지, 하며 눈살을 찌푸린 바람에 엄마가 신발장에서 꺼내 온 것은 언니의 검정 구두였다. 피아노 발표회용 반짝거리는 에나멜 구두도 장례식에 걸맞지 않을 것 같았는데, 이모는 그것까지는 꼬투리를 잡지 않았다.

그 구두는 어디 있을까. 장례식이 끝나고 현관에 벗어 놓았는데, 엄마가 다시 집어넣었을까. 그런 생각을 하고 있었다. 옛날 구두와 드레스도 그렇고, 바로 얼마 전에 신었던 운동화는, 옷은, 피아노는? 언니 물건은 어떻게 되는 것일까, 하고.

그 침묵을 깬 사람은 엄마였다.

"이렇게 찾아와 주셔서 감사합니다."

쉰 목소리였지만, 분명히 그렇게 들렸다. 언니가 죽은 후, 엄마는 목소리를 잃어버릴 정도로 슬픔에 잠겨 입을 굳게 다물고 있었다.

그래서 잘못 들었나 싶어 내 귀를 의심했다. 그러나 나만 그렇게 당황한 것은 아니었다. 놀라서 고개를 들자, 당혹스러워하는 어른의 표정이 순서대로 눈에 들어왔다.

그리고 마지막에 조마조마하게 확인한 엄마 얼굴에는 엷은 미소가 어려 있었다. 그 표정으로 엄마가 말을 이었다.

"덕분에 다친 곳도 다 나아서, 무사히 파리로 유학을 떠났습니다."

파리? 유학? 무슨 소리야, 하는 말이 목구멍까지 올라왔지만, 입 밖으로 꺼낼 수는 없었다. 아빠에게서 그래서는 안 될 듯한 분위기를 느꼈다. 아빠는 마치 연설이라도 하려는 것처럼 헛기침을 두 번 하고는, 가해자 쪽을 향했다.

"딸은 어렸을 때부터 피아노를 공부하고 있어서, 파리 유학이 꿈이었습니다. 그러니, 이제 그만 돌아가세요."

어린 마음에도, 엄마 아빠가 그렇게 하기로 했다는 것을 알 수 있었다.

가해자가, 하지만, 이라거나 아니, 그래도, 하고 무슨 말을 하려는 것 같았다. 그러다 말을 삼가고 머리만 깊이 숙였다. 무릎 꿇고 빌 수도 없고, 사죄의 말을 할 수도 없는 상황, 만약 내가 그 사람 입장이었더라도 그렇게밖에 할 수 없었을 것이라고 지금은 생각한다.

갓난아기가 갑자기 앙앙 울기 시작했다. 젊은 부부는 난처한 표정으로 아기를 어르면서 그 자리를 떴다. 그러나 마지막에 보인 옆얼굴에서는 안도하는 기색이 느껴졌다.

그래서 갓난아기를 데려오다니 영악하다는 기분이 오래도록 남아 있었는지 모르겠다.

"파리 유학이라는 말, 그 사람들을 쫓아 보내려고 그 자리에서 그냥 한 말이라고 생각했어요. 그런데 집 안으로 들어와서도, 엄마는 그 얘기를 계속하더군요. 저녁은 뭘 먹나 모르겠네. 치호는 일본 음식을 그렇게 좋아하지는 않았지만, 그래도 지금쯤 그립지 않으려나. 역시, 어묵국? 아니면 고기감자조림? 마히로는 뭘 거 같아? 불쑥 그렇게 물어서, 어떻게 대답해야 할지 모르는 나는 아빠를 쳐다보았어요."

테이블을 내려다보는 내 시선을 따라와 감독이 빈 내 잔에 와인을 따라 주었다.

"아버님은 뭐라고?"

"프랑스에 갔다고 갑자기 일본 음식을 좋아하게 되는 건 아니잖아. 그보다, 당신이 만든, 그 왜 있잖아, 크림 스파게티, 그걸 더 먹고 싶어 하지 않겠어? 그렇게 몇 번이나 먹었는데도, 아빠는 까르보나라를 기억하지 못해서, 언니가 늘 놀렸어요. 대화가 끊겼을 때, 무슨 퀴즈를 내는 것처럼 묻곤 했죠. 그래서는 아니지만, 그때 나는 언니와 똑같이 아빠에게 물었습니다. 베이컨과 달걀과 우유로 만드는 크림 스파게티의 정확한 이름은 무엇일까요?"

대답을 청하듯 감독을 향해 몸을 약간 내밀었다가, 감독의 눈이 젖어 있다는 걸 알았다. 그때의 아빠처럼. 하지만, 눈물은 흘리지 않는다. 대신, 천천히 미소 지으며 입을 열었다.

"까라보 어쩌고 하는 거, 였나요?"

목소리가 나오는 데 잠시 시간이 걸렸다.

"어떻게 알았어요? 아빠가 그렇게 대답하는 줄을. 정확하게는 가르보였지만."

"그렇게 대답하지 않았을까 하는 생각이 들었어요. 사실은 제대로 알고 있는데, 치호와의 대화가 재미있어서……. 미안해요. 내가 멋대로 상상해서."

"아니에요. 아마 그랬을 거예요. 아빠는 공부도 열심히 하는 사람이라, 지금은 장아찌에 열을 올리고 있거든요. 얘기하다 보면 나는 알지도 못하는 가지의 종류가 입에서 술술 나오는데, 까르보나라를 기억하지 못한다는 건, 이상하죠. 하지만, 그때도 아빠는 기억이 안 나는 척했어요. 그리고 엄마는 그런 아빠를 어이없어하면서 당신도 참 까르보나라잖아, 라고 했고요. 그날 저녁에는 셋이서 까르보나라를 먹었습니다. 그 자리에서도 엄마가, 언어 소통은 괜찮은 건지, 하니까 아빠가 치호는 귀가 밝으니까 괜찮을 거야, 하고 대답하고, 다같이 편지를 써 보내자는 제안까지 했어요."

"실제로, 썼어요?"

"저는 머리가 유연하지 못한 아이여서, 언니가 유학을 떠난 걸로 하자는 분위기는 이해했지만, 그래도 받는 사람 없는 편지를 쓰는 건 거부감이 있어서, 엄마 없는 데서 아빠에게 물어봤어요. 왜 이러는 거냐고요. 그랬더니, 사람은 두 번 죽는다고 하더군요. 첫 번째는 육체의 죽음. 두 번째는 존재가 사라져 버리는 죽음. 언니가 있다고 믿으면, 믿는 사람 안에 언니는 계속 살아 있을 수 있고, 마히로도 엄마도 아빠도 네 언니가 존재하는 인생을 살 수 있다고요."

"좋은 아빠로군요."

"그런 거겠죠. 나는 멍청한 주제에 자존심은 세서, 아빠가 엄마를 위해 그래 주는 거다, 그러니 협력하라고 나를 설득하고 있는 거다, 그렇게 해석했어요. 엄마는 정말 언니가 살아 있다고 믿고 있다, 충격이 커서 머리가 이상해진 거다, 하고요. 그렇게 자랑스러워하던 딸이었으니 어쩔 수 없다. 만약 내가 죽었다면 이렇게 되는 일은 없지 않았을까. 그렇다면 엄마를 지원할 수 있는 아이라도 되자. 그렇게 생각하고 언니 얘기만 줄곧 했어요."

"괴롭지 않았어요?"

"뭐가요? 그야 드라마에서 간혹 그런 것처럼, 엄마가 나를 언니라고 착각하며 살았다, 뭐 그랬다면 괴로웠겠지요. 하지만 나는 나였고, 엄마가 좋아했어요. 내가 해 주는 언니 얘기를요.

그러고 있는 언니 모습이 머릿속에 떠오른다고 하면서요."

"그랬군요……. 마히로 씨는 어머니를 위로하고 있었는데, 괴롭지 않았느냐고 물어서 미안해요."

"과연 그랬을까요. 지금 생각해 보면, 역시나 엄마가 오히려 아빠와 저를 위로해 주지 않았나 싶어요. 전부 알고 있으면서, 그렇게 말하고 행동했으니 말이에요. 기일이 돌아오면 물론 성묘도 갔어요. 외할아버지가 그 이듬해에 돌아가셔서, 같이요. 모두들 어물거렸다고 할까, 처신하기 애매한 부분이 당연히 생기잖아요. 하지만 그 자리에서는 절대 언니 이름을 거론하지 않았어요. 아빠가 부탁했는지, 동생을 아꼈던 요시에 이모가 상황을 헤아려서 그랬는지, 아무튼 마사다카 오빠도 이모부도 입을 맞춰 주었어요. 그런 일까지 포함해서, 엄마가 현실을 어떻게 받아들이고 있었는지는, 암으로 돌아가셔서 확인할 방법이 없군요."

"어머니도……."

"엄마가 돌아가셨다는 건 정확하게 인식하고 있습니다. 참 이상하죠. 엄마가 돌아가셔서 언니가 살아 있다는 설정도 해제되나 했는데, 아빠가 그대로 계속하는 터라 저도 그렇게 하기로 했어요. 그래서 언니 앞으로 문자도 보내고요. 업무용 휴대 전화에서 개인 휴대 전화로요. 휴대 전화를 두 개 갖고 있어요. 말이 개인 휴대 전화지, 나만 아는 전화번호예요. 오직 언니에게 보내는 문자를 받는 전화. 그런 점에서는 나 또한 병들어 있는지도 모르죠."

"아니에요. 문자화하느냐 안 하느냐의 차이는 있어도, 마음속으로 누군가에게 말하거나 질문을 던지는 사람 아주 많을 거예요. 나도 그랬으면 좋았을 뻔했네요. 결국은 스스로 대답해야 하지만, 누군가의 얼굴을 떠올릴 수 있다면, 자기 안에 있는 다른 대답을 이끌어 낼 수 있었을지도 모르는데."

감독은 내 얘기를 들으면서 누군가 다른 사람, 또는 사건을 계속 생각하고 있었던 게 아닐까. 그렇다고 내가 이만큼 얘기해 줬으니 감독도 무슨 일이 있었는지 털어놓으라고 말할 수는 없는 일이다.

애당초, 내가 울컥하는 바람에 시작된 얘기다.

그럼에도 감독이 무슨 얘기를 하고 싶다면…….

"뭐, 따뜻한 음료라도 주문할까요. 아, 디저트도 함께. 티라미수도 좋고. 사실은 먹어 본 적이 없어요."

차만 즐기는 시간이어도 괜찮다고 생각했다.

태어난 곳에 있는데, 타지에 사는 사람들이 더 잘 아는 장소, 어디지?

아버지가 만약 그런 퀴즈를 냈다면, 뭐라고 대답했을까. 마사다카 오빠도 대답을 잘 못하지 않을까. 아니지, 바로 대답하려나.

정답은 숙박 시설.

사사즈카초에 있는 호텔을 조사하게 된 것은, 오하타 선생이 가고 싶다고 해서였다. 각처에 유능한 브레인이 있다고는 하나, 실제로 있었던 사건을 쓰려니 조사하고 싶은 부분이 생긴 것일까.

그래도 그렇지, 같은 소재로 각본을 쓰려는 내게 교통과 숙박 시설을 알아보라고 하다니. 물론 사무실 직원으로서 내가 주로 하는 일이기는 하지만.

경쟁자로 보고 있지 않다는 뜻인가. 아니면 현장에 간다는 것을 밝히고, 정정당당하게 승부를 겨뤄 보자고 재차 표명하려는 것인가.

게다가 내게 동네 안내를 부탁하고 싶단다.

또 그 동네를 가야 하나. 생각은 그렇게 하지만, 좋은 기회라는 마음도 있다. 오히려 타이밍이 너무 절묘해서 감독이 오하타 선생에게 뭐라고 연락한 게 아닐까 하는 의심마저 든다.

물론 단단히 마주해야 한다. 다테이시 사라와 리키토 사건이 아니라, 언니의 죽음과.

물론 죽었다는 것은 인식하고 있고, 알면서 언니가 살아 있는 것처럼 행동했다. 그러나 그렇게 한 탓에 언니의 죽음을 제대로 직시하지 못했다는 걸 깨달았다.

알지 않아도 괜찮다. 줄곧 그렇게 생각했던 일에도 의문이 생겼다.

언니를 차로 친 인물에 대해서는 물론 알고 있다. 하지만, 그래서 언니의 죽음을 알고 있다고는 할 수 없다.

정말 피아노를 그만두고 싶어 했는지. 그런 마음이 있었다 치고, 얼마나 무겁게 언니를 짓눌렀는지. 의논할 사람이 아무도 없었는지. 고등학교 1학년과 초등학교 6학년이라고 하면 네 살 차이가 크게 느껴지는데, 나는 투정 한번 부리지 않는 동생이었을까.

엄마도, 나도, 아버지도, 아는 것을 두려워했는지도 모른다. 가해자가 무거운 형별을 받지 않은 것보다, 우리에게 원인이 있었는지도 모른다고 생각하기가 괴로웠다.

그 괴로움을 외면하고 있었다면 이제부터라도 아는 것이 좋을 수도 있다.

그런 생각이 든 것은 감독이 한 말이 내 안에 커다란 납덩어리처럼 남아 있었기 때문이다.

"마히로 씨도 정신과 상담 받아 본 적 있냐고 물었을 때, 그

'도'는 다테이시 리키토가 아니라 나를 말하는 거였어요. 말이 부족해서 마음 상하게 하고 말았네요. 미안해요."

감독은 그렇게 말한 다음, 중학 시절 동창생인 A의 죽음에 대한 얘기를 들려주었다.

'도'가 누구를 가리키는 것인지 확인하지 않은 채 화를 낸 나 자신이 부끄러웠다.

감독이 입버릇처럼 말하는 '미안해요'를 성가시게 느꼈던 자신이 부끄러웠다.

언니가 살아 있는 것처럼 처신했던 내게 감독이 필요 이상 마음을 써 주는 이유도 알 것 같았다.

그리고 알고 싶어 하는 마음이 왜 삶의 버팀목인지도.

상상력에서 중요한 점은, 우선 자신의 상상을 의심하는 것 아닐까.

오하타 선생은 기본적으로 일주일에 이틀은 쉬려고 유념하고 있다.

사사즈카초 출장 날을 월요일부터로 정한 것은 내가 주말 이틀을 그곳에서 지낼 수 있도록 배려해서일까. 아니면 각본 의뢰가 줄기는 했어도, 시나리오 콘테스트 심사 위원 활동과 에세이 집필 등, 현재 하고 있는 일의 진행 상황을 볼 때 여전히 바쁜 와중에 이틀을 고스란히 비울 수 있는 날이 어쩌다 월요일부터였나.

선생은 같은 비행기로 사사즈카초에 가자는 말을 하지 않았다. 공항으로 마중 나오는 것도 거절해, 사사즈카초 역에서 만나기로 했다. 시골이기는 해도 역사 안에 있는 커피숍은 주말 오후에는 그런대로 복작복작하다.

이런 커피숍도 예약을 해야 하는지 잠시 생각하다가, 월요일은 괜찮겠지 하고서 발길을 돌려 동쪽 출구로 향했다.

아버지와 만나기로 한 곳은, 옛날에는 영화관이 있었던 낡은 건물 지하의 '시네마'다. 내려오기 전에 마중 나와 줄 수 있느냐고 물었더니, 이 가게로 오라고 했다. 무슨 볼일이 있는 듯했다.

지하로 계단을 내려가 무거운 나무 문을 열자 딸랑딸랑 청명한 소리가 울리고 기억에 새로운 커피 향이 코끝을 스쳤다. 아버지는 카운터 자리에 앉아 있었다. 겨우 여섯이 앉을 수 있는 카운터 자리를 아버지보다 나이 많은 남자 손님들이 채우고 있었다. 서로 안면이 있는 사이인지, 주인과 함께 흥겨운 분위기를 풍기고 있다.

나를 본 아버지가 의자에서 내려와 내게 다가오더니, 입구에 가까운 이인용 자리를 권했다.

"핫케이크 구워 달라고 할까?"

마침 배가 고파서 실은 반가운 제안이었지만, 아저씨들 앞에서 어린아이 취급 한 게 못마땅했다.

"커피면 됐어. 약속 있는 거면 택시 타고 갔을 텐데."

"아니야. 오늘 의논할 얘기는 다 끝났어. 커피, 시네마 블랜드로 하련?"

아버지는 그렇게 말하고, 주인에게 블랜드 커피 두 잔과 핫케이크 하나를 주문했다. 나도 앉은 채 카운터 자리를 향해 주인과 다른 손님들에게 꾸벅꾸벅 머리를 숙였다. 아버지가 신세를 많이 지고 있네요, 하는 식으로.

"료, 부럽군, 부러워."

아버지 이름을 애칭으로 부르면서 웃는 아저씨도 있고, 딸과 둘이 좋은 시간 보내, 하고 말하는 아저씨도 있었다.

"의논이라니, 어떤 친구들인데?"

"'시네마' 단골손님들이야. 아직 조금 이르지만, 내년이 이 가게 50주년이라서 기념품을 또 만들까 해서."

"와, 대단하네. 또라는 건, 전에도 뭐 만들었던 거야?"

"20주년 때."

"그렇게 옛날에?"

"30주년 40주년 기념 때는 기간 한정 오리지널 블랜드를 출시했는데, 형태로 남는 건 그 이후지, 아마. 그렇게 옛날 일인가 싶은데, 벌써 30년이나 지났군."

"혹시, 내가 태어나던 해?"

"그렇게 되는구나⋯⋯."

아버지가 세월이 참 빠르다는 듯이 중얼거렸다.

"우리 할배들 시간이나 멈춰 있지. 아니면 이 가게 시간이 멈춰 있는 건가?"

엿듣고 있는 것은 아닐 텐데, 카운터 자리에서 한 아저씨가 주인에게 그렇게 말했다.

"혼자서만 변하지 않았다고 생각하는 법이죠."

주인이 웃으면서 대꾸했다. 그리고 카운터 자리의 아저씨들은 이제 백발이 다 되었다느니 머리가 벗어졌다느니 하고 서로의 늙음을 두런두런 얘기했다.

"20주년 기념품은 뭐였는데?"

"머그잔이었어. 희망자를 모집하고 이름을 넣어 만들어서, 가게 선반에 진열해 두었지."

"버틀 킵같이?"

"그렇지, 그렇지."

또 카운터 자리 아저씨들이 말을 이었다. 제일 연장자로 보이는, 실내인데 사냥모를 쓰고 있는 아저씨였다.

"내가 제안했어. 내가 술을 못 마셔서, 한번 그래 보고 싶었거든. 원두 킵도 생각해 봤는데, 원두는 묵히면 안 좋잖아. 그래서 컵은 어떻겠나 한 거지."

아저씨는 그렇게 말하고 커피잔을 들어 보였다. 하얀 바탕에 파란색과 금색 줄이 한 줄씩 들어 있는 디자인인데, 이름은 보이지 않았다. 전에 내가 왔을 때도 같은 컵으로 커피를 마셨다.

"지금은 사용하지 않으세요?"

"5년을 계속 그 컵으로 마시다가, 25주년 되던 해에 각자 가져갔어. 깨지거나 이가 빠지기 전에 집에 가져다 놓고 싶다는 의견도 있어서 말이야."

그 말에 문득 스치는 기억이 있었다.

"혹시, 파란 바탕에 금색 영자로 이름 박혀 있던 컵?"

"그래, 그 컵."

대답해 놓고 아빠는 아뿔싸 하는 표정을 지었다. 어쩔 수 없다. 그 컵은 내가 깨뜨렸다. 아빠는 그 컵을 매일 사용했다. 평소 집안일을 잘 돕지 않는 내가 게임기를 갖고 싶은 마음에 기를 쓰고 설거지를 했는데, 식기장에 얹어 놓으려다 떨어뜨리고 말았다. 등 뒤에서 언니가 갑자기 말을 거는 바람에 깜짝 놀라 손에서 툭 떨어진 것이다.

아마 내가 초등학교 5학년이고, 언니는 중3 때였을 것이다.

아빠가 화는 내지 않았지만, 무척이나 아쉬워한다는 건 표정을 보면 알 수 있었다. 그래서 아빠에게 새 컵을 사 주고 싶다고 언니에게 의논했더니, 피아노 학원 근처에 세련된 잡화점이 있다고 해서 휴일에 둘이 사러 가기로 했다.

전철을 타고 어딜 가려니, 초등학생인 나로서는 먼 나들이를 하는 느낌이었다. 동시에 언니가 일주일에 닷새나 이런 거리를 오간다고 생각하자, 피아노를 그만두고 싶기도 하겠네, 하는 생각이 들었다. 당시의 나는.

언니가 내게 피아노에 이제 지쳤다고 털어놓은 적은 없지만, 어렴풋이 감지하고 있었다는 뜻일까.

생각을 하다 보면, 눈앞에서 경치가 사라진다. 그리고 원래 경치가 다시 나타난 것은, 커피와 핫케이크의 향이 코끝을 스쳐서였다.

"소중한 컵을 깨뜨려서 죄송해요."

"신경 쓸 거 없다. 아빠에게 새 컵을 사 줬잖니."

"비슷한 게 있어서 다행이었어."

파란 바탕에 금색으로 R 자가 박힌 컵을 골랐다. 그런데 아빠가 눈살을 찌푸렸다.

"고양이 아니었나?"

오차라고 할 수 있는 기억의 어긋남이 아니다. 그러고 보니 가게에 고양이 컵이 있었다. 만화 같은 캐릭터가 아니라 갈색 줄무늬 고양이가 수채화로 잔잔하게 그려진, 남자 어른이 사용해도 이상하지 않을 컵이었던 것 같은데.

그렇다, 언니는 다른 컵도 샀다. 아빠 컵을 산 후에 나는 귀엽고 아기자기한 문구류에 정신이 팔려 있었는데, 그사이에 언니는 다른 것을 산 기억이 있다.

"그 컵 아직 있어?"

"그럼, 소중하게 간직하고 있지. 유품…… 아니다."

"유품이라고 해도 돼. 집에 가면 할 얘기가 있어, 아빠."

"그러냐?"

아버지는 그 이상 아무 말도 하지 않았지만, 내가 하려는 말을 이미 헤아리고 있지 않았을까.

"나도 컵 갖고 싶다."

분위기를 바꾸려 큰 소리로 말해 보았다.

"두 번밖에 안 왔으면서?"

"두 번이면 어때서."

또 사냥모를 쓴 아저씨가 대답해 주었다.

"전에는 백 명분을 제작했는데, 이번에는 기껏해야 스무 명 정도일 테니까."

그렇게 말하고서 아저씨가 약간 아쉬운 표정을 지었지만, 모르는 척하고 부탁한다는 뜻으로 고개를 꾸벅 숙인 다음 따끈한 핫케이크를 입에 넣었다.

집으로 돌아오자, 아버지가 바로 머그잔을 꺼내 주었다. 상자에 든 채였다. 뚜껑을 열자 역시 고양이 그림이었다.

"둘이서 같이 고른 줄 알았는데."

"아니야. 둘이 같이 고른 건 파란 바탕에 금색으로 R 자가 새겨진 거였어. 계산을 언니가 했으니까 실제로 어떻게 된 건지는 모르겠지만, 바꾸려고 했다면 한마디 했을 텐데. 점원이 포장할 때 잘못 넣었든지, 아니면 언니가 친구 생일 선물로 샀는데 잘못해서 바꿔 넣었든지, 그렇지 않을까. 중학생 시절에 생일 선물은 주로 머그잔이었으니까."

"그랬구나. 너희들답다고 생각했는데, 이게 아니었어. 치호한테 소중하게 잘 쓰라는 말까지 들어서⋯⋯."

아버지는 손가락으로 고양이 머리를 쓰다듬고는 뚜껑을 닫아 테이블에 내려놓았다. 내 잘못도 있으니까 하고서 둘이 돈을 합해 같이 샀지만, 아버지에게는 언니가 준 마지막 선물이다.

내가 아버지 생각에 그냥 입을 맞춰도 좋았지 않았을까. 아니, 상관없다. 어쩌다 화제에 오른 컵 하나에도 기억의 차이가 있었다. 이런 일이 그 외에도 있지 않을까.

"아버지, 내일 우리 성묘 가자."

"엄마?"

"응. 그리고, 언니도."

"……왜, 무슨 일 있어?"

"내가 상상하는 언니가 진짜 언니인지, 잘 모르겠어서. 그리고 언니 죽음을 제대로 받아들여야 진짜 언니를 만날 수 있고, 그래야 언니도 저세상에서 마음 편히 지낼 수 있지 않을까 싶어서……."

"그래. 잊지 않는다는 게 죽은 사람을 살아 있는 것처럼 대하는 게 아니라, 함께 지내는 시간을 되새기는 건지도 모르지."

"그래도 괜찮겠어?"

"괜찮다마다."

"언니 서랍 같은 것, 열어 봐도 돼?"

"그건, 네 언니에게 물어봐야지."

"알겠어."

불단 앞에 앉았다. 향을 피우고, 손을 마주 잡는다. 우선 엄마에게 집에 돌아왔노라고 인사하고, 언니에게도 말했다.

'새삼스럽게 향 피웠다고 화내는 거 아니지?'

2층 끝에 있는 언니 방은 사고를 당한 그날 그대로다. 엄마가 돌아가신 후로는 청소를 거의 하지 않았는데, 아버지가 환기는 꼼꼼히 하는지 먼지는 좀 있었지만 텁텁한 습기는 없었다.

책상에 고등학교 1학년 때 교과서가 쌓여 있다. 가끔 들어왔던 언니 방에서 그것들은 아주 어렵게만 보였는데, 그 시절을 통과한 지 십몇 년이 지난 지금은 아직 사회에 발을 들여놓지 않은 청소년의 소지품, 이제는 만질 일도 없는 과거의 물건처럼 느껴졌다.

피아노는 1층 방음실에 악보와 전문 서적과 함께 있기 때문에, 언니 방에서 피아니스트를 목표로 했던 여고생의 느낌은 전해지지 않는다. 그냥 평범한 여고생 방이다.

다만 고등학교 1학년 체육제와 문화제를 앞두고 죽은 탓인지, 피아노에 전념하기 위해 방과 후 동아리 활동을 하지 않았기 때문인지, 낮은 서랍장에 놓인 액자의 사진은 모두 중학생 때 것이다.

죽음을 받아들이겠답시고, 살아 있을 당시의 사적인 영역을 건드려도 되는 것일까. 그런 거부감이 인다. 만약 언니가 살아 있다면, 내가 언니 물건을 건드리는 걸 허락하지 않을 것이다.

간혹 고인이 된 유명한 작가의 미발표 원고가 발견되었다고 공표되는 일이 있다. 그럴 때마다 오하타 선생은 자신이 죽으면 발표하지 않은 작품의 자료나 원고 등은 전부 처분해 달라고 부탁한다. 제 손으로 미리 버리면 될 텐데, 하고 생각하지만 아직 남겨 놓은 것은 나름의 이유가 있어서인 듯하다.

전체적으로 보면 평작이지만, 그때가 아니면 느낄 수 없었던 언어나 표현이 언젠가 필요해질 날이 오지 않을까 해서 말이야. 그렇게 말한 적도 있다.

그런데도 책상 서랍에 손을 댄다. 알고 싶기 때문이다.

'언니, 내가 알고 싶어 하는 거, 용서해 줘.'

가슴속으로 그렇게 중얼거리고는 천천히 서랍을 당겼다. 눈에 뛰어든 무수한 음표와 함께 오르골 뚜껑을 연 듯한 착각에 빠졌다. 악보에는 연필로 적은 무수한 메모가 있어, 자기 방에서도 언니가 피아노와 마주하고 있었다는 것을 안다.

다른 서랍을 열자, 유학 관련 책자와 팸플릿이 나왔다. 엄마가 자료를 주문한 것인지 언니가 그런 것인지는 알 수 없다. 하지만 책에 붙어 있는 포스트잇은 귀여운 고양이 일러스트인 것으로 보아 언니가 제 손으로 붙인 것이 아닐까 추측된다.

그 아래 서랍에는 문구류와 편지지 세트가 들어 있었다. 편지지 세트도 온통 고양이 그림이다. 고양이나 강아지를 좋아하면, 그리 친하지 않은 사람끼리도 그 얘기를 한번쯤은 하는 법인데, 왜 언니는 고양이를 좋아한다는 걸 내게 가르쳐 주지 않았을까.

동물만이 아니다. 나는 언니와 어떤 얘기를 나눴을까. 언니에게 나는 어떤 동생이었을까. 그런 기억을 되새겨 본 적이 있었던가.

평소에는 언니를 좋아해 언니, 언니, 하고 따라다녔고, 숙제를 가르쳐 달라고 하거나 핫케이크를 구울 때 도와 달라고 했으면서, 부모님이, 엄마가……, 언니를 칭찬하거나 다른 사람에게 자랑하는 걸 보면, 질투가 나서 못된 언행을 하지는 않았을까.

언니가 콩쿠르에서 우승하면 기뻐하지만, 우승하지 못하면 왠지 안도하면서 언니를 가깝게 느끼고 사랑스럽게 여기지는 않았을까.

그런 동생에게 무슨 말을 할 수 있었을까.

맨 아래 서랍에는 조그만 노트가 들어 있었다. 노트에서 뭔가 풍기는 것이 있어 흠칫 놀랐다. 펼쳐 보니, 역시 일기였다.

읽어 봐도 괜찮을까, 하고 자신에게 묻는 것은 퍼포먼스라는 것을 증명하듯, 눈은 이미 글자를 더듬고 있었다.

쓰기 시작한 시기는 중학교 2학년 가을, 현 콩쿠르에서 동상을 받고 며칠이 지난 날. 언니로서는 속상했던 콩쿠르 결과를 반성하는 내용이 조목조목 열거되어 있다.

"노력형과 천재형, 치호는 천재형이네."

친척들이 모이면 언니는 그런 말을 자주 들었다. 그 말을 언니가 어떻게 받아들였는지는 모른다. 다만 아무런 대꾸도 하지 않고 웃을 수 있었던 것은 마사다카 오빠가 이렇게 말을 받았기 때문이라고 생각한다.

"노력하지 않는 천재가 어디 있어요."

어른들은 그 말을 반박하지 못했다. 그러고는 둘을 칭찬했다.

"하긴 그렇지, 그래도 대단하네."

친척 중에 재능이 풍부한 아이들이 있어 흐뭇한 나머지, 똑같은 말을 몇 번이나 계속할 뿐이다.

나는 그런 광경을 늘 밖에서 바라보았다. 그리고 나 나름 생각하곤 했다.

노력해서 성과를 내는 사람이 천재라고.

노력의 의미조차 모르면서. 조금 분발하는 것을 노력이라 착각하고서, 세상의 불공평함을 원망했다.

한 글자, 한 글자, 철저하게 되짚는 언니의 문장에서 후회는 물론, 강함도 느낄 수 있었다. 심사 위원이 자신이 내는 소리를 좋아하지 않는다. 콩쿠르를 위한 소리로 승부해야 하는 것인가. 그런 투쟁의 기록이었다.

그런데, 조금씩 그 강함이 무너져 간다.

앞이 보이지 않는다, 그만두고 싶다, 평범한 생활로 돌아가고 싶다. 차라리 사고라도 당해서 어쩔 수 없이 피아노를 포기하는 상황이 되었으면 좋겠다.

한편 그런 나약해진 마음을 거역하려는 생각도 있었다.

'평범한 여자아이가 되고 싶다. 하지만 피아노를 그만두면 나는 평범한 아이도 못 될 것이다. 특히 스포츠. 손가락을 아끼려다 보니 아예 시도도 하지 않았고, 그럴 수 있는 환경에 있기도 했지만, 그래서 안이해졌는지도 모른다. 철봉 거꾸로 오르기를 하지 못하는 게 피아노 때문인가. 잘 못하는 게 있으면 피아노 탓을 해서 피아노 신의 미움을 샀는지도 모르겠다. 거꾸로 오르기 정도를 못해서 어쩌겠다는 거야!'

그다음 언니는 피아노 학원에서 돌아오는 길에 철봉이 있는 공원에 들르게 된다. 그러고 보니 짚이는 게 있다. 언니의 사복은 90퍼센트가 치마였는데, 자전거 타기 쉽게 바지를 사 달라고 한 적이 있었다. 바로 이 시기쯤이다.

언니에게 물려받은 옷은 내게 잘 어울리지 않아 싫어했지만, 그 바지는 갖고 싶다고 생각했던 기억이 있다.

피아노에서 비롯된 슬럼프가 왜 철봉 거꾸로 오르기로 연결되는지 나로서는 이해할 수 없지만, 언니라면 가능할 것 같다. 콩쿠르를 한 달 앞두면, 그렇게 좋아하는 까르보나라를 입에 대지 않는가 하면 콩쿠르 때 신을 구두를 매일 밤 닦는 식으로 기원하기도 했다.

철봉 거꾸로 오르기를 할 수 있다면……, 그 끝에는 피아노로 성공, 이 있었을 것이다. 그러나 철봉 거꾸로 오르기가 다른 행운을 가져다준 듯했다.

정말? 하고 일기를 읽으면서 소리를 내질렀을 정도다.

'철봉 거꾸로 오르기가 얼마나 서툴렀는지, 내가 그걸 연습하고 있다는 것도 모를 만큼 볼품없었나 보다. 뭐 하는 건데? 하고 걱정스러운 목소리로 그 사람이 물었다. 간간이 보던 사람이라 얼마 전부터 마음이 쓰였는데, 도저히 봐줄 수 없을 만큼 내가 안쓰러웠는지도 모르겠다. 그렇게 심각한 문제는 아니라는 표정으로, 철봉 거꾸로 오르기 연습을 하고 있다고 하니까, 그 사람은 내 옆에 있는 한 단 높은 철봉을 잡고 아주 쉽게 몸을 빙그르 돌렸다. 자랑하는 건가 싶어 울컥했는데, 우쭐한 표정도 나를 바보 취급하는 표정도 아니었다. 뭐랄까, 그냥 무표정. 그리고 그런 표정으로 툭 말했다. 목소리가 너무 작아서 뭐? 하고 되묻자, 미안, 하고는 뛰어가 버렸다. 되묻지 말 걸 그랬다. 제대로 들렸는데.

태양을 차듯이.

해가 다 지고 난 다음에 그렇게 말하면 어쩌라고. 하지만 상상할 수는 있다. 그 사람은 아마 초등학교 선생이나 누군가에게 그렇게 배웠는지도 모른다. 태양이 머리 꼭대기에 있는 한낮의 체육 시간에. 차라리 일요일에 가 볼까. 할 수 있게 되면, 그 사람 앞에서 자랑해야지. 아니지, 그는 벌써 할 줄 아니까 자랑거리도 못 되겠네.'

공원에서 그 사람을 다시 만날 수 있기를 기대했던 게 아닐까. 어쩌면 그 사람도 축구 같은 걸 혼자 연습하기 위해 공원에 있었는지도 모르겠다. 그 사람에 대해서는 가족에게 비밀로 하고 싶었을 것이다. 나 같아도, 그렇다.

일기에는 며칠을 계속해서 철봉 거꾸로 오르기 정복의 길이 적혀 있다. 학교 철봉에서도 연습하고 싶은데, 친구들이 볼까 봐 창피하다고 쓰여 있는 것으로 보아, 공원은 통학 구역 밖에 있는 상당히 한적한 곳이겠다는 생각이 들었다. 그 사람이 그런 곳에 늘 있었던 것 같다. 그러나 언니에게 말을 거는 일도 없었고, 언니가 말을 거는 일도 없었다. 둘 다 참 금욕적이다.

'와! 드디어 해냈어! 너무 기뻐서 그 사람에게 달려갈까 했지만, 그건 머릿속에서만. 그래도 대단하지? 하는 식으로 그 사람 쪽을 똑바로 쳐다보았다. 그랬더니, 축하해, 하고 말해 주었다. 조그만 소리였지만, 되묻지 않았다. 대신 세 배쯤 큰 목소리로 고마워, 하고 말했다. 그러자, 그 사람은 또 뛰어가 버렸다. 너무 크게 말한 거, 반성.

그래도, 기쁘다, 기쁘다, 기쁘다.

그 사람에게 선물로 보답하고 싶다. 뭐가 좋을까. 받아 주면 좋겠는데.'

그래서 뭘 샀나 싶어 페이지를 넘겼더니, 난데없이 삼자 면담 얘기가 쓰여 있었다. 지망하는 고등학교는 현내에 있는 사립 음대 부속 고등학교라고 쓰여 있다. 부모님은 도쿄로 가도 좋다고 했지만, 그 학교 특대생으로 뽑히면 1년 동안 자매교인 프랑스의 음악원에 유학할 수 있는 것 같다. 그리고 선생 한 명이 언니가 무척 존경하는 피아니스트라고 한다.

프랑스 유학이라는 설정이 이래서 생겨난 듯했다.

그 사람 선물은 여러모로 고민한 결과, 부담 없이 받을 수 있도록 초콜릿으로 했다고 쓰여 있었다. 전문점에서 산 초콜 릿이 아니라 그냥 슈퍼마켓에서 파는 겨울 한정 상품으로 입 안에서 사르르 녹는 화이트 초콜릿을 포장도 하지 않고 그냥 내민 듯했다.

'그 사람이 놀란 표정을 지었다. 더는 놀라지 않게 조그만 목소리로 '거꾸로 오르기 가르쳐 줘서 고마워.' 하고 말하자 조심조심 받아 들었다. 그런데 이번에는 내가 놀랐다. 그 사 람이 눈앞에서 초콜릿 상자를 북북 뜯었기 때문이다. 게다가 그 상자를 내게 쑥 내밀었다.

집에 가져갈 수 없으니까, 여기서 먹을게. 그래도 많으니 까, 절반 먹어.

충격이었다. 집에 가져갈 수 없는 사정이 뭔지는 모른다. 남에게 뭔가를 받으면 안 된다는 규칙이라도 있는 것일까. 하 지만 그런 걸 금지할 나이도 아닌 것 같은데. 어쩌면 의사가 초콜릿을 먹지 말라고 금지한 어린 동생이 있는지도 모르겠다. 만약 그렇다면, 사정을 확인하는 것도 실례다. 눈치 없게 그런 선물을 한 나 자신이 한심했다.

나는 때로 눈치가 없다거나 무심하다는 말을 듣는다. 자신이 할 수 있다고 해서 남도 할 수 있을 거라고 생각하지 말라고. 상대의 입장에서 생각하지 못한다. 상상력이 부족하다. 그 말이 옳은 것 같아, 눈물이 날 것만 같았다. 상대가 어떻게 받아들일지 생각도 하지 않고. 아니나 다를까 그는 초콜릿 상자를 내게 돌려주고는 사라져 버렸다. 그런데, 그런데, 그 사람은 돌아와 주었다. 작은 사이즈 페트병 두 개를 양손에 들고서. 그리고 손을 내밀었다.

따끈한 밀크티와 레몬티. 나는 밀크티를 선택하고, 말했다. 고마워, 가 아니었다. 그런 말을 먼저 할 수 있는 아이가 되고 싶었다. 그런데, 얼마예요? 하고 묻고 말았다. 그 사람은 언제나처럼 무표정하게 고개를 저으며 조그만 소리로 말했다.

아르바이트할 거니까.

할 거니까? 하고 있으니까, 가 아니라? 돈이 없어 보여 가격을 물은 것으로 생각한 것일까. 어떻게 하면 좋을지, 그냥 잠자코 있는 수밖에 없었다. 그랬더니 그 사람, 갑자기 뛰어갔다. 이번에는 공원 밖이 아니라, 공원 안에 있는 철봉을 향해서. 자기 레몬티를 옆에 있는 벤치에 놓고서, 철봉을 잡고 거꾸로 오르기를 했다. 그러고 보니 나도 뛰어가고 있었다. 철봉을 잡고 빙그르 몸을 돌렸다면 좋았을 텐데, 실패. 그러나 두 번째에는 성공했다 .

이 위에 태양이 있는 상상을 하면서 연습했어요.

용기를 내서 내 머리 위를 가리키면서 그렇게 말하자, 그 사람은 부드럽게 미소를 지어 주었다. 오늘 일을, 그 사람의 웃는 얼굴을, 나는 평생 잊지 않을 거다.

추신.

일기는 일단 오늘로 끝낸다. 그 사람에게 편지를 쓸 거라서. 휴대 전화가 없다고 하니까. 나도 피아노 학원에 다니지 않았다면 엄마가 사 주지 않았을 거다. 하지만, 편지가 더 좋다. 만나서 전할 수도 있고. 편지지 세트, 어떤 걸로 할까.'

그렇게 쓰기는 했어도, 일기로 쓰고 싶은 일이 계속 생기지 않았을까 싶어 페이지를 넘겨 보았지만, 하얀 종이만 계속 나왔다.

언니가 그 사람과 잘되어 가고 있다는 증거처럼 여겨졌다.

일기를 쓰는 행위는 똑같아도, 어떤 심경으로 쓰느냐는 사람마다 다르다. 매일 습관적으로 무슨 일이든 쓰는 사람, 기뻤던 일만 쓰는 사람, 동아리 활동 경기나 여행 같은 특별한 일이 있을 때만 쓰는 사람, 그리고 언니처럼 괴로운 일을 껴안고 있을 때 쓰는 사람.

그 사람은 어떤 사람이었을까. 운동 신경이 좋고, 말이 없고, 친절한 사람. 그 사람은 언니의 장례식에 왔을까. 너무 슬퍼서 그 감정을 어떻게 처리하면 좋을지 몰랐던 탓에 장례식에 누가 왔는지도 기억하지 못한다.

아버지에게는 누구인지 짐작되는 사람이 있을까.

아버지가 아직 잠들지 않았으면 일기 얘기를 해 볼까 했는데, 1층의 모든 방 불이 꺼져 있었다.

달빛이 밝아 부엌 불을 켜지 않아도 물 정도는 마실 수 있을 것 같았다. 싱크대에 있는 컵 건조대에서 컵을 하나 집어 수돗물을 받았다. 단숨에 마시고 소맷자락으로 입을 닦는다.

진학하기 위해 도쿄로 올라갔던 첫날, 물이 참 맛없다고 생각했다. 드라마에서 생수를 마시는 장면이 등장할 때마다, 왜 굳이 물을 사서 마시는 것일까 하고 의문스러웠는데, 한 모금 마셔 보고는 알았다.

이런 일도, 예전의 나 같았으면 창 너머로 달을 올려다보며 언니에게 보낼 문자를 생각했을 것이다.

'언니, 프랑스 물은 맛있어? 생수를 마시면 왜 그런지 배가 아파지

는 나 같은 사람은 여행 정도는 몰라도 사는 건 힘들 거야.'

문자를 보내는 것까지 그만둘 필요는 없을지도 모른다. 다만 지금은, 내일 아침 불단에 새 물을 바쳐야겠다는 마음이 더 크다. 그러고는 '아버지를 잘 지켜봐 줘.' 하고 내 멋대로 부탁한다.

희붐한 불빛이 눈에 들어왔다. 전기밥솥의 예약 타이머 불빛이다. 아버지가 자기 전에 예약해 놓은 것이리라.

매일 불단을 바라보며 생활하는 아버지는 손을 맞잡고 엄마에게, 그리고 보나마나 언니에게도, 마히로를 잘 부탁한다고 속으로 말할 것 같다.

그리고 어쩌면 내 입에서 언니의 죽음을 받아들인다는 말이 나오기를 기다렸는지도 모른다.

이모네 집은 절에 가는 길에 있다. 그냥 지나쳐 가자니 꺼림칙하고, 선물도 사 온 김에 돌아오는 길에 들르기로 했다.

아버지의 경차를 타고 절로 향했다. 좁은 산길을 구불구불 올라가는 걸 당연하다 여겼는데, 도쿄의 묘원은 평지에 있다고 말하자, 그야 시골에도 절이나 산소가 평지에 있는 곳도 있을 것이라는 대답이 돌아왔다.

그렇다면, 이렇게 동네가 한눈에 내려다보이고 바다까지 보이는 산에 있는 게 좋다고 하자, 너는 결혼해서 상대네 묘소에 묻히거라, 하고 나지막이 중얼거렸다. 그런 말을 듣고도 그다지 화가 나지 않는 것은 단둘만 남은 가족이기 때문일까.

엄마가 살아 있고, 언니가 피아니스트로 활약하는 한편 행복한 결혼까지 해서, 마히로도 빨리 결혼해야지, 하는 식으로 흘러갔다면, 이래서 시골이 싫다니까, 하고 투덜거렸을까. '~다면'이 너무 많이 겹쳐 거의 픽션이 되겠지만.

산에 있는 묘지가 좋다는 말을 취소하려고 해도, 숨이 차올라 목소리가 나오지 않았다. 그런데도 효도하는 셈 치고 물 담긴 양동이를 한 손에 들고, 다른 손에는 국화꽃 다발을 들고, 아버지 뒤를 따라 헉헉 올라갔다.

아버지는 사은품으로 받은 듯한, 토끼 그림이 그려진 토트백을 한 손에 들고 있었다. 향 등 성묘 세트가 들어 있을 텐데, 그 외에도 뭔가 들어 있는 듯했다.

개개인의 묘는 없다. 가족묘가 있고, 그 옆에 선 비석에 묘에 잠들어 있는 사람들의 계명이 새겨져 있다. 언니 계명도 있다. 아버지와 엄마는 고심했을 것이다. 할아버지 할머니 다음으로 언니 이름이 새겨지는 걸 피하는 방법을.

아버지와 엄마는 살아 있을 때 미리 계명을 받아, 빨간 글자로 당신들의 이름을 새기고, 그 옆에 검은 글자로 언니 이름을 새겨 넣었다. '행복이란 무엇인가?' 하는 질문에 '할아버지와 할머니, 아버지와 어머니, 그리고 자식 순으로 죽는 것'이라고 대답했던 사람이 승려 잇큐였던가. 내게 그걸 가르쳐 준 사람은 오하타 선생이었나, 신고였나.

지역 색이 그런지, 이 절 특유의 법도인지, 비석에 새겨진 각 계명 앞에는 향꽂이와 찻잔이 놓여 있다. 증조부모에서 언니까지 여섯 개, 남색 바탕에 하얀 물방울무늬가 있는 똑같은 찻잔이다. 아버지는 엄마와 언니 찻잔 두 개를 옆으로 밀어 놓고, 토트백에서 신문지에 싸인 찻잔을 꺼냈다.

엄마가 사용하던 벚꽃무늬 찻잔이었다. 언니가 중학교 수학여행으로 교토에 갔을 때, 엄마에게 사다 준 선물이다. 그리고 또 하나. 찻잔이 아니라 머그잔. 어제 본 고양이 그림 머그잔이다. 아버지가 그걸 언니 계명 앞에 놓고, 주걱으로 물을 떠 따르려고 했다.

"아빠, 잠깐. 왜 그걸 언니 앞에?"

"다른 사람에게 주려고 했던 거면, 치호가 그냥 사용해도 좋지 않겠니?"

어젯밤, 아버지도 무슨 생각을 했던 듯하다.

"바뀌었을지도 모르지만, 절반은 나의 선물이었다고. 그리

364

고, 만약 아빠가 이제는 간직하지 않겠다면, 언니 앞에 바치는 것보다 언니가 주려던 사람에게 전하는 게 좋지."

아버지는 잠시 아무 말이 없었다. 바다를 바라보고, 비석을 보고, 그다음 내게로 시선을 돌렸다.

"상대가 누군지, 너 아니?"

"아니, 몰라. 하지만 언니에게 좋아하는 사람이 있었다는 건, 알았어. 어제…… 일기 보고."

벌건 대낮에 고백하자니, 마음이 조금 켕겼다.

"그랬구나. 상대 이름도 적혀 있던?"

"아니. 방에서 좀 더 찾아보면 뭐가 또 나올지도 모르잖아. 언니 동창에게 물어볼 수도 있고. 게다가 서둘러 전할 필요는 없을 테고. 언니가 어떤 사람을 좋아했는지 궁금해."

아버지는 또 바다를 바라보고 비석을 가만히 내려다보았다. 그리고 말없이 머그잔을 들어 신문지에 싸서 다시 토트백에 집어넣었다. 옆으로 밀어 놓았던 찻잔을 양손에 한 개씩 들고, 어느 쪽이었더라, 하고 중얼거리면서 하나를 언니 계명 앞에, 그리고 다른 하나를 뭐 상관없겠지, 하고 중얼거리면서 당신 계명 앞에 놓고 물을 따르기 시작했다.

아버지에게 괜한 핀잔을 준 것 같아 머쓱한 마음에 나는 꽃다발을 바치고 잡초를 뽑았다. 아버지가 향을 피워 각 계명 앞에 꽂았다. 아버지와 나란히 서서 두 손을 맞잡고 눈을 감았다.

세 번째로 눈을 뜨고 아버지 눈치를 살피다 다시 감고, 또 다시 뜨고 아버지를 보려다 눈이 딱 마주쳤다.

"언니에게 얘기했냐?"

"응, 뭐······."

사실은 여기 있는 거였는데, 하고만 말했다. 일기에 대해서는 말하지 않았다. 아버지는 누구에게 무슨 말을 했을까.

"이모네 들른다고 미리 말했지?"

"응. 이모가 시간 되면 점심 같이 먹자고 했어."

아버지는 또 비석의 언니 계명을 보고, 바다를 바라보고, 그리고 내게로 시선을 돌렸다.

"그럼, 다음 얘기는 거기 가서 하자."

아버지 말투는 여느 때와 다르지 않게 온화한데, 어렸을 때 수업 끝나고 선생님에게 불려 갔을 때와 같은 기분이 들었다.

성실했지만 소심해서 딱히 나쁜 짓을 한 기억은 없다. 그게 무슨 교칙을 위반했을 때였나.

에피소드

6

○

시모야마 가네토가 자살했다. 자기 집 자기 방에서 목을 매어. 그의 엄마가 발견했다.

나는 그 사실을 1학기 종업식이 시작되기 전, 교실에서 알았다.

아침에 등교했을 때, 교실은 여느 때처럼 시끌시끌했다. 입시에 쫓기는 긴장감은 어디에도 없었다. 날씨가 더워 아침부터 나른한데, 그래도 내일부터는 해방이라는 기대감에 찬 별거 없는 수다로 와글와글했다.

그런 가운데, 수업 시작 직전에 들어온 여자아이의 말에 교실 안이 잠잠해졌다.

"누가 죽었나 봐."

그녀는 일주일 전에 제출해야 하는 과제물을 급하게 여름방학 허가서라도 받듯이, 오늘 아침에 교직원에게 달려가서 후다닥 제출했다고 한다. 출입 금지라는 종이가 나붙어 있는 줄도 모르고.

그녀 말이, 삐릿삐릿한 분위기에 당황해서 얼른 나왔다는
데. 불과 몇 초 사이에 들은 말은 정확하게 입력되어 있었다.

"그게, 어째 우리 반 아이인 것 같아."

모두가 서로의 얼굴을 마주 보지는 않았다. 교실에 있는 전
원의 시선이 하나같이 시모야마 가네토 자리로 쏠렸다. 모두
가 같은 생각을 하고 있다는 증거였다. 그리고 누군가의 입에
서 큰일 났다, 하는 소리가 흘러나왔다.

큰일 났다, 진짜 큰일 났네. '큰일 났다'가 파문처럼 퍼져 나
가, 마침내 합창이 되었다. 마치 그 말밖에 모르는 동물처럼.

그러나 내 입에서는 그 말이 나오지 않았다. 아무 말도 하
지 못한 채, 가슴속에서 부풀어 오른 감정의 정체도 모르는
채, 그저 멍하니 합창하는 아이들을 바라보았다. 무서워하거
나 겁먹은 아이는 몇 안 되었다. 대부분 어딘지 모르게 흥분
한 투로 소리를 질렀다. 텔레비전에서 본 적 있는, 지하의 좁
은 라이브 하우스에서 발광하는 사람들의 모습이 떠올랐다.

괴롭힘을 주도했던 아이들 모습을 슬쩍 살펴보았다. 그들
은 큰일 났다고 하면서도 웃고 있었다. 돌이킬 수 없는 짓을
저지른 공포에 저항하기 위해서인지, 모두가 자신들 때문이
라고 인식하고 있다는 걸 알고서 규탄당하기 전에 피하려는

것인지, 온정을 구하려는 것인지, 아니면 그저 재미있다고 여기는 것인지.

속이 울렁거렸다. 화장실에 갈까. 그렇게 생각하는 바로 그때, 담임이 들어왔다. 야구부였나, 방과 후 동아리 활동 지도 때문에 까맣게 그은 얼굴에 심각한 표정을 짓고서. 그리고 교실 안을 휘둘러보며 크게 숨을 내쉬었다.

"중요한 얘기가 있으니, 다들 자리에 앉아서 조용히 해라."

담임의 그 말투에서 분노는 느껴지지 않았다. 슬픔, 그리고 피로감. 그 감정이 전염된 것처럼 너도나도 자기 자리에 앉았다.

시모야마 가네토의 죽음은 그렇게 알려졌다.

담임 앞에서 큰일 났다고 주절거리는 아이는 없었다. 왜 자살했는데요? 하고 질문하는 아이도 없었다. 시모야마를 괴롭히던 아이들을 슬쩍슬쩍 훔쳐보는 아이는 있었다. 괴롭히던 아이들이 이제는 웃지 않았다. 고개를 숙이고 있거나 창밖을 쳐다보거나, 바닥 한 점을 응시하면서 누구와도 눈이 마주치지 않도록 했다.

원래는 짧은 조회 시간이 끝나면 바로 체육관으로 이동할 예정이었지만, 우리 반만 교실에서 대기하게 되었다.

담임은 학생들을 나무라지 않았다. 같은 반 친구를 갑작스럽게 잃은 아이들 심정을 헤아리듯 말을 골라 가며 앞으로의 일정을 설명하기 시작했다.

시모야마를 위한 빈소와 장례. 시모야마 가족이 가족장을 치르게 되었으며, 학생들은 물론 교직원들의 문상도 삼가달라는 뜻을 전해 왔다. 그래도 시모야마의 영정 앞에 향이라도 피우고 싶다면 개인적으로 가지 말고 학교와 의논하도록 하라. 신문이나 방송국 등의 취재에는 절대 응하지 말라.

시모야마가 스스로 목숨을 끊은 원인에 대해서는 학교 측에서도 자세히 조사를 할 것이므로, 등교일이나 보충 수업 시간을 이용해서 모두에게 질문지를 돌리거나 불러서 질문을 할 수도 있으니 협조 바란다. 날짜는 아직 정해지지 않았다. 그러나 그 전에 보고할 일이나 의논하고 싶은 일이 있으면, 언제든 담임에게 연락하도록.

또 여름 방학 중이지만, 심리 상담이 필요하다고 느낄 경우, 스쿨 카운슬러를 학교로 모시도록 할 테니, 주저 없이 신청하도록.

담임의 그런 연락 사항을 모두가 눈물 한 방울 흘리지 않은 채 듣고 있었다. 담임이 목이 메어 말이 막히는 일도 없었다. 시모야마가 아니라 다른 아이가 죽었다면, 반 아이들은 다른 반응을 보였을까. 시모야마가 스스로 목숨을 끊은 게 아니라 교통사고 등 불의의 사고로 죽었다면, 속에 든 감정을 겉으로 드러냈을까.

침묵이 각자의 갑옷처럼 느껴졌다. 모두가 마음속에 죄책 감을 안고 있다. 정도 차이는 있겠지만 모두들 자신도 가해자 중 한 명이라는 것을 자각하고 있다. 시모야마의 죽음이 아니라, 앞으로 자신에게 튈지도 모르는 불똥에 대해 생각하느라 여념이 없다. 어떻게 하면 비켜 갈 수 있을까. 어떻게 피할 수 있을까.

이후에 개별 면담이라도 하게 되면 어쩌나. 누구와도 작전을 짤 수 없다. 자신은 어떻게 대답하면 좋을까? 다들 뭐라고 대답할까?

정말 저질이라고 생각했다. 학내 괴롭힘과 따돌림 때문에 자살했다는 보도는 수도 없이 보았다. 가해자와 방관자를 최악의 인간이라고 욕하고 분노를 느끼기도 했다. 그런 사람들이 지금 바로 옆에 있다. 한 명씩 순서대로 시모야마에게 사죄해야 한다고 생각했다. 자신이 무슨 짓을 했는지 밝혀야 한다고 생각했다. 각자가 자신이 저지른 죄와 마주해야 한다고.

그렇게까지 하지 않더라도, 담임도 시모야마가 괴롭힘을 당하고 있다는 사실은 알고 있었으니까, 끝에는 그런 얘기를 하지 않을까 기대했다. 그러지 않으면 여름 방학 동안에 시모야마가 모두의 기억에서 깨끗이 사라져, 시모야마가 스스로 죽음을 선택한 의미가 없어지지 않을까 하면서.

마치 나 혼자만 끝까지 시모야마 편이었던 것처럼, 가슴속에서 분노가 들끓었다. 그래야 영화를 같이 보러 가자고 했는데 거절한 죗값이 치러지기라도 하는 것처럼. 저속한 말을 내뱉은 사실이 무마되기라도 하는 것처럼.

그러나 담임은 학내 괴롭힘에 대해서는 끝까지 한마디도 언급하지 않았다. 하굣길에 어디 들르지 마라, 취재에 응하지 마라,는 말만 몇 번이나 강조하면서 학생들을 학교에서 내쫓듯 하교를 재촉했다.

나만 남기고. 학급 회장이라서 그런 줄 알았다. 조사를 하려는 줄 알았다. 하지만 시모야마의 목숨이 희생되었는데 여전히 가해자를 감싸는 아이들이 있을 것이고, 각자는 알고도 방관했으면서 '아무것도 몰랐어요.'라고 거짓말을 할 것이다.

담임은 그런 조사가 무의미하다는 것을 알고 있다. 그래서 반이 돌아가는 상황을 거짓 없이 얘기해 줄 나만 남긴 것이라고 생각했다.

나는 시모야마에게 보상할 수 있다. 아니, 반드시 그래야 한다. 그런 각오를 다지고 담임을 따라, 출입 금지 종이가 나

붙은 회의실로 들어갔다.

교장, 교감, 학년 주임, 그리고 담임. 남자 선생님들에게 에워싸이자, 무서웠다. 그런데도 나는 선생님들과 당당히 마주했다.

학년 주임이 질문했다. 학교 선생인지 모르는 사람들은 경찰이라고 오해할 만큼 우락부락하게 생긴 선생이 번쩍이는 눈으로 나를 쏘아보았다.

"시모야마 군에 대해서 얘기해 봐."

"시모야마는 반에서 괴롭힘을 당하고 있었어요……."

"그런 얘기 말고."

이제 얘기를 시작하는 건데, 바로 제지당했다.

"너와 시모야마 군 얘기를 하라는 거야. 네가 시모야마 군에게 잘해 줬다는 건 알고 있어. 학원도 같은 곳을 다녔다지?"

학년 주임은 그 나름 부드럽게 말하면서, 자신은 내 편이라는 듯이 고개를 끄덕거렸다. 시모야마가 학원 때문에 죽은 건가, 하고 생각했다. S반에서 밀려나 속상해서? 가족에게 말할 수 없어 혼자 속을 끓이다가?

나는 학원의 반이 어떻게 배정되는지 그 시스템을 설명했다. 시모야마는 1학년 때부터 S반이었는데, 며칠 전 시험 결과 A반으로 미끄러졌다는 얘기도 했다.

왜 그런지, 선생님들이 내 얘기를 들으면서 답답해 하는 눈치였다.

"그래서, 네가 시모야마 군을 격려해 준 거야?"

"아니요……."

"시모야마 군이 단둘이 얘기하자고 한 적은 없어?"

"……없어요."

어떻게 그걸 알았을까. 머릿속에서 지워 버리고 싶은 사건이 생긴 지 스물네 시간도 지나지 않았다. 제일 먼저 어디부터 떨렸더라. 손가락이었나, 아니면 시모야마에게 잡힌 감촉이 남아 있는 어깨? 팔? 입술……?

숨을 어떻게 쉬면 좋을지 몰랐다. 담임이, "이제 그만하죠." 하는 목소리가 들렸다.

결국, 그날은 불려온 여자 체육 선생이 보건실로 나를 부축해 데려갔고, 택시를 타고 데리러 온 할머니와 함께 집으로 돌아갔다. 할머니는 반 아이가 자살한 직후에 나만 불러다 조사한 일에 대해, 학년 주임과 담임에게 단단히 항의했다.

그래서, 할머니에게 말했던 것이다.

"괜찮아."

그때는 정말 괜찮았다. 아직은.

훗날 담임과 학년 주임이 집으로 찾아오기 전까지는. 이번에는 여자 보건 교사와 함께였다.

왜 우리 가오리만. 그렇게 불만을 터뜨리는 할머니 할아버지도 얘기하는 자리에 동석했다. 왜 나만, 하는 생각은 나도 하고 있었다. 아니면 어쩌다 내가 첫 번째가 되었을 뿐, 선생님들은 이렇게 전원의 집을 찾아다니는 걸까, 하고.

그러나 역시, 반 아이들 가운데 내게만 용건이 있었다.

이유는, 유서에 내 이름이 있기 때문이었다. 고등학교 입시 참고서가 쌓여 있는 시모야마의 방 책상 위에, 유서가 남아 있었다고 한다.

시모야마의 유언은 편지지가 아니라, 노트에 적혀 있었다.

새 노트의 첫 페이지 첫 줄에 빨간 볼펜으로 '하세베 가오리, 용서해 주세요.'라고 쓰여 있었다. 첫 페이지의 그곳만 빨간색이고, 다음 페이지부터 끝 페이지까지는 행간을 무시하고 하얀 페이지를 다 덮어 버릴 듯 '미안해요 미안해요'라는 말만 계속 쓰여 있었다.

실물은 보지 못했다. 경찰이 가져갔다고 했다.

노트에 등장하는 이름은 오로지 하세베 가오리. 아빠, 엄마라는 말도 없다. 누나가 있는 듯한데, 역시 없다. 오로지 하세베 가오리에게 사과하고 있다. 그렇다면 학교 측에서도 두 학생 사이에 무슨 일이 있었는지 조사하지 않을 수 없다.

"가오리, 너를 비난하는 거 아니야."

그런 말은, 담임이 했던가.

"다만, 시모야마 군의 부모를 위해서도, 무슨 일이 있었는지 가르쳐 줬으면 한다."

그렇게 말한 것도 담임이었나.

"아니, 어떻게 염치도 없이 그런 말을."

할머니가 언성을 높였다. 할머니는 당신이 상상할 수 있는 최악의 상황을 떠올렸는지도 모른다. 아니, 그 자리에 있던 모두가 유서의 그 글귀를 알게 된 단계에 바로 상상했는지도 모른다. 그렇다면 남자 선생이 다그쳐 묻는 건 모순이다.

나는 그 말을 부인해야 한다고 생각했다.

"학원 끝난 다음에, 근처 공원으로 불러서, 영화 보러 가자고 했어요."

남자는 자리를 비켜 달라고 쓴소리를 하는 할머니 옆에서, 흐물흐물해진 몸속에서 목소리만 골라 꺼낸 탓인지, 모두에게 잘 들리지 않은 듯했다. 그 후에 같은 말을 세 번 반복했다.

"영화……."

누구 입에서 어이없다는 식으로 그런 말이 흘러나왔는지는 기억나지 않는다. 그래서, 하면서 그다음 말을 재촉한 사람도. 누구든 상관없는 일이지만.

"거절했어요."

"왜?"

싫어서였다.

"입시생이라서……."

"그랬더니, 시모야마 군이 그냥 물러났어?"

그 질문은 담임이 했다. 내가 고개를 가로젓자, 할머니가 내 어깨를 꽉 껴안고 담임을 노려보았다.

"괜찮아."

나는 그 자리에서도 똑같이 그렇게 말하고, 선생님들을 보았다. 그런데, 각자가 어떤 표정을 짓고 있었는지는 기억나지 않는다. 모두가 시모야마로 보였다.

나는 잘못한 게 없다. 그걸 모두에게 알려야 한다.

"공부해야 한다고 똑똑히 말했어요. 그런데 시모야마는 내 말을 듣지 않고, 팔과 어깨를 잡고……, 키스를 했습니다."

마지막 '키스를 했습니다'는 훅 지나가듯 말해서, 내가 정말 그런 말을 했는지 자신이 없었다. 그러나 이 말은 다시 할 수 없다고 생각하고, 되묻거나 질문할 틈을 주지 않기 위해 얼른 다음 말을 이었다.

"그래서, 겁이 나서, 시모야마를 밀쳐 내고……, 집으로 도망쳤어요."

말을 끝낸 순간, 오열이 터져 나왔다. 시모야마가 가슴을 만졌다는 말도, 그 이상 어떤 말도 할 수 없었다. 눈물이 넘쳐 흘렀다. 잊고 싶었던 일을 말로 내뱉자, 똑같은 일을 두 번 당한 듯한 공포가 끓어올랐다. 두 팔로 가슴을 꼭 껴안았다. 손끝에 까끌까끌한 소름이 느껴졌다. 그 감촉을 쓸어버리듯 두 팔을 북북 문질렀다.

그런데, 라는 표현이 옳은지 그른지는 모르겠다.

"정말, 그게 다였니?"

할머니가 물었다. 내가 고개를 끄덕이자, 할머니는 안도의 한숨을 내쉬었다. 그 감각을, 어른이 된 지금은 안다. 가령 딸이 있는데 성폭행을 당했을지도 모르는 상황에서, 키스를 했을 뿐이라는 걸 알면 똑같이 안도할 것이다.

하지만 겨우 열다섯 살 내게는 중대한 사건이었다. 내 몸에서 시모야마가 만진 곳을 칼로 전부 도려내고 싶을 정도로. 그런데⋯⋯

"시모야마를 밀쳐 냈다고 했지?"

내 호흡이 진정되기를 기다렸다가, 담임이 그 부분을 확인했다. 귀가 꽉 막힌 감각이었던 나는 엣? 하는 식으로 담임을 올려다보았을지도 모른다.

"밀쳐 내니까 시모야마가 뒤로 휘청거렸어? 아니면, 엉덩방아를 찧었어?"

마치 가해자를 심문하는 투였다. 내가 밀쳐 낸 탓에 시모야마가 죽기라도 했다는 듯한.

"조금 휘청거린 정도라고 생각하는데, 잘 기억나지 않아요."

거짓말을 했다. 그 말에 가세하듯 할머니가 일갈했다.

"이제 그만 좀 하세요."

그리고 선생들은 돌아갔다.

"너는 아무 잘못이 없어."

할머니는 그렇게 말하고는 내 등을 계속 쓰다듬어 주었다.

"차이고 밀쳐 냈다고, 그 정도로 누가 자살을 해. 반드시 다른 이유가 있을 텐데, 그걸 쏠 용기도 없는 주제에 좋아하는 여자에게 미안하다는 소리나 하고, 어이가 없지. 자기의 나약함을 남 탓하고 죽다니, 정말 저급한 행위야……."

나를 위로하려는 말인지, 하세베 집안에 먹칠을 했다고 화를 내는 것인지, 할머니 심리를 알 수 없었다. 다만 분노에 차 있던 말투가 점차 잦아들어 꺼져들더니, 대신 눈물이 흘러나온 것은 당신 아들의 죽음 또한 자살이었다는 사실이 떠올랐기 때문일까.

그렇지 않다면, 화를 내면서 눈물을 흘리지 않는다.

무슨 일이 생긴 건지 미처 파악되지 않았고, 시모야마가 죽었다는 실감도 느껴지지 않았다. 할아버지와 할머니에게 심려를 끼친 것은 죄송했지만, 그래도 내 안에 죄책감은 그리 없었다고 생각한다.

오히려 나 자신을 피해자로 간주하고 있었다. 시모야마는 끝에 가서야 사과를 한 것인가 하는 생각마저 들었다.

긴 여름 방학 동안 나는 거의 집에서 지냈다. 그 밤 이후로 집에서 시모야마 얘기는 단 한 번도 하지 않았다. 학교에서 오라고 하는 일도 없었고, 선생들이 재차 찾아오는 일도, 경찰이 찾아오는 일도 없었다.

시모야마의 자살이 신문 등에서 크게 다뤄지는 일도 없었다.

공부에 집중이 잘 되지 않아 학원도 그만두었다. 할아버지가 사다 주는 영화 DVD를 하루 종일 멍하니 보면서 지내다 보니 여름 방학이 끝나고 말았다.

학교에 가자니 마음이 무거웠지만, 가고 싶지 않다는 생각은 없었다. 괜한 생각은 하지 말고 입시 때문에 다니는 거라고 마음을 접고, 같이 가겠노라는 할머니에게 또 괜찮다고 대답하고는 혼자 집을 나섰다.

교문이 저만치로 다가왔다. 교문 옆에 서 있는 한 여자가 보였다. 여름 방학 내내 밖에 나가지 않은 나보다 피부가 하얀 그 여자는 긴 머리가 푸석푸석하고 몹시 지쳐 보였다.

엄마다, 하고 생각하는 순간 심장이 쿵쿵 뛰기 시작했다. 그러다 전혀 다르게 생겼잖아, 하고는 조그맣게 한숨을 내쉬었다.

그런데 그 여자는 나와 눈이 마주치자, 똑바로 나를 쳐다보며 다가왔다. 모습은 초췌한데 걸음은 빨라, 내가 몇 걸음 걷는 사이에 바로 내 앞에 다가섰다.

"하세베 가오리 양?"

"……그런데요."

주춤거리며 대답하자, 여자는 나를 빤히 쳐다보았다. 그리고, 천천히 내 양어깨를 두 손으로 꽉 잡고 얼굴을 들이댔다.

"영화쯤 같이 가 줘도 되잖아?"

금방이라도 울음을 터뜨릴 듯한 얼굴이 40일 전의 시모야마 얼굴과 겹쳤다. 왜 바로 알아차리지 못했나 싶을 정도로 시모야마와 닮았다. 알아차렸으면 도망쳤을까. 아니다, 그래도 상황은 똑같았을 것이다.

여자는 더 거리를 좁혔다.

"그 아이에게 잘해 줬잖아? 지우개도 주고 수건도 주고, 마음이 있는 것처럼 행동한 건 너잖아? 그렇다면 영화쯤은 같이…… 옆에 앉는 것 정도는, 괜찮잖아."

볼에 침이 튀었다. 하지만 그걸 닦아서도 눈길을 피해서도 안 될 것 같았다.

"그렇게 가엾다는 눈으로 볼 거면, 뭐라고 말을 해 봐."

눈, 이라는 말을 들어서 그랬는지, 언뜻 코끝을 스친 냄새가 시모야마와 똑같아서 그랬는지, 무의식중에 눈을 감고 얼굴을 돌리고 말았다.

"왜? 기분 나빠? 그럼, 어디 밀쳐 봐. 가네토에게 했던 것처럼 밀쳐 보라고. 아니면, 키스해 줄까. 말해 보라고, 그 아이를 어떤 식으로 거부했는지. 어떻게 절망의 구렁텅이로 빠뜨렸는지……."

아니야, 아니야, 그렇지 않아. 거의 쓰러질 것 같은데도 그런 생각이 끓어오른 것은, 내가 그걸 정의라고 생각했기 때문이다.

"가네토는 우리 반 아이들에게 괴롭힘을……."

"알아, 그런 건."

겨우 쥐어 짜낸 목소리가 어이없이 가로막혔다.

"가네토가 빨래로 내놓은 옷을 보고, 바로 알았다고. 선생이 그 사실을 보고해 줬을 때는 내가 상상했던 것보다 심하게 당하고 있어서, 충격을 받았고, 가네토에게도 미안했어. 하지만 그 아이는 그런 멍청한 아이들의 괴롭힘 따위 아무렇지 않게 여겼다고. 오히려 열심히 공부해서 멍청이들은 누릴 수 없는 좋은 생활을 하면 되니까 의욕이 난다고, 웃으면서 그렇게 말했다고. 나를 편들어 주는 사람도 있다고 하면서……. 그거, 너지?"

뭐라고 대꾸할 말이 없었다.

"너, 그냥 자기만족을 위해서 가네토를 감싸 줬던 거 아니니?"

뚝 뭔가가 끊어진 듯한 소리가 났다. 내 안에서. 똑바로 서 있기도 힘을 만큼, 나를 지탱해 주고 있던 굵은 무언가가, 그 순간 확실하게 끊어지는 소리였다.

그 직후에 학생들에게 불려 나온 선생이 세 명쯤 달려와, 내게서 시모야마의 엄마를 떼어 내었다. 그러나 마지막 일격까지 당한 나는 도움이라고 여기기는커녕, 오히려 시모야마의 엄마가 하고 싶은 말을 전부 다 할 때까지 숨어서 보고 있었던 게 아닐까 하는 의심까지 하고는, 자신을 도와줄 사람은 어디에도 없다고 생각했다.

괜찮니? 하고 물은 선생은 아마 보건 교사일 텐데, 괜찮다고 대답하지 못하고 몸을 돌려 쏜살같이 집을 향해 뛰었다.

내 방에 틀어박혀 교복도 벗지 않은 채 이불을 뒤집어쓰고 울었다. 에어컨을 켜지 않아 후덥지근해서 이내 머리가 몽롱해졌지만, 이대로 죽고 싶다고 생각하면서 눈을 감았다.

시모야마가 자살한 것은 내 탓. 아빠에게 버림받은 것도 내 탓. 엄마가 불행해진 것도 내 탓.

눈을 떠 보니, 시원했다. 머리 밑에 부드러운 수건으로 감싼 얼음주머니가 놓여 있었다. 고개를 옆으로 돌렸다가 할머니와 눈이 마주쳤다. 울어서 퉁퉁 부은 눈이 내게 전하고 싶은 것이 아주 많은 것처럼 보였는데, 할머니는 컵에 따른 스포츠 음료를 먼저 내게 내밀었다.

어디서 사 왔을까. 이 더운 날에 언덕길을 서둘러 오르내린 것일까.

내가 죽으면 할머니는, 그리고 할아버지도 아들과 손녀를 자살로 잃게 된다.

그러니, 살아야 한다. 누구에게도 상처 주지 않고.

중학교 3학년 2학기부터 거의 학교에 가지 않았다. 그런데도 졸업했고, 입시도 치렀다. 의무 교육이란 참 알 수 없는 것이다.

영화도 봉인했다. 선함과 배려가 넘치는 이야기는 모두 위선. 선함이 없는 이야기에서는 죽음이 마치 게임처럼 다뤄진다. 그 어느 쪽도 접하고 싶지 않았다.

할머니를 따라 정신 의학과에 다녔다. 너는 잘못한 게 없다고 최면을 걸듯 되풀이하는 말이 도리어 나쁜 짓을 한 아이에게 벌을 주는 것처럼 느껴졌다. 병원에 다니고 싶지 않아, 밖으로 나가는 노력을 하기로 결심했다.

고등학교는 할머니의 모교인 사립 여학교 고등부로 진학했다.

그 후에 할머니가 대학에도 갔으면 좋겠다고 해서 또 같은 계열의 여자 대학에 들어갔다.

어느 쪽이나 빠짐없이 다녔지만, 기억나는 얼굴이 없을 정도로 학생들이나 선생과 교류하지 않았다. 무언가를 배우고, 최소한의 일상생활은 했을 텐데, 기억에는 아무것도 남아 있지 않다.

머릿속에 있는 것은 오직 오늘 해야 할 일뿐. 그 일이 끝나면 바로 잊는다. 그 반복.

대학을 졸업하고는 할아버지가 근무했던 무역 회사에 취직했다.

전철을 타고 다녔기 때문에 언덕 아래에 있는 역까지 자전거로 오갔다. 담담하게 생활했지만, 자전거를 밀면서 언덕길을 오를 때는 땀이 났다. 해가 길어지면 등에 서쪽 해가 비쳐, 의지와 무관하게 걸음을 멈추고 돌아보고 만다.

빨간 하늘. 색감을 얼마 만에 의식하게 된 걸까.

아빠가 인생의 마지막에 보고 싶어 했을지도 모르는 풍
경…….

불현듯 시모야마가 떠올랐다. 그와 함께 지는 해를 본 적은
없는데.

아빠에서 영화로 이어진 탓인가.

시모야마는 나와 무슨 영화를 보고 싶었을까.

시모야마 집의 현관 벨을 누르는 데 그로부터 2년의 시간
이 필요했다. 시모야마 엄마는 내 얼굴을 보자마자 두 손을
뻗어 나를 힘껏 밀쳐 내고는 현관문을 쾅 닫았다. 엉덩방아를
찧은 내 팔을 잡아 일으켜 준 사람은 시모야마의 누나였다.
그리고 아무 말 없이 안쓰럽다는 눈빛을 보이고는 집 안으로
들어갔다.

그다음 주, 그 누나로부터 편지가 왔다. 규격 사이즈인 누
런 봉투 속에는 영화 예매권 한 장과 노트에서 뜯어낸 페이지
가 한 장, 그리고 접힌 하얀 편지지 한 장이 들어 있었다.

영화는 벌써 오래전에 상영이 끝난 여름 방학용 인기 만화
영화였다.

노트에서 뜯어낸 페이지에는……, 엄마에 대한 감사와 사
죄의 말이 적혀 있었다. 눈물이 떨어진 무수한 자국과 함께.

편지지에는 짧은 글이 쓰여 있었다.

'동생이 미안해요. 엄마가 미안합니다. 자살의 원인이 자신에게 있다는 걸 엄마는 절대 받아들이지 못할 거란 생각에, 노트의 첫 페이지를 뜯어냈어요. 동생이 그쪽에 사과하는 말을 적은 것은 두 번째 페이지입니다. 세 번째 페이지부터 '미안해요'라고 적힌 것은 모두 제가 쓴 거예요. 증오심이 원동력이더라도, 엄마는 살아 있으면 좋겠다고 기원하는 마음으로 썼습니다. 지금은 후회하고 있습니다. 동생의 마지막 생각이 엄마에게 전해졌다면 좋았을 거라고요. 그러나 이제는 건넬 수 없습니다. 어리석은 우리 가족을 용서해 주세요.'

그로부터 5년 동안, 나는 시모야마 가네토의 마지막 한 시간을 그릴 수 있도록 허락을 받기 위해 시모야마의 집을 계속 찾아다녔다.

6
장

할머니 할아버지가 살아 계실 때는 이모 집에 들어갈 때 벨을 누른 적이 없었다. 현관문을 드르륵 열고 "할머니, 할아버지!" 하고 큰 소리로 외치면서 신발을 아무렇게나 벗어 던지고 후다닥 들어갔다. 그 신발을 가지런히 놓는 사람은 엄마였나, 언니였나.

그러나 할머니 할아버지가 없는 집은 내부를 다 알고 있어도 타인의 집이다. 아버지와 나는 벨을 누르고 집 안에서 사람이 나오기를 기다렸다. 그런데도 몇십 년 동안이나 변함없는 요시에 이모의 밝은 목소리를 듣자, 그리운 장소에 돌아왔다는 기분이 들었다.

점심 전이라고 차만 끓여 주는 이모에게, 이번에는 각본 준비 때문에 내려왔노라고 전했다. 오하타 린코 선생을 안내할 예정이라고.

"어머나, 대단하네. 또 사사즈카초가 무대니? 러브 스토리에 어울릴 만한 장소가 그렇게 많았나. 마히로, 너 잘 아니?"

흥분한 투로 묻는 이모에게, 이번 작품은 러브 스토리가 아니라 미스터리라고 대답했다.

"실제로 있었던 사건을 바탕으로 한 얘기예요. '사사즈카초 일가족 살해 사건', 기억해요, 이모?"

이모는 눈살을 찌푸렸다. 주간지의 가십 기사를 좋아하는 이모치고는 의외의 반응이었다. 그 사건은 말이지, 하며 자신이 수집한 정보를 술술 늘어놓지 않을까 기대했는데.

아니다, 어쩌면 당연한 반응일지도 모른다. 먼 세계에서 벌어진 사건이나 무책임하게 얘기할 수 있지, 자신이 사는 동네에서 발생한 살인 사건은 명예스럽지 못하니 빨리 잊히기를 바라는 법 아닐까. 설령 자신이 당사자가 아니더라도, 또 피해자나 가해자의 지인이 아니더라도.

"기억이야 하고 있지. 그런데 비슷한 사건은 전 일본 어디에서나 일어나는데, 왜 하필 사사즈카초 사건이야? 혹시 마히로, 네가 제안한 거니?"

은밀한 비밀을 폭로하려 한다고 비난하는 뉘앙스였다.

"아니, 내가 아니고."

이모에게 영화감독 하세베 가오리가 유년기에 이 동네에 살았다고 얘기했다. 아버지의 눈썹이 피끗 움직였다.

"그 얘기는 마사다카에게 들었어. 유치원을 같이 다녔다던데. 너 그런 걸 다 기억하냐고 물었더니, 어제 일처럼 기억난다고 하더라. 하기야 그 아이는 그럴지 모르지만, 감독에게도 특별한 일이 있었다니? 감독이 이 동네에 살았던 시기와 살인 사건이 발생한 해는 전혀 다른데."

"그 집 옆집에 살았대요."

"어머, 그렇구나."

이모는 납득이 간다는 듯이 고개를 끄덕거렸다. 눈빛도 이제야 호기심이 발동한 것처럼 보이기 시작한다.

"아 참, 이거."

줄곧 잠자코 있던 아버지가 성묘 세트가 든 토트백에서 지퍼백을 꺼냈다. 쌀겨 가지장아찌다.

이모는 반갑게 받아 들고 부엌으로 가면서 나를 돌아보고 말했다.

"조금 이르지만, 점심을 준비할게."

거들라는 신호다. 손이 빠른 이모는 대개는 사람 손을 빌리려 하지 않는다. 이렇게 신호를 보내는 것은 무슨 할 말이 있을 때다. 보나마나 각본 얘기일 것이다.

"오하타 린코 선생은 무슨 각본을 쓰는데?"

나더러 메밀국수를 삶으라고 지시하고는, 튀김 냄비 앞에

서서 이모가 물었다. 실은 잘 모른다, 나도 각본을 써서 선생님과 경쟁할 거다, 그렇게 털어놓으면 이모는 어떤 반응을 보일까.

"감독은 가해자 쪽을 조명하고 싶은 것 같아요."

말해도 별 지장 없는 방향으로 대답했다.

"아, 그 오빠 쪽. 그렇다면……, 구보사카 나오키가 어울릴 것 같지 않니?"

이모가 이번 시즌 아침 드라마에 출연하는 배우 이름을 들었다. 전대물 출신에 키가 크고 호리호리하고 피부가 하얀 배우다. 아닌 게 아니라 전체적으로 길쭉한 실루엣이 다테이시 리키토와 비슷하지만, 구보사카는 수줍음이 어린 부드러운 미소로 잘 알려진 배우다.

주간지에 실린 리키토 사진은 대개 중학교 졸업 앨범 사진인데, 하나같이 얼굴 표정이 어둡다. 만약 구보사카가 살인범역으로 발탁된다면, 아무리 유명한 감독의 작품이어도 인터넷상에서 '당장 취소하라!' 하고 한바탕 소동이 벌어지지 않을까.

"너무 밝죠. 연기는 잘하니까 살인범 역을 할 수야 있겠지만."

"그런가. 하긴 뭐, 그러네. 살인범이라니까……."

의외로 이모가 깨끗하게 물러났다. 원작이 있는 작품의 경우, 이모의 예상 배우 적중률은 매우 높다. 빗나간 경우에도 기획 단계에서 이름이 거론된 적은 있어서 내가 늘 감탄하는 탓에 보통은 이모가 우쭐해 하는데.

"하세베 감독이 이번에는 안 오니? 배우만큼이나 예쁜 사람이라, 한 번 만나 보고 싶은데."

평소의 재잘거리는 말투로 돌아온 이모에게, 마사다카 오빠는 얼마 전에 감독을 만났다고 전하자, 그때 오빠가 어떤 태도를 보였는지 궁금해 했다. 마치 내가 두 사람의 맞선 자리에 동석이라도 한 것처럼.

아쉽지만, 감독은 마사다카 오빠에게 마음이 없을 것이다. 남자에게 쉽게 마음을 주는 사람이 아니다. 그러나 감독이 유일하게 그럴 수 있기를 바라는 사람이 있다면⋯⋯. 이모에게 할 얘기가 아니다.

한창 먹성이 좋을 때와는 거리가 먼 어른 셋의 점심 준비쯤, 15분이면 충분하다. 잡담을 하다 보니, 거실 테이블에 바구니 가득한 메밀국수와 튀김이 차려졌다.

"마히로가 세계적으로 유명한 감독이랑 일하는 줄 알면 가나코도 기뻐했을 텐데. 엄마에게 보고는 하고 왔니?"

젓가락으로 고구마튀김을 집어 든 채, 이모가 말했다.

"네⋯⋯."

"처형, 오늘은 둘이서 치호를 만나러 다녀왔어요."

아버지가 차분히 이모에게 말했다. 여동생을 누구보다 걱정했던 이모에게, 그 말만으로도 아버지와 나의 향후 거취가 전해진 듯하다. 손가락으로 눈가를 꾹꾹 누르며 고개를 크게 끄덕여 주었다.

"그래, 치호도 기뻐했겠네. 가나코가 죽었을 때 그럴까 했는데, 쉽게 벗어날 수 있는 일도 아니고. 그래서 뭐, 계기라도 있었어?"

이모와 거의 동시에 아버지도 나를 쳐다보았다.

"하세베 감독이, 자기 현실을 똑바로 직시하며 사는 사람이라서, 아마 그래서일 거예요."

아버지도 이모도 수긍이 가는 눈치였다.

"인연이네, 인연. 인연이 두 사람을 만나게 했나 보네."

이모가 감개무량하다는 듯이 내 얼굴을 가만히 쳐다보며 몇 번이나 고개를 끄덕거렸다.

"치호에 대해서, 알고 싶은 게 있는 거 아니냐?"

아버지가 내게 말했다. 언니에 대해서는 뭐든 알고 싶다. 하지만 이 자리에서 말하는 '알고 싶은 것'은 조금 전 묘소에서 하던 얘기를 가리키는 것일 텐데. 그걸 이모가 안다고?

"언니가 중학교 2학년 2학기 때 좋아하는 사람이 생겼던 것 같은데, 이모는 누군지 짐작 가는 사람 있어요?"

말해도 괜찮냐고 묻듯이 이모가 아버지를 보았다. 아버지는 말없이 고개를 끄덕였다. 혹시 그 일에 대해 나만 아무 것도 몰랐던 게 아닐까.

"어디 사는 누구인지를 아는 건 아니고, 그냥 치호가 어떤 남자랑 둘이 있는 걸 본 적이 있어. 동네 자치회 모임에서 돌아오는데, 저기 산길에서 둘이 내려오고 있더라고. 치호가 절대 말하지 말라고 했는데, 그만……."

"엄마에게 얘기했어요?"

"인상이 좋아 보였어. 그래서 네 엄마도 좋아하지 않을까 하고. 그런데 난 치호가 음대 부속고가 아니라 사사즈카고에 가고 싶다고 해서 둘이 옥신각신하는 줄은 몰랐어."

"그래서 어떻게 되었는데?"

나는 아버지에게 물었다. 여기부터는 우리 가정 안에서 생긴 일이다.

"아빠는 무슨 일이 있어도 네 언니가 꼭 피아니스트가 되어야 한다고는 생각지 않았다. 치호의 인생이잖니. 그러나 좋아하는 남자가 생겼다는 이유로 장래 희망과 진학을 바꾸는 것에는 찬성할 수 없었다. 그저 눈앞에 있는 편한 길로 가려는 것뿐이잖아. 그런 생각도 있어서…… 아무 말도 하지 않았다. 엄마가 네 언니를 혼내는데도."

"엄마는 뭐라고 했는데?"

"엄마는 네 언니에게 재능이 있다고 믿고 계속 지원해 왔어. 그런 만큼 양보할 수 없는 부분이 있었지. 절대 용납할 수 없다고 완강하게 굴었고, 치호는 또 치호대로 사사즈카고에 가지 않으면 피아노에는 손가락 하나 대지 않겠다고 하고. 둘이 비슷한 사람이었던 거지."

아닌 게 아니라, 엄마와 언니 사이에서 팽팽한 긴장감을 느끼는 일이 간간이 있었다. 그러나, 그런 것은 내가 세상을 좀 알기 시작했을 무렵부터였고, 내 눈에는 둘이 대립하는 게 아니라 오히려 둘이 함께 높은 벽을 넘으려고 질타하고 격려하는 것으로 보였다. 엄마가 내게는 그렇게 했던 기억이 없는 나로서는 부럽게 느껴진 적도 있었다.

"언니는 결국 사사즈카고에 갔잖아."

"마사다카 오빠가 사사즈카고에 간다고 하니까 엄마도 강력하게 고집할 수는 없었지. 사사즈카고가 공립이기는 해도 개성을 중시하는 교육 방침으로 정평 있는 학교라 끝내는 허락했어. 그러자 치호도 피아노를 계속해서 음대에 가겠다고 약속했고."

예능 활동을 금지하는 규칙이 없었나 보네, 하고 생각하면서 언니가 아니라 다테이시 사라를 떠올렸다. 그래서 학교에서 오디션 결과를 대놓고 떠벌릴 수 있었던 것이다.

결과적으로 아버지와 엄마는 언니의 뜻을 존중한 셈이다. 피아노를 계속한 것도 언니의 뜻이다. 그러나 언니가 피아노 학원에서 돌아오는 길에 교통사고를 당하고서는 온갖 후회가 밀려왔을 것이다.

끈질기게 설득해서 음대 부고로 보냈다면, 유학을 보냈다면. 반대로, 짧은 인생이었는데 좋아하는 남자가 생겼을 때 피아노에 묶어 놓지 말고 좀 더 자유로운 시간을 주었더라면 좋았을걸, 하는.

"그래서, 아빠랑 이모는 언니가 좋아했던 남자가 누구였는지 알아요?"

"아니, 거기까지는 모른다. 엄마랑 그렇다 보니까 치호도 숨기려고 하는데, 캐묻기도 그렇고……."

아버지가 대답했다. 엄마는 보나마나 누구냐고 한 번은 추궁했을 것이다. 입을 꽉 다물고 엄마를 노려보는 언니 표정을 쉽게 떠올릴 수 있었다.

그렇다. 언니는 그런 표정을 지었다. 속상하고 분해서 북받치는 눈물을 꾹 참으려는 것처럼 눈을 부릅뜨고, 자기를 한

대 치려는 것처럼 주먹을 꽉 쥐기도 하고, 그 큰 눈을 파르르 떨기도 하고.

그런데 내 안에 살아 있는 언니는 언제나 방실방실 웃고만 있다. 피아노로 비롯된 고뇌도 갈등도 없다. 연애를 해도, 그저 즐거울 뿐.

언니를 살아 숨쉬게 하는 행위라고 믿었는데, 오히려 진짜 언니를 되새기는 게 아니라 묻어 버린 꼴이 되었다.

"이모는 직접 봤잖아요. 근처에서 본 적 있는 얼굴 아니었어요?"

"해가 진 다음이어서."

이모는 그렇게 말하고는 각자의 찻잔을 확인하고, 찻주전자에 뜨거운 물을 채우기 위해 일어섰다.

둘이서 일몰을 보러 철탑에 갔다가 돌아오는 길이었는지도 모른다.

"어떤 사람이었을까……."

고요해진 분위기가 무거워서, 일부러 중얼거렸다. 옆에 놓인 가방에서 휴대 전화가 진동했다. 오하타 선생으로부터 '내일 잘 부탁해.'라는 문자와 이모티콘이 와 있었다.

아, 그렇지. 언니 휴대 전화는 당시로서는 카메라 기능이 있는 값비싼 것이었다. 피아노 선생이 손가락 모양을 찍기 위해 필요하다고 해서, 엄마가 직접 최신형을 골랐다. 내 사진도 찍어 주었다. 혹시 휴대 전화에 둘의 사진이 남아 있지 않을까.

오하타 선생이 보낸 문자 덕에 자신이 지금 뭘 조사해야 하는지, 각본가로서의 일이 환기되었을 텐데, 내 머릿속에는 여전히 언니만 가득했다.

오하타 선생을 만나기로 한 역사 내에 있는 커피숍에 가기 전에 휴대 전화기 전문점에 들렀다.

어젯밤에 방음실 선반에 놓여 있는, 사고 당시 길가로 튕겨 나간 덕에 멀쩡하게 남아 있었다는 언니의 피아노 학원 가방에서 휴대 전화는 찾았는데, 충전기는 찾지 못했다. 아버지는 언니가 살아 있는 것처럼 행세하면서도 전화까지 유지하지는 못했다.

"충전기와 함께 가져갔다가 본체만 돌려받은 것 같은데. 치호가 살아 있었어도 허용할 범위 안에서 하는 게 어떻겠냐."

아버지가 나직이 말했다. 비난조는 아니었지만, 일기를 본 것도 좋게는 여기지 않을 것이다. 이미 허용하지 않을 범위 안에 발을 들여놓았다는 자각은 있었다.

그럼에도 알고 싶어 하는 자신의 이기심에 대한 혐오감은 얼마 전에 하세베 감독에게 품었던 감정과 비슷하다. 감독이 톡하면 사과하는 것은 과거에 자신이 상처를 준(감독은 그렇게 생각하고 있다.) 상대에 대한 죄책감 때문이 아니라, 자신의 재기라는 명분을 내세워 타인이 숨기고 싶어 하는 일에 굳이 발을 들여놓았다는 자각이 있어서가 아닐까.

언니, 미안해, 하고 속으로 중얼거리는 것도 나의 이기심에 지나지 않는다.

집에서 역까지 아버지의 경차를 몰고 가는 중에, 마음속으로 그런 변명을 주절거리면서도 나는 휴대 전화에 보존되어 있을지도 모를 사진을 기대했다. 운동선수 스타일의 남자와 언니가 웃는 얼굴로 찍힌 사진이 한 장이라도 있기를.

그러나 기대는 속절없이 무너졌다. 전문점이라고 해서 17년 전 기종의 충전기까지 비치하고 있지는 않다. 일단 찾아는 보겠지만 백 퍼센트 보장은 할 수 없다고 했다.

그만해라, 하는 아버지 목소리가 머릿속에서 울린 듯한 기분이 들었다.

오하타 린코 선생이 드라마 업계에서는 일인자를 다툴 만큼 인기 있는 사람이더라도, 세상에 각본가라는 직업에 관심이 있는 사람은 그리 많지 않다. 간간이 텔레비전에 얼굴을 내밀어도 그렇다. 각본가 오하타 린코라는 걸 알아보는 사람은 커피숍에는 물론 동네 전체에도 거의 없을 것이다. 그러나 누군지는 몰라도 꽤 유명한 사람인가 보다고 힐금힐금 쳐다보는 사람은 있다.

예전에 나도 혹시 유명한 사람? 하면서 스쳐 지나간 사람이 있는데, 나중에 가극단 다카라즈카의 톱스타였다는 걸 알고는 그 카리스마에 감탄한 적이 있었다. 오하타 선생도 비슷한 카리스마를 갖고 있는 듯하다.

그런데 오하타 선생의 차림새가 평소 익숙한 차림과는 사뭇 달랐다. 사무실에서 각본만 쓰는 날에도 선생은 드레스라고 해도 좋을 원피스를 차려입고 있다. 물론 풀 메이크업에 긴 머리는 우아하게 구불거린다. 구두는 하이힐. 물어본 적은 없지만, 나는 그 차림을 오하타 린코의 전투복이라고 해석하고 있다.

그러나 오늘 선생의 복장은 청바지에 후드 달린 검은 파카로 아주 심플하다. 머리도 하나로 묶었다. 신발은 스니커다.

선생은 나를 알아보고는 한 손을 들면서 일어나 스포츠 브랜드의 배낭을 어깨에 멨다. 배낭이 다 있었어? 하고 놀란 데다 손때가 묻은 것이어서 신경이 쓰였다. 친척 아이에게 빌려온 것일까. 그런 아이가 있었나? 그보다 사사즈카초를 미지의 땅이라고 오해한 거 아닌가, 하고.

선생은 커피숍에서 얘기를 나눌 마음은 없는지, 재빨리 계산을 치르고 가게를 나섰다.

"자, 이제 사건 현장으로 안내해 줘."

인사도 아무것도 없었다. 그러나 내가 뭐라 말을 되받지 않은 것은 인사를 건너뛰었기 때문이 아니었다.

"정확한 장소를……."

저는 몰라요. 선생님은 아세요? 하고 끝까지 말하지 못했다. 선생이 눈썹을 찡그리고 나를 빤히 보고 있었기 때문이다.

"설마, 아직 안 가 본 거야? 각본 의뢰받은 후로 두 번이나 고향에 내려왔는데? 주말에 뭐 했어?"

졸지에 공부에 매진하지 않는 입시생 꼴이 되고 말았다. 어이없어하는 오하타 선생의 얼굴을 보며, 지고 싶지 않다거나 인정해 주지 않는다는 생각을 했다면 어차피 생각에 불과할 뿐 자신이 얼마나 '사사즈카초 일가족 살해 사건'에 소홀했는지를 깨닫는다. 그렇기는 하지만…….

"사건 현장인 사라의 집은 리키토가 불을 질렀기 때문에 전소되고 없어요."

"그래서?"

"아, 아니요……. 주차장에 차를 세워 놓았습니다."

오하타 선생을 차로 데리고 갔다. 사건 현장의 위치는 대략 알고 있다. 다시 말해서, 정확한 주소까지는 모른다. 그럴 줄 알았다는 듯이 조수석에 앉자 오하타 선생은 B5 사이즈 노트를 펼쳐 운전석에 앉은 내게 내밀었다. 주소가 적혀 있었다. 손으로 쓴 글씨다.

내비게이션이 없어서 나는 주소를 휴대 전화에 입력했다. 지도를 확인한 다음 시동을 걸었다. 오하타 선생은 저러다 멀미를 하지 않을까 싶을 만큼 고개를 전후좌우로 돌려 가며 차창 밖 풍경을 내다보았다.

선생의 머릿속에서는 지금 비디오카메라가 작동하고 있을 것이다.

15분 정도 지나 목적지에 도착했다. 해변에 서 있는 야시마 중공업의 조선소가 가까이 보이고, 쿵, 쿵, 일정한 간격으로 울리는 묵직한 소리가 들렸다.

초등학생 시절에 한 번 이 조선소를 견학한 적이 있다. 그때는 작업용 대형 차량이 오가고 훨씬 북적거리는 인상이었는데, 그런 흔적은 어디에도 없었다. 햄버거 체인점과 도시락 가게도 보이지 않았다.

낡은 집이 듬성듬성 서 있을 뿐이다.

휴대 전화에 입력한 주소에 건물은 없었다. 잡초만 무성한 공터 한구석에 바로 옆에 있는 공장의 자재 적치장에서 굴러 떨어진 듯한 녹슨 쇠막대기가 몇 개 널브러져 있었다. 이런 곳에 세련된 집이 한 채 서 있었다고는 생각하기 어렵다.

이쓰카 씨에게 들은, 사라가 남자 친구의 할머니 집에 자주 드나들었다는 얘기가 떠올랐다. 보통 사람들 눈에는 좀 낡은 건물 정도의 집이었겠지만, 사라에게는 이상적인 집이지 않았을까.

반대쪽 옆은 밭이다. 아직 수확하기에 이른 크기의 무와 배추가 푸릇푸릇 자라고 있다.

"40평 정도 되려나. 이렇게 좁은 땅에도 집이 한 채 들어설 수 있다는 말이네."

오하타 선생은 배낭에서 소형 디지털 카메라를 꺼내 몇 번 셔터를 눌렀다.

"사건 전부터 주변이 이런 상태였다면, 집 안에서 가족끼리 입씨름을 해도 옆집까지는 들리지 않을 절묘한 거리네. 학대가 있었어도 말이야. 어느 집이든 그렇지. 그게 다 계산된 거라면 정말 굉장하지만, 지난 10년 사이에 철거된 집도 몇 채는 있을 테지."

그냥 생각나는 대로 말하는 것인가. 아니면 내게 들으라고 말하는 것인가.

사진을 다 찍자, 선생이 이번에는 배낭에서 A4 사이즈 종이를 꺼냈다. 집의 평면도다. 그걸 펼친 채, 여기가 현관이고, 하면서 공터 안으로 발을 들여놓는다. 나도 뒤따랐다.

1층에는 거실과 부엌, 화장실, 세면실, 욕실, 맨 안쪽 방에서 부모의 불에 탄 사체가 발견되었다. 2층에는 방이 두 개. 앞쪽 작은 방이 리키토의 방. 그다음 큰 방이 사라의 방.

액체가 남아 있는 페트병을 밟았는데도 오하타 선생은 걸음을 멈추지 않았다.

"2층에는 복도가 없으니까, 사라는 자기 방에 가려면 리키토의 방을 지나야 했겠지."

오하타 선생의 목소리에 안내를 받듯 머릿속 영상이 수정되어 간다. 리키토는 자기 방이 있었지만, 그 방에 혼자 틀어박힐 수는 없었다. 그러니 중요한 것도 숨길 수 없지 않았을까. 그래서 공원에서 고양이들과 어울렸다?

오하타 선생이 잠시 주변을 걸어 다녔다. 밭의 작물은 매일 보살필 필요가 없는지 사람의 모습은 전혀 보이지 않았다. 세상에 둘만 덩그러니 남겨진 듯한 기분이 든다.

"이야기는 머리로 상상해서 지어도 되는 것과, 자기 눈으로 확인하면서 지어야 하는 것이 있어. 설사 픽션이라도."

오하타 선생이 걸음을 멈추고 내 쪽으로 몸을 돌렸다.

"게다가 요즘은 인터넷을 통해 사실을 간단히 확인할 수 있는 시대잖아. 머릿속에서 지어낸 이야기만 갖고는 따라갈 수 없는 시대야. 자기 발로, 눈으로 확인하면서 사실을 추적하고, 그다음부터 상상력으로 밀고 나가는 거라고. 그러지 않고는 앞으로 10년, 살아남을 수 없어."

뭐라고 대꾸할 말이 없었다.

"말은 거창하게 했지만, 이렇게 낯선 곳에서 취재하느라 돌아다니는 거, 정말 오랜만이네. 하물며 살인 사건이 발생한 현장은, 처음이야."

"저는……, 지금도 이곳에서 살인 사건이 있었다는 게 믿기지 않아요."

"이렇게 평범한 장소에서 그런 사건이 발생했다는 건, 즉 전 일본 어디에서나 일어날 수 있다는 뜻이겠지. 하지만 엇비슷하고 있을 법한 사건이라도, 그 배경에는 각각의 이야기가 있기 마련이야. 옆집 사람도 모르는. 어쩌면 당사자도 전체를 파악하고 있는 건 아닐지도 모르지."

"당사자도 잘 모르는 걸, 어떻게 하면 전부 알 수 있을까요?"

재판 기록을 읽고, 상담을 했던 의사까지 찾아가 보았지만, 사라와 리키토가 서로를 어떻게 생각했는지, 리키토의 마음속에 살의가 싹튼 마음의 흐름을 모르겠다.

"그건 알 수 없지."

"네?"

"그러니 우리 같은 각본가는 상상을 하는 거 아니겠어. 이런 이야기가 있지 않았을까요, 하고 사람들에게 제시하는 거지. 3억 엔 사건을 다룬 작품도 무수히 많지만, 뭐가 옳은 이야기인지는 아무도 모르잖아? 그런데도 실제로 발생한 사건에 공감할 수는 있어. 관심을 가질 수도 있고. 하세베 가오리 감독은 사람들에게 뭘 보여 주려고 하는 걸까."

보여 주려고, 는 하지 않을 것이다. 감독 자신이 알고 싶은 것이다. 다테이시 리키토를. 아니, 방화벽 너머에서 자신의 어린 시절에 힘을 보태 주었던 아이를.

그 얘기를 오하타 선생에게 전해야 하는 것일까.

잠시 고민하다가, 선생에게 양해를 구하고 문자를 하나 보냈다.

계속 걷다 보니까, 조선소 정문으로 쭉 이어지는 넓은 길이 나왔다. 개인이 경영하는 음식점이 몇 채 줄지어 있다. 선생이 불쑥 라멘이 먹고 싶다고 해서, 마침 종업원인 듯한 아주머니가 입구에 포렴을 내다 걸고 있는 중화요리점에 들어갔다.

각자 라멘을 주문했다.

"현지 라멘이려나."

선생은 신이 난 표정으로 가게 안을 휘휘 둘러보면서 말했다. 취재가 오랜만인 것처럼, 이런 허름한 가게에 들어온 것도 오랜만이라 오히려 신선한 느낌이리라. 아마도 어패류로 국물을 낸 라멘이 나올 텐데, 그걸 현지 라멘이라고 할 수 있을지 이 동네 출신인 나도 잘 모르겠다.

"손님, 도쿄에서 오셨수?"

주방에서 작업하고 있던 주인인 듯한 아저씨가 물었다.

"네, 맞아요. 일 때문에."

선생이 자연스럽게 대답한다.

"그, 살인 사건 취재 때문인가?"

나는 움찔했다. 어떻게? 하는 말이 나올 뻔했는데, 15년 전 사건이기는 하나 도쿄 사람이 이 가게를 찾는다면 사건 취재 관계자 정도일 것이다.

오하타 선생은 그렇다는 뜻을 내비치듯 우후후 웃고는 물을 한 모금 마셨다.

"정신 감정이 불충분하지 않았나 하는 의견이 대두되고 있는데, 아저씨는 다테이시 리키토 씨를 만난 적 있으세요?"

"그게 말이야, 그런 질문을 몇 번이나 받았는데, 그 집에 아이가 하나 더 있다는 것조차 몰랐어. 늘 부부가 여자아이만 데려와서 말이지."

"사라 말기군요. 그녀는 어떤 아이였어요?"

"활달하고 귀여운 아이였어. 다른 사람들이 먹는 게 맛있어 보여서 그랬겠지만, 어떻게 다 먹으려나 싶을 정도로 주문해 놓고, 대개는 한 입 맛보고 이제 됐다는 식으로 남겼어. 그런데 아빠나 엄마나 잔소리 한마디 않고, 할 수 없지, 하면서 그걸 먹더라니까. 특히 아빠 쪽이 아주 딸바보였어. 그 딸만 자기 피였던 거겠지. 그러니 애지중지하는 것도 당연한 일 아니겠어."

노련한 어투로 말을 술술 늘어놓으면서 아저씨는 라멘을 완성해 우리 앞에 내놓았다.

"그렇군요."

오하타 선생은 맞장구를 치면서 나무젓가락을 갈라 두 손으로 쓱쓱 비비고는 호쾌하게 면을 빨아올렸다.

"그런데 말이야, 편애를 하고, 혹시 폭력까지 휘둘렀을지도 모르지만, 그렇게 귀여운 아이를 부엌칼로 닥치는 대로 찌르고, 부모까지 불태워 죽인 놈을 놓고 새삼스럽게 정신 감정이 잘못 되었네 어쩌네 해 봐야 범인이 한 짓은 달라지지 않잖아. 그러니 난, 동정할 필요 없다고 생각하는데. 사진도 봤지만, 얼굴이 핏기도 하나 없는 게 마치 저승사자 같더구만, 뭐."

오하타 선생은 크게 고개를 끄덕이고는 또 후루룩 면을 빨아올렸다. 나는 어느 타이밍에 먹으면 좋을지 몰라 아직 죽순밖에 먹지 못했다.

"실물은 훨씬 더 잘생겼어."

목소리가 들려 돌아보니, 빈 조리개를 한 손에 들고 들어온 아주머니가 서 있었다.

"왜 텔레비전이나 주간지나 그렇게 인상 나쁜 사진만 사용하는지 모르겠다니까. 그야 붙임성은 없었지만, 예쁘장하게 생긴 아이였다고. 앞머리가 길어서 대개 눈이 가려졌지만, 언제였더라, 어디를 가는지 막 뛰어가는데, 바람이 세게 불어서 얼굴이 다 보였는데, 쌍꺼풀진 눈매가 또렷하고 잘생긴 아이였다고. 동생이 아이돌이 되고 싶었던 것 같은데, 오빠 눈을 닮았으면 좋았으련만."

나도 리키토의 얼굴은 아주머니가 말한 인상 나쁜 사진으로밖에 보지 못했다.

"연예인 중에서 누구 닮은 사람 없어요?"

내가 아주머니에게 물었다.

"흠, 글쎄……. 비슷한 사람이 있는 것도 같은데, 요즘 젊은 연예인 이름은 잘 몰라서."

"그러시군요."

조금 실망하면서 카운터 쪽으로 몸을 돌려 보니, 오하타 선생 그릇이 비어 있었다. 국물까지 싹 마셨다. 서둘러 따라잡으려는 동안에도 아저씨와 아주머니는 사건 얘기를 하고 있었지만, 모두 주간지에 실렸던 내용뿐이라 새로운 정보는 얻을 수 없었다.

그래도 사라가 리키토를 좋게 여기지 않았으리란 상상은 할 수 있었다.

사라의 집이 있던 장소에 세워 놓았던 차로 돌아가자, 오하타 선생이 이번에는 사사즈카로 가 달라고 부탁했다. 그곳은 주소 없이도 갈 수 있다.

오하타 선생이 모교냐고 물어, 고개를 가로저었다.

"그렇군."

오하타 선생이 아쉽다는 듯 중얼거렸다. 취재 요청을 했는데, 그쪽에서 거절한 듯했다. 그래서 내게 잘 아는 선생이 있기를 기대했던 모양이다. 마사다카 오빠나 이쓰카 씨와 의논했으면 어땠을까 싶어 꾸물거렸던 자신이 한심해졌다.

언니와 같은 학교에 다니면 언니가 사고를 당했다는 현실과 직면하게 될지도 모른다. 언니를 아는 선생들이 조의를 표할 수도 있다. 그런 이유도 있어, 이웃 동네에 있는 사립 여고로 진학했다. 부모님도 전혀 반대하지 않았다. 다른 여자아이들을 본받아 조금 여자다워지면 좋겠다는 농담을 했을 뿐이다.

당연히 학교 안에는 들어갈 수 없다. 운동장 옆에 있는 길에 차를 세웠다.

"일반고지?"

건물 쪽을 바라보면서 오하타 선생이 물었다.

"시골이라서 도시와는 조금 달라요. 일반반은 중학교 성적이 상위 삼분의 일 안에 들면 충분하고, 특별 진학반도 톱클래스에나 똑똑한 아이들이 있는 정도예요."

"그래도 웬만큼은 사회적 지위를 말해 주는 거 아닌가? 리키토는 중졸인데 사라는 엘리트고. 라멘 가게에도 데려가지 않았다니, 동정은 가지만 비슷한 처지에 있는 아이들은 많아. 매스컴에서는 리키토가 우발적으로 범행을 저지른 것처럼 떠들었지만, 나는 그렇게 생각하고 싶지 않아. 무슨 일이 있지 않았겠어."

선생은 그렇게 말하고 차로 돌아왔다.

그다음은 이름조차 들어 본 적 없는 카페로 가자고 했다. 오하타 선생이 또 주소를 보여 주어, 우리 집에서 그리 멀지 않은 곳인 것은 알았지만 기억에 없는 카페였다.

천천히 차를 몰아 다가가자, 입구에 나무 간판을 내건 해묵은 민가가 보였다.

"오래된 집을 카페로 개조한 곳에 한 번은 가 보고 싶었거든."

선생은 그렇게 말하면서 차에서 내렸지만, 차를 마시는 게 목적은 아닐 것이다. 목조 가옥인데 대들보는 남기고, 바닥에는 마루를 깔았다. 오래되었다기보다 레트로란 말이 더 어울리는 공간이었다. 달콤한 버터 향이 풍겼다.

커피와 와플이 주 메뉴이고, 런치 메뉴는 없는 듯했다. 오후 간식을 먹기에는 이른 시간인 탓인지 손님은 우리밖에 없었다. 툇마루에 가까운 4인용 둥그런 테이블 자리에 오하타 선생과 마주 앉았다.

주문을 받으러 온 여자는 나이가 나보다 약간 위로 보이고, 인상이 좋았다. 선생을 따라 계절 한정 잼을 토핑한 와플과 유기농 커피를 주문했다.

"페이스북에서 찾았어. 저 사람, 하시구치 히나 씨가 여기 주인인데, 사사즈카고 87기 졸업생이래."

오하타 선생이 휴대 전화를 꺼내 화면을 보여 주었다. 87기라는 말을 듣고서도 잘 몰랐는데, 하시구치 씨의 모습을 보고는 무슨 뜻인지 헤아릴 수 있었다. 아마 다테이시 사라와 동창생일 것이다.

저명한 각본가 오하타 선생이라면, 오랜 세월 동안 구축한 인맥을 통해 자료도 쉽게 입수하고, 만나고 싶은 인물도 바로 바로 만날 수 있고, 정보도 간단히 수집할 수 있을 것이라고 생각했는데, 페이스북이라니.

선생에 비해 내가 능력이나 힘이 없는 게 아니라 게으름을 피우고 있을 뿐이라는 걸 다시 한 번 깨달았다.

잠시 후 갓 구운 와플과 갓 내린 커피가 나왔다. 솔직히 좀 전에 라멘을 먹어 배가 부른데, 향을 맡다 보니 위에 들어갈 자리가 생긴다.

오하타 선생이 나이프로 와플을 절반으로 자르더니, 또 커다란 입을 벌리고 우물거렸다. 얘기할 시간을 확보하기 위해서다. 상대는 취재가 목적인 건 이미 알고 있다 해도, 자신이 만든 요리가 손도 대지 않은 채 식어 가고 있다면 기분이 좋지는 않을 것이다. 그러나 맛있게 먹는 모습을 보면, 마음을 열고 무슨 얘기라도 해 줄지 모른다.

나도 와플을 한입 가득 우물거렸다. 금방 만든 요리를 음미하는 행복감이 밀려온다. 오하타 선생은 영락없이 짧은 여행의 해방감에 젖어 있는 것처럼 보인다.

하시구치 씨가 한 손에 머그잔을 들고 다가왔다.

"실례할게요."

툇마루를 등지고 나와 선생 사이 자리에 앉는다.

취재를 하고 싶다는 의사를 미리 전한 듯하다. 들어올 때는 미처 몰랐는데, 어쩌면 이 시간에 손님을 받지 않는다는 종이를 내붙였는지도 모르겠다.

"다테이시 사라에 대해 알고 싶으신 거죠?"

하시구치 씨가 먼저 말을 꺼냈다. 오하타 선생은 배낭에서 노트를 꺼내고는 잘 부탁한다며 머리를 숙였다. 나도 선생을 따라 얼른 머리를 숙였다.

"고등학교 1학년 때 같은 반이었지만, 얘기는 거의 나눈 적이 없어요. 그쪽은 반에서 눈에 띄는 명랑한 그룹에 속했지만, 저는 수수한 그룹이어서요."

"사라 씨는 친구가 많았나요?"

내가 물었다. 이쓰카 씨에게 들은 사라의 중학교 시절 일화 때문에 사라에게 고립된 이미지를 품고 있었다.

"같은 중학교를 다녔던 아이들 사이에서는 평판이 그렇게 좋지 않았지만, 입학하자마자 축구부에서 주장 격인 아이와 사귀기 시작했기 때문에, 그의 인기 덕분에 사라의 험담을 하면 나쁜 아이처럼 여겨져서."

사라라면 충분히 사용할 법한 술수다. 어떤 거짓말을 해서 그 남자아이에게 접근했을까. 그보다……

"그, 축구부 남자아이는 괜찮았어요?"

"무슨 뜻이죠?"

"혹시 어디 다치지 않았어요?"

"아, 사라 역병신 전설 말이군요. 매스컴 관계자들에게는 그런 일화도 알려져 있나 보네요."

"아, 아니요."

오하타 선생의 시선을 느꼈다. 앞서지 말라고 말없이 제지하는 눈빛이었다.

"음, 사라와 사이좋게 지냈던 아이들은 다치거나 정신 장애가 생겼다는 소문은 들은 적이 있어요. 하지만 그 남자아이는 은퇴할 때까지 별 탈 없이 활약했어요. 현 대회에서 4위까지 했던가, 아마 그럴 거예요. 아, 그게 2학년 도중에 사라와 헤어졌던가. 오디션에 방해가 된다고 사라가 찼다고 하던데. 하여간 소문이 그랬지만요."

현 대회 4위도 대단은 하지만 탁월한 재능이라고는 할 수 없다. 그래서 별일 없었던 게 아닐까, 하고 삐딱한 해석을 하고 만다.

"하지만……."

하시구치 씨가 들고 있던 머그잔을 내려놓고, 어떤 기억을 떠올리려는 듯 허공의 한 점을 잠시 바라보았다.

"우리가 1학년 때, 교통사고로 죽은 아이가 있었는데."

갑자기 찬물을 뒤집어쓴 것처럼 소름이 끼쳐 벌떡 일어설 뻔했다. 이름을 말하지 않아도 누구인지 안다. 하시구치 씨 말을 끊지 않도록 천천히 침을 삼키고 자세를 고쳤다.

"둘이 같이 있는 걸 몇 번 본 적이 있어요. 같은 중학교를 나온 것도 아니고, 지금 같은 반도 아닌데 참 이상하다 싶었어요. 저, 그 아이와 친하게 지낸 건 아니었지만 피아노를 잘 쳐서 선망했기 때문에, 사라와 친하게 지내지 않는 편이 좋겠다고 충고했어요. 그랬더니, 그런 말 하면 안 된다, 착한 아이다, 그러잖아요. 나를 오히려 이상한 아이라 여겼을지도 모르겠다고 후회하면서 사과를 하려고 했는데, 용기를 내지 못하고 망설이는 사이에 그만 사고가 났어요. 그 아이와 사라가 사이좋게 지냈다는 걸 다른 아이들은 몰랐는지 역병신 전설을 들먹이는 아이는 없었고, 지금 이런 식으로 연관 지어 말하면, 조금도 성장하지 않았다고 그 아이가 어이없어하겠지만, 뭐였을까요…… 이상한 얘기를 해서 죄송합니다."

하시구치 씨가 얼굴을 가리듯 머그잔을 입으로 가져갔다. 나는 머릿속이 정리되지 않아 얘기에 따라가지 못한다. 같은 학년이었다는 건 알고 있었다. 그러나 사라와 언니를 연관 지어 생각한 적은 단 한 번도 없었다.

사라에 대해서 알고 있는 것은 아니다. 언니에 대해서도 모르는 게 너무 많다. 그런데도 직감을 안이하게 부정하고 싶지는 않다. 언니는 사라와 맞지 않는다. 사라가 어떤 거짓말을 하든, 언니는 금세 간파하지 않았을까.

"그 아이가 죽었을 때, 사라는 어떤 반응을 보였죠?"

도움의 손길은 아니지만, 오하타 선생이 하시구치 씨에게 물었다.

"저 자신이 충격이 커서 다른 아이들이 어땠는지는 기억에 없지만, 장례식에는 오지 않았어요. 그래서 역시나 볼일이 있어서 만났을 뿐, 그렇게 친한 사이는 아니었나 보다, 그렇게 생각했던 것 같습니다. 아, 그해 학교 축제의 자유 무대에서 피아노를 친 아이가 있었거든요. 그런데 사라가 과호흡 증상을 보여서 구급차로 실려 갔던가, 그랬어요. 저는 그 아이가 떠올라서 그랬을지도 모르겠다고 생각했는데, 그렇게 얘기하는 친구가 하나도 없어서, 그것도 제 착각인가 했어요."

"혹시 곡목은?"

사라에 대해서 물어야 하는데, 확인하고 싶은 것은 역시 언니에 대해서였다.

"저도 아는 꽤 유명한 곡, 다라라라, 다라라라, 하는."

"'강아지 왈츠'네요."

"네, 맞아요. '강아지 왈츠'. 중학교 음악 시간에 선생님이 피아노 잘 치는 저 아이에게 한 곡 쳐 달라고 하자, 하니까 그 아이가 '강아지 왈츠'를 쳤기 때문에, 축제에서도, 앗, 그 곡이다 하고."

음악 시간, 아마 언니는 마지못해 쳤을 것이다. 자신이 내는 소리와 다른 사람이 내는 소리를 구별하지 못하는 사람 앞에서는 피아노를 치고 싶지 않다고 투덜거린 적이 있었다.

"하지만 사라는 그 아이와 같은 중학교를 다닌 건 아니었으니까, 그 아이는 고등학교에 가서도 학교에서 그 곡을 연주했다는 말이죠?"

"그런 일은 없었을 거예요. 그랬다면 소문이 자자했을 텐데, 오히려 피아노를 그만뒀다는 소문이 나돌았을 정도니까."

그렇다면 사라는 피아노와 무관한 이유로 과호흡 증상을 보였는지도 모른다. 인터넷에도 언니가 연주하는 동영상은 없다.

언니의 연주가 기록으로 남아 있는 것은, 우리 집 홈 비디오와 피아노 학원에서 매번 녹음했던 미니디스크뿐이다. CD였다면 간간이 들었을지도 모른다. 미니디스크라는 지금은 거의 사용하지 않는 것으로 들으려니, 언니의 시간이 그 시대에 멈춰 버렸다는 사실과 본의 아니게 마주해야 하는 것 같아 저절로 피하게 되었다.

굳이 그런 것으로 듣지 않아도, 언니의 피아노 소리는 머릿속에서 얼마든지 재생할 수 있다. 내게 재능이 있다면 각본을 쓰는 것이 아니라 소리를 구별하는 것인지도 모른다. 언니도 그걸 알았기 때문에 내게 투덜거렸던 것이다.

"사라가 학교에서 오빠 얘기를 한 적은 있나요?"

오하타 선생이 물었다. 궤도를 수정한 것인가.

"저는 사건이 발생하기 전에는 사라에게 오빠가 있다는 걸 몰랐어요. 사건 후에 초등학교와 중학교를 같이 다녔던 아이가, 항상 공원에 있었고 뭔지 모르게 위험한 인상이었다는 말을 듣고, 좀 더 빨리 대책을 세울 수는 없었나 하고 생각했어요."

새로운 정보도 없는데, 마음속으로 "응?" 하고 의아했던 것은, 내 안에서 리키토는 좋은 사람이고 사라는 나쁜 사람이라는 천칭이 기울었기 때문이다.

"사라는 아이돌을 지망했다고 하는데, 하시구치 씨가 보기에는 어땠어요?"

오하타 선생이 물었다. 하시구치 씨는 또 잠시 허공의 한 점을 쳐다보고는, 진지한 눈빛으로 오하타 선생을 돌아보았다.

"합격하지도 않은 오디션에 합격했다고 거짓말했다는 사실이 크게 보도되어, 마치 양치기 소년 취급을 당했지만, 적어도 저는 그녀가 합격했다고 말하는 것을 직접 들은 적이 없어요. 오디션에서 심사위원들의 반응이 좋아서, 결과가 나오

424

기 전에 친하게 지내는 아이들에게 합격할 것 같다고 한 말이 부풀려졌는지도 모르고, 또 주간지에서 멋대로 그런 제목을 붙였는지도 모르죠."

"상당히 우호적이네요."

"그렇잖아요. 거짓말쟁이라고 해서 살해를 당해도 싸다고 말하는 건 부당하죠. 게다가 사라는 꿈을 이루지 못한 게 아니라, 노력하는 도중에 살해되어 미래가 사라진 거잖아요. 살아 있었다면 아이돌이 되었을지도 모르죠. 저도 고등학생 때부터 내 가게를 차리고 싶다는 꿈을 품고 있었는데, 만약 올해가 되기 전에 죽었다면 그 꿈을 이루지 못했겠죠. 예전의 저를 아는 사람은, 그렇게 성격이 어두운 아이가 어떻게 가게를 해, 하고 마음속으로 비웃었을지도 모르고요. 현실을 깨닫기 전에 죽어서 다행이라고 태연하게 말하는 사람도 있을 수 있겠죠. 애당초 사라만 예뻐한 사람은 그녀의 부모지 사라는 아무 잘못이 없잖아요. 친구는 아니었지만, 같은 고등학교를 같은 시기에 다닌 동급생이 불합리하게 목숨을 빼앗긴 일에는 분노를 느끼고, 사라에게는 동정, 아니죠, 조의를 표합니다."

하시구치 씨가 하는 말은 뭐 하나 틀리지 않았다. 이쓰카 씨가 아니라 하시구치 씨를 먼저 만났다면 방화벽 너머에 있던 인물을 사라로 상상했을지도 모른다. 충분히 그럴 수 있다.

간식 시간이 다가와, 오하타 선생과 함께 고맙다는 말을 하고 자리에서 일어났다.

"저······."

하시구치 씨가 나를 빤히 쳐다보았다.

"왜 그러시죠?"

"아니요, 아는 사람과 많이 닮아서."

나는 최대한 웃는 얼굴을 보이고는 머리를 숙였다. 오하타 선생은 사전에 취재 요청은 했어도 가게에 들어서서 명함을 건네지는 않았다. 하시구치 씨는 나를 도쿄에서부터 동행한 오하타 선생의 조수라고 여겼을 테니, 이 동네와 인연이 있으리라고는 상상도 못하고, 또 얼굴이 많이 닮았다고 느꼈을 뿐 미처 알아차리지 못했을 것이다.

이름을 말하지 않고 가게를 나섰다.

그다음 오하타 선생이 가자고 한 곳은 '사사즈카초 일가족 살해 사건'과는 무관한 장소였다. 드라마로 제작된 내 첫 작품의 한 장면을 찍었던 사사즈카초의 어느 장소에 가고 싶다고 한 것이다.

"그 해가 지는 마지막 장면 말씀이죠? 아무것도 없는 산 속에 있는데."

"바다로 떨어지는 해를 볼 수 있는 특등석이잖아."

"이 동네에 선생님을 안내할 수 있는 관광 명소는 없지만, 그렇다고 굳이 일몰을 볼 필요는 없잖아요. 맛있는 와인을 마실 수 있는 가게가 있는데요."

"와인은 일몰을 보고 나서 마시면 되지. 게다가 맛있는 와인은 지금까지도 얼마든지 마셨어. 하지만 바다로 떨어지는 해는 한 번도 본 적이 없다고."

"또 그런 말씀. 하와이에도 몇 번이나 가셨으면서."

"날씨는 좋았지만 구름이 껴 있었다고. 혹시나 하고 기대했는데 역시나였지. 바다로 지는 해가 무슨 볼거리냐고 무심하게 말할 수 있다는 게 얼마나 사치스러운 일인지 모르지? 바꾸어 말하면 하와이에 가지 않아도 볼 수 있다는 거잖아."

"하긴, 뭐……."

오하타 선생은 빈말을 하는 사람이 아니다. 그런데도 썩 내키지는 않았다.

해가 떠오르고 지는 것은 당연한 일인데. 아, 이런 생각을 오늘 처음 하는 게 아니다. 언니는 이 동네 사람이면서, 일몰을 좋아했다.

그런 기억이 떠오르자 문득 일몰이 보고 싶어졌다.

"알겠어요. 안내해 드릴게요. 산길을 조금 걸어야 하는데,

해가 지려면 아직 시간이 있으니까, 그 전에 한 군데 들러도
될까요?"

"그럼."

시동을 걸기 전에 나는 휴대 전화를 꺼냈다. 카페에 들어가
기 전에, 아까 문자를 보내고 받은 회신으로 그 정보는 이미 확
인했다. 그 장소도 이 카페와 우리 집에서 그렇게 멀지 않다.

당연하다. 그곳에 살았던 사람은 언니와 마사다카 오빠와
같은 유치원에 다녔으니까. 그러나 그 건물이 지금도 남아 있
으리란 보장은 없다. 없으면 없는 대로, 그 장소의 분위기만
느낄 수 있어도 좋을 것이다.

슈퍼마켓 '하루미 스토어'와 그 건물은 언덕길을 사이에
두고 있었다. 아직 노후한 것까지는 아닐 텐데, 그 3층짜리 아
파트만 낡아 보이는 것은 새로 들어선 알록달록한 집들이 에
워싸고 있기 때문일 것이다.

아파트 앞 갓길에 차를 세웠다.

"여기예요."

오하타 선생에게 그렇게 말하고, 둘이 차에서 내렸다.

"마히로 씨 집?"

"아닙니다."

순간적으로 울컥했다. 이 건물에 대한 내 생각, 바로 그 탓

일 것이다. 30년 전에는 훨씬 더 깔끔했을 것이고 주변에 새 집도 적었을 테지만, 이런 집에 살면서 만족할 수 없는 심정이 조금은 이해가 된다.

"다테이시 가족이 옛날에 살았던 아파트예요."

"어머, 그래?"

오하타 선생이 눈을 부릅뜨고 아파트를 올려다보았다.

"다테이시 가족의 집은 204호, 그리고 203호는 하세베 감독의 집이었어요."

하도 놀라서 눈조차 깜박이지 못하고 나를 쳐다보는 오하타 선생에게, 하세베 감독으로부터 들은 얘기를 대충 전했다. 선생의 시선을 받으면서도 나의 시선은 자연스럽게 2층으로 향했다. 방이 여섯 개 옆으로 줄지어 있고, 가운데가 203호와 204호일 텐데, 어느 쪽에도 베란다에 빨래 따위는 없고, 그 너머로 보이는 유리문에는 커튼도 걸려 있지 않다. 비어 있는 듯하다.

방화벽은 생각보다 얇고(그러고 보니 감독은 판자 칸막이라고 말했다.), 베란다에서 조금만 몸을 내밀어도 벽 너머에 있는 사람의 얼굴을 쉽게 볼 수 있을 듯하다.

내가 이미 어른이라 그렇게 생각한다는 것도 알고 있다. 어른은 베란다에 몇 시간 나가 있는 정도는 혹독하게 추운 날이

나 비 오는 날이 아니면, 가벼운 벌로밖에 여기지 않을 것이다. 지나는 차나 다른 사람, 개 등 위험한 요소는 아무것도 없으니까.

그러나 어린아이는 그렇게 느끼지 않는다. 안심할 수 있는 곳에서 분리된 장소. 버려진 장소. 어디로도 도망칠 수 없는 장소. 고독과 싸워야 하는 장소. 슬픔과 공포가 뒤섞인 장소였을 것이다.

방화벽도 감옥의 벽처럼 보였을지 모른다.

"모든 것이 시작된 장소인 셈이네. 내게 이곳을 가르쳐 주지 않고 뭘 쓰게 하려고 했나, 신고 씨는."

오하타 선생은 그렇게 말해 놓고 아차, 하는 표정을 지었지만, 신기하게 아무 느낌도 없었다. 100년 전에 알았던 사람의 이름을 들은 듯한 감각이다. 다시 말해서 전생이나 그보다 더 오래전.

"빈집이 많은 것 같은데, 어디 한 군데 찾아가 볼까?"

네, 하고 대답하려다, 아니지 싶어 그만두었다.

"다테이시 가족이 살았다는 걸 몰랐다면, 괜히 껄끄러운 일을 밝히는 꼴이 되지 않겠어요?"

"하긴, 여기서 살인 사건이 일어난 건 아니지만……."

"이봐요!"

등 뒤에서 누군가가 불렀다. 예순 살은 족히 넘어 보이는 여자였다. 노상에 차를 세워 놓았다고 주의를 주려나 싶어 절로 어깨가 움츠러들었다.

"당신들, 잡지사 사람이야?"

"아닌데요. 영화 관계자예요."

오하타 선생이 대답했다. 순간 할머니 얼굴이 빛난 듯한 느낌이 들었다.

"다테이시 가족 사건이야?"

"아세요?"

"알다마다, 그 가족이 여기 살았잖아. 달리 취재할 일이 뭐가 있겠어. 그래도 참 희한하네. 사건 직후에도 여기까지 찾아온 기자는 한두 명밖에 없었는데. 그런 데다 내가 한 얘기는 기사에 한 줄도 쓰여 있지 않았어. 그래도, 그 때문에 온 거지? 정신 감정에 미비한 점이 있었다던데, 그래서 어린 시절을 조사하러 온 거 아니야?"

할머니가 정신 감정에 대해 알고 있어서 놀랐다. 판결 내용에 충분히 수긍하지 못한 사람들이 이곳에도 있다는 뜻일까. 할머니는 104호에 살고 있었다. 할머니네 주차장으로 차를 옮겨 놓고, 집에 들어가 얘기를 듣게 되었다.

할머니는 혼자 살고, 일주일에 나흘은 술집에서 일하는 듯했다.

"오늘은 정기 휴일이야. 당신들, 운이 좋네."

사은품으로 받았다는 캔 차를 식탁에 앉은 오하타 선생과 내 앞에 내놓은 다음, 할머니는 바로 윗집에 살았던 다테이시 가족 얘기를 시작했다.

다테이시 가족이 이사 온 날부터 화를 내는 아버지 목소리와 뭔가가 바닥에 쿵쿵 부딪치는 소리가 났다고 한다.

"옆집 사람들이 용케 참는다고 생각했는데, 어째 이 건물이 옆으로는 소리가 잘 울리지 않는 모양이야. 그래도 한겨울에 아이가 베란다로 쫓겨나면 이상하다고 여길 텐데, 아무도 뭐라 말하기 어려운 분위기였어. 아버지가 성깔이 좀 있어 보였거든. 까딱 잘못했다가 도리어 화를 당할 수도 있으니까 아무 말 않고 있었는지도 모르지. 옛날에는 아동 학대라는 말도 몰랐고, 아이가 부모에게 혼나는 정도로 경찰이나 기관에 신고한다는 생각도 없었으니 말이야. 그래도 언제였나, 한밤중에 일하고 돌아오는 길인데, 비쩍 마른 아이가 베란다에 서 있더라고. 가만히 두고 볼 수가 없어서 마음먹고 한마디 주의를 주려고 윗집에 찾아갔는데, 남의 집 일에 간섭하지 말라면서 문전 박대를 하는 거야. 그래서 나도 화내는 소리나 고함치는 소리가 들리면, 막대기로 천장을 툭툭 쳐 줬지. 뭐, 사소한 저항이었지만. 봐, 저기, 구멍 뚫린 거 보이지?"

올려다보니, 과연 그런 흔적이 있었다.

"야시마 중공업에서 이 건물의 몇 호를 사택으로 사용한 탓에, 사람들이 수시로 이사 오고, 나가고 그랬어. 한지붕 아래 살아도 임시 거처로 여기는 사람들이야 다른 사람에게 관심이 없으니, 시끄러운 일을 벌이고 싶지 않았겠지. 새로운 사람들이 이사 와도 인사도 아무것도 없이 지내다 또 소리 없이 사라지면 다른 사람이 들어와 살고 있고. 다테이시 가족도 여기 한 2년 살았으려나. 어쩨 조용하다 했더니 이사를 갔더라고. 그러고 10년 이상 지나서 사건이 발생했지만, 나는 놀라지 않았어. 오히려 그 긴 세월을 잘 참았지."

"학대를 받은 건 오빠인 리키토 씨였어요?"

오하타 선생이 물었다.

"당연하잖아. 여동생은 매일 예쁜 옷만 입고 다녔는데. 오빠가 그렇게 가혹한 벌을 받고 있는데, 베란다를 가리키면서 깔깔 웃었으니, 부모 이상으로 못되게 자란 거겠지."

방화벽 너머에 있던 사람은 어느 쪽인가. 그 수수께끼는 어이없이 풀렸다. 수수께끼라 할 만한 것도 아니었던 것처럼.

"사건 직후에 이 얘기를 경찰에도 하셨어요?"

오하타 선생이 계속 질문했다.

"경찰에는 얘기하지 않았어. 잡지사 취재에서도, 오늘처럼 구체적으로는 대답하지 않았고. 다테이시 가족이 여기 살았을 때 당신이 신고를 했더라면 사건을 막을 수 있지 않았겠느냐, 하면서 내 탓을 하면 그걸 어떻게 견디겠어."

"그렇다면 오늘은 어째서?"

"그야 사형 판결이 내려졌기 때문이지. 내가 제대로 얘기를 했더라면 하는 생각만 해도 잠자리가 뒤숭숭해서 말이야. 그렇게 귀엽던 아이가, 참 가엾기도 하지."

할머니 머리에 떠오른 것은 어린 시절의 리키토 모습일 것이다. 그 손가락 너머에 있던 사람은 하세베 가오리 감독. 방화벽 너머 풍경이 이제야 겨우 보인다.

일몰 장면을 촬영했던 철탑으로 가려고 이모네 마당에 차를 세워 놓았다. 이모와 이모부에게 양해를 구하려는데, 집 안에도 밖에도 둘 다 없었다. 선생은 스니커를, 나는 로퍼를 신었다. 그러나 아무리 봐도 더러워지면 아까울 쪽은 선생의 스니커였다.

집 뒤쪽으로 돌아가, 밭 옆길을 지나 포장이 안 된 산길로 걸어갔다. 보통 차는 통행이 금지되어 있지만, 업무용 차량은 지나다닐 수 있다. 촬영 장소는 이모네 집을 거점으로 하고 기자재만 트럭으로 옮겼지, 촬영 팀도 배우도 모두 걸어서 올라갔다. 다시 말해서 그 정도의 길이다.

백 미터도 채 못 가서 오하타 선생이 숨을 헐떡거렸다.

"괜찮으세요?"

말을 걸자, 선생은 두 손으로 무릎을 짚고 어깨를 들썩거리며 숨을 쉬었다.

"그래도 꽤 움직일 수 있다고 생각했는데, 역시 운동 부족이라는 게 이런 언덕길에서 드러나네."

선생은 그렇게 말하면서도 계속 앞으로 나아갔다. 말을 걸지 않는 편이 좋을지 모르겠다. 잠자코 선생의 걸음에 맞춰 걷다가, 걸음을 멈추고 말았다.

나무들이 줄줄이 쓰러져 있고, 그 너머는 무너진 흙더미가 앞을 가로막고 있었다.

"이모가 작년 폭우 때 산길이 피해를 입었다고 했는데, 깜박하고 말씀드리지 못했네요. 죄송합니다. 넘을 수 없지는 않겠지만, 그다음이 어떤 상태인지는…… 어떻게 하시겠어요?"

"아쉽지만, 여기서 포기해야겠어. 오른 만큼 또 내려가야 하는데 일몰을 보고 나면 어두워질 거 아니야."

내가 열두 살이 되던 생일날, 언니가 손전등을 손에 들고 나를 철탑에 처음 데려갔을 때가 떠올랐다. 그런 부분도 놓친 채 선생을 안내하고 있다니.

"준비가 부족해서, 죄송하네요."

"신경 쓸 거 없어. 사건과 관계없는 장소잖아."

말은 그렇게 했지만 선생은 아쉬운 표정으로 산길 너머를 쳐다보고는 발길을 돌렸다.

일몰은 이모네 마당에서도 볼 수 있다. 해가 지는 위치에 따라서는, 바다로 떨어지는 광경까지 볼 수 있지만, 오늘은 바다에 구름이 엷게 껴 있다.

그래도 저녁노을은 아름답고, 바다와 산 사이에 낀 길쭉한 동네를 오렌지색으로 따스하게 물들이고 있었다.

"이제 혼자 할 수 있겠어?"

저녁 해를 바라보면서 선생이 말했다.

"무슨 뜻이죠?"

선생을 보면서 그렇게 물었지만, 선생은 고개를 돌리지 않았다.

"선생님은 처음부터 제게 각본을 맡길 생각이셨나요?"

나를 분발하게 하려고 신고와 입을 맞춰 자신이 의뢰받았노라고 내게 거짓말을 했는지도 모른다.

오하타 선생이 천천히 나를 돌아보았다. 한참을 쳐다만 보더니, 풋 하고 웃음을 터뜨린다.

"사랑받고 자란 사람이 할 법한 말이네. 자신이 부족한 인간이라는 걸 알고 있어. 주위 사람들이 그 부족한 부분을 메워 주었다는 것도 자각하고 있어서 고맙네. 하지만 말이지, 그래서는 네가 목표로 하는 세계에서 프로가 될 수 없어. 부족하다는 자각이 있으면 그걸 자기 힘으로 이겨 내야지. 허세라도 좋으니까 내게는 재능이 있다고 말하는 거라고. 오하타 린코를 뒷받침하고 있는 건 시청자도 제작진도 아닌, 바로 나라고, 나."

"네……."

"나도 당연히 쓸 거야. '사사즈카초 일가족 살해 사건' 각본."

"저도 쓸 겁니다."

"알고 있어, 치히로 씨."

얼마 만에 그 이름으로 불리는지 모르겠다. 바다 위에 끼었던 구름이 조금씩 걷혀, 구름과 바다 사이로 틈이 생겼다. 마침 태양이 그 틈에 쏙 낄 만큼.

"아니, 아니, 저게 뭐지?"

선생이 호들갑을 떨었다. 빨갛고 동그란 불똥이 타닥타닥 떨어지는 폭죽을 던졌더니, 마지막 불꽃이 피어올랐다가 천천히 사라진다. 마치 그런 것처럼 해가 떨어졌다.

오하타 선생에게 저녁을 같이 먹자고 했는데, 오늘 중에 마감해야 할 에세이가 있다면서 거절했다. 호텔까지 바래다주었더니, 내일도 굳이 나올 필요 없다고 한다.

곧바로 집에 돌아가면 당신 저녁만 준비한 아버지에게 걱정을 끼칠 것 같다. 이쓰카 씨를 만났던 가게 '달마'에나 가볼까. 돌아가는 길에는 대리 기사를 불러도 상관없다. 혼자 뒤풀이다.

뭘 했다고?

아직 찾아보지 않은 현장이 있다는 걸 이제야 알았다. 내일 다시 나오는 방법도 있다. 그러나 이왕 가는 거라면, 사건이 발생한 시간에 가까운 편이 좋지 않을까. 그렇다면 그곳을 찾아가는 수단도 같은 편이 좋다.

차를 역 주차장에 세우고, 역내를 지나 동쪽 출구를 통해 밖으로 나갔다. 요즘 세상에도 '집으로 돌아가자'는 구슬픈 노랫가락이 흐르는 횡단보도를 건너, 간판 글자가 거의 지워져 가는 기념품 가게에 들어갔다. 특별한 상품이 있는 것도 아니지만, 만주나 양갱을 사려는 목적도 아니다. '자전거 대여 접수'라는 종이가 나붙어 있는 것은 아버지와 찻집 '시네마'에 갔을 때 눈에 담아 두었다.

신청을 하자, 가게 아저씨가 8시까지 반환해야 하는데 괜찮겠냐고 확인했다. 시계를 본다. 저녁 6시 50분, 충분하다.

요금은 하루에 2,000엔과 한나절에 1,200엔 두 종류가 있는데, 아저씨가 500엔으로 깎아 주었다.

앞에 바구니가 달린 자전거를 빌려 큰길로 나갔다.

아버지에게 문자를 보내고 지도를 검색한다. 언니는 이 역에서 전철을 타고, 이웃 동네 피아노 학원을 다녔다. 역에서 집까지는 자전거로 움직였다. 역 주변 공원을 검색한다. 자전거로 갈 수 있는 범위 내에 있는 공원은 세 군데. 한 군데씩 가 보기로 한다.

자전거에 올라타 힘차게 페달을 밟기 시작했다.

세 군데 모두 철봉이 있으면 어느 공원인지 단정할 수 없겠다는 걱정은 첫 번째 찾아간 공원에서 기우로 끝났다. 입구에 공원이라는 간판이 걸려 있기는 한데, 철봉은커녕 놀이 기구 하나 보이지 않았다. 그저 넓고 휑한 공터를 펜스로 둘렀을 뿐이다. 같은 펜스로 만든 출입문은 닫혀 있고 묵직한 자물쇠까지 걸려 있다. 고요하고 삭막한 분위기가 감돌고 있지만, 한낮에는 소년 야구를 하는 아이들로 북적거리지 않을까.

다음 장소로 향하려고 윗도리 주머니에서 휴대 전화를 꺼냈는데, 갑자기 착신음이 울렸다. 이 동네 지역 번호로 시작되지만 기억에 없는 낯선 전화번호다. 조심스럽게 받아 보니, 여자의 낭랑한 업무용 목소리가 들렸다. 아침에 언니 휴대 전화기를 맡긴 전문점이다. 충전이 되었다고 한다.

지금 바로 가고 싶어 폐점 시간을 확인하니, 밤 9시까지 열려 있다고 해서, 자전거를 반납한 다음에 가기로 했다.

두 번째 공원으로 향한다. 주택가 안에 동그마니 있는 그 공원에는 모래 놀이터와 벤치밖에 없었다. 낮에 엄마가 어린 아이를 데리고 놀러 오는 모습을 상상할 수 있었다.

그렇다면 남은 한 군데에 철봉이 있으면 바로 거기라는 뜻이다.

힘껏 달려 도착한 공원에 철봉이 있었다. 상점가 복권 뽑기에서 당첨되었을 때처럼 머릿속에서 종이 땡땡 울려도 좋을 판인데, 밤기운이 흐르는 적막한 소리만 맴돌았다.

공원 안쪽에서 울리는 음악 소리에 이끌리듯 걸음을 내디뎠다. 물이 없는 분수 앞에서 똑같은 티셔츠를 입은 아이들 다섯 명이 댄스 연습을 하고 있었다. 여고생인 듯하다. 시선을 더 멀리로 옮기자, 낮은 언덕 같은 곳에 있는 정자에 그녀들 소지품인지 배낭 등이 놓여 있었다.

나는 예전에 이 공원에 와 본 적이 있다. 아이들끼리 통학구역 밖으로 나갔던 일이 학교에 발각되어 선생님에게 혼나기도 했다.

철봉을 잡고 지면을 힘껏 찼다. 그런데 중력이 엉덩이를 잡아당긴다. 혹시 그 아이들이 봤을까 싶어 창피한 한편, 옛날에는 철봉 잘했잖아, 하는 오기 같은 투지도 끓어올랐다.

바깥쪽에서 철봉을 감아 잡고 한 걸음 뒤로 물러나 반동을 주면서 다리를 획 올렸다. 몸이 빙그르 돌면서 철봉 위로 올랐다. 휴대 전화가 툭 떨어졌지만, 그대로 앞으로 돌기를 두 번 계속하고, 철봉에서 내려왔다. 태양을 차는 것처럼, 이라는 조언은 내게는 필요하지 않다.

휴대 전화를 집어 들었다. 깨지지도 금이 가지도 않았다. 아버지에게서 문자가 와 있었다. 확인한 다음 자전거를 세워 둔 입구로 걸어갔다.

지난번에는 쏜살같이 뛰어서 떠났던 공원을, 이번에는 천천히 한 번 돌아본 다음 나왔다.

그 장소는 철봉이 있는 공원에서 그리 멀지 않았다. 아직 밤 8시도 되지 않았는데, 그 네거리에는 거의 차가 오가지 않았다. 그런데도 신호기가 있는 걸 보면, 시간대에 따라 교통량이 많을 때도 있는 것일까. 가령 조선소가 잘 돌아가던 시절에는 북적거리는 거리였을까.

과거 어느 한때, 이 한 모퉁이에 무수한 꽃이 바쳐졌을까.

남북으로 나 있는 도로와 동서로 나 있는 도로. 어느 쪽 길을 어느 방향으로 나아가도 집에는 닿지 않는다. 동쪽으로 갔다가 역으로 일단 돌아와야 한다.

사고 당일, 공원에서 좋아하는 남자를 만났다 쳐도, 그 공원에서 집으로 가는데 이 네거리는 지나지 않는다. 그렇다면 공원에서 다른 장소로 갔다는 뜻일까.

언니 혼자서?

해가 떠 있는지 저물었는지에 따라 주위 풍경도 달라 보이는데, 멈춰 서서 천천히 바라본 것도 아니고, 통과……, 정말 아무것도 모르는 채, 알자고 결심한 후에도 조사하지 않고 그저 지나갔을 뿐이었지만, 나는 이 네거리에 처음 온 게 아니다.

오늘 차를 몰면서 신호가 초록이어서 브레이크도 밟지 않고 이 네거리를 휙 지나 서쪽 해변을 향했다. 조수석에 오하타 선생을 태우고.

관자놀이 언저리가 욱신욱신 쑤시기 시작했다. 두 손의 가운뎃손가락으로 욱신거리는 곳을 꾹 누르면서 네거리를 응시했다.

자전거를 탄 언니 모습이 나타난다. 건널목 조금 앞에서 빨간 신호를 확인하고 속도를 줄이기는 했지만, 차가 오는 것을 감지하지 못한 탓에 그대로 직진하고 만다…….

언니가 누군가와 함께 있다. 상대도 자전거를 타고 언니 앞에서 달리고 있다. 눈앞에서 신호가 노랑에서 빨강으로 바뀌었는데 상대는 그대로 직진, 언니도 따라서 직진했다…….

끼익, 브레이크를 밟는 소리가 울리고, 상대는 자전거를 세우고 돌아본다. 같이 가던 여자아이가 사고를 당했다. 겁이 나서 도망쳤다……?

아니면 일부러 모른 척하고 그대로 달려갔다?

'강아지 왈츠'를 연주하는 피아노 소리가 울리고, 심장이 꽉 오그라들었다. 네거리에 있던 언니 모습이 사라진다.

주머니에서 휴대 전화를 꺼냈다. 19시 45분에 알람을 설정해 놓았었다. 여기 그대로 머물러 있으면 언니의 다른 모습도 보일지 모른다. 그러나 어떤 흐름이었든 끝에는 차에 치이고 만다.

두 손을 마주 잡고 눈을 감았다.

"다음에는 언니가 좋아하는 꽃을 가져올게."

그렇게 중얼거리고는 그 자리를 떠났다.

자전거를 반납하고, 휴대 전화기 전문점에 갔다.

폴더식 전화기를 펼치자, 지글거리는 화면에 엉터리 날짜와 시간이 표시되어 있었다. 언니가 죽은 날짜도 시간도 아니다. 그러나 시간이 초 단위로 바뀌는 것을 보고는 이 기계의 숨이 되살아났다는 것을 실감한다.

점원에게 머리 숙여 고맙다고 인사했다. 하지만 충전만 되었을 뿐, 화면을 열려면 네 자리 수인 비밀 번호를 입력해야 하는 것 같다. 바로 언니의 생일을 입력했다. 엄마가 처음 휴대 전화기를 사 주었을 때, 내게 그렇게 하라고 말했기 때문이다.

너희 자매는 단순한 것일수록 잘 잊어버린다니까, 하면서.

그런데 아니었다.

"집에 가서 해 볼게요."

그렇게 말하고 가게에서 나와 주차장으로 갔다. 아버지에게는 짐작되는 숫자가 있을까. 아니면, 이제 그만하지 그러냐, 하고 나를 일깨우려 할까. 치호에게도 죽은 후에라도 알리고 싶지 않은 비밀이 있을 텐데, 하면서.

좋아하는 상대가 누구였는지 조사하는 거, 이제 그만두어라, 하고.

그 순간, 엉뚱한 생각이 떠올랐다. 아니, 조금 전부터 혹시 그런 거였다면 어쩌지, 하는 생각은 하고 있었다. 그런데 인정하고 싶지 않아서, 관자놀이의 욱신거림이 이미 두통으로 변했는지 모른다.

좋아하는 상대가 누구인지 가족에게 알리고 싶지 않은 언니가 비밀 번호를 변경하지 않았을까. 그랬다면 어떤 번호로? 좋아하는 상대의 생일이나 뭐 그런 숫자?

나는 어떻게 해야 그 숫자를 알 수 있지? 어처구니없어하리라고 짐작하면서도, 오하타 선생에게 전화를 걸었다. 선생의 취재 노트에 적힌 리키토의 기본 정보 중에 생년월일이 있을지도 모른다.

그렇게 해서 나는 언니의 휴대 전화 속을 열어 볼 수 있게 되었다.

공원에 돌아다니는 길고양이 사진, 좋아하는 사람과 둘이서 찍은 사진, 고등학교에 들어가서 새로 생긴 친구, 친구에게 받은 문자.

어젯밤에는 한숨도 자지 못했다.

지금까지 '사사즈카초 일가족 살해 사건'에 대해 들은 것, 본 것, 조사한 것. 언니에 대해 새롭게 알게 된 것. 그것들이 머릿속에서 뒤죽박죽 섞이고 나의 내면에서 온갖 형태를 이뤘다가 무너져 갔다.

동트기 전에 이룬 형태가 무너지지는 않았지만, 조그만 충격에도 산산이 부서져 버릴 것처럼 위태로웠다. 무언가가 모자란다.

그 모자란 부분을 메우게 될지, 새로운 형태를 만들게 될지, 결국 아무 형태도 만들어 내지 못한 채 끝나게 될지. 확증이 없는 채 해가 뜨자마자 집을 나섰다. 이런 시간에 찾아간다는 건 몰상식한 행동이지만, 가만히 있을 수가 없었다.

이모네 집 마당에 차를 세우는데, 마침 요시에 이모가 신문을 가지러 밖으로 나왔다.

긴소매 파카에 치노 바지, 등에는 배낭을 메고, 면장갑을 낀 손에는 큰 부삽을 든 내 모습을 보고서 눈이 동그래지면서 놀랐지만, 조심하라는 말밖에 하지 않았다.

내가 철탑에 간다는 말도 하지 않았는데.

"알고 있었지, 이모는?"

이모의 뒷모습에 대고 물었다. 이모가 돌아보았다.

"네 엄마가 조사해서 가르쳐 줬어. 우리 자매 둘만의 비밀."

이모는 그런 말만 하고는 집 안으로 들어갔다.

나무가 쓰러지고 흙이 무너진 곳은 어제 오하타 선생과 왔다가 돌아간 그곳뿐이었다. 30분 정도 걸어 철탑에 도착했다.

"언니, 나 왔어."

내게 이 철탑은 언니의 묘비 같은 것이다.

언니의 휴대 전화에 있던 나무 사진을 띄우고, 비슷한 장소를 찾아 힘껏 부삽을 내리꽂았다. 잠시 후에 나온 것은 비닐 주머니를 이중으로 씌운 쿠키 깡통이었다.

뚜껑을 열자, 비닐 주머니에 싸인 뭉치가 나왔다. 편지 다발이다.

"이거, 읽는 거, 허락해 주세요."

산 위로 이제 막 모습을 살짝 보인 태양을 향해 두 손을 모으고 말했다.

그리고 한 시간 후, 철탑 받침대에 앉아 편지를 다 읽은 나는, 하세베 가오리 감독에게 문자를 보냈다.

'이야기가 완성되었습니다.'

내가 쓰는 '사사즈카초 일가족 살해 사건'은 감독이 알려고 하는 것과는 다른 내용일지도 모른다.

그래서 이걸 쓸 수 있는 사람은 각본가 가이 치히로밖에 없다.

내가 쓰는 '사사즈카초 일가족 살해 사건'의 주역은 다테이시 리키토도 사라도 아니다.

가이 치호라는, 피아노를 아주 잘 쳤던 한 소녀다.

그리고 그 이야기를 마무리하기까지의 여정은 나 자신, 가이 마히로의 이야기라고도 할 수 있다.

에피소드
7

〇

산과 바다 사이에 낀 길쭉한 동네, 사사즈카초에 가이 치호
라는 소녀가 살았다. 아주 어렸을 때부터 피아노에 뛰어난 재
능을 보인 그녀는 가족과 주위 사람들의 기대를 모으며 일류
피아니스트가 되는 꿈을 이루기 위해 날마다 많은 시간을 피
아노에 쏟았다.

그런 그녀에게 슬럼프가 찾아왔다. 그녀가 중학교 2학년
때였다.

그녀에게는 자신이 내고 싶은 소리가 있었다. 그런데 그 소
리로 연주하면 지금까지 당연히 받았던 트로피가 다른 누군
가의 품에 안기고 말았다.

자신의 음악을 추구할 것인가, 콩쿠르에서 상을 받을 수 있
는 연주를 할 것인가. 피아니스트를 꿈꾸지 않고, 피아노를
잘 치는 그냥 평범한 여자아이로도 충분하지 않을까.

그런데도 그녀는 일주일에 닷새를 피아노 학원에 계속 다

넜다. 학교 수업을 마치면 자전거를 타고 역에 가서, 전철을 타고 이웃 동네에 있는 피아노 학원까지. 피아노 선생은 그녀를 다독이기는커녕 슬럼프에 빠진 그녀 옆에서, 대체 어떻게 된 거니, 하고 한숨을 쉬며 그녀를 몰아붙였다.

그녀가 피아니스트가 되기를 간절히 바란 사람은 그녀의 엄마였다. 피아노를 그만두고 싶다고, 아니, 피아니스트의 꿈을 포기하고 싶다고 말하면 엄마가 얼마나 낙심할지, 그녀는 잘 알고 있었다.

그녀는 자신을 더욱 다그치기로 한다. 잘 못하는 것을 연습해서 할 수 있게 되면, 슬럼프에서 벗어날 수 있을 거라고 생각한 것이다. 그녀는 역에서 가까운, 철봉이 있는 공원을 찾아 거꾸로 오르기에 도전하기로 했다.

그 공원은 밤이 되면 한산해지는 곳이 아니었다. 물이 찰랑거리는 분수 앞에서는 가로등 불빛을 받으며 댄스 연습을 하는 소녀들도 있었다.

그렇게 와글거리는 장소에서 조금 떨어진 철봉에서 거꾸로 오르기를 연습하는 그녀에게 말을 거는 소년이 있었다.

태양을 찬다고 상상하면서. 소년의 조언을 따라 머릿속에서 이미지를 그리면서 발을 차 올리자 몸이 빙그르 철봉 위로 올라갔다. 그녀는 쾌재를 불렀고, 소년도 마치 자기 일처럼 기뻐했다.

그때부터 둘은 밤의 공원에서 만나게 되었다. 소녀는 소년에게 피아노 얘기를 했다. 슬럼프에 대해 의논하기도 했다. 그녀는 피아노 학원에 갖고 다니는 소형 미니디스크 플레이어로 자신의 연주를 소년에게 들려주었다. 소년은 그녀가 내고 싶은 소리를 연주한 쪽을 칭찬했다.

소년이 가장 좋아한 곡은 '강아지 왈츠'였다. 소년은 동물을 좋아했고, 그중에서도 고양이를 가장 좋아했다. 제목도 모른 채 들은 '강아지 왈츠'도 고양이가 장난을 치는 듯한 곡이라고 느껴 좋아했던 것이다.

공원에는 길고양이가 몇 마리 있었다. 둘이 벤치에 앉으면 먹이를 주는 것도 아닌데 언제나 소년의 발치로 고양이들이 모여들었다.

고양이들에게 소년은 익숙한 인간이었다. 소년이 매일 저녁때가 되기 전부터 날짜가 바뀌기 직전까지 그 공원에서 지내기 때문이었다. 딱히 뭘 하는 것은 아니다. 다가오는 고양이들을 어르고 쓰다듬고, 낮은 언덕에 있는 정자에서 멍하니 풍경을 바라볼 뿐.

집은 소년에게 편히 쉴 수 있는 곳이 아니었다. 아르바이트를 몇 번 한 적이 있지만, 의사소통이 잘 되지 않아 오래 계속

하지 못했다.

휴대 전화가 없는 소년에게 그녀는 편지를 주고받자고 제안했다. 길게 쓰지 않아도 괜찮다. 메모지에 한 줄만 써도 좋다. 서로에게 전하고 싶은 말을 쓰자.

그녀는 고양이 캐릭터 편지지 세트를 준비해서 이틀에 한번, 편지지 두세 장 가득하게 그에게 전하고 싶은 말을 썼다. 가족 구성, 학교에서의 자리바꿈, 정기 고사, 좋아하는 음식, 친구들에게 준 생일 선물, 물론 피아노에 대해서도.

소년도 이틀에 한 번 편지를 썼다. 처음에는 리포트 용지를 반으로 자른 크기였다. 점차 리포트 용지 한 장에 서툰 문장이나마 자신의 생각을 풀어놓을 수 있게 되었다. R라는 글자가 박힌 커피잔, 고마워. 네 피아노 소리를 좋아해. 나도 아르바이트 힘내 보려고 해. 너도 피아노 열심히 해.

그녀에게 받은 편지가 100통에 이르렀을 때 소년은 지금까지 그녀에게 받은 편지를 전부 주머니에 담아 들고 왔다. 여동생이 방에 들어오기 때문에 집에 둘 수 없는데 버리고 싶지는 않으니까 네가 갖고 있었으면 해.

그녀는 둘이 주고받은 편지를 어딘가에 묻자고 제안했다. 풍경이 아름다운 장소. 소년은 정자 바로 옆에 있는 나무 아래를 떠올렸다. 지는 해가 아름답게 보이는 곳이기 때문이다.

소년이 이 동네를 떠난 적이 없다는 것을 그녀는 그때 처음 알았다.

저녁 해를 바라보면 싫은 일들을 잊을 수 있다. 그렇게 말하는 소년에게 그녀는 아주 좋은 장소가 있다고 말했다. 이 동네 산 중턱에 있는 철탑이다. 둘은 그곳에 서로의 편지를 묻으러 갔다. 언젠가 둘이 파 보기로 약속했다. 사진도 찍어 표식으로 남겼다.

그리고 돌아오는 길, 이모가 소년과 함께 있는 그녀 모습을 보고 만다. 당장 부모에게 알려져, 그녀는 엄마에게 호되게 꾸지람을 들었다.

소년이 물러났다. 늘 가는 공원에 한 시간 일찍 나타난 사람은 그녀의 엄마였다. 엄마는 그녀를 미행해서 소년과 공원에서 만나는 장면을 목격했다. 일류 피아니스트가 되려는 그녀 꿈을 방해하지 말라고 엄마는 간곡하게 부탁했다.

그날 밤, 그녀가 공원을 찾았을 때 소년의 모습은 없었다. 대신 고양이 한 마리가 다가왔다. 분홍색 리본이 목에 묶여 있었다. 리본에는 유성 펜으로 글자가 적혀 있었다.

'피아노, 응원할게요. R.'

리본은 댄스 연습을 하는 여자아이들이 머리에 똑같이 달고 있는 것이었다. 물어보니, 히죽거리면서 늘 있는 사람이 하나 달라고 했다며 마치 큐피드 역할을 맡은 것처럼 말했다.

그녀는 작별의 말이라는 걸 알았다. 그녀는 언젠가 자신의 피아노 소리를 인정받는 날 다시 이 공원에 오리라고 마음먹었다.

그녀는 고향의 공립 고등학교로 진학했다.

자신의 소리를 추구하면서 음대를 목표로 공부하겠노라 결심한 채.

어느 때, 그녀와 같은 학년 여자아이가 말을 걸었다.

오빠에게 네 얘기 들었어. 네가 연주한 '강아지 왈츠' 나도 좋아해.

소년의 가정에 대해서는 자세하게 들은 적이 없지만, 여동생이 있다는 말은 더더구나 한 번도 들은 적이 없었다. 사이가 좋은 관계는 아닐 것이다.

여동생을 신뢰할 수는 없었지만, 소년이 어떻게 지내는지 궁금했다.

여동생과 전화번호를 교환하고 적당히 거리를 유지하면서 지내고 있는데, 어느 밤, 여동생에게 문자가 왔다.

'오빠가 집에서 자살을 시도했어요. 자전거 타고 역까지 데리러 갈 테니까, 우리 집에 빨리 와요!'

'알겠어요.'

휴대 전화에 마지막 주고받은 그런 문자가 남아 있었다.

소년의 집으로 가는 도중, 그녀는 교통사고를 당해서 세상을 떠나고 말았다.

네거리 신호가 노랑에서 빨강으로 바뀌었는데도 자전거를 탄 여동생은 그대로 직진했다. 그 직후에 급브레이크를 밟는 다급한 소리가 울렸다.

사고 현장에서 도주한 여동생은 집으로 돌아갔다. 다행히 목격자는 없었다.

목격자를 찾는다는 현수막을 내걸었지만, 가해자가 자수해 잘못을 인정한 탓에 정보 제공자가 나타나기도 전에 철수되었다.

그때 소년은 금속 가공 공장에서 아르바이트를 하고 있었고, 간신히 일에 적응한 상태였다. 사건으로부터 사흘 후, 공장에서 일하다 집과 공원의 중간 지점에 있는 네거리에서 교통사고가 발생했다는 걸 알았다. 그리고 또 일주일이 지나,

공장 주인의 아내가 만들어 준 카레를 먹으면서, 교통사고를 당해 죽은 사람이 피아니스트를 꿈꾸던 여고생이라는 말을 듣고는, 공장 사무실에 있는 신문을 뒤져 그녀가 이미 이 세상에 없다는 것을 알았다.

소년은 그녀가 자신을 만나러 오다가 사고를 당했다는 걸 꿈에도 몰랐다. 물론 자살도 시도하지 않았다. 전부 여동생의 거짓말이었다. 공장에서 돌아온 오빠가 집에서 그녀를 보면 어떤 표정을 지을까. 재미있겠다. 그런 못된 장난이 사고의 원인이라는 사실도.

의기소침해진 소년은 일하면서 실수를 되풀이했다. 점차 일하러 가지 않는 날이 늘었고, 그러다 끝내는 집에 틀어박히게 되었다.

소년이 어렸을 때부터 그에게 폭력을 휘둘렀던 아빠는 더는 폭력을 휘두르지 않았다. 소년의 키가 아빠를 훌쩍 넘어선 탓도 있지만, 무엇보다 아이돌을 지망하는 여동생이 오디션을 받기 시작했다는 이유가 컸다.

최종 선발 전까지 떨어지지 않고 남아 있으면 신원 조사를 하는 듯했다. 딸이 인터넷에서 얻은 정보를 그대로 믿은 부모는 최대한 딸의 뜻을 뒷받침하려고 그들 나름 화목한 중류 가정을 연출하도록 애썼다. 아들은 무시하면 그만이었다.

여동생은 오빠에게 집에만 틀어박혀 있지 말고 일을 하든지, 통신 교육이라도 받아서 고등학교 졸업장을 따라고 성화를 부렸다.

그리고 사건 당일이 찾아온다. 크리스마스이브 날 밤이다.

여동생 앞에는 최종 후보까지 남아 있었던 오디션 불합격 통보서가 놓여 있다. 부모는 아는 사람이 하는 술집에서 크리스마스 파티를 한다며 나가고 없었다. 여동생은 오래전부터 예쁘장하게 생긴 오빠를 싫어했다. 부모에게 사랑은 듬뿍 받고 있지만, 그게 모두 오빠 같은 얼굴로 낳아 주지 못한 보상인 것처럼 보이고, 편애를 받는 만큼 오히려 비참한 기분이 들었다.

이번 최종 심사 때는 노래도 댄스도 완벽했고, 인터뷰 때도 이미 합격이 결정된 듯한 질문만 받았다. 그런데도 떨어진 것은 오빠가 무직에 집에만 틀어박혀 지낸다는 걸 알았기 때문이 아닐까 하고 생각했다. 다른 이유는 떠오르지 않았다.

파티를 하는 자리에서 친구가 오디션 결과를 묻자 그녀는 그저 웃음으로 답했다. 끓어오르는 분노를 꾹꾹 참으면서.

집에 돌아와 냉장고에 든 캔 추하이를 단숨에 들이켠 여동생은 부모가 준비해 놓은 홀 케이크 상자와 부엌칼을 들고 2층 자기 방으로 가려다 오빠 방에서 걸음을 멈췄다.

이 집은 이렇게 생겼다. 그래서 여동생은 오빠가 여자 친구와 편지를 주고받는다는 것도, 선물을 받았다는 것도, '강아지 왈츠'가 녹음된 미니디스크를 소형 플레이어와 함께 빌렸다는 것도 알고 있었다.

고등학교에 들어가 그 상대인 듯한 여자아이가 같은 학년이라는 것을 알았을 때는 속으로 쾌재를 불렀다. 오빠를 괴롭힐 최고의 빌미를 확보한 셈이었으니까.

오빠 방에서 걸음을 멈춘 것은 케이크를 함께 먹기 위해서가 아니었다. 여동생은 부엌칼을 한 손에 쥐고 오빠에게 다가갔다. 오디션에 떨어진 것은 네가 집에만 틀어박혀 지내기 때문이라고 소리쳤다.

오빠는 사과도 하지 않고 요리조리 몸을 피했다. 여동생은 화가 나는 대로 악을 썼다.

내가 지금까지 얼마나 노력했는지 알기나 해.

그 얼굴 때문이지.

오빠가 낮은 소리로 말했다.

항상 누군가를 깎아내리려고 호시탐탐 기회를 노리는 그 감춰진 표정을, 그동안 소녀들을 몇만 명이나 봐 온 심사 위원들이 모를 리 없지.

자기보다 예쁘게 생긴 오빠가 얼굴에 대해 뭐라고 하자 여동생은 화가 치솟았다.

죽어. 너를 좋아했던 그녀 곁으로 가라고.

동생이 어떻게 그걸 알지?

너의 소중한 사람, 내가 죽였어. 멍청한 너는 그것도 모르고 그저 슬퍼만 하지.

여동생은 거짓말을 잘했다. 그 잘하는 거짓말에 사실을 섞어 가며, 네가 자살을 시도했다고 문자를 보내서 집으로 불렀거든, 네거리에서 그녀가 자전거와 함께 자동차로 돌진하도록 했고, 하고 오빠에게 소리를 질렀다. 사실은 자기 탓에 그녀가 죽어서 공포와 죄책감에 시달린 시기도 있었는데, 그런 말은 한마디도 하지 않고 오빠의 소중한 것을 자기 손으로 묻었노라고 주장했다.

정말 그렇게 해 버린 듯한 기분이었다. 병신.

여동생의 얼굴에 황홀한 표정이 어렸다. 그 순간 오빠가 부엌칼로 그녀의 가슴을 찔렀다.

그는 몇 번이나 찔렀다.

여동생이 꿈쩍도 하지 않게 된 후에도 그는 자기 방에 망연히 앉아 있었다. 머릿속에서는 '강아지 왈츠'가 흘렀다. 그녀와 함께 지낸 즐거웠던 시간이 눈앞에 되살아났다.

암기는 잘 못하는데, 그녀에게 받은 편지는 단어 하나, 문장 하나 빠짐없이 되새길 수 있었다. 그것들을 땅에 묻고, 철탑에서 지는 해를 바라보던 장면이 사라진 순간 그의 머릿속도 캄캄해졌다.

여동생의 시신을 옮겨 그녀의 침대에 눕혔다. 케이크 상자에 든 종이봉투에 초와 함께 라이터도 들어 있었다. 그는 케이크를 상자에서 꺼내 여동생의 방 한가운데 있는 테이블에 올려놓은 다음 초를 세우고 불을 붙인 다음 그대로 집을 나왔다.

술에 취해 집에 돌아온 부모가 1층 방에서 자고 있는 줄은 짐작도 하지 못한 채.

발이 자연스럽게 공원을 향했다. 공원 정자에서 밤을 밝혔다. 동이 트자 경찰이 그를 찾아와 임의 동행을 요구했다.

그는 재판이 어떻게 되든 아무 상관이 없었다. 그녀가 없는 세상에 살아 있는 의미 따위는 없었다. 누구의 말도 들리지 않았다. 모든 것에 '네'라고 대답해 사형이 확정되었다.

그는 독방에 쭈그려 앉아 한 손으로 리듬을 두드리고 있다. 간수는 그 리듬이 '강아지 왈츠' 멜로디라고 생각한다. 전에 그가 직접 들려주었기 때문이다.

그러나 손가락으로 바닥을 두드리다 보니, 그의 내면에 뭔지 모를 그리운 감정이 움텄다. 그게 뭔지, 지금까지는 선명하게 기억해 내지 못한다. 먼 그날의 기억. 외톨이라고 여겼던 어둠 속에서, 손끝으로 느꼈던 체온. 그 너머에 있던 사람의 목소리가 들린 듯한 느낌이 들었다.

캄캄해졌던 그의 세계에, 아스라이 새 빛이 비치려 하고 있다.

*

마히로 씨가 그린 '사사즈카초 일가족 살해 사건' 이야기는 이랬다.

제작 회사 드라마러스의 사사키 신고 씨를 통해 다테이시 리키토 씨를 양자로 들인 후원자를 소개받았다. 무슨 수를 썼는지는 "업계의 인맥을 좀 동원했죠."라고밖에 알려 주지 않았다.

후원자는 리키토 씨의 친척이나 혈연이 아니라, 사형 제도를 반대하는 단체 사람이었다. 그런 사람의 양자가 되었다면, 리키토 씨에게 살고 싶은 의사가 있는 게 아닐까. 그렇게 기대했지만, 그는 여전히 어떤 질문, 어떤 일에도 '네'라는 대답만 하는 듯하다.

나와 리키토 씨의 관계를 묻기에, 어린 시절 옆집에 살았다고 하자, 편지를 전해 주겠노라고 했다.

타인이 볼 수도 있는 편지에 많은 것을 쓸 수는 없어, 질문

사항은 '베란다의 판자 칸막이 너머에서 나를 격려해 주었던 사람, 당신인가요?'에서 그쳤다.

그 대답을 애타게 기다리고 있는데, 고향 사사즈카초로 내려가 있을 마히로 씨에게 문자가 왔다. 어린 시절 살았던 아파트 주소를 가르쳐 달라는 내용이었다. 주소는 전혀 기억나지 않지만, 아파트 앞길을 끼고 건너에 개인이 경영하는 조그만 슈퍼마켓 '하루미 스토어'가 있었다고 회신을 보냈다.

이틀이 지난 저녁때, 회신이 왔다. 방화벽 너머에 있던 사람이 누구인지 알았으며, 자신이 생각하는 사건의 전모도 골격이 완성되었다고 쓰여 있었다. 그 사람이 누구였는지, 그것만이라도 빨리 알고 싶어 전화를 걸었더니, 마히로 씨가 만나서 직접 얘기하고 싶다고 해서, 도쿄에서 만날 날을 정했다.

그런데 다음 날, 이번에는 마히로 씨가 전화를 걸어, 사사즈카초에 와 주었으면 한다고 말했다. 올 때까지 사사즈카초에서 기다리겠다고 하는 바람에, 그렇게 중요하지 않은 미팅을 연기하고 이틀 후에 사사즈카초를 찾았다.

차를 가지고 공항으로 마중 나온 마히로 씨는 집에서 제일 가까운 역이라는 사사즈카역 주차장에 차를 세웠다. 그리고 내게는 짐을 간단히 챙기라고 하더니, 정작 자기는 배낭을 메고 차에서 내렸다. 스포티한 복장하며 표정이 평소 내가 아는 마히로 씨와 달라 보였다.

시끌벅적한 역내를 통과해 오가는 사람이 별로 많지 않은 길이 나오자 마히로 씨는 다소 쇠락한 풍경의 동네로 안내해 주었다. 그 동네의 구심점인 듯한 상점가 입구가 보이는데, 마히로 씨는 그곳으로 들어가지 않고 바로 앞에 있는 역시 낡은 건물의 지하로 이어지는 계단을 내려갔다.

마히로 씨와 도쿄에서 미팅 때도 레트로한 분위기의 찻집에서 만났는데, 여기는 한술 더 떠서 올드 벗 굿이라는 말이 딱 어울리는 찻집이었다. 이름은 '시네마'.

묵직한 나무 문으로 들어섰다. 손님은 없고, 점잖게 생긴 아저씨가 카운터 안에서 나와 맞아 주었다. 마히로 씨는 익숙한 발길로 맨 안쪽에 있는 테이블 자리로 나를 안내했고, 우리 둘은 시네마 블랜드라는, 가게 이름이 붙은 커피를 주문했다.

초록색 잔에 든 시원한 물을 한 모금 마시고, 마히로 씨는 입을 열었다.

"방화벽 너머에 있던 사람, 다테이시 리키토 씨입니다."

그랬으면 좋겠다고 바랐고, 그럴 것이라고 예감하고 있었고, 빨리 알고 싶어 안달했는데, 단도직입적으로 답을 듣고 나니, 리키토 씨의 편지로 알고 싶었다는 아쉬운 기분이 들었다. 정보원이 같은 아파트에 사는 할머니라는 말을 듣고는 그 아쉬움이 한층 짙어졌다.

"본인이 아니라서 죄송하네요."

그 아쉬움이 얼굴에 드러났는지, 아니면 마히로 씨도 같은 생각이었는지, 그녀가 씁쓸하게 미소 지으며 말했지만 나는 웃음으로 답할 수 없었다.

커피가 나온 다음, 마히로 씨는 배낭에서 A4 사이즈 용지가 담긴 클리어 파일을 꺼내 내게 내밀었다.

"'사사즈카초 일가족 살해 사건' 플롯 0호예요."

나는 말없이 받아 들고, 커피에는 입도 대지 않은 채 읽기 시작했다.

가이 치호. 내 기억 속에도 그 모습은 있다. 그녀가 사건과 관련이 있다는 사실에 놀라고, 뭉글뭉글 피어오르는 감정이 질투라는 것도 금세 깨달았다. 그래도 마히로 씨는, 라스트 신을 내게 향하도록 해 주었다.

내가 마치 희망의 빛인 것처럼.

플롯 용지를 파일에 다시 끼워 테이블 끝에 놓고, 식은 커피를 마셨다.

"이렇게 써 보고 싶은데요. 물론 사건명이나 등장인물은 실명을 사용하지 않습니다. 픽션이니까요. 하지만 '사사즈카초 일가족 살해 사건'이 모티프이며, 사라의 허언증은 타인을 궁지로 모는 면이 있었다는 것, 사라 살해의 동기가 따로 있었다는 점은 명확히 한다는 전제하에, 정신 감정에 대한 문제를 제기하면서, 리키토 씨가 그저 흐름에 자신을 맡기는 모습을 알 수 있도록 할 거예요."

마히로 씨는 똑바로 나를 쳐다보면서 말했다. 언제나 목 언저리에서 느꼈던 그녀 시선이 이렇게 높았던 적이 있었을까. 반대할 이유는 없었다.

"어떤 각본이 나올지, 빨리 읽고 싶네요. 그리고 벌써부터 찍고 싶은 장면이 몇 군데 있어요. 게다가 나까지 포함해 줘서 고마워요."

나는 결국 후원자를 통해 리키토 씨에게 편지를 보냈다는 사실을 마히로 씨에게 털어놓았다.

"답장이 와서 리키토 씨를 직접 만날 수 있으면 좋겠네요. 언니와의 관계를 아는 지금도, 현재의 리키토 씨를 서포트할 수 있는 사람은 감독님뿐이라고 생각합니다."

"고마워요. 그런데,"

"그런데, 뭐죠?"

"왜 이 찻집에 온 거죠? 물론 멋진 곳이지만, 꼭 와 달라고 해서 왔는데, 이 플롯을 읽은 다음이 왜 철탑이 아닌지 모르겠어서."

"네, 감독님에게 전하고 싶은 게 있어서요."

마히로 씨는 그렇게 말하고, 카운터를 돌아보았다. 아저씨가 카운터 아래로 몸을 구부리고 뭔가를 꺼내, 이쪽으로 가져왔다.

"여기 있습니다."

하얀 바탕이 누렇게 바랜 종이 상자를 내밀었다. 찻집인 데다 상자의 크기로 봐서 내용물이 컵이 아닐까 싶었다.

"제게 주시는 건가요?"

아저씨가 고개를 끄덕였다. 살며시 받아 들고 상자를 열었다. 파란 머그잔이 들어 있다. 꺼내 보니, 금색 영자로 글자가 쓰여 있었다. 'H. Hirotaka'. 이건······.

"어떻게 제 아빠 이름을?"

"맞아서 다행이에요."

마히로 씨가 미소를 머금은 채 그렇게 말하고는, 이 컵은 내년에 50주년을 맞는 이 가게에서 30년 전, 20주년을 기념해 단골손님용으로 제작한 컵이라고 가르쳐 주었다.

"어린 시절에 아빠 컵을 내가 깨뜨렸어요. 비슷한 것이라도 사려고 언니랑 같이 가게에 갔는데, 무슨 착오가 있었는지, 아니면 언니 마음이 직전에 바뀌었는지, 아빠 것으로 산 컵이 리키토 씨에게 가는 바람에. 요즘은 인터넷에서도 비슷한 것을 찾을 수 있지 않을까 해서 아저씨에게 아저씨 컵을 보여 달라고 부탁했더니, 아저씨 컵은 만들지 않았는데, 전하지 못해서 남아 있는 손님용 컵은 있다고 하면서 꺼내 주었어요. 그래서 보니까."

"놀랐습니다. 마히로 씨가 지인의 아버지 것인지도 모르겠다고 해서 말이죠. 바다에서 슬픈 사고를 당한 사람이라고 했더니, 아마 맞을 거라고 하더군요. 주소는 몰랐지만, 조사하면 알 수도 있었을 텐데 돌아가신 분에게 죄송한 마음도 있어서, 이렇게 계속 여기 놔두었습니다. 죄송합니다."

아저씨가 내게 머리를 숙였다.

"아니에요. 이렇게 간직해 주셔서 오히려 감사합니다. 아빠가 이 가게 단골손님이었다는 것도 몰랐어요. 그런데 죄송한 마음이라는 말씀은……."

아저씨가, 앉아도 될까요? 하면서 옆에 있는 이인용 테이블 의자를 당겨 앉았다.

"이 건물이 옛날에는 영화관이었어요. 히로다카 씨는 영화를 보고 돌아가는 길에 종종 들렀습니다. 단골들이 대부분 그보다 나이가 많은 데다 줄곧 이 동네에 사는 분들이다 보니 괜히 나서서 이것저것 가르쳐 주고 싶어 했지요. 싸고 맛있는 술집에서 멋들어진 수양매화가 있는 일반 가정집까지, 시시

콜콜 가르쳐 주었습니다. 히로다카 씨도 살가운 성품에 착실한 사람이라, 새로 알게 된 장소를 찾아가곤 해서 다들 좋아했죠."

어느 날 저녁때, 아빠가 수양매화를 보러 가자고 말한 듯하다. 도시에서 태어난 당신은 수양매화가 신기할지 모르지. 하지만 내게는 굳이 보러 갈 만한 게 아니거든. 엄마는 그런 식으로 대답했다. 그래서 아빠는 소개받은 장소에 혼자 찾아갔는지도 모르겠다.

다녀왔어! 하고 활기차게 보고하는 아빠의 모습도 상상이 간다.

"그러던 어느 날, 히로다카 씨가 일몰이 아름다운 장소, 혹시 있습니까? 하고 물었어요. 그래서 여기 있던 단골손님들이, 그날은 세 분이었나, 산 중턱에 있는 절과 신사, 공원 등을 제안했는데, 낚시를 좋아하는 사람이 사사하마 해안을 쭉 걸어가다 보면 그 끄트머리에, 썰물 때만 얼굴을 내미는 바위가 있다고 하면서, 거기에서 보는 일몰은 두 손을 뻗으면 자기 손 사이로 해가 떨어지는 것만 같아, 지는 해를 품에 안을 수 있을 것처럼 느껴진다는 말을 했어요. 혼자서 갔다가 혹시라도 발이 미끄러지면 위험하니 다음에 뜻이 있는 사람들을 모아 함께 가자고 했는데……. 이틀 후였을 겁니다, 그 자리에 있었던 한 사람이 신문을 한 손에 들고 헉헉거리며 뛰어왔어요. 아마, 히로다카 씨가 여러 분에게 자랑하고 싶었지 않았나……."

"아빠가, 혼자서 갔군요."

아저씨는 말없이 고개만 끄덕거렸다. 마히로 씨도 울상을 지으며 나를 보고 있었다. 하지만 나는 슬프지 않았다. 오히려 눈앞에 새로운 빛이 비치는 기분이었다.

"그러니까 아빠는, 자살한 게 아니라 사고로 돌아가셨다는 말씀이죠?"

그렇다고 동의하듯 마히로 씨가 고개를 크게 끄덕거렸다.

"자살한 것으로 아셨나요? 아니, 어떻게, 그 히로다카 씨가, 믿기지 않는군요. 다음 주부터 '스타 워즈'가 다시 상영된다고, 보러 갈 거라고 흥분해서 말했던 사람인데, 그 영화가 9부작이라는 정보가 있다는 것도 자랑스럽게 가르쳐 줬던 사람인데. 기대가 된다고, 기대가 된다고……."

아저씨는 정말 놀란 것처럼 보였다.

"그 장소에, 가 볼래요? 신발과 로프도 준비했는데."

마히로 씨의 말투가 듬직했다.

"알아서 다행이에요. 알게 되어서."

넘쳐흐르는 눈물을 닦고 있는데, 마히로 씨가 배낭에서 수